VIDA DE PI

VIDA DE PI

YANN MARTEL

DESTINO

Obra editada en colaboración con Ediciones Destino – España

Título original: *Life of Pi*

© 2001, Yann Martel
© 2003, Bianca Southwood, de la traducción
© 2003, Ediciones Destino, S.A. – Barcelona, España

Derechos reservados

© 2012, Editorial Planeta Mexicana, S.A. de C.V.
Bajo el sello editorial DESTINO M.R.
Avenida Presidente Masarik núm. 111, 2o. piso
Colonia Chapultepec Morales
C.P. 11570 México, D.F.
www.editorialplaneta.com.mx

Primera edición impresa en España: mayo de 2003
Primera edición en este formato: junio de 2009
ISBN: ISBN: 978-84-233-4163-4

Primera edición impresa en México: diciembre de 2012
ISBN: 978-607-07-1476-4

Impreso en los talleres de Litográfica Ingramex, S.A. de C.V.
Centeno núm. 162, colonia Granjas Esmeralda, México, D.F.
Impreso en México - *Printed in Mexico*

à mes parents et à mon frère

NOTA DEL AUTOR

Este libro nació mientras yo pasaba hambre. Me explico: en la primavera de 1996 mi segundo libro, una novela, salió en Canadá. Y no muy bien parado, por cierto. Los críticos o bien estaban perplejos o lo condenaron al fracaso con elogios más bien tenues; así que los lectores lo pasaron por alto. A pesar de mis mejores esfuerzos de hacer el payaso o el trapecista, todo el circo de los medios de comunicación fue en vano: el libro no se movió. En las librerías, las estanterías estaban repletas de libros, como niños en fila esperando jugar a béisbol o fútbol, y el mío era ese niño torpe y poco atlético que nadie quería en su equipo. Desapareció rápida y silenciosamente.

El fiasco tampoco me afectó demasiado. Ya había empezado otra historia, una novela ambientada en Portugal en el año 1939. Pero estaba inquieto. Y tenía algo de dinero.

Así que cogí un avión a Bombay. Tampoco fue una decisión tan descabellada, teniendo en cuenta tres factores: una temporada en la India le saca la inquietud a cualquiera a fuerza de golpes; un poco de dinero en la India llega para mucho; y una novela ambientada en Portugal en el año 1939 posiblemente tenga muy poco que ver con Portugal en el año 1939.

Ya había estado en la India, en el norte del país, donde había pasado cinco meses. En ese viaje, llegué al subcontinente sin preparación alguna. Bueno, en realidad tenía una palabra de preparación. Hablando de mi periplo con un amigo que conocía bien el país, me comentó con indiferencia:

—En la India emplean términos un poco extraños. Dicen palabras como embustir.

Me acordé de sus palabras mientras el avión iniciaba el descen-

7

so hacia Delhi, así que la palabra embustir fue mi única preparación para el pandemonio rico, ruidoso y operativo de la India. En alguna ocasión la empleé y la verdad es que me fue muy útil. A un empleado en una estación de trenes le dije:

—No creí que el billete fuera tan caro. No pretenderá embustirme, ¿verdad?

El hombre sonrió y me aseguró:

—¡No, señor! Aquí no hay embustería ninguna. Le he dado el precio correcto.

En el segundo viaje a la India tenía ya más idea de lo que podía esperar y sabía exactamente lo que quería: me instalaría en un albergue en la montaña y escribiría mi novela. Me veía sentado a una mesa en una gran galería con mis notas esparcidas a mi alrededor y una taza de té humeante. A mis pies se extenderían colinas verdes envueltas en la niebla y los gritos estridentes de los monos me llenarían los oídos. La temperatura sería ideal. Me haría falta un jersey ligero por la mañana y noche, y una prenda de manga corta al mediodía. Una vez establecido, pluma en mano, por el bien de una mayor veracidad, convertiría a Portugal en una ficción. De eso se trata, ¿no? De la transformación selectiva de la realidad. ¿Qué necesidad tenía yo de ir a Portugal?

La dueña del albergue me contaría historias sobre la lucha para echar a los británicos. Decidiríamos qué iba a prepararme para almorzar y cenar el día siguiente. Una vez hubiera completado mi jornada de escribir, me iría a pasear por las plantaciones de té en ese paisaje ondulado.

Por desgracia, la novela resopló, carraspeó y se murió. Ocurrió en Matheran, cerca de Bombay, en un albergue pequeño que tenía algunos monos pero ninguna plantación de té. Es un suplicio característico de los aspirantes a escritor. El tema es bueno, las frases también, los personajes son tan reales que prácticamente requieren partidas de nacimiento. Ya tienes el esquema de un argumento magnífico, sencillo y apasionante. Has investigado a fondo y tienes los hechos históricos, sociales, climáticos y culinarios necesarios para darle a tu historia un aire auténtico. Los diálogos son ágiles y crujen de tensión. Las descripciones están repletas de color, contraste y detalles reveladores. En realidad, a tu novela no le queda más remedio que triunfar. Sin embargo, todos estos factores quedan reducidos a la nada. Por muy prometedora y brillante que parezca, llega el momento en que te das cuenta de que ese susurro interior que te ha estado molestando desde el principio te está diciendo la verdad pura y dura: no funcionará. Le falta un elemento, esa chispa que hace cobrar vida a toda buena historia. Los hechos históricos y culinarios son lo de menos. Tu historia está emocionalmente muerta, ahí está el quid. Semejante revelación puede destrozarte el alma, os lo aseguro, y te deja con un ansia muy dolorosa.

En Matheran metí todas las notas de mi novela malograda en un sobre y la mandé por correo. El sobre iba a un destinatario ficticio en Siberia, de un remitente, igual de ficticio, en Bolivia. Después de ver cómo el empleado había franqueado el sobre y lo había tirado a una cesta de clasificación, me senté, apesadumbrado y desalentado.

—¿Y ahora qué, Tolstoi? ¿Qué otras ideas brillantes tienes para tu futuro? —me pregunté.

El caso es que todavía me quedaba algo de dinero y seguía con la misma sensación de inquietud. Me levanté y salí de la oficina de correos para ir a explorar el sur de la India.

Me hubiera gustado decir «soy médico» cada vez que me preguntaban a qué me dedicaba, pues los médicos son actualmente los que nos abastecen de magia y milagros. Pero estoy convencido de que el autobús se hubiera estrellado en la siguiente curva y, ante la mirada de todos, me hubiera visto obligado a esclarecer que era doctor en derecho. Entonces, cuando me hubiesen suplicado que les ayudara a demandar al Estado por el percance, les hubiera tenido que confesar que en realidad era licenciado en filosofía. Luego, ante las interpelaciones de qué significado podía tener un accidente tan sangriento, hubiese tenido que reconocer que apenas había tocado a Kierkegaard, etcétera, etcétera. Me limité a decir la modesta y magullada verdad.

En el camino, de vez en cuando me respondían: «¿Escritor? ¿De verdad? Tengo una historia para ti». Las historias no solían ser más que anécdotas, faltas de aliento y faltas de vida.

Llegué a la ciudad de Pondicherry, una minúscula unión territorial autónoma al sur de Madrás, en la costa de Tamil Nadu. En cuanto a tamaño y población es una parte insignificante de la India (en comparación, la isla del Príncipe Eduardo es un gigante dentro de Canadá) pero su historia la ha hecho destacar. Años atrás, Pondicherry fue la capital de uno de los imperios coloniales más modestos, la India francesa. A los franceses les hubiera gustado, y mucho, rivalizar con los británicos, pero el único Raj que consiguieron fue un puñado de puertos pequeños. Se aferraron a ellos durante casi trescientos años. Se fueron de Pondicherry en 1954, dejando unos bonitos edificios blancos, calles amplias que se cruzan formando ángulos rectos, con nombres como rue de la Marine y rue Saint-Louis, y képis, gorros, para los policías.

Estaba en la Indian Coffee House, en la calle Nehru. Se trata de una sala grande con las paredes verdes y un techo altísimo, del que cuelgan unos ventiladores que hacen circular el aire cálido y húmedo. El café está hasta los topes de muebles, mesas cuadradas idénticas, cada una con sus cuatro sillas complementarias. Tienes que sentarte donde buenamente puedas, con quienquiera que esté ocupando la mesa. Hacen un buen café y tostadas francesas y es fácil entablar una conversación. Y ahí estaba yo, hablando con un anciano dinámico de ojos vivaces y con la cabeza llena de enormes mechones de cabellos completamente blancos. Le confirmé que hace frío en Canadá, que efectivamente se habla francés en algunas partes del país, que me gustaba la India, etcétera, etcétera. Es decir, la típica charla entre un indio cordial y curioso y un mochilero extranjero. Cuando le revelé mi línea de trabajo, se le pusieron los ojos como platos y empezó a asentir vigorosamente con la cabeza. Ya era hora de irme y tenía la mano levantada para llamar la atención del camarero y pedir la cuenta.

Entonces el anciano me dijo:

—Tengo una historia que le hará creer en Dios.

Bajé la mano. No me fiaba. ¿Tenía un testigo de Jehová llamando a mi puerta?

—Dígame: ¿su historia tiene lugar hace dos mil años en algún lugar remoto del Imperio romano? —le pregunté.

—No.

Quizás fuera un evangelista musulmán.

—¿Tiene lugar en la Arabia del siglo VII?

—No, para nada. Empieza aquí, en Pondicherry, hace algunos años y acaba, me place decirle, en el mismo país de donde viene usted.

—¿Y dice que me hará creer en Dios?

—Sí.

—Eso es mucho pedir.

—No tanto para que no pueda alcanzarlo.

Apareció mi camarero. Vacilé unos instantes. Pedí dos cafés. Nos presentamos. El anciano se llamaba Francis Adirubasamy.

—Le ruego que me cuente su historia —le dije.

—Deberá prestar la atención pertinente —me repuso.

—Lo haré —dije, sacando papel y pluma.

—Dígame, ¿ha visitado el jardín botánico? —me preguntó.

—Sí, ayer.

—¿Se fijó en las vías del pequeño ferrocarril?

—Sí, las vi.

—Cada domingo el tren sigue funcionando para la diversión de los niños. Pero antes funcionaba cada media hora de cada día. ¿Tomó nota de los nombres de las estaciones?

—Una se llama Roseville. Está al lado del jardín de rosas.

—Efectivamente. ¿Y la otra?

—No me acuerdo.

—Es que quitaron el letrero. La otra estación se llamaba Zootown. El pequeño tren tenía dos paradas: Roseville y Zootown. Hace muchos años había un zoológico en el Jardín Botánico de Pondicherry.

Siguió hablando. Yo tomé notas, los fundamentos de la historia.

—Debe hablar con él —me dijo, refiriéndose al protagonista—. Lo conocía muy, muy bien. Ahora es un hombre hecho y derecho. Debe hacerle todas las preguntas que quiera.

Más adelante, en Toronto, lo encontré, entre las nueve columnas de los Patel que aparecen en la guía telefónica. El corazón me palpitaba mientras marcaba el número. La voz que oí tenía una cadencia india en su acento canadiense, sutil pero inequívoca, como un aroma de incienso en el aire.

—De eso hace mucho años —me dijo.

Pero aceptó recibirme. Nos vimos muchas veces. Me mostró el diario que llevó durante los acontecimientos. Me mostró los recortes de prensa amarillentos que lo hicieron saltar a la fama de forma fugaz y oscura. Me contó su historia mientras yo iba tomando nota. Casi un año después, tras bastantes contratiempos, recibí una grabación y un informe del Ministerio de Transporte de Japón. Mientras escuchaba aquella cinta, me di cuenta que estaba de acuerdo con el señor Adirubasamy en que esta historia era, efectivamente, una historia capaz de hacer creer en Dios.

Me pareció natural que la historia del señor Patel se narrara principalmente en primera persona, con su voz y a través de sus ojos. Sin embargo, cualquier inexactitud o error es mío.

Hay varias personas a quienes tengo que dar las gracias. Estoy claramente en deuda con el señor Patel. Mi agradecimiento es tan infinito como el océano Pacífico y espero que mi narración de los hechos no te decepcione. Por haber puesto en marcha esta historia, le debo las gracias al señor Adirubasamy. Por haberme ayudado a completarla, estoy muy agradecido a tres funcionarios de una profesionalidad ejemplar: al señor Kazuhiko Oda, antiguamente de la Embajada de Japón en Ottawa; al señor Hiroshi Watanabe, de la Compañía Naval Oika; y, sobre todo, al señor Tomohiro Okamoto, del Ministerio de Transporte de Japón, ya jubilado. En cuanto a la chispa de vida, se la debo al señor Moacyr Scliar. Finalmente, mi más sincera gratitud al Consejo Canadiense de las Artes, sin cuya subvención no hubiera podido recoger esta historia que nada tiene que ver con Portugal en el año 1939. Si nosotros, los ciudadanos, no apoyamos a nuestros artistas, sacrificamos nuestra imaginación en el altar de la cruda realidad y acabamos no creyendo en nada y con sueños carentes de valor.

Primera parte

TORONTO Y PONDICHERRY

CAPÍTULO 1

Mi sufrimiento me dejó triste y abatido.

El estudio académico y la práctica constante y reflexiva de la religión me devolvieron la vida. Todavía mantengo lo que alguna gente consideraría mis extrañas prácticas religiosas. Después de un año de educación secundaria, fui a la Universidad de Toronto y obtuve una doble licenciatura. Me especialicé en religión y zoología. En el cuarto curso, hice la tesis de religión sobre ciertos aspectos de la teoría de la cosmogonía de Isaac Luria, el gran cabalista de Safed que vivió en el siglo XVI. La tesis de zoología consistió en un análisis funcional de la glándula tiroidea del perezoso de tres dedos. Elegí el perezoso porque su comportamiento tranquilo, silencioso e introspectivo me ayudó a aliviar mi ser destrozado.

Hay perezosos de dos dedos y hay perezosos de tres dedos. Esto se determina a partir de las patas delanteras del animal, dado que todos los perezosos tienen tres garras en las patas traseras. Tuve la gran suerte de pasar un verano estudiando el perezoso de tres dedos *in situ* en las selvas ecuatoriales de Brasil. Es un animal sumamente fascinante. Su única costumbre verdadera es la indolencia. Duerme o descansa un promedio de veinte horas al día. Nuestro equipo comprobó los hábitos de sueño de cinco perezosos de tres dedos salvajes, colocándoles en la cabeza, por la noche cuando ya se habían dormido, unos platos de plástico rojo chillón llenos de agua. Los encontramos en la misma posición a última hora de la mañana siguiente con los platos rebosantes de insectos. Con la puesta del sol, el perezoso se vuelve más activo, aunque hay que entender «activo» en el sentido más relajado de la palabra. Recorre la rama de un árbol en su posición característica de estar al revés a una velocidad de aproximadamente cuatrocientos metros por hora. En el suelo, cuando está motivado, se arrastra hasta el árbol más cercano a unos doscientos cincuenta metros por hora, es decir, cuatrocientas cuarenta veces más despacio que un guepardo motivado. Cuando no está motivado, se desplaza a unos cuatro o cinco metros por hora.

El perezoso de tres dedos no está bien informado sobre el mundo exterior. En una escala del 2 al 10, en la que el 2 representa una torpeza insólita y el 10, una agudeza extremada, Beebe (1926) otorgó un 2 a los sentidos del gusto, el tacto, la vista y el oído de los perezosos. El sentido del olfato se ganó un 3. Si te topas con un perezoso en su hábitat natural, normalmente podrás despertarlo con dos o tres codazos. Luego mirará medio dormido en todas las direcciones menos la tuya. Se desconoce por qué mira a su alrededor ya que el perezoso lo ve todo borroso. En cuanto al sentido del oído, no es que el perezoso sea sordo, sino indiferente ante los sonidos. Beebe descubrió que los disparos de una pistola al lado de un perezoso que duerme o come provocan poca reacción. Y tampoco hay que sobreestimar el sentido ligeramente más agudo del olfato. Según parece, son capaces de oler y evitar las ramas podridas, pero Bullock (1968) comprobó que los perezosos se caen «a menudo» al suelo agarrados a ramas podridas.

Y cómo sobrevive, te preguntarás.

Pues precisamente porque es tan lento. La somnolencia y la pereza lo mantienen alejado del peligro, de la atención de los jaguares, de los ocelotes, de las arpías mayores y de las anacondas. El pelo de los perezosos alberga un alga que pasa de un color marrón durante la estación seca a un color verde durante la lluviosa, de modo que el animal armoniza con el musgo y el follaje que le rodea y parece un nido de hormigas blancas o de ardillas, o sencillamente algo que podría ser parte de un árbol.

El perezoso de tres dedos lleva una vida tranquila y vegetariana en perfecta armonía con su entorno. «Siempre lleva una sonrisa bondadosa en los labios», dijo Tirler (1966). Yo he visto esa sonrisa con mis propios ojos. No soy partidario de proyec-

18

tar características y emociones humanas en los animales, pero en muchas ocasiones durante mi estancia en Brasil, miré hacia arriba a los perezosos en reposo y me sentí como si estuviera en presencia de unos yoguis colgados cabeza abajo y sumidos en la meditación, o de unos ermitaños abstraídos en sus oraciones, seres sabios cuyas vidas intensas e imaginativas estaban fuera del alcance de mis investigaciones científicas.

A veces mis carreras me confundían. Algunos de mis compañeros de religión (agnósticos desorientados, incapaces de ver la luz, esclavos de la razón, esa pirita de hierro para los listos) me recordaban al perezoso de tres dedos mientras que éste, un ejemplo tan bello del milagro de la vida, me recordaba a Dios.

Nunca tuve problemas con mis compañeros científicos. Los científicos son gente simpática, atea, trabajadora, amante de la cerveza, que sólo piensa en el sexo, el ajedrez y el béisbol, cuando no está pensando en la ciencia.

Fui muy buen estudiante, modestia aparte. Fui el primero en Saint Michael's College durante cuatro años consecutivos. Obtuve todos los premios posibles del Departamento de Zoología. Y si no obtuve ninguno del Departamento de Religión, es sencillamente porque no existen premios para estudiantes en este departamento (ya se sabe, las recompensas de estudiar religión no están en manos de los mortales). Hubiese recibido la Medalla Académica del Gobernador, el premio más distinguido para los estudiantes de la Universidad de Toronto, que ha caído en manos de no pocos canadienses ilustres, si no fuera por un chico de tez rosácea, devorador de ternera, con el cuello como el tronco de un árbol y un temperamento de una jovialidad insoportable.

Todavía me hiere un poco aquel acto de desprecio. Cuando has sufrido mucho en la vida, cada dolor adicional es tan intolerable como insignificante. Mi vida es como un cuadro *memento mori* del arte europeo: siempre aparece una calavera sonriente a mi lado para que nunca me olvide de la locura de la ambición humana. Yo me burlo de la calavera. La miro y le digo: «Te has equivocado de hombre. Tú quizás no creas en la vida, pero yo no creo en la muerte. ¡Aire!». La calavera se ríe y se me acerca todavía más, pero tampoco me sorprende. La razón por la que la muerte se aferra tanto a la vida no tiene nada que ver con una necesidad biológica; lo hace por envidia pura. La vida es tan bella que la muerte se ha enamorado de ella, un amor celoso y posesivo que agarra todo cuanto puede. Pero la vida salta por encima de la muerte con facilidad y en el fondo, lo poco que pierde carece de importancia —como el cuerpo, por ejemplo— y la melancolía no es más que la sombra de una nube pasajera. El chico de tez rosácea también obtuvo luz verde del comité de becas de Rhodes. Lo adoro y espero que su temporada en Oxford fuera una experiencia rica. Si Lakshmi, la diosa de la riqueza, me favorece pródigamente un día, Oxford es la quinta en mi lista de ciudades que quisiera visitar antes de fallecer, después de La Meca, Varanasi, Jerusalén y París.

No tengo nada que decir acerca de mi vida laboral, sólo que una corbata no es más que una soga, y por muy invertida que esté, acabará por colgar a un hombre si se descuida.

Me encanta Canadá. Añoro el calor de la India, la comida, las lagartijas en las paredes de las casas, los musicales del celuloide, las vacas deambulando por las calles, los graznidos de los cuervos, incluso las discusiones sobre los partidos de críquet, pero me encanta Canadá. Es un gran país en el que el frío te quita el tino y que está habitado por gente compasiva, inteligente y con peinados horrorosos. De todos modos, ya no me espera nada en Pondicherry.

Richard Parker nunca me ha dejado del todo. Jamás lo he olvidado. ¿Me atrevería a decir que le echo de menos? Pues sí, lo echo de menos. Me sigue apareciendo en sueños. En realidad, casi siempre son pesadillas, pesadillas moteadas de amor. Así es el enigma del corazón humano. Nunca he comprendido cómo pudo abandonarme de aquella forma tan poco ceremoniosa, sin tan siquiera un adiós, sin siquiera mirar atrás ni una sola vez. Es un dolor que me parte el alma como un hacha.

Los médicos y las enfermeras del hospital en México fueron increíblemente amables conmigo. Y los pacientes también; fueran víctimas de cáncer o de accidentes de coche, una vez se hubieran enterado de mi historia, venían renqueando o en silla de ruedas hasta mi cama, ellos y sus familias, aunque ninguno de ellos supiera ni una palabra de inglés ni yo de español. Me sonreían, me cogían de la mano, me acariciaban la cabeza, dejando obsequios de ropa y comida encima de la cama. Me indujeron a ataques de risa y de llanto incontrolables.

Conseguí ponerme de pie al cabo de un par de días, incluso di dos o tres pasos a pesar de las náuseas, el mareo y la debilidad general. Los análisis de sangre revelaron que estaba anémico, que tenía el nivel de sodio muy alto y el de potasio muy bajo. Mi cuerpo retenía líquidos y las piernas se me hincharon de forma asombrosa. Parecía como si me hubieran injertado unas patas de elefante. La orina me salía de color amarillo oscuro, casi marrón. Después de más o menos una semana, empecé a caminar con normalidad y podía ponerme zapatos sin acordonar. Las heridas se cerraron, aunque todavía tengo cicatrices en la espalda y en los hombros.

La primera vez que abrí un grifo, el ruido, el derroche y la superabundancia del chorro me impresionó tanto que me fallaron las piernas y me desmayé en los brazos de una enfermera.

Más adelante fui a un restaurante indio en Canadá y comí con los dedos. El camarero me miró con desdén y dijo, «¿Qué? Recién salido del barco, ¿verdad?». Palidecí. Mis dedos, que segundos atrás habían sido papilas gustativas para saborear la comida antes de llevármela a la boca, se volvieron sucios ante su mirada. Se paralizaron como criminales sorprendidos *in fraganti*. No me atreví ni a lamerlos. Los limpié en la servilleta como un transgresor. No tuvo ni idea de cuánto me hirieron sus palabras. Me atravesaron la piel como clavos. Cogí el cuchillo y el tenedor. Apenas sabía usar semejantes instrumentos. Me temblaban las manos. La comida había perdido todo su sabor.

CAPÍTULO 2

Vive en Scarborough. Es un hombre menudo y delgado; no pasa de un metro sesenta y cinco. Pelo negro, ojos oscuros. Tiene canas alrededor de las sienes. Cuarenta años, máximo. Una tez de un agradable color café. Hace un tiempo benigno de otoño, pero se

21

pone un abrigo con la capucha forrada de piel para ir hasta la cafetería. *Rostro expresivo. Habla apresuradamente, las manos inquietas. No pierde el tiempo en temas triviales. Va directamente al grano.*

CAPÍTULO 3

Me pusieron nombre de piscina. Es curioso, teniendo en cuenta que a mis padres no les gustaba el agua. Uno de los primeros contactos de negocios de mi padre fue Francis Adirubasamy. Se convirtió en un buen amigo de la familia. Yo lo llamaba Mamaji, ya que *mama* significa tío en tamul y *ji* es un sufijo que se utiliza en la India para transmitir respeto y cariño. De joven, años antes de que yo naciera, Mamaji había sido campeón de natación, el campeón de toda India del Sur. Conservó ese aspecto toda su vida. Una vez, mi hermano Ravi me dijo que cuando nació, Mamaji no quiso dejar de respirar agua y que el médico, para salvarle la vida, tuvo que agarrarlo de los pies y darle vueltas y vueltas por encima de su cabeza.

—¡Funcionó! —dijo Ravi, haciendo girar el brazo por encima de la cabeza como un loco—. Escupió toda el agua que tenía en los pulmones y empezó a respirar, pero toda la carne y la sangre se le subió al torso. Por eso tiene el pecho tan grande y las piernas tan delgadas.

Y me lo creí. (Ravi me tomaba el pelo sin piedad. La primera vez que llamó a Mamaji «el señor Pez» delante de mí le dejé una piel de plátano en la cama.) Incluso a los sesenta y tantos años, cuando ya andaba encorvado y una vida entera de gravedad contra-obstétrica había empezado a empujar sus carnes hacia abajo, Mamaji iba cada mañana a nadar treinta largos en la piscina del Aurobindo Ashram.

Intentó enseñar a mis padres a nadar, pero nunca consiguió que se adentraran en el mar más allá de las rodillas haciendo unos movimientos circulares ridículos con los brazos que, cuando intentaban nadar a braza, los hacía parecer como si estuvieran caminando por la selva, abriéndose paso entre los helechos o, cuando lo intentaban a crol, como si estuvieran corriendo cuesta abajo con los brazos girando como aspas de molino para evitar pegarse un porrazo. Ravi mostró la misma falta de entusiasmo.

Así que Mamaji tuvo que esperar a que apareciera yo para dar con un discípulo dispuesto. El día que llegué a la mayoría de edad para nadar que, para el disgusto de mi madre, Mamaji aseguró que era a los siete años, me llevó a la playa, extendió los brazos hacia el mar y dijo:

—Éste es mi regalo para ti.

—Y entonces casi te ahoga —afirmó mi madre.

Le fui fiel a mi gurú acuático. Bajo su vigilancia atenta, me tendía en la arena y batía las piernas y arañaba con las manos, volviendo la cabeza con cada brazada. Debía de parecer un niño en pleno berrinche a cámara lenta. Una vez en el agua, me sujetaba en la superficie mientras yo me esforzaba por nadar. Me resultó mucho más difícil que hacerlo sobre la arena. Pero Mamaji se mostró paciente y me daba ánimos.

Cuando creyó que ya había mejorado lo suficiente, les volvimos la espalda a las risas y a los gritos, a las carreras y al chapoteo, a las olas azules y verdes y a la espuma burbujeante, y nos dirigimos a la rectangularidad apropiada y la formalidad plana (y al precio de la entrada) de la piscina del *ashram*.

A lo largo de mi infancia íbamos a la piscina cada lunes, miércoles y viernes por la mañana. Se convirtió en un ritual tan regular y preciso como un crol bien ejecutado. Todavía conservo unos recuerdos vívidos de aquel anciano digno, de cómo se desnudaba a mi lado, el cuerpo desvelándose con cada prenda delicadamente despojada, de cómo salvaba el decoro en el último instante, volviéndose ligeramente hacia otro lado antes de ponerse aquel magnífico bañador atlético de importación. Se enderezaba y ya estaba listo. Todo aquello tenía una simplicidad épica. Las clases de natación, que luego se convirtieron en práctica de natación, eran extenuantes pero descubrí un profundo placer en hacer las brazadas con una facilidad y rapidez cada vez mayores, una y otra vez, hasta la hipnosis, y comprobar cómo el agua se iba transformando de plomo fundido en luz líquida.

Cada vez que volvía al mar, lo hacía solo, como un placer vedado, hechizado por las olas poderosas que se rompían con tanta fuerza y trataban de sacarme de la humilde marea, lazos suaves que trataban de atrapar su pequeño indio servicial.

Para un cumpleaños de Mamaji, cuando yo debía de tener unos trece años, le regalé dos largos enteros de estilo mariposa creíble. Acabé tan agotado que apenas pude saludarlo.

Aparte de la actividad de nadar, teníamos las charlas. Era la parte que más le gustaba a mi padre. Cuanto más enérgicamente se resistía a nadar, más le atraía. La natación era su tema predilecto para evadirse de sus conversaciones cotidianas en el trabajo sobre cómo llevar un zoológico. Claro que el agua sin hipopótamo era mucho más llevadera que el agua con hipopótamo.

Mamaji estudió en París durante dos años, gracias a la administración colonial. Se lo pasó en grande. Esto ocurrió a principios de los treinta, cuando los franceses estaban tan empeñados en hacer de Pondicherry un territorio galo como los británicos en anglicanizar el resto de la India. No me acuerdo exactamente de qué estudió. Algo empresarial, me imagino. Era un gran narrador de cuentos, pero olvídate de la torre Eiffel y del Louvre y de los cafés en los Champs-Elysées; todas sus historias hablaban de piscinas y competiciones de natación. Por ejemplo, de la Piscine Deligny, la piscina más antigua de la ciudad, construida en el año 1796, una especie de barcaza amarrada al Quai d'Orsay y sede de las pruebas de natación en las Olimpiadas de 1900. Pero ninguno de los tiempos fue reconocido por la Federación Internacional de Natación porque la piscina medía seis metros de más. El agua de la piscina procedía directamente del Sena, sin filtrar ni climatizar.

—Siempre estaba fría y sucia —dijo Mamaji—. El agua, habiendo atravesado toda la ciudad, ya llegaba asquerosa. Luego la gente que iba a la piscina se encargaba de convertirla en una auténtica pocilga.

Entonces bajó la voz y nos aseguró con complicidad y con detalles escabrosos que respaldaban sus afirmaciones que la higiene personal de los franceses dejaba mucho que desear.

—Pero la suciedad en la Deligny no era nada. La Bain Royal, otra letrina en el Sena, era aún peor. Al menos en la Deligny tenían el miramiento de sacar los peces muertos.

Sin embargo, una piscina olímpica es una piscina olímpica, tocada por la gloria inmortal. Aunque fuera un pozo séptico, Mamaji siempre hablaba de la Piscine Deligny con una sonrisa tierna.

Las Piscines Château-Landon, Rouvet o du boulevard de la Gare eran bastante mejores. Eran piscinas cubiertas, en tierra firme y abrían todo el año. El agua procedía de la condensación de los motores a vapor de las fábricas de la zona así que estaba más limpia y caliente. No obstante, estas piscinas seguían siendo sitios lúgubres y solían estar de bote en bote.

—Estaban tan llenas de lapos y saliva que creía que nadaba entre medusas —dijo Mamaji, riéndose.

Las Piscines Hébert, Ledru-Rollin y Butte-aux-Cailles eran piscinas iluminadas, modernas y espaciosas cuya agua venía de pozos artesianos. Ponían el listón de excelencia en las piscinas municipales. Había la Piscine des Tourelles, por supuesto, la otra gran piscina olímpica de la ciudad, inaugurada en los segundos Juegos Olímpicos de París de 1924. Y todavía había más, muchas más.

Pero a ojos de Mamaji no existía piscina equiparable al esplendor de la Piscine Molitor. Era la gloria acuática suprema ya no de París, sino del mundo civilizado entero.

—Era una piscina en la que los dioses se hubieran deleitado nadando. Molitor tenía el mejor club de natación de París. Había dos piscinas, una cubierta y otra al aire libre. Las dos parecían pequeños océanos. La piscina cubierta tenía dos calles reservadas para aquellos que quisieran hacer largos. El agua estaba tan limpia y clara que la hubieras podido usar para hacerte el café por la mañana. Alrededor de la piscina, en dos pisos, había unas cabinas blancas y azules de madera para cambiarse. Si mirabas hacia abajo se veía todo y a todos. Los encargados que te marcaban la puerta de la cabina con tiza para indicar que estaba ocupada eran unos ancianos cojos y amables de manera malhumorada. Por muchos gritos y payasadas que tuvieran que soportar, ellos ni se inmutaban. De las duchas salían chorros de agua caliente y relajante. Había una sauna y un gimnasio. La piscina descubierta se convertía en una pista de patinaje sobre hielo en invierno. Había un bar, un restaurante, una terraza y hasta dos pequeñas playas con arena de verdad. Cada azulejo, cada pieza de bronce o madera, todo brillaba. Era... Era...

Era la única piscina que lo dejaba sin palabras. En su memoria seguía haciendo demasiados largos para poderlas enumerar.

Mamaji lo revivía, papá soñaba.

Así es como adquirí mi nombre cuando vine a este mundo, un último y deseado complemento para mi familia, tres años después de Ravi: Piscine Molitor Patel.

CAPÍTULO 4

Nuestra querida nación apenas había cumplido los siete años de república cuando se hizo más grande gracias a un territorio pequeño. Pondicherry entró en la Unión India el 1 de noviembre de 1954. Un logro civil requería otro. Dispuso de una parte del Jardín Botánico de Pondicherry, libre de alquiler, para una oportunidad comercial emocionante y, *voilá!* la India se hizo con un zoológico flamante, diseñado y dirigido según los principios más modernos y biológicamente apropiados.

Era un zoológico enorme, se extendía por incontables hectáreas, tan grande que se necesitaba un tren para explorarlo, aunque tengo que decir que se me hizo más pequeño a medida que me fui haciendo mayor, incluso el tren. Ahora es tan pequeño que me cabe en la cabeza. Tienes que imaginarte un lugar caluroso y húmedo, bañado por la luz del sol y colores brillantes. La profusión de las flores es incesante. Crecen en abundancia árboles, arbustos y plantas trepadoras: higueras, flamboyanes, llamas del bosque, algodones de seda roja, jacarandás, mangos y árboles del pan, entre otros muchos cuyos nombres ni siquiera conocerías si no fuera por las etiquetas esmeradas que hay colocadas a sus pies. Hay bancos, en estos bancos verás que hay hombres durmiendo, tumbados, o parejas sentadas, parejas jóvenes que se echan miradas furtivas y que agitan las manos en el aire, rozándose por casualidad. De repente, entre los árboles altos y delgados que hay un poco más adelante, reparas en las dos jirafas que te observan en silencio. No es la última de las sorpresas que te esperan. Tras un instante te sobresalta el arrebato furioso de una tropa de monos, superado sólo por los chillidos estridentes de pájaros extraños. Llegas a un torniquete y sin darte cuenta, pagas una pequeña cantidad de dinero. Sigues caminando. Ves una pared de poca altura. ¿Qué puede haber al otro lado de una pared de tan poca altura? Lo que no puede haber es un foso poco profundo con dos poderosos rinocerontes indios. Y mira por dónde, eso es precisamente lo que encuentras. Y cuando vuelves la cabeza ves que el elefante ya estaba allí, tan grande que ni siquiera advertiste su presencia. Y en el estanque lo que flota en el agua son hipopótamos. Cuanto más miras, más ves. ¡Has llegado a Zootown!

Antes de trasladarnos a Pondicherry, mi padre tenía un gran hotel en Madrás. Su interés perdurable en los animales lo llevó al negocio zoológico. Una transición natural, podrías creer, la de llevar un hotel a llevar un zoológico. Pues no. Por muchos motivos, llevar un zoológico es la pesadilla más temida del hotelero. Imagínate un sitio en el que los huéspedes nunca salen de sus habitaciones; no sólo esperan alojamiento sino pensión completa también; reciben un torrente continuo de invitados, algunos de los cuales son ruidosos y revoltosos. Hay que esperar a que decidan salir al balcón, por decirlo de alguna manera, para poder limpiarles la habitación, y entones hay que esperar a que se cansen de la vista y vuelvan a sus habitaciones para poder limpiarles el balcón; y hay una cantidad interminable de limpieza, ya que los huéspedes son aún menos higiénicos que los alcohólicos. Cada uno de los huéspedes es muy tiquismiquis para la comida, todos se quejan del servicio y nunca, jamás dejan propina. Con toda franqueza, muchos de ellos son maníacos sexuales, es decir, o muy reprimidos y sujetos a explosiones de lascivia desenfrenada o abiertamente depravados. En cualquiera de los dos casos, ofenden con regularidad al empresariado con escándalos flagrantes de incesto y sexo libre. ¿Es ésta la clase de huéspedes que acogerías en tu posada? El zoológico de Pondicherry proporcionó algunas alegrías y muchos sinsabores al señor Santosh Patel, fundador, propietario, director, jefe de una plantilla de cincuenta y tres trabajadores, y mi padre.

Para mí era el paraíso sobre la tierra. Recuerdo la experiencia de haberme criado en un zoológico con gran cariño. Vivía a cuerpo de rey. ¿Qué hijo de maharajá tenía un jardín tan enorme y exuberante como el mío para jugar? ¿Qué palacio tenía semejante colección de animales salvajes? De pequeño, mi despertador era una manada de leones. No teníamos relojes suizos pero podíamos confiar en que los leones se pondrían a rugir a voz en grito entre las cinco y media y las seis de la mañana. El desayuno se veía interrumpido por los gritos y chillidos de los monos aulladores, las minas del Himalaya y las cacatúas moluqueñas. Salía hacia el colegio seguido de la mirada dulce no sólo de mi madre, sino de las nutrias de ojos vivarachos, de los bisontes americanos recios y de los orangutanes que todavía estaban desperezándose y bostezando a aquella hora. Tenía que ir mirando hacia arriba mientras corría por debajo de algunos de los árboles por si los pavos reales me excretaban en mi cabeza. Mejor pasar por debajo de los árboles que cobijaban a grandes colonias de murciélagos frugívoros. A esa hora de la mañana, los murciélagos no estaban para asaltos, excepto algún concierto disonante de chillidos y parloteo. A la salida a veces me detenía delante del terrario para mirar las ranas de color verde brillante, o amarillo y azul intenso, o marrón y verde clarito. O quizás me llamaran la atención las aves: los flamencos rosas, los cisnes negros, los casuarios de Salavati; o tal vez algo más pequeño: las tortolitas diamantinas plateadas, los estorninos brillantes de hombros rojos, los inseparables de cuello rojo, las cotorras de cabeza negra, los pericos maoríes montañeses. Muy remota era la probabilidad de que se hubieran levantado y puesto en movimiento los elefantes, las focas, los felinos mayores o los osos, pero los babuinos, los macacos, los monos mangabey, los gibones, los ciervos, los tapires, las llamas, las jirafas y las mangostas sí que eran madrugadores. Cada mañana antes de salir por la puerta principal, siempre me quedaba con una última imagen que era corriente e inolvidable a la vez: una pirámide de tortugas; el morro iridiscente de un mandril; el silencio majestuoso de una jirafa; la boca obesa, abierta y amarilla de un hipopótamo; un guacamayo subiendo una alambrada con el pico y las garras; el aplauso de recibimiento del pico de un picozapato; el semblante senil y lascivo de un camello. Pero tenía que absorber todas estas riquezas rápidamente mientras salía corriendo rumbo a la escuela. Era al salir de clase cuando descubría sin prisas lo que se siente cuando tienes un elefante hurgando amistosamente entre la ropa en busca de un cacahuete, o cuando tienes un orangután registrándote la cabeza con la esperanza de encontrar una garrapata de aperitivo y el suspiro de decepción al darse cuenta de que tu cabeza es una despensa vacía. Ojalá pudiera transmitir la perfección de una foca cuando entra al agua, la de un mono araña cuando salta de una punta a la otra o simplemente la de un león cuando vuelve la cabeza. Pero las palabras zozobran en semejantes mares. Lo mejor es imaginártelo si quieres sentirlo.

En los zoológicos, igual que en la naturaleza, las mejores horas de visita son al amanecer y al atardecer. Es la hora en que los animales se animan. Se despiertan, salen de sus refugios y se acercan sigilosamente a la orilla del agua. Muestran sus vestiduras. Cantan sus canciones. Se vuelven los unos hacia los otros y practican sus ritos. Hay una gran recompensa para el ojo que observa y el oído que escucha. Durante más horas de las que podría contar fui testigo discreto de las expresiones de la vida más afectadas y diversas que honran a nuestro planeta. Es algo tan brillante, estrepitoso, extraño y delicado que puede incluso aturdirte los sentidos.

He oído casi tantas tonterías acerca de los zoológicos como acerca de Dios y la religión. Hay gente bienintencionada pero mal informada que piensa que los animales en libertad son «felices» porque son «libres». Estas personas suelen tener en mente un predador grande y majestuoso, un león o un guepardo (rara vez se exalta la vida de los ñúes o de los osos hormigueros). Se imaginan a un animal salvaje deambulado por la sabana, tomándose paseos digestivos tras comerse una presa que ha aceptado su suerte sin rechistar, haciendo calistenia para mantenerse en forma tras algún exceso. Se imaginan al animal supervisando a sus crías con orgullo y ternura, a la familia entera mirando la puesta del sol desde las ramas de un árbol y suspirando de placer. La vida del animal salvaje es sencilla, noble y trascendental, se imaginan. De repente, aparecen unos hombres malvados para cazarlo y encerrarlo en una jaula. Le trunca la «felicidad». Anhela volver a la «libertad» y hace todo lo posible por escapar. Privado de su «libertad», el animal se vuelve una sombra de lo que era, con el espíritu quebrantado. Al menos es lo que algunos se imaginan.

Pero no es así.

Los animales en libertad llevan una vida de compulsión y necesidad dentro de una jerarquía social implacable en un medio en el que abunda la provisión de miedo y escasea la provisión de comida, en el que hay que defender constantemente el territorio y aguantar los parásitos durante toda la vida. ¿Qué sentido tiene la vida en semejante contexto? Los animales en libertad, a efectos prácticos, no tienen libertad ni en el espacio ni en el tiempo ni en sus relaciones personales. En teoría, es decir, como simple posibilidad física, un animal podría recoger sus cosas y marcharse, desdeñando todas las convenciones sociales y los límites propios de su especie. Pero es menos probable que ocurra un acontecimiento como éste a que un miembro de nuestra propia especie, digamos, un comerciante con todos los vínculos habituales (la familia, los amigos, la sociedad), lo deje todo y se aleje de su vida provisto únicamente del cambio suelto que lleva en los bolsillos y con lo puesto. Si un hombre, el más valiente e inteligente de las criaturas, no se ve capaz de deambular de lugar en lugar, un extraño para todos, sin deber nada a nadie, ¿por qué lo iba a hacer un animal, que tiene un temperamento mucho más conservador? Pues así son los animales: conservadores, incluso reaccionarios. El cambio más insignificante puede disgustarlos. Quieren que las cosas estén justamente como ellos quieren, día tras día, mes tras mes. Las sorpresas les resultan muy desagradables. Es algo que se observa en sus relaciones espaciales. Un animal habita su espacio, sea en un zoológico o en su hábitat natural, del mismo modo que las piezas del ajedrez: de forma significativa. No hay más casualidad, ni «libertad», en el paradero de un lagarto, un oso o un ciervo que en la posición de un caballo en una tabla de ajedrez. Ambas cosas indican un proceder y una función. En su hábitat natural, los animales recorren los mismos caminos por las mismas razones apremiantes, estación tras estación. En un zoológico, si un animal no está en su lugar habitual y en la misma postura a la hora de siempre, algo querrá decir.

30

Quizá sólo refleje un pequeño cambio en su entorno. Puede ser que se haya sentido amenazado por una manguera enrollada que un cuidador se ha olvidado de guardar; que se haya formado un charco que molesta al animal; la sombra de una escalera abierta. Pero podría querer decir algo más. En el peor de los casos, podría ser aquello que más aterra a un director de zoológico: un *síntoma*, un presagio de los problemas por venir, un motivo para inspeccionar la boñiga, repreguntar al cuidador, llamar al veterinario. ¡Y todo porque una cigüeña no está en su lugar habitual!

Pero hay un aspecto de la cuestión en el que quisiera detenerme por un momento.

Si entraras en una casa, derribaras la puerta a patadas, echaras a los habitantes a la calle y dijeras: «¡Huid! ¡Ya sois libres! ¡Libres como los pájaros! ¡Huid! ¡Huid!», ¿crees que darían brincos y bailarían de alegría? Pues no. Los pájaros no son libres. La gente que acabas de desahuciar farfullaría con rabia: «¿Con qué derecho nos echas de aquí? Ésta es nuestra casa. La hemos comprado. Llevamos años viviendo aquí. Vamos a llamar a la policía, sinvergüenza».

¿No solemos decir «hogar, dulce hogar»? Sin duda alguna, los animales sienten lo mismo. Los animales son territoriales. Ahí está la clave de sus mentes. Sólo un territorio familiar les permitirá satisfacer los dos imperativos implacables de la naturaleza: eludir a sus enemigos y conseguir agua y comida. Un recinto biológicamente apropiado, sea una jaula, un foso, una isla rodeada de un foso, un corral, un terrario, una pajarera o un acuario, es otro territorio más, peculiar exclusivamente por su tamaño y su proximidad al territorio humano. Y es lógico que el espacio sea mucho más pequeño de lo que sería si el animal estuviera en su hábitat natural. Los territorios naturales no son grandes por cuestión de gusto, sino de necesidad. En un zoológico hacemos por los animales lo que hemos hecho para nosotros mismos en nuestras casas: reunimos en un espacio pequeño lo que la naturaleza ha extendido. Mientras que antes teníamos la cueva aquí, el río allá, las tierras de caza a dos kilómetros más hacia allá, la atalaya al lado, las frutas en otro sitio, y todo infestado de leones, serpientes, hormigas, sanguijuelas y hiedra venenosa, ahora el río nos sale de un grifo al alcance de la mano y pode-

31

mos lavarnos al lado de donde dormimos, podemos comer donde hemos cocinado, podemos rodearlo todo con una pared protectora y mantenerlo limpio y calentito. Una casa no es más que un territorio comprimido en el que nuestras necesidades básicas se satisfacen de cerca y sin peligro. Un recinto apropiado en un zoológico es el equivalente para un animal (salvo la ausencia notable de una chimenea o algo por el estilo, presente en cada morada humana). Si el animal encuentra en él todo lo que requiere: una atalaya, un lugar para descansar, para comer y beber, para bañarse, para lamerse, etc., y no tiene la necesidad de ir a cazar porque la comida aparece seis días por semana, entonces tomará posesión de su espacio dentro del zoológico del mismo modo en que reivindicaría como propio un espacio nuevo en su hábitat natural, es decir, lo explorará y dejará las huellas características a su especie, como la orina quizá. Una vez ha realizado este ritual de mudanza y el animal se ha instalado, no se sentirá como un inquilino nervioso ni mucho menos como un prisionero, sino más bien como un terrateniente, y se comportará de la misma forma dentro de su recinto que si estuviera en su territorio natural, hasta el punto de defenderlo a brazo partido si se lo invadieran. Un recinto así no es subjetivamente mejor ni peor para un animal que sus condiciones en libertad; mientras satisfaga las necesidades del animal, un territorio, sea natural o construido, sencillamente es, sin juzgar, un hecho, igual que las manchas de un leopardo. Uno podría alegar que si un animal pudiera escoger con inteligencia, optaría por quedarse en el zoológico, dado que la diferencia más importante entre un zoológico y su hábitat natural es la falta de parásitos y enemigos y la abundancia de comida en el primero y su respectiva abundancia y escasez en el segundo. Piénsalo fríamente. ¿Qué preferirías? ¿Alojarte en el Ritz con servicio a las habitaciones gratis y acceso ilimitado a un médico o estar sin techo y sin nadie que se preocupe por ti? Lo que ocurre es que los animales son incapaces de semejantes discernimientos. Dentro de los límites de su naturaleza, se apañan con lo que tienen.

Un buen zoológico es un lugar de coincidencia cuidadosamente elaborada: cuando un animal nos dice «¡quédate fuera!» con orines u otras secreciones, nosotros le decimos

«¡quédate dentro!» con las barreras. Bajo estas circunstancias de paz diplomática, los animales están contentos, nosotros podemos relajarnos, y todos podemos dedicarnos a observarnos mutuamente.

Entre el material publicado se encuentran legiones de ejemplos de animales que podrían haberse escapado y que no lo hicieron, o que sí lo hicieron, pero volvieron. Existe el caso de un chimpancé que viendo que no le habían cerrado bien la puerta de la jaula y que estaba abierta de par en par, se angustió tanto que se puso a gritar y a dar portazos una y otra vez con un estrépito ensordecedor hasta que el cuidador, advertido por un visitante, fue corriendo a solucionar el problema. Una manada de corzos en un zoológico europeo salió de su corral aprovechando que la verja estaba abierta. Asustados por los visitantes, los corzos huyeron, yendo a parar a un bosque cercano, que ya tenía su propia manada de corzos en la que podrían haberse incorporado. Sin embargo, los corzos del zoológico volvieron rápidamente a su corral. En otro zoológico, un obrero que iba hacia la obra a primera hora de la mañana con unas tablas de madera vio horrorizado cómo un oso salía de la niebla y venía hacia él con aire resuelto. El hombre dejó caer todas las tablas al suelo y puso pies en polvorosa. Los empleados del zoológico salieron a buscar el oso fugitivo de inmediato. Lo encontraron de vuelta en su recinto. Había bajado por donde había subido, por un árbol que se había caído. Se pensó que el ruido de las tablas al caerse al suelo lo había asustado.

Pero no quiero insistir más en el tema. No pretendo defender a los zoológicos. Como si los cierran todos (esperemos que lo que queda de fauna pueda sobrevivir en el mundo natural que todavía no ha sido destrozado). Soy consciente de que los zoológicos ya no están bien vistos. La religión tiene que hacer frente al mismo problema. Los dos están plagados de ciertas ilusiones referentes a la libertad.

El zoológico de Pondicherry ya no existe. Han llenado los fosos y han derribado las jaulas. Ahora lo exploro en el único sitio que conservo para hacerlo: mi memoria.

CAPÍTULO 5

Con mi nombre no se acaba la historia sobre mi nombre. Si te llamas Paco, nadie te pregunta «¿cómo se escribe?». Si te llamas Piscine Molitor Patel, eso ya es otro cantar.

Algunos creían que me llama P. Singh y que era sikh, y no entendían por qué no llevaba turbante.

Mientras estudiaba en la universidad, fui una vez a Montreal con unos amigos. Una noche me tocó pedir pizzas. La mera idea de tener que aguantar que otro francófono se mofara de mi nombre me abrumaba tanto que cuando el hombre al otro lado del teléfono me dijo: «¿Me dice su nombre?», yo le respondí: «Apunte lo que quiera». Media hora después llegaron dos pizzas a nombre de «Roque Piera».

Es cierto que en la vida conocemos a personas que pueden cambiarnos, a veces de forma tan profunda que nunca volvemos a ser los mismos, ni siquiera en nombre. Piensa en Simón, que se llama Pedro; en Mateo, alias Leví; en Natanael, también llamado Bartolomé; en Judas, no Iscariote, que se hizo llamar Tadeo; en Simeón que adoptó el nombre de Níger; en Saulo que se convirtió en Pablo.

Me encontré con mi soldado romano a los doce años, una mañana en el patio. Acababa de llegar a la escuela. Me vio y un ramalazo de inspiración maléfica iluminó su mente obtusa. Levantó el brazo, me señaló y gritó:

—¡Mirad! ¡Ya ha llegado *Pissing** Patel!

En cosa de un segundo, todo el mundo se echó a reír. Las risas se disiparon mientras fuimos desfilando hacia el aula. Entré el último, luciendo mi corona de espinas.

Que los niños sean crueles no es ninguna novedad. Las palabras me llegaban flotando desde el otro lado del patio, sin querer, gratuitas: «¿Has visto a Pissing? Yo también lo estoy». O: «¡Pissing! Ay, perdona. Te he visto tan arrimado a la pared que creí que eras él».

O algo por el estilo. Si lograba no estremecerme, seguía con lo que estaba haciendo, como si no me hubiera enterado. Aunque el sonido desaparecía, el dolor persistía, igual que el

* En inglés, *pissing* quiere decir *meando*. (N. de la T.)

34

olor a meado, incluso horas después de haberse evaporado.

Los profesores también tenían sus lapsus. Era el calor. A medida que pasaban las horas, la clase de geografía, que por la mañana había sido compacta como un oasis, se nos hacía más interminable que el desierto Thar; la clase de historia, tan viva a primera hora del día, se volvía reseca y polvorienta; la clase de matemáticas, tan precisa al principio, se volvía confusa. Debido a la fatiga de la tarde, mientras se secaban la frente y la nuca con un pañuelo, sin intención ni de ofenderme ni de ganarse una risa, hasta los profesores se olvidaban de la promesa fresca y acuática de mi nombre y lo distorsionaban de forma vergonzosa. A través de unas modulaciones casi imperceptibles siempre me llegaba el desliz. Era como si sus lenguas se convirtieran en aurigas arrastrados por caballos salvajes. La primera sílaba les salía sin problemas, *Pi*, pero al final el calor acababa venciendo y perdían el control de sus corceles que echaban espuma por la boca y se veían incapaces de remontar la segunda sílaba, *siin*. Ah no, lo que hacían era zambullirse con tesón, pronunciando un perfecto *sing*, y en el momento siguiente, todo estaba perdido. Levantaba la mano para responder a una pregunta y la recibían con ese: «A ver, Pissing». Los profesores casi nunca se daban cuenta de lo que acababan de llamarme. Después de unos momentos, me miraban cansinamente, sin entender por qué no soltaba la respuesta de una vez. Y a veces mis compañeros, también abatidos por el calor, ni siquiera reaccionaban. Ni una risita, ni una mueca burlona. Pero la afrenta nunca se me escapaba.

Pasé el último curso en el colegio de San José con la misma sensación que Mahoma en La Meca, profeta perseguido, la paz sea con él. Pero igual que él planeó huir a Medina, la Hégira que marcaría el inicio de la era musulmana, yo también planifiqué mi propia huida y el inicio de una nueva era para mí.

Después de San José, fui al Petit Séminaire, la mejor escuela secundaria de habla inglesa en Pondicherry. Ravi llevaba algunos años allí, e igual que todos los hermanos pequeños, me tocó sufrir el intento de seguirle los pasos a un hermano mayor muy popular. Fue el atleta de su generación en el Petit Séminaire, un lanzador temido y un bateador poderoso, el capitán del mejor equipo de críquet de la ciudad, nuestro preciado Kapil Dev. El hecho de que yo supiera nadar no produjo grandes olas, ni mucho menos. Parece ser que la gente que vive al lado del mar no se fía de los nadadores, igual que la gente de montaña no se fía de los alpinistas. Pero mi plan no era vivir eclipsado por nadie, aunque hubiera preferido cualquier nombre antes que «Pissing», aunque fuera «el hermano de Ravi». Tenía una idea mucho más brillante.

La llevé a cabo desde el primer día, desde la primera clase. Estaba rodeado por otros alumnos de San José. La clase empezó como suelen empezar todas las clases nuevas, es decir, con los nombres. Los dijimos en voz alta desde los pupitres, según el orden en que nos habíamos sentado.

—Ganapathy Kumar —dijo Ganapathy Kumar.

—Vipin Nath —dijo Vipin Nath.

—Shamshool Hudha —dijo Shamshool Hudha.

—Peter Dharmaraj —dijo Peter Dharmaraj.

Cada nombre se ganó una cruz en la lista y una mirada breve y mnemotécnica del profesor. Yo tenía los nervios de punta.

—Ajith Giadson —dijo Ajith Giadson, a cuatro pupitres...

—Sampath Saroja —dijo Sampath Saroja, a tres...

—Stanley Kumar — Stanley Kumar, a dos...

—Sylvester Naveen —dijo Sylvester Naveen, el chico que tenía justo delante.

Me tocaba a mí. Había llegado la hora de deshacerme de Satán. Medina, allá voy.

Me levanté del pupitre y me dirigí rápidamente a la pizarra. Antes de que el profesor pudiera abrir la boca, cogí un trozo de tiza y dije, mientras escribía:

**Me llamo
Piscine Molitor Patel,
conocido por todos como**

Subrayé las dos primeras letras de mi nombre de pila.

Pi Patel.

Por si acaso, agregué:

$$\pi = 3{,}1416$$

Luego dibujé un círculo enorme y lo partí con un diámetro, para evocar aquella lección básica de geometría.

Hubo un silencio sepulcral. El profesor tenía los ojos clavados en la pizarra. Yo me estaba aguantando la respiración. Entonces dijo:

—Muy bien, Pi. Siéntate. La próxima vez procura pedir permiso antes de levantarte del pupitre.

—Sí, señor.

Me puso una cruz al lado del nombre y miró al chico siguiente.

—Mansoor Ahamad —dijo Mansoor Ahamad.

Me había salvado.

—Gautham Selvaraj —dijo Gautham Selvaraj.

Podía respirar tranquilo.

—Arun Annaji —dijo Arun Annaji.

Borrón y cuenta nueva.

Repetí el mismo espectáculo con todos los profesores. La repetición es un factor esencial, no sólo para adiestrar a los animales, sino también a los humanos. Entre un chico de nombre corriente y el siguiente, salía disparado a la pizarra y estampaba en ella (en más de una ocasión con un chirrido estrepitoso) los detalles de mi renacimiento. Mis compañeros no tardaron en corear conmigo, un crescendo que acababa en clímax, tras una inhalación brusca mientras subrayaba la nota pertinente, haciendo una interpretación tan conmovedora de mi nuevo nombre que hubiera hecho delicias de cualquier director de coro. Algunos de mis compañeros susurraban con urgencia: «¡Tres! ¡Coma! ¡Catorce! ¡Dieciséis!», mientras yo escribía a toda prisa. Al final partía el círculo con tanto ímpetu que salían volando trocitos de tiza.

Ese mismo día, cada vez que levanté la mano aprovechando cualquier excusa, los profesores me concedieron la palabra con una sola sílaba que me sonaba a música celestial. Los alumnos siguieron su ejemplo. Incluso los diablos de San José. Es más, mi nombre se puso de moda. Sin lugar a dudas, somos una nación de ingenieros que aspiran a ser reconocidos: poco después, un chico llamado Omprakash se apodó Omega, otro se hizo llamar Épsilon, y hubo una temporada en que teníamos un Gamma, un Lambda y un Delta. Pero yo fui el primero y el más perdurable de los griegos en el Pétit Seminaire. Hasta mi hermano, el capitán del equipo de críquet, ese dios regional, le dio su visto bueno. La semana siguiente me llevó a un lado.

—¿Es verdad lo que dicen por ahí de tu nuevo apodo?

Me quedé callado. Porque fueran cuales fuesen las burlas que me tocara aguantar, me iban a tocar igual. No había forma de sortearlas.

—No sabía que te gustara tanto el color amarillo.

¿El color amarillo? Miré a mi alrededor. Nadie debía oír lo que estaba a punto de decir, y sus lacayos menos que nadie.

—Ravi, ¿a qué te refieres? —susurré.

—A mí me da igual, hermanito. Llámate como quieras, con tal de que no sea «Pissing». «Piña Patel» tampoco está tan mal.

Se alejó lentamente, sonrió y me dijo:

—Tampoco hace falta que te pongas tan colorado.

Pero guardó silencio.

Y de este modo me guarecí en aquella letra griega que parece una choza con techo de chapa de cinc, en aquel número esquivo, irracional a partir del cual los científicos intentan comprender el universo.

CAPÍTULO 6

Es un cocinero excelente. La casa caldeada siempre huele a algo delicioso. Su estante de especias parece salido de una tienda de boticario. Cada vez que abre la nevera o el armario, veo marcas que ni siquiera reconozco; de hecho, no sé ni en qué idioma están escritas. Estamos en la India. Pero sabe preparar platos occidentales con la misma destreza. Prepara los macarrones más sabrosos y suaves que he probado en mi vida. Y sus tacos vegetarianos serían la envidia de todo México.

Me fijo en otro detalle: todos los armarios están hasta los topes.

Detrás de cada puerta, en cada estante, hay pilas y pilas de latas y paquetes cuidadosamente amontonados. Una reserva de comida que duraría más que el sitio de Leningrado.

CAPÍTULO 7

Tuve la suerte de tener algunos profesores buenos en mi juventud, hombres y mujeres que se introdujeron en mi pequeña cabeza y encendieron una cerilla. Entre ellos había el señor Satish Kumar, mi profesor de biología en el Petit Séminaire y un comunista militante que abrigaba la esperanza de que algún día Tamil Nadu dejara de elegir a estrellas de cine y siguiera el ejemplo de Kerala. Tenía un aspecto de lo más curioso. Aunque tenía la coronilla calva y puntiaguda, los carrillos le colgaban por debajo de la mandíbula. Sus hombros estrechos cedían el paso a un estómago descomunal que parecía el pie de una montaña, excepto que la montaña se suspendía en el aire, pues acababa bruscamente y le desaparecía horizontalmente dentro del pantalón. Sus piernas parecían dos palos y jamás comprenderé cómo le aguantaban el peso que llevaban encima. El caso es que lo aguantaban, aunque de vez en cuando hacían algún movimiento extraño, como si pudiera doblar las rodillas en cualquier dirección. Tenía una construcción geométrica: como dos triángulos, uno pequeño y uno grande, sostenidos en equilibrio encima de dos líneas paralelas. Pero era orgánico, con bastantes verrugas y de cada oreja le salía una mata de pelo negro. Y era amable. La sonrisa le ocupaba toda la base de su cabeza triangular.

El señor Kumar fue el primer ateo declarado que conocí en mi vida. No me enteré de este hecho en clase, sino en el zoológico. Él solía ir al zoológico con regularidad. Leía los rótulos y los letreros descriptivos detenidamente y veía a todos los animales con buenos ojos. Para él, cada uno era un triunfo de la lógica y de la mecánica, y la naturaleza en su totalidad le parecía una ejemplificación excepcionalmente magnífica de la ciencia. Según él, cuando un animal sentía el impulso de aparearse, decía «Gregor Mendel», recordando el padre de la genética, y cuando le tocaba demostrar lo que valía, decía «Charles Darwin», el padre de la selección natural, y lo que nosotros interpretábamos como un balido, un gruñido, un silbido, un bufido, un rugido, un bramido, un aullido, un chirrido o un gorjeo no era más que un acento extranjero muy marcado. Cuando el señor Kumar iba al zoológico, era para tomarle el pulso al universo y su *mente estetoscopio* siempre le confirmaba que todo estaba en orden, que todo era orden. Siempre salía del zoológico científicamente refrescado.

La primera vez que vi su forma triangular tambaleándose por el zoológico, me sentí cohibido. Por muy bien que me cayera como profesor, era una figura de autoridad y yo, un mero sujeto. Le tenía un poco de miedo. Lo observé de lejos. Se había parado delante del foso de los rinocerontes. Los dos rinocerontes indios eran uno de los principales atractivos del zoológico debido a las cabras. Los rinocerontes son animales sociales, y cuando llegó Pico, un macho joven y salvaje, empezó a dar muestras de sentirse aislado y se le fue quitando el apetito. Como recurso provisional, mientras buscaba una hembra, mi padre decidió ver si Pico podría acostumbrarse a vivir con cabras. Si funcionaba, salvaría un animal valioso. Si no, sólo le habría costado unas cuantas cabras. Funcionó de maravilla. Pico y las cabras se hicieron amigos inseparables, incluso después de que llegara Cima. Ahora, cuando los rinocerontes se bañaban, las cabras los esperaban a la orilla de su charca enlodada, y cuando las cabras se iban a comer a su rincón, Pico y Cima se quedaban a su lado como guardaespaldas. Este convenio de morada era muy popular entre los que venían al zoológico.

El señor Kumar levantó la vista y me vio. Sonrió y, con una mano todavía apoyada en la barra, me hizo señas con la otra para que me acercara a él.

—Hola, Pi —me dijo.

—Hola, señor. Le agradezco que haya venido al zoológico.

—Vengo a menudo. Podríamos decir que es mi templo. Esto es interesante... —dijo, señalando el foso—. Si nuestros políticos fueran como estas cabras y rinocerontes, este país no tendría tantos problemas. Por desgracia, lo que tenemos es un primer ministro que lleva el mismo blindaje que estos rinocerontes pero que carece de su buen sentido común.

No sabía gran cosa acerca de la política. Papá y mamá se quejaban mucho de la señora Gandhi, pero la verdad es que yo no entendía gran cosa. Ella vivía en la otra punta, al norte del país, y no en el zoológico ni en Pondicherry. Pero me sentí obligado a contestarle.

—La religión nos salvará —dije.

Desde que tenía memoria, siempre había llevado la religión en el corazón.

—¿La religión? —dijo el señor Kumar, sonriendo de oreja a oreja—. No creo en la religión. La religión equivale a oscuridad.

¿Oscuridad? Estaba confundido. Pensé, la oscuridad no tiene nada que ver con la religión. La religión es luz. ¿Me estaba poniendo a prueba? ¿Me estaba diciendo que la religión equivalía a oscuridad igual que hacía en clase, como cuando decía que los mamíferos ponían huevos, para ver si alguien lo corregía? («No, señor. Sólo los ornitorrincos.»)

—No existen razones para ir más allá de una explicación científica de la realidad ni razones sólidas para creer en cosas que no experimentemos con los sentidos. Un intelecto lúcido, la atención a los detalles y un poco de conocimiento científico conseguirá poner al descubierto la religión por la majadería supersticiosa que es. Dios no existe.

¿Lo dijo? ¿O me vienen a la memoria las frases de ateos posteriores? En cualquier caso, dijo algo por el estilo. Nunca había oído semejantes palabras.

—¿Por qué tolerar la oscuridad? Todo ya está aquí y está claro si sabemos mirar con la atención debida.

Estaba señalando a Pico. Bueno, aunque sentía una gran admiración por Pico, jamás me había imaginado a un rinoceronte como una bombilla.

Siguió:

—Hay gente que dice que Dios murió durante la División de 1947. Podría haber muerto en 1971 durante la guerra. O quizá muriera aquí mismo en un orfanato de Pondicherry. Eso es lo que algunos dicen, Pi. Cuando yo tenía tu edad, vivía postrado en la cama, víctima de la polio. Cada día me preguntaba: «¿Dónde está Dios? ¿Dónde está Dios? ¿Dónde está Dios?». Y Dios nunca vino. No fue Dios quien me salvó. Fue la medicina. La razón es mi profeta y me dice que igual que un reloj se para, nosotros nos morimos. Se acabó. Y si el reloj no funciona bien, nosotros mismos tenemos que arreglarlo aquí y ahora. Un día nos haremos con los medios de producción y habrá justicia en la Tierra.

Sus palabras me aturdieron. No me asustó el tono, pues hablaba con el mismo cariño y valentía de siempre, pero los detalles me parecieron de lo más funesto. Me quedé callado, pero no por miedo a hacer enojar al señor Kumar. Lo que más temía era que con cuatro palabras me acabara destrozando algo que yo amaba. ¿Y si sus palabras tenían el mismo efecto de la polio sobre mí? ¡Qué enfermedad más terrible la que es capaz de matar a Dios en un hombre!

Se alejó de mí, lidiando con el mar salvaje que era suelo firme.

—No olvides que el martes tienes un examen. Estudia mucho, 3,1416.

—Sí, señor Kumar.

Se convirtió en mi profesor favorito en el Petit Séminaire y el motivo por el que estudié zoología en la Universidad de Toronto. Me sentí identificado con él. Fue el primer indicio de que los ateos son mis hermanos y hermanas de otra fe, y que cada una de sus palabras hablan de la fe. Al igual que yo, dejan que las piernas de la razón les lleven hasta donde puedan, y entonces se lanzan.

Voy a ser franco. Los que me sacan de quicio no son los ateos, sino los agnósticos. La duda es útil durante un tiempo. Todos tenemos que pasar por el jardín de Gethsemaní. Si Cristo dudó, nosotros también debemos. Si Cristo pasó una noche entera de angustia rezando, si gritó desde la cruz: «Dios mío, Dios mío, ¿por qué me has abandonado?», no cabe duda de que a nosotros también se nos permite dudar. Pero hay que progresar. El hecho de escoger la duda como filosofía de vida es como elegir la inmovilidad como forma de transporte.

CAPÍTULO 8

Como solemos decir los del gremio, el animal más peligroso de un zoológico es el Hombre. En general, nos referimos al excesivo sentido depredador de nuestra especie que ha convertido al planeta entero en nuestra presa. En concreto, nos referimos a las personas que dan anzuelos a las nutrias, cuchillas a los osos, manzanas llenas de clavos a los elefantes, y otras variaciones de ferretería sobre el mismo tema: bolígrafos, clips, imperdibles, gomas elásticas, peines, cucharitas, herraduras, trozos de vidrio, anillos, broches y otras alhajas (no sólo de bisutería ni de plástico, sino alianzas de oro también), pajitas, cubiertos de plástico, pelotas de ping-pong, pelotas de tenis, entre otras. El obituario de los animales de zoológico que han muerto a causa de comerse algún cuerpo extraño incluiría gorilas, bisontes, cigüeñas, ñandúes, avestruces, focas, leones marinos, felinos mayores, osos, camellos, elefantes, monos y casi todas las variedades de ciervo, rumiante y pájaro cantor. Entre los guardianes de los zoológicos, la muerte de Goliat se hizo famosa. Era un elefante marino macho, una bestia grandiosa y venerable que pesaba dos toneladas, la estrella del zoológico europeo donde vivía y adorado por todos los que iban a visitarlo. Murió de una hemorragia interna después de que alguien le diera una botella de cerveza rota.

Muchas veces esta crueldad es más activa y directa. La bibliografía contiene informes sobre el enorme sufrimiento ocasionado a los animales de zoológico: un picozapato que murió de shock después de que alguien le rompiera el pico con un martillo; un alce americano que perdió la barba y un pedazo de piel del tamaño de un dedo con la ayuda del cuchillo de un visitante (el mismo arce fue envenenado seis meses después); un mono al que le rompieron el brazo cuando iba a coger los cacahuetes que le ofrecían; un ciervo que perdió los cuernos por culpa de una sierra de arco; una cebra a la que apuñalaron con una espada; y otras agresiones llevadas a cabo con bastones, paraguas, horquillas, agujas de tejer, tijeras y otros objetos, a menudo con el propósito de sacarles un ojo o lastimarles los órganos sexuales. También hay aquellos

43

que los envenenan. Luego hay indecencias todavía más extrañas: los onanistas que se satisfacen delante de monos, ponis y pájaros; un fanático religioso que le cortó la cabeza a una serpiente; un demente a quien le dio por orinar en la boca de un uapití.

El zoológico de Pondicherry corrió mejor suerte. Nos libramos de los sádicos que asediaban los zoológicos europeos y americanos. Aun así, nuestro agutí dorado desapareció, robado por alguien que se lo comió. Al menos es lo que presumió mi padre. Algunas de nuestras aves, entre ellas faisanes, pavos reales y guacamayos, perdieron plumas a manos de gente que codiciaba su belleza. Cogimos a un hombre que pretendía entrar en el corral de los ciervos enanos con un cuchillo. Dijo que iba a castigar al malvado Ravana (que, según el Ramayana, tomó la forma de un ciervo cuando secuestró a Sita, la consorte de Rama). Pillamos a otro hombre que quería robar una cobra. Era un encantador cuya serpiente había muerto. Pudimos salvar a los dos: redimimos a la serpiente de una vida de servidumbre y música horrorosa, y al hombre de una posible mordedura letal. De vez en cuando tuvimos que vérnoslas con gente que tiraba piedras a los animales porque estaban demasiado plácidos y querían provocar una reacción. Y tuvimos el caso de una mujer cuyo sari quedó atrapado en la boca de un león. Empezó a dar vueltas como una peonza, optando por un bochorno mortal antes que un final mortal. Lo más curioso es que ni siquiera fue un accidente. Se había inclinado hacia la jaula, metiendo la mano entre las rejas, y había agitado el sari delante de la cara del león. Nunca supimos qué pretendía conseguir. Salió ilesa, pero de repente vino en su ayuda una manada de hombres fascinados. La explicación aturrullada que ofreció a papá fue: «¿Dónde se ha visto un león comerse un sari de algodón? Creí que los leones eran carnívoros». Pero los que más problemas causaban eran los que daban de comer a los animales. Aunque nunca bajamos la guardia, el doctor Atal, el veterinario del zoológico, siempre sabía por el número de animales con trastornos digestivos cuáles habían sido los días más concurridos. Solía llamar «*tentempié-itis*» a los casos de enteritis o gastritis debidos a un exceso de carbohidratos, sobre todo azúcar. Ojalá sólo les hubieran dado caramelos. La gente cree que los animales pueden comer de todo sin que les perjudique la salud en lo más mínimo. No es así. Uno de nuestros perezosos se puso gravemente enfermo con una enteritis hemorrágica después de que un hombre que creía estar haciendo una buena obra le diera pescado podrido.

En una pared justo al otro lado de la taquilla, mi padre había escrito la siguiente pregunta en grandes letras rojas: ¿SABES CUÁL ES EL ANIMAL MÁS PELIGROSO DEL ZOOLÓGICO? Había una flecha que señalaba una pequeña cortina. Tantas eran las manos curiosas e impacientes que tiraban de ella que cada dos por tres teníamos que cambiarla. Detrás de la cortina había un espejo.

Pero aprendí a mi costa que mi padre creía que había un animal aún más peligroso que nosotros, un animal muy común además, que se encontraba en todos los continentes, en todos los hábitats: la temible especie *Animalus anthropomorphicus*, el animal visto a través del ojo humano. Todos hemos conocido, quizás tenido, por lo menos uno. Es el típico animal «mono», «simpático», «cariñoso», «leal», «feliz» y «comprensivo». Estos animales esperan emboscados en todas las jugueterías y en todos los zoológicos para niños. Hay una infinidad de cuentos sobre ellos. Son la antítesis de los animales «fieros», «sanguinarios» y «depravados» que encienden la ira de los maníacos que acabo de mencionar, que dan rienda suelta a su rencor con bastones y paraguas. En ambos casos, miramos un animal y vemos un espejo. La obsesión de colocarnos en el centro de todo es la ruina tanto de los teólogos como de los zoólogos.

Dos veces aprendí la lección de que un animal es un animal, distantes de nosotros en esencia y práctica. Una vez me la dio mi padre y la otra, Richard Parker.

Era un domingo por la mañana. Yo estaba jugando sólo tranquilamente cuando mi padre nos llamó.

—Niños, venid aquí.

Algo pasaba. El tono de su voz encendió una pequeña alarma en mi cabeza. Tuve que repasarme rápidamente la conciencia. Estaba limpia. Seguro que Ravi se había metido en otro lío. Me pregunté qué habría hecho esta vez. Fui a la sala. Mi madre también estaba allí. Eso no era normal. La disciplina de los niños, igual que el cuidado de los animales, eran asuntos de los que generalmente se encargaba mi padre. Ravi fue el último en entrar. Se le notaba en su cara de criminal que de algo era culpable.

—Ravi, Piscine, hoy os voy a dar una lección muy importante.

—Por favor, ¿quieres decir que es necesario? —interrumpió mamá.

Tenía el rostro colorado.

Yo tragué saliva. Si mi madre, una mujer tan serena, tan tranquila, estaba preocupada, incluso disgustada, quería decir que nos esperaba una buena bronca. Ravi y yo nos miramos.

—Sí, es muy necesario —dijo papá, enojado—. Un día les podría salvar la vida.

¡Salvarnos la vida! Ahora ya no me sonaba una pequeña alarma en la cabeza, sino campanadas, como las de la iglesia Sagrado Corazón de Jesús, bastante cerca del zoológico.

—Pero Piscine... si apenas tiene ocho años —insistió mamá.

—Es el que más me preocupa.

—¡Soy inocente! —salté de repente—. Ha sido Ravi, sea lo que sea. ¡Ha sido él!

—¿Cómo? —dijo Ravi—. Yo no he hecho nada.

Me echó mal de ojo.

—¡Chitón! —dijo mi padre, levantando la mano.

Estaba mirando a mi madre.

—Gita, ya sabes cómo es Piscine. Está en la edad en la que los niños fisgan en todo y meten las narices donde no deben.

¿Yo? ¿Fisgón? ¿Un metedor de narices? ¡Yo no, yo no! Defiéndeme, mamá, defiéndeme, le supliqué desde mi corazón. Pero ella se limitó a suspirar y a asentir con la cabeza, indicando que podía proceder con el asunto espantoso.

—Venid conmigo —dijo papá.

Salimos tras él, como dos prisioneros a la horca.

Una vez fuera de la casa, nos dirigimos hacia la entrada del zoológico y nos metimos dentro. Era temprano y el zoológico todavía no estaba abierto al público. Los cuidadores estaban ocupándose de sus cosas. Vi a Sitaram, que supervisaba los orangutanes, mi cuidador favorito. Se detuvo a mirarnos. Pasamos de largo las aves, los osos, los simios, los monos, los ungulados, el terrario, los rinocerontes, los elefantes, las jirafas.

Llegamos a los felinos mayores, nuestros tigres, leones y leopardos. Babu, el cuidador, nos estaba esperando. Bajamos por el camino que llevaba a las jaulas. Babu nos abrió la puerta de la casa de los felinos, que estaba en medio de una isla con foso. Entramos. Se trataba de una inmensa caverna oscura de cemento, de forma circular, caliente y húmeda, que olía a orina de gato. A nuestro alrededor había unas jaulas inmensas, divididas por unos barrotes de hierro gruesos y verdes. Una luz amarillenta se filtraba por las claraboyas. A través de las jaulas, veíamos la vegetación de la isla circundante que resplandecía a pleno sol. Las jaulas estaban vacías, menos una: Mahisha, nuestro tigre de Bengala patriarca, una bestia desgarbada y descomunal de doscientos cincuenta kilos, había sido retenido. En cuanto entramos, vino trotando hasta los barrotes y nos lanzó un gruñido profundo con las orejas aplastadas contra el cráneo y los ojos clavados en Babu. El ruido fue tan fuerte y feroz que creí que vibraba la casa de felinos entera. Me empezaron a temblar las piernas. Me arrimé a mi madre. Ella también estaba tiritando. Se me antojó que hasta mi padre tuvo que detenerse a recobrar el equilibrio. Babu fue el único que no se inmutó ante el arrebato ni la mirada candente que le traspasaba como un taladro. Tenía una confianza probada en los barrotes de hierro. Mahisha se puso a caminar de un lado a otro de la jaula.

Papá se volvió hacia nosotros.

—¿Qué animal es éste? —nos bramó por encima de los gruñidos de Mahisha.

—Es un tigre —respondimos Ravi y yo al unísono, señalando con obediencia lo que saltaba a la vista.

—¿Y los tigres son peligrosos?

—Sí, papá, son peligrosos.

—Los tigres son muy peligrosos —gritó papá—. Quiero que entendáis que nunca, bajo ningún concepto, debéis tocar un tigre, acariciar un tigre, meter las manos por los barrotes, ni siquiera acercaros a los barrotes. ¿Está claro? ¿Ravi?

Ravi asintió enérgicamente con la cabeza.

—¿Piscine?

Yo asentí aún más enérgicamente.

No me quitó los ojos de encima.

Asentí con tanta fuerza que me extraña que no se me hubiera partido el cuello y se me hubiera caído la cabeza al suelo.

Quisiera decir en defensa propia que por mucho que hubiera antropomorfizado a los animales hasta hacerles hablar un inglés perfecto, imaginándome que los faisanes se quejaban con acento británico altivo de que se les había enfriado el té y que los babuinos planeaban la huida del asalto a un banco en el tono monótono y amenazador de los gángsters americanos, la fantasía siempre había sido consciente. Disfrazaba a los animales más salvajes en los trajes más mansos de mi imaginación a propósito. Pero nunca me engañé con respecto a la verdadera naturaleza de mis compañeros de juegos. Mis narices fisgonas tampoco eran tan tontas. No sé de dónde sacó la idea mi padre de que su hijo pequeño se moría de ganas de meterse en una jaula con un carnívoro feroz. Pero procediera de donde procediese tan extraña inquietud, y hay que decir que a mi padre le inquietaba alguna cosa, estaba claramente decidido a deshacerse de ella esa misma mañana.

—Ahora os voy a demostrar lo peligrosos que son los tigres —prosiguió—. Quiero que os acordéis de esta lección el resto de vuestros días.

Se volvió hacia Babu y le hizo un gesto con la cabeza. Babu salió. Los ojos de Mahisha lo siguieron y no los quitó de la puerta por la que había desaparecido. Babu volvió al cabo de unos segundos con una cabra con las patas atadas. Mi madre me agarró por la espalda. Los gruñidos de Mahisha se habían convertido en un rugido que le salía de las profundidades de la garganta.

Babu se dirigió a una jaula que había al lado de la de Mahisha, la abrió con llave, entró y la cerró otra vez con llave. Entre las dos jaulas había una trampilla y más barrotes. Mahisha se acercó rápidamente a los barrotes que dividían las jaulas y comenzó a arañarlos con la pata. Aparte de los rugidos, Mahisha estaba haciendo unos ladridos explosivos y entrecortados. Babu dejó la cabra en el suelo; las ijadas le entraban y salían agitadamente, la lengua le colgaba de la boca y los ojos le daban vueltas en la cabeza. Babu le desató las patas. La cabra se puso de pie. Babu salió de la jaula de la misma forma meticulosa que había entrado. Las jaulas tenían dos niveles. Uno estaba justo delante de nosotros y el otro estaba al fondo de todo, a un metro del suelo, y daba a la isla. La cabra se subió como pudo al segundo nivel. Mahisha, que se había olvidado completamente de Babu, hizo un movimiento paralelo dentro de su jaula, un salto fluido y ágil. Se agazapó y permaneció completamente inmóvil aparte de la cola que meneaba lentamente, el único indicio de tensión.

Babu cogió la palanca de la trampilla que separaba las jaulas y empezó a bajarla. Previendo un festín, Mahisha se quedó callado. En ese instante oí dos cosas: a papá que nos decía «Nunca os olvidéis de esta lección» mientras miraba la escena con la cara adusta; y a la cabra. Seguro que había estado balando desde el primer momento y sencillamente no la habíamos oído.

Sentía la mano de mamá contra mi corazón, que latía con fuerza.

La trampilla se resistió con unos chirridos agudos. Mahisha estaba fuera de sí, como si quisiera romper los barrotes de un salto. Parecía como si dudara entre quedarse donde estaba, justo donde tenía la presa más cerca pero fuera de su alcance, o bajar al nivel inferior, que estaba más lejos, pero por donde podría acceder a la otra jaula a través de la trampilla. Se levantó y se puso a rugir de nuevo.

La cabra empezó a brincar. Saltó a una altura increíble. No tenía ni idea de que una cabra pudiera saltar tanto. Pero al fondo de la jaula había una pared lisa de cemento.

De repente, la trampilla se deslizó con facilidad. De nuevo se hizo el silencio, roto únicamente por los balidos y el *clic-clic* de las pezuñas de la cabra contra el suelo.

Un rayo de color naranja y negro se deslizó de una jaula a la otra.

Normalmente, los felinos se quedaban sin comer un día por semana, para simular las condiciones en su hábitat natural. Más adelante, supimos que papá había ordenado que Mahisha no comiera en tres días.

Desconozco si vi la sangre antes de volverme hacia los brazos de mi madre o si la embadurné después, en mi memoria, con una brocha enorme. Pero lo oí todo. Y fue suficiente para ponerme los pelos vegetarianos de punta. Mi madre nos sacó a empujones. Nosotros estábamos histéricos. Ella estaba furiosa.

—¿Cómo has podido, Santosh? ¡Sólo son niños! Van a quedar marcados el resto de sus vidas.

Tenía la voz acalorada y temblorosa. Vi que se le habían llenado los ojos de lágrimas. Me sentí mejor.

—Gita, mi preciosa, pero si lo hago por su bien. ¿Y si Piscine hubiera metido la mano entre los barrotes un día para acariciar ese pelo naranja tan bonito? Mejor una cabra que él, ¿no?

Hablaba en voz baja, casi susurrando. Parecía contrito. Nunca la llamaba «mi preciosa» delante de nosotros.

Nos habíamos pegado a ella. Mi padre se juntó a nosotros. La lección todavía no había acabado, aunque lo que vino después fue más suave.

Papá nos llevó a los leones y leopardos.

—Una vez había un loco en Australia que era cinturón negro en kárate. Quiso demostrar lo que valía frente a los leones. Perdió. Miserablemente. La mañana siguiente los cuidadores sólo encontraron la mitad de su cuerpo.

—Sí, papá.

Los osos bezudos y los perezosos.

—Un arañazo de estas criaturas de peluche y os sacarán las tripas y las esparcirán por el suelo.

—Sí, papá.

Los hipopótamos.

—Con esas bocas blandas y dulces os aplastarán hasta convertiros en una papilla sanguinolenta. En tierra firme, corren más que vosotros.

—Sí, papá.

Las hienas.

—Las mandíbulas más fuertes del reino animal. No os creáis que son cobardes o que sólo se alimentan de carroña. ¡No es verdad! Te empezarán a comer vivo, si hace falta.

—Sí, papá.

Los orangutanes.

—Tienen la fuerza de diez hombres. Os romperán los huesos como si fueran ramitas. Sé que algunos de ellos os hacían compañía y que jugabais con ellos de pequeños. Pero ahora son grandes y salvajes e imprevisibles.

—Sí, papá.

El avestruz.

—Parece tonto y despistado, ¿verdad? Pues escuchadme bien: es uno de los animales más peligrosos del zoológico. Con una patada os romperá la columna, u os aplastará el torso.

—Sí, papá.

Los ciervos enanos.

—Serán todo lo monos que queráis, pero si el macho lo cree conveniente, arremeterá contra vosotros y os clavará esos cuernecitos como si fueran puñales.

—Sí, papá.

El camello de Arabia.

—Con un bocado baboso os arrancará un pedazo de carne.

—Sí, papá.

Los cisnes negros.

—Con los picos os partirán el cráneo. Con las alas os romperán los brazos.

—Sí, papá.

Los pájaros más pequeños.

—Tienen un pico que os cortaría los dedos como si fueran mantequilla.

—Sí, papá.

Los elefantes.

—El animal más peligroso de todos. Matan a más cuidadores y visitantes que cualquier otro animal del zoológico. Un elefante joven os descuartizará y os pisoteará. Eso mismo ocurrió en un zoológico europeo cuando un pobre desgraciado entró en la casa de los elefantes por una ventana. Un animal mayor y con más paciencia os aplastará contra la pared o se sentará encima de vosotros. Hace gracia, pero pensadlo bien.

—Sí, papá.

—Hay animales que no hemos visto. No os creáis que son inofensivos. La vida se defenderá por muy pequeña que sea. Todos los animales son feroces y peligrosos. Igual no os matan, pero os pueden hacer mucho daño. Si os arañan y os muerden, os esperará una infección hinchada y purulenta, una fiebre altísima y diez días en el hospital.

—Sí, papá.

Llegamos a los conejillos de Indias, los únicos animales aparte de Mahisha que fueron privados de comida por orden de mi padre. La noche anterior la habían pasado en ayunas. Mi padre abrió la jaula. Sacó una bolsa de comida del bolsillo y la vació en el suelo.

—¿Veis estos conejillos de Indias?

—Sí, papá.

Los animalitos temblaban de debilidad mientras mordisqueaban frenéticos los granos de maíz.

—Bueno, pues... —dijo, agachándose para coger uno—. No son peligrosos.

El resto de los conejillos de Indias se desperdigaron al instante.

Mi padre se rió. Me pasó el conejillo, que no paraba de chillar. Quiso acabar la lección con una nota alegre.

El conejillo descansaba tenso en mis brazos. Era uno de los pequeños. Me dirigí a la jaula y lo bajé con cuidado hasta el suelo. Se fue corriendo a su madre y se acurrucó a su lado. El único motivo por el que aquellos conejillos de Indias no eran peligrosos, es decir, que no nos iban a sacar sangre con los dientes y las garras, era porque estaban prácticamente domesticados. Si no, coger un conejillo de Indias salvaje con las manos sería como coger un cuchillo por la hoja.

La lección había terminado. Ravi y yo nos enfurruñamos y le hicimos el vacío a papá durante una semana. Mamá también lo desatendió. Cada vez que pasaba por el foso de los rinocerontes, se me antojaban cabizbajos y apenados por la pérdida de uno de sus queridos compañeros.

Pero ¿qué puedes hacer si quieres a tu padre? La vida sigue y te mantienes lejos de los tigres. Excepto que ahora, habiendo acusado a Ravi de un crimen no especificado que no había cometido, yo estaba poco menos que muerto. En años posteriores, cada vez que tenía ganas de aterrorizarme, me susurraba.

—Ya verás cuando estemos solos. ¡Tú serás la próxima cabra!

CAPÍTULO 9

Conseguir que los animales se acostumbren a la presencia de seres humanos es el verdadero meollo del arte y la ciencia de dirigir un zoológico. El objetivo clave consiste en reducir la distancia de huida de un animal, es decir, la distancia mínima que un animal pondrá entre sí mismo y el enemigo percibido. A un flamenco en libertad no le importunarás siempre que te mantengas a más de doscientos setenta y cinco metros. En cuanto cruces esa línea, el ave se pondrá tensa. Si te acercas todavía más, conseguirás una reacción de huida que no cesará hasta que vuelva a establecerse el límite de doscientos setenta y cinco metros, o hasta que al flamenco le fallen los pulmones y el corazón. Distintos animales tienen diferentes distancias de huida y las calculan de maneras distintas. Los felinos observan, los ciervos escuchan, los osos huelen. Las jirafas permitirán que te mantengas en un radio de hasta veintiocho metros si vas en automóvil, pero echará a correr si estás a menos de ciento treinta y siete metros a pie. Los cangrejos violinista salen disparados cuando te acercas a menos de nueve metros, los monos aulladores se agitan en sus ramas cuando estás a dieciocho y los búfalos africanos reaccionan a los setenta. Nuestras herramientas para disminuir la distancia de huida se basan en los conocimientos que tenemos del animal, la comida y el amparo que les proporcionamos y la protección que les brindamos. Cuando funciona, el resultado es un animal salvaje emocionalmente estable y libre de estrés que, aparte de no huir, goza de buena salud, vive muchos años, come bien, se comporta y lleva una vida social natural y, en el mejor de los casos, se reproduce. No diré que nuestro zoológico estaba a la altura de los de San Diego, Toronto, Berlín o Singapur, pero los guardianes de valía siempre salen adelante. Mi padre tenía un talento innato. Lo que le faltaba de capacitación formal lo compensaba con el don de la intuición y mucho ojo. Tenía una habilidad especial para mirar a un animal y saber qué le pasaba por la cabeza. Era atento con las criaturas a su cargo, y ellas, a cambio, se multiplicaron, algunas en exceso.

CAPÍTULO 10

Aun así, siempre habrá animales que intentan escaparse de los zoológicos. Los animales que viven en recintos inadecuados son el ejemplo más claro. Cada animal tiene sus necesidades particulares de alojamiento y hay que satisfacerlas. Si al recinto le da demasiado el sol, si es demasiado húmedo o demasiado vacío, si tiene la percha demasiado elevada o desprotegida, si el suelo es demasiado arenoso, si hay muy pocas ramas para hacerse un nido, si el abrevadero es demasiado profundo, si no hay suficiente lodo para revolcarse, y tantos otros «sis», el animal no estará tranquilo. No es tanto una cuestión de imitar las condiciones de su hábitat natural como de reproducir la esencia de dichas condiciones. Todo lo que haya en un recinto tiene que estar perfecto, es decir, tiene que estar dentro de los límites de la capacidad del animal para adaptarse. ¡Una maldición para los zoológicos malos con recintos malos! Son una deshonra para todos los zoológicos.

Los animales capturados cuando ya han alcanzado su pleno desarrollo son otro ejemplo de los animales propensos a escaparse. A menudo están demasiado acostumbrados a vivir de determinada manera para adaptarse a un nuevo entorno.

Pero incluso los animales criados en zoológicos, animales que nunca han conocido la libertad, que están perfectamente adaptados a sus recintos y que no sienten ninguna tensión en presencia de los humanos tendrán momentos de agitación que los incitarán a intentar escaparse. Todo ser vivo tiene un grado de locura que lo induce a actuar de formas extrañas, a veces inexplicables. Esta locura puede ser su salvación; forma parte de la capacidad de adaptarse. Sin ella, no sobreviviría ninguna especie.

Cualquiera que sea su motivo por querer escaparse, loco o cuerdo, los detractores de los zoológicos deberían darse cuenta de que los animales no huyen a otro lugar, sino de algo. Algo dentro de su territorio los ha asustado, tal vez la intrusión de un enemigo, la agresión de un animal dominante, un ruido alarmante, y ha provocado una reacción de huida. El animal huye, o lo intenta. En el zoológico de Toronto, un zoológico excelente por cierto, me sorprendí al leer que los leopardos son capaces de saltar cinco metros y medio hacia arriba. Nuestros leopardos en Pondicherry tenían un muro al fondo del recinto que no llegaba ni a los cinco metros. Conjeturo, pues, que Rosie y Copycat nunca saltaron por encima del muro no por debilidad de constitución, sino sencillamente porque nunca tuvieron motivo para hacerlo. Los animales que se escapan salen de lo conocido para entrar en lo desconocido, y si hay una cosa que un animal detesta por encima de todo, es lo desconocido. Los animales fugitivos suelen esconderse en el primer lugar que les proporciona un sentimiento de seguridad, y son peligrosos sólo para aquellos que se interponen entre ellos y su cobijo escogido.

CAPÍTULO 11

Considera el caso del leopardo negro hembra que se escapó del zoológico de Zurich durante el invierno de 1933. Llevaba poco tiempo en el zoológico y parecía entenderse con el macho. Pero unas heridas en las patas indicaron que tenían conflictos matrimoniales. Antes de que pudiera tomarse una decisión al respecto, ella salió por un espacio entre las rejas del techo y desapareció en la oscuridad de la noche. La noticia de que un carnívoro salvaje andaba suelto causó gran revuelo entre los ciudadanos de Zurich. Le tendieron trampas y soltaron a los sabuesos. Lo único que consiguieron fue limpiar el cantón de sus pocos perros medio salvajes. Durante diez semanas no encontraron ni rastro del animal. Finalmente, un jornalero la encontró en un granero a cuarenta kilómetros y la mató a tiros. A su lado había restos de corzo. El hecho de que un felino negro tropical lograra sobrevivir más de dos meses de un invierno suizo sin que nadie la viera, sin atacar a nadie, demuestra claramente que los animales que huyen de un zoológico no son criminales fugitivos peligrosos, sino meras criaturas salvajes que pretenden integrarse.

Y como este caso hay muchos. Si cogieras la ciudad de

Tokio, le dieras la vuelta y la sacudieras bien, te asombrarías de la cantidad de animales que se caerían. Habría más de un gato encerrado, te lo aseguro. Boas constrictor, dragones de Comodo, cocodrilos, pirañas, avestruces, lobos, ualabíes, manatíes, puercoespínes, orangutanes, jabalíes... Por mencionar algunos de los animales que se escaparían. Y ellos pensaron que darían con un... ¡Ja! ¡Ja! Es que es de risa, de risa. ¿En qué estarían pensando?

CAPÍTULO 12

A veces se pone nervioso. No es por lo que yo le diga. Apenas si abro la boca. Es por su propia historia. La memoria es un océano y él se mece en sus olas. Me preocupa que tal vez quiera parar. Sin embargo, él quiere contarme su historia. Continúa hablando. Después de tantos años, Richard Parker lo sigue rondando.

Es un hombre encantador. Cada vez que voy a su casa me prepara un festín vegetariano de platos del sur de la India. Le dije que me gustaba la comida picante. No sé por qué tuve que afirmar semejante idiotez si es mentira. Voy poniendo cucharada tras cucharada de yogur en la comida. No hay nada que hacer. Cada vez me pasa igual: las papilas gustativas se me achicharran y se mueren; el rostro se me pone rojo como una remolacha; mi cabeza se me antoja una casa en llamas y el tracto digestivo empieza a retorcerse y quejarse de dolor como una boa constrictor que se acaba de tragar un cortacésped.

CAPÍTULO 13

Verás, si te caes al foso de un león, la razón por la que el león te despedazará no es porque tenga hambre. Puedes estar seguro de que los animales en los zoológicos tienen comida en abundancia. Tampoco es porque sea sanguinario. Es sencillamente porque le has invadido el territorio.

Como acotación, eso explica el motivo por el que un domador siempre debe entrar en la pista antes que los leones. Así deja claro que la pista es su territorio y no el de los felinos, un concepto que reafirmará con gritos, latigazos y movimientos firmes. A los leones les impacta. Su desventaja les preocupa mucho. Fíjate en su forma de entrar: siendo los predadores poderosos que son, los «reyes de las bestias», se arrastran con las colas bajas sin apartarse del borde de la pista, que siempre es redonda para que no puedan esconderse. Están en presencia de un macho altamente dominante, un macho superalfa, y tendrán que someterse a sus rituales de dominación. De modo que abren la boca lo más que pueden, se sientan sobre las patas traseras, saltan por aros cubiertos de papel, pasan por tubos estrechos, caminan hacia atrás, se ponen boca arriba. «¡Vaya elemento!», piensan vagamente. «En mi vida he visto un león número uno como él. Pero bueno, sabe llevar la manada, la despensa siempre está llena y, vamos a reconocerlo chicos, sus payasadas nos distraen un poco. Tanto dormir al final cansa un poco. Al menos no nos hace subirnos a una bicicleta como los osos o coger platos que vuelan por los aires como los chimpancés.»

Pero el domador tiene que asegurarse de mantener su rango de superalfa. Lo pagará muy caro si por algún despiste cae a un rango beta. Gran parte del comportamiento hostil y agresivo en los animales no es más que una forma de expresar su inseguridad social. El animal que tienes delante necesita saber el lugar que ocupa, si está por encima o debajo de ti. Su rango social marcará cómo se desenvuelve. El rango determinará con quién puede relacionarse y cómo, dónde y cuándo puede comer, dónde puede descansar, dónde puede beber, etcétera. Hasta que no tiene claro su rango, el animal lleva una vida de anarquía insoportable. Se vuelve nervioso, temperamental y peligroso. Por suerte del domador, las decisiones sobre el rango social entre animales superiores no siempre se toman en base a la fuerza bruta. Hediger (1950) mantiene que «cuando dos animales se encuentran por primera vez, el que es capaz de intimidar al otro se definirá como el socialmente superior de los dos, de modo que una decisión social no siempre dependerá de una pelea; en ocasiones, bastará con un encuentro». Son palabras de un sabio. El señor Hediger fue director de zoológico durante muchos años, primero en el zoológico de Basilea y luego en el de Zurich. Fue un hombre muy versado en el comportamiento animal.

Es una cuestión de materia gris sobre materia muscular. La supremacía del domador es un asunto psicológico. Un ambiente desconocido, la postura erguida del domador, su serenidad, su mirada fija, su audacia y ese extraño gruñido (por ejemplo, el ruido de un latigazo o de un pito) son muchos factores que llenarán la cabeza del animal de dudas y miedo, dejándole claro el lugar que ocupa, que es justo lo que quiere saber. Una vez satisfecho, el Número Dos se echará para atrás y el Número Uno podrá volverse hacia el público y gritar: «¡Vamos a animar esto un poco! Y ahora, damas y caballeros, estas fieras saltarán por aros de fuego...»

CAPÍTULO 14

Es interesante observar que el león más dispuesto a realizar las gracias del domador es el que ocupa la posición más baja de la manada, el animal omega. Es el que más provecho puede sacar de una relación estrecha con el maestro superalfa. No se limita sólo a los premios extras. Una relación estrecha también querrá decir que el animal estará más protegido de los otros miembros de la manada. Este león, de igual tamaño y ferocidad aparente de cara al público, será la estrella de la función mientras que el domador dejará a los leones beta y gamma, que suelen ser subordinados más gruñones, encima de sus podios coloridos al borde de la pista.

Lo mismo ocurre con otros animales de circo y los animales de zoológico. Los animales socialmente inferiores son los que hacen esfuerzos más grandes y más ingeniosos para conocer a sus cuidadores. Resultan ser los más fieles, los más necesitados de su compañía, los que menos conflictos o problemas les supondrán. Este fenómeno se ha observado en los felinos mayores, los bisontes, los ciervos, las ovejas salvajes, los monos y en muchos más. Es un hecho harto sabido dentro del gremio.

CAPÍTULO 15

Su casa es un templo. En la entrada hay un cuadro enmarcado del dios Ganesha, el de la cabeza de elefante. Está sentado mirando hacia fuera, sonriente y con la panza redonda y rosada. Tres de sus manos sujetan objetos diversos y la cuarta está extendida a modo de bendición y recibimiento. Es el dios supresor de los obstáculos, el dios de la buena suerte, el dios de la sabiduría, el patrono del aprendizaje. Es de lo más simpático; me hace sonreír. A sus pies se encuentra una rata atenta, su vehículo. Porque cuando el dios Ganesha se desplaza, viaja encima de una rata. En la pared de delante, hay una sencilla cruz de madera.

En la sala, en una mesa al lado del sofá, veo un pequeño cuadro enmarcado de la Virgen María de Guadalupe, vestida con un manto abierto del que cae una cascada de flores. A su lado, una foto de la Kaaba, la piedra negra, el santuario más venerado del Islam, rodeada por un remolino de decenas de miles de fieles. Encima del televisor, hay una estatua de latón de Siva en su calidad de Nataraja, el dios cósmico del baile que controla los movimientos del universo y el paso del tiempo. Baila sobre el demonio de la ignorancia, los cuatro brazos extendidos haciendo un gesto coreografiado, con un pie apoyado sobre la espalda del demonio y el otro suspendido en el aire. En cuanto Nataraja baje este pie, dicen que el tiempo se detendrá.

En la cocina hay una hornacina, empotrada en un armario. Ha cambiado la puerta por un arco calado. El arco oculta parte de la bombilla amarilla que ilumina su pequeño sagrario por las noches. Hay dos cuadros detrás de un pequeño altar: a un lado, otro Ganesha, y en el centro, en un marco más grande, está Krishna, con la piel azul, sonriente y tocando la flauta. Ambos tienen marcas de polvos amarillos y rojos en la parte del vidrio que les tapa la frente. Encima del altar hay un platito de cobre que contiene tres murtis, representaciones, de plata. Él me las identifica con el dedo: Laksmi; Shakti, la diosa madre, en forma de Parvati; y Krishna, esta vez de bebé, gateando y juguetón. Entre las diosas ha colocado una escultura de piedra de la diosa Siva yoni linga, que parece un aguacate cortado por la mitad con una especie de tocón fálico que brota del centro, un símbolo hindú que representa las energías masculinas y femeninas del universo. A un lado del platito hay una pequeña caracola en un pedestal. Al otro, una campanilla de plata. Ha esparcido unos granos de arroz por todo el sagrario, y hay una flor a punto de marchitarse. La mayoría de estos objetos están manchados con salpicaduras de color rojo y amarillo.

En el estante inferior hay varios artículos de devoción: una taza llena de agua; una cuchara de cobre; una lámpara con la mecha enrollada en aceite; unos bastoncillos de incienso, y tazones pequeños llenos de polvos rojos y amarillos, arroz y terrones de azúcar.

En el comedor hay otra Virgen María.

En la planta superior está su despacho. Al lado del ordenador hay un Ganesha de latón sentado con las piernas cruzadas. En la pared ha colgado un crucifijo de Brasil y en una esquina hay una alfombra de oración de color verde. El Cristo es expresivo. Sufre. La alfombra de oración está en un lugar despejado. A su lado, en un atril bajo, hay un libro tapado con una tela. En el centro de la tela hay una sola palabra meticulosamente bordada y escrita en árabe. Está formada por cuatro letras: una alif, *dos* lams *y una* ha. *La palabra* Dios *en árabe.*

El libro en su mesita de noche es una Biblia.

CAPÍTULO 16

Todos nacemos católicos, ¿no es así? ¿No nacemos en el limbo, sin religión, hasta que alguien nos presenta a Dios? Tras ese encuentro, el asunto queda zanjado para la mayoría de nosotros. Si hay algún cambio, suele ir a menos y no a más y, según parece, mucha gente acaba perdiendo a Dios por el camino de la vida. A mí no me ocurrió así. En mi caso, ese alguien fue una hermana mayor de mi madre, de mentalidad más tradicional, quien me llevó a un templo cuando todavía era niño. Mi tía Rohini estaba ilusionadísima con conocer a su sobrino recién nacido y decidió hacer partícipe de la ilusión a la Madre Diosa.

—Será su primera salida simbólica —dijo—. ¡Es una samskara!

¡Y tan simbólica! Estábamos en Madurai y yo me hice recién veterano de un viaje en tren de siete horas. ¿Y qué más daba? Partimos en este rito de paso hindú; yo entre los brazos de mi madre, y mi madre propulsada por mi tía. No tengo un recuerdo consciente de esta primera visita a un templo, pero algún olor a incienso, algún juego de luces y sombras, alguna llama, alguna explosión de color, algo del bochorno y el misterio de ese lugar debió de permanecer conmigo. Un germen de exaltación religiosa, del tamaño de una semilla de mostaza, se sembró en mí y se dejó germinar. Ha seguido creciendo desde aquel día.

Soy hindú por los conos rojos esculpidos de polvos *kumkum* y las cestas de rizomas de cúrcuma amarilla, por las guirnaldas de flores y pedazos de coco, por el tañido de las campanas que anuncian la llegada de Dios, por el gemido tenue del *nadaswaram* y el sonido de los tambores, por el golpeteo de pies descalzos contra suelos de piedra en pasillos oscuros rasgados por rayos del sol, por la fragancia del incienso, por las llamas de las lámparas *arati* que giran en la oscuridad, por las *bhajans* cantadas con tanta dulzura, por los elefantes que pululan por ahí esperando a que los bendigan, por los murales llenos de color que narran historias llenas de color, por las frentes que llevan, de formas diversas, la misma palabra: fe. Me hice fiel a estas impresiones aun antes de saber qué querían decir ni para qué servían. Es algo que me dicta el corazón. Me siento a gusto en un templo hindú. Soy consciente de la Presencia, no en el sentido personal en el que solemos sentir una presencia, sino algo más grande. Mi corazón todavía me da un vuelco cada vez que veo el *murti*, a la Divinidad Residente, en el sagrario de un templo. Verdaderamente es como si estuviera en un seno sagrado y cósmico, un lugar en el que todo nace, y donde tengo la dulce fortuna de contemplar su núcleo viviente. Mis manos se juntan de manera instintiva en veneración reverente. Ansío el *prasad*, esa ofrenda azucarada a Dios que nos es devuelta en forma de premio santificado. Mis palmas necesitan percibir el calor de la llama consagrada cuya bendición llevo a los ojos y la frente.

Pero la religión no se limita al rito y ritual. Existe lo que representa el rito y el ritual. En este caso también soy hindú. El universo tiene sentido a través de mis ojos hindúes. Está el Brahman, el alma del mundo, el bastidor de apoyo en el que se teje, se alabea y se trama el tejido de la existencia, con todos

61

sus elementos decorativos del espacio y el tiempo. Está el Brahman *nirguna*, sin atributos ni cualidades, que se encuentra más allá de la comprensión, más allá de la descripción, más allá de la aproximación. Nosotros, con nuestras palabras insuficientes, le hacemos un traje nuevo: Uno, Verdad, Unidad, Absoluto, Realidad Suprema, Motivo de Existir, y pretendemos ajustárselas, mas el Brahman *nirguna* siempre acaba reventando las costuras. Nos quedamos sin habla. Pero también existe el Brahman *saguna*, con atributos y cualidades, al que el traje se ajusta. Entonces lo llamamos Siva, Krishna, Shakti, Ganesha; podemos aproximarnos a él con cierta comprensión; discernimos ciertos atributos —amor, compasión, miedo— y percibimos el suave impulso de relación. Brahman *saguna* es el Brahman puesto de manifiesto para nuestros sentidos limitados, el Brahman expresado no sólo en la forma de dioses, sino en la forma de seres humanos, animales, árboles, en un puñado de tierra, pues todo contiene rastros de lo divino. La verdad de la vida es que Brahman no se diferencia del *atman*, la fuerza espiritual que reside en nosotros, lo que podríamos llamar el alma. El alma individual toca el alma del mundo del mismo modo que un pozo trata de llegar al nivel freático. Aquello que sostiene el universo más allá del pensamiento y el lenguaje, y aquello que está en nuestro núcleo y lucha para expresarse, es lo mismo. El finito dentro del infinito y el infinito dentro del finito. Si me preguntaras qué relación exacta tiene el Brahman y el *atman*, te diría que es la misma que tiene el Padre, el Hijo y el Espíritu Santo: una relación misteriosa. Pero hay una cosa clara: el *atman* trata de plasmar al Brahman, de unirse con el Absoluto, y camina por la vida en una peregrinación en la que nace y muere, en la que vuelve a nacer para volver a morir una y otra vez, hasta que consigue despojarse de las capas que lo recluyen aquí abajo. Los caminos hacia la liberación son múltiples, pero la orilla siempre es la misma, la Orilla del Karma, en la que la cuenta de la liberación de cada uno de nosotros incrementa o disminuye según nuestras acciones.

De esto, en resumidas y sagradas cuentas, se trata el Hinduismo y yo he sido hindú toda la vida. Siempre que tengo sus nociones presentes, entiendo mi lugar en el universo.

¡Pero no debemos aferrarnos! ¡Una maldición sobre los

fundamentalistas y los literalistas! Me viene a la cabeza una historia sobre nuestro Dios Krishna cuando era pastor. Cada noche invita a las lecheras a bailar con él en el bosque. Ellas acuden y bailan. La noche es oscura, la hoguera entre ellos brama y crepita, el ritmo de la música se vuelve cada vez más animado, y las chicas bailan sin parar con su dulce Señor, que se ha hecho tan abundante que consigue estar entre los brazos de todas y cada una de ellas. Pero en el momento en que se muestran posesivas, el momento en que cada una se imagina que Krishna es suyo y de nadie más, él desaparece. Por lo tanto, no debemos ser celosos con Dios.

Conozco una señora aquí en Toronto a la que quiero mucho. Fue mi madre adoptiva. Yo la llamo Tiaji y a ella le gusta mucho. Es de Québec. Aunque lleva más de treinta años en Toronto, su mente francófila sigue teniendo deslices a la hora de entender los vocablos ingleses. El caso es que la primera vez que oyó hablar de los Hare Krishnas, no escuchó bien. Lo que entendió fue *hairless Christians**, y para ella fueron precisamente eso durante muchos años. Cuando finalmente la corregí, le dije que en realidad no se había alejado tanto de la verdad; que los hindúes, por su capacidad de amar, son cristianos sin pelo, igual que los musulmanes, por su forma de ver a Dios en todo, son hindúes con barba, y los cristianos, por su devoción a Dios, son musulmanes con sombrero.

CAPÍTULO 17

La primera sensación de maravilla es la que cala más hondo; toda maravilla posterior se amolda a la impresión causada por la primera. Al hinduismo le debo el paisaje original de mi imaginación religiosa; aquellos pueblos y ríos, campos de batalla y bosques, montañas sagradas y mares profundos donde se codean los dioses, los santos, los villanos y la gente normal y, gracias a ello, definen quiénes y por qué

---

* Cristianos sin pelo. *(N. de la T.)*

somos. La primera vez que oí hablar de la tremenda fuerza cósmica de la bondad fue en mi tierra hindú. Fue la voz del Dios Krishna. Lo oí y lo seguí. Y a través de su sabiduría y amor perfecto, Dios Krishna me condujo hasta un hombre.

A los catorce años, siendo un hindú satisfecho de vacaciones, conocí a Jesucristo.

Pocas fueron las veces que papá se ausentó del zoológico, pero una de ellas fue cuando fuimos a Munnar, que estaba muy cerca, en Kerala. Munnar es una pequeña estación de montaña rodeada por una de las plantaciones de té más elevadas del mundo. Nos fuimos a principios de mayo, antes de que llegara el monzón. En las llanuras de Tamil Nadu hacía un calor espantoso. Llegamos a Munnar tras un viaje de cinco horas por carreteras sinuosas desde Madurai. El frescor nos resultó muy agradable, como masticar menta. Hicimos las actividades turísticas de rigor: visitamos una fábrica de té Tata; dimos una vuelta por el lago en barco; fuimos a un centro de ganadería; les dimos sal a unos tahres de Nilgiri, una especie de cabra salvaje, en un parque nacional.

(—Tenemos algunos en el zoológico. Deberíais venir a Pondicherry —dijo papá a unos turistas suizos.)

Ravi y yo nos íbamos a pasear por las plantaciones de té cerca de la ciudad. En realidad, era una excusa para mantener ocupado nuestro letargo. Al atardecer papá y mamá se instalaban en la comodidad del salón de nuestro hotel como dos gatos tomando el sol en la ventana. Mi madre leía mientras mi padre charlaba con otros huéspedes.

Hay tres colinas dentro de Munnar. No son comparables a las colinas, o quizás montañas, que rodean la ciudad, pero mientras estábamos desayunando la primera mañana me di cuenta de que destacaban por una razón: en cada una de ellas había una Casa de Dios. En la colina de la derecha, al otro lado del río respecto al hotel, había un templo hindú en lo alto de una de las laderas; la colina del medio, que quedaba más lejos del hotel, tenía una mezquita, mientras que la colina de la izquierda estaba coronada por una iglesia cristiana.

El cuarto día que estuvimos en Munnar, al ponerse el sol, me encontré en la colina de la izquierda. A pesar de que fuera a un colegio nominalmente cristiano, nunca había entrado en una iglesia, y la verdad es que en ese instante tampoco me atrevía. Apenas sabía nada sobre aquella religión. Tenía fama de creer en pocos dioses y mucha violencia, pero eso sí, en buenas escuelas. Di una vuelta a la iglesia. El edificio en sí no revelaba absolutamente nada de lo que contenía en su interior. Las paredes gruesas estaban pintadas de color azul claro y las ventanas eran muy estrechas y a demasiada altura para espiar a través de ellas. Una fortaleza.

Entonces vi la rectoría. La puerta estaba abierta. Me escondí detrás de una pared para contemplar la escena. A la izquierda de la puerta había un tablero pequeño que decía: *Párroco* y *Ayudante del Párroco*. Al lado de cada título había un pequeño panel con una placa corredera. Tanto el párroco como el asistente estaban PRESENTES, según decían las letras doradas del tablero, que veía claramente desde mi escondite. Uno de los párrocos estaba trabajando en su despacho de espaldas a la ventana en saliente; el otro estaba sentado en un banco a una mesa redonda en el enorme vestíbulo que al parecer usaban para recibir visitas. Estaba sentado mirando hacia la puerta y las ventanas con un libro en las manos. Me imaginé que sería una Biblia. Leyó un poco, alzó la vista, leyó un poco más, volvió a alzar la vista. Lo hizo de forma pausada, aunque alerta y serena. Después de algunos minutos, cerró el libro y lo dejó sobre la mesa. Cruzó las manos en la mesa y se quedó sentado, con la expresión tranquila, sin mostrar ni expectación ni resignación.

Las paredes del vestíbulo eran blancas y limpias. La mesa era de una madera oscura. El párroco iba vestido con una sotana blanca. Todo me pareció sencillo, ordenado y pulcro. Me invadió una sensación de paz. Pero lo que realmente me llamó la atención, más que el marco en sí, fue la comprensión intuitiva de que él estaba allí, abierto y paciente, por si alguien quisiera hablar con él y, fuera por un problema del alma, un pesar en el corazón o una mancha en la conciencia, él escucharía con amor. Era un hombre cuya profesión consistía en amar y proporcionaría el mejor consuelo y la mejor orientación posible.

Me conmocionó. Lo que estaba presenciando me llegó al corazón y me estremeció.

Se levantó de la mesa. Creí que iba a correr la placa hacia el otro lado pero lo que hizo fue adentrarse en la rectoría, dejando la puerta que daba a la habitación contigua tan abierta como la que daba al exterior. Me fijé en este detalle, en que las dos puertas estaban abiertas de par en par. Era evidente que tanto él como su colega seguían disponibles.

Me alejé y me atreví: entré en la iglesia. Tenía un nudo en el estómago. Tenía terror de que apareciera un cristiano y me gritara: «¿Qué haces aquí? ¿Cómo osas entrar en este lugar sagrado, pecador? ¡Fuera de aquí, ahora mismo!».

No había nadie. Ni casi nada por entender. Avancé y me quedé mirando el sagrario. Vi un cuadro. ¿Era el *murti*? Tenía algo que ver con un sacrificio humano. Un dios iracundo al que había que aplacar con sangre. Un grupo de mujeres que miraban aturdidas hacia el cielo y bebés con alitas volando por ahí. Un pájaro carismático. ¿Cuál de ellos era el dios? Al lado del sagrario había una escultura de madera pintada. La víctima era la misma, toda ensangrentada y con moratones pintados en colores vivos. Me fijé en sus rodillas. Estaban llenas de rasguños. Tenía la piel levantada como los pétalos de una flor, dejando al descubierto las rótulas, rojas como un camión de bomberos. Me costó relacionar esta escena de tortura con el párroco en la rectoría.

Al día siguiente, sobre la misma hora, fui yo quien estuvo PRESENTE.

Los católicos son harto conocidos por su severidad, por su dureza a la hora de juzgar. Mi experiencia con el padre Martin fue muy diferente. Se mostró muy atento conmigo. Me sirvió té y galletas en un juego de té que tintineaba y vibraba con sólo tocar las piezas. Me trató como un adulto, y me contó una historia. O mejor dicho, teniendo en cuenta que a los cristianos les encantan las mayúsculas, una Historia.

Y vaya historia. Si me atrajo, fue porque no daba crédito a mis oídos. ¿Cómo? ¿Que la humanidad peca y quien lo paga es el hijo de Dios? Intenté imaginarme a mi padre diciéndome:

—Piscine, ayer un león se coló en el recinto de las llamas y mató a dos de ellas. Ayer otro león acabó con un ciervo negro. La semana pasada otros dos se comieron un camello. La semana anterior les tocó a los tántalos indios y las garzas. ¿Y quién afirma que no fueron ellos los que acabaron con el agutí dorado? Esto no puede seguir así. Hay que tomar medidas. Así que he pensado que la única manera de expiar los pecados de los leones es que te coman a ti.

—Sí papá. Eso sería lo correcto y lo lógico. Espera que acabe de lavarme las manos.

—Aleluya, hijo.

—Aleluya, padre.

Vaya historia más rara. Qué psicología más extraña.

Le pedí que me contara otra historia, una que tuviera más sentido. Esta religión tenía que tener más de una historia; todas las religiones abundan en historias. Mas el padre Martin me hizo comprender que las historias anteriores a ésta, que no eran pocas, formaban un mero prólogo a la era cristiana. Su religión tenía una Historia, a la que volvían una y otra vez sin cansarse. Con ella ya tenían bastante.

Esa noche en el hotel apenas abrí la boca.

Que un dios tenga que enfrentarse a las adversidades, me parecía normal. Los dioses del hinduismo han tenido su buena cuota de ladrones, matones, secuestradores y usurpadores. ¿Qué es el Ramayana sino un día largo y duro para Rama? La adversidad, vale. Los reveses de fortuna, vale. La traición, vale. ¿Pero la humillación? ¿La muerte? De ninguna manera me imaginaba al Dios Krishna accediendo a ser desnudado, azotado, ridiculizado, arrastrado por las calles y encima, crucificado. Y por si fuera poco, a manos de simples mortales. Los dioses hindúes no morían. El Brahman Revelado no era partidario de la muerte. Para eso estaban los demonios y los monstruos, igual que los humanos, de los que morían miles y millones. La materia también desaparecía. Pero una divinidad no podía perecer. Estaba mal. El alma del mundo no puede morir, ni siquiera una parte contenida de ella. Ese dios cristiano hizo mal en dejar que muriera su avatar. Equivale a dejar que se muera parte de sí mismo. Pues si se muere el Hijo, no puede ser un engaño. Si Dios en la cruz es un Dios que finge una tragedia humana, convertiría a la Pasión de Cristo en la Farsa de Cristo. La muerte del hijo tuvo que ser real. El Padre Martin me aseguró que lo fue. Pero por mucha resurrección que haya, un dios muerto siempre lo será. El Hijo jamás logrará quitarse el sabor a muerte de la boca. La Trinidad estará contaminada por ella. Seguro que Dios Padre nunca conseguirá librarse de cierto hedor que le sube del lado derecho. El horror debe ser real. ¿Por qué iba a someterse Dios a algo así? ¿Por qué no dejar la muerte para los mortales? ¿Por qué tuvo que ensuciar lo que era bello, estropear la perfección?

Por amor. Ésa fue la respuesta del padre Martin.

¿Y el comportamiento de este Hijo? Hay una historia sobre el bebé Krishna, acusado injustamente por sus amigos de haber comido un poco de tierra. Su madre adoptiva, Yashoda, se le acerca haciendo un gesto admonitorio con el dedo.

—No debes comer tierra. Eres un niño malo.

—Pero si no he comido tierra —dice el indiscutible dios de todo, disfrazado en broma de criatura humana asustada.

—¡Vamos! Abre la boca —le ordena Yashoda.

Krishna obedece. Abre la boca. Yashoda da un grito ahogado. En la boca de Krishna ve el universo entero, completo y eterno, todas las estrellas y los planetas del espacio y la distancia que hay entre ellos, todos los países y océanos de la Tierra y la vida que los habita; ve todos los ayeres y todas las mañanas; ve todas las ideas y todas las emociones, toda la compasión y la esperanza, y las tres hebras de la materia; no falta ni una piedra, ni una vela, ni un animal, ni un pueblo ni una galaxia. Incluso se ve a sí misma y a cada pedazo de tierra en el sitio que le corresponde.

—Mi Señor, ya puede cerrar la boca —dice con reverencia.

Luego hay la historia de Vishnu encarnado de Vamana el enano. Pide al rey demonio Bali que le conceda la tierra que pueda cubrir con tres pasos. Bali se mofa del alfeñique que tiene delante y de su petición patética. Consiente. De repente Vishnu adopta su tamaño cósmico. Con un paso cubre la Tierra, con el segundo el cielo, y con el tercero, le da una patada a Bali que lo envía al infierno.

Ni siquiera Rama se quedaba de brazos cruzados, y él era el más humano de las divinidades, al que tuvieron que recordar su estatus divino cuando entristeció por su lucha para recuperar a Sita, su esposa, del malvado Ravana, rey de Lanka. Pero jamás se hubiera dejado abatir por una cruz insignificante. A la hora de la verdad, trascendía su forma humana y limitada con una fuerza superior a la de cualquier hombre y con armas que ningún hombre sabría manejar.

Eso es un Dios como dios manda: brillante, poderoso y fuerte. Un Dios capaz de rescatar y salvar y aniquilar el mal.

En cambio, este Hijo que pasa hambre, que pasa sed, que se cansa, que se inquieta, al que interrumpen con comentarios molestos, al que acosan, que tiene que soportar una pandilla de seguidores que no lo entienden y opositores que no lo respetan, ¿qué clase de dios es éste? Pues un dios demasiado humano. De acuerdo, hay algún que otro milagro de naturaleza medicinal, consigue satisfacer unos estómagos vacíos, y en el mejor de los casos atenúa una tormenta y camina durante algunos instantes sobre el agua. Pero si eso es magia, es magia menor, del calibre de los que hacen trucos con las cartas. Cualquier dios hindú lo haría cien veces mejor. Este Hijo es un dios que se ha pasado casi toda la vida contando historias, hablando. Este Hijo es un dios que caminó, un dios peatón, y encima en un lugar cálido, con un paso como el de cualquier humano, con sandalias que apenas le protegían los pies de las rocas que se encontró en el camino. Y las pocas veces que se decidió a derrochar el dinero en un transporte, iba en un burro de lo más corriente. Este Hijo es un dios que sólo tardó tres horas en morir, entre quejas, suspiros y lamentos. ¿Qué clase de dios es éste? ¿Qué es lo que inspira este Hijo?

—El amor —dijo el padre Martin.

¿Cómo puede ser que este Hijo aparezca una sola vez, hace mucho tiempo, en un país remoto, entre una tribu oscura en medio de la nada de Asia occidental, en los confines de un imperio que desapareció hace años? ¿Cómo puede ser que acabaran con Él antes de que le saliera una sola cana en la cabeza? ¿Que no deje ni un solo descendiente, sino un testimonio desperdigado y parcial, meros garabatos en el polvo? Vamos a ver, no estamos ante un Brahman con un enorme ataque de miedo a salir a escena, sino algo bastante más grave. Estamos ante un Brahman egoísta; un Brahman mezquino e injusto; un Brahman que apenas se pone de manifiesto. Si Brahman se empeña en tener un solo hijo, debería hacerse tan abundante como Krishna con las lecheras, ¿no? ¿Qué justificación hay para tanta tacañería?

—El amor —repitió el padre Martin.

Muchas gracias, pero yo me quedo con mi Krishna. Su

divinidad me resulta francamente cautivadora. No me interesa un Hijo sudoroso y parlanchín. Todo vuestro.

Así fue como conocí a ese rabino problemático de hace siglos: con incredulidad e irritación.

Estuve tomando té tres días seguidos con el padre Martin. Y con cada tintineo de las tazas con los platitos, y de las cucharas contra el borde de las tazas, yo le hacía preguntas.

La respuesta siempre era la misma.

Me molestaba, este Hijo. Cada día me ardía más la indignación que sentía hacia Él, y más defectos le encontraba.

¡Y es petulante, además! Una mañana en Betania, a Dios le entra hambre; a Dios le apetece desayunar. Se topa con una higuera. Como no es la temporada de higos, el árbol no tiene fruta. Dios está molesto. El Hijo refunfuña: «Que este árbol nunca más dé fruta». Segundos después, la higuera se marchita. Eso dice Mateo, secundado por Marcos.

Y yo me pregunto: ¿la higuera tiene la culpa de que los higos no estuvieran en temporada? ¿A quién se le ocurre castigar así a una pobre higuera, hacer que se marchite al instante?

No podía quitármelo de la cabeza. Sigo sin poder hacerlo. Pasé tres días enteros pensando en Él. Cuanto más me irritaba, más vueltas le daba. Cuanto más sabía acerca de Él, más ganas tenía de tenerlo a mi lado.

El último día, unas horas antes de partir de Munnar, subí corriendo la colina de la izquierda. Ahora se me antoja una escena típicamente cristiana. El cristianismo es una religión con prisas. El mundo, sin ir más lejos, fue creado en siete días. Incluso a escala simbólica, es una creación frenética. Habiendo nacido en una religión en la que la batalla por un alma única se convierte en una carrera de relevos que se extiende a lo largo de muchos siglos, con generaciones innumerables pasándose el testigo, la resolución tan acelerada del cristianismo me mareaba. Si el hinduismo fluye con la misma placidez que el Ganges, el cristianismo trajina como Toronto en hora punta. Es una religión que tiene la misma rapidez que una golondrina, la misma urgencia que una ambulancia. Es de lo más voluble y se expresa en un instante. Puedes redimirte o condenarte en un santiamén. El cristianismo se remonta a tiempos inmemoriales, pero en esencia sólo existe en un tiempo: ahora mismo.

Subí esa colina como un rayo. Aunque aparentemente el padre Martin no estaba PRESENTE (desgraciadamente, el panel estaba tapado), gracias a Dios sí estaba presente.

Sin apenas aliento le dije:

—Padre, quisiera ser cristiano, por favor.

Sonrió.

—Ya lo eres, Piscine, en el corazón. Aquel que se encuentra con Cristo con buena fe ya es cristiano. Aquí en Munnar has conocido a Jesucristo.

Me acarició la cabeza. De hecho, me la golpeó. La mano me hizo BUM BUM BUM en la cabeza.

Creí que iba a estallar de alegría.

—Cuando vuelvas, tomaremos más té, hijo.

—Sí, padre.

Fue una sonrisa bondadosa la que me dedicó. La sonrisa de Cristo.

Entré en la iglesia, ahora sin miedo, ya que se había convertido en mi casa también. Recé a Cristo, que está vivo. Entonces bajé corriendo la colina de la izquierda para subir corriendo la de la derecha, donde di las gracias al Dios Krishna por haberme presentado a Jesús de Nazaret, cuya humanidad tanto me cautivaba.

CAPÍTULO 18

El Islam no se quedó a la zaga. Entró en mi vida un año después. Debía de tener unos quince años y estaba explorando mi ciudad natal. El barrio musulmán estaba cerca del zoológico. Era una zona pequeña y tranquila, llena de casas con escritura árabe y medias lunas inscritas en las fachadas.

Llegué a la calle Mullah. Me asomé por la puerta de la Jamia Masjid, la Gran Mezquita, procurando quedarme en el exterior, por supuesto. El islamismo tenía fama de ser aún peor que el cristianismo. Tenía menos dioses, mayor violencia y nunca me habían hablado bien de las escuelas musulmanas, así que no tenía ninguna intención de entrar, por muy vacía que estuviera la mezquita. El edificio, limpio y blanco aparte de algunos bordes pintados de color verde, consistía en una construcción abierta que se desplegaba alrededor de una sala central vacía. El suelo estaba cubierto de unas largas alfombras de paja. Al fondo de la sala había dos minaretes finos y estriados que subían hacia el techo y justo detrás, unos cocoteros altísimos. La verdad es que no vi nada claramente religioso ni de gran interés en la mezquita, pero se me antojó un lugar agradable y tranquilo.

Seguí caminando. Un poco más allá de la mezquita había una serie de viviendas adosadas de un piso con porches sombreados. Eran casas humildes, venidas a menos, con paredes de estuco de color verde pálido. Una de las viviendas también era una tienda. Vi un estante lleno de botellas polvorientas de refrescos *Thums Up* y cuatro tarros de vidrio medio llenos de caramelos. Pero lo que me llamó la atención fue el producto principal: unos objetos planos, redondos y blancos. Me acerqué. Parecían una especie de pan ázimo. Toqué uno de ellos y dio la vuelta, rígido. Era similar al pan indio, pero de tres días. Me pregunté quién se comería algo así. Cogí uno como si fuera un abanico y lo agité un poco a ver si se rompía.

Entonces saltó una voz:

—¿Quieres probar uno?

Casi me muero del susto. Todos hemos estado en una situación así: hay mucho sol y mucha sombra, manchas y formas de color, estás distraído y no ves lo que tienes delante de las narices.

A menos de un metro y medio, sentado con las piernas cruzadas ante sus panes, había un hombre. Me llevé tal sobresalto que alcé las manos y el pan salió volando, yendo a parar en medio de la calle. Aterrizó sobre una boñiga de vaca recién hecha.

—Lo siento, señor. ¡No lo he visto! —exclamé, a punto de salir corriendo.

—No te preocupes —dijo suavemente—. Ya se lo comerá una vaca. Ten, aquí tienes otro.

Cogió otro pan y lo rompió por la mitad. Lo comimos juntos. Estaba duro y correoso. Costaba masticar pero llenaba. Me tranquilicé.

—¿Usted se dedica a hacer este pan? —le pregunté, tratando de ser agradable.

—Sí. Ven, te enseñaré cómo.

Se levantó y me hizo señas de que pasara a su casa.

La vivienda consistía en un tugurio de dos estancias. La más grande, dominada por un horno, era la panificadora y la otra, separada por una cortina delgada, era su dormitorio. El fondo del horno estaba cubierto de guijarros. Justo cuando me estaba explicando cómo se horneaba el pan en los guijarros calientes, nos llegó flotando la llamada nasal del almuédano desde la mezquita. Yo sabía que esa llamada anunciaba la hora de la oración, pero no tenía ni idea de qué suponía. Me imaginé que convocaría a los creyentes musulmanes a la mezquita, igual que las campanas citaban a los cristianos a la iglesia. Mas no fue así. El panadero se interrumpió a mitad de la frase, diciendo:

—Con permiso.

Seguidamente se metió en la habitación de al lado y salió después de un minuto con una alfombra enrollada, que extendió en el suelo de la panificadora, levantando una polvareda de harina. Y allí mismo, delante de mí, en medio de su lugar de trabajo, se puso a rezar. Por muy inapropiado que pareciera, el que se sentía fuera de lugar era yo. Por suerte rezó con los ojos cerrados.

Se enderezó. Murmuró en árabe. Llevó las manos a las orejas, los dedos pulgares tocando los lóbulos como si estuviera aguzando los oídos para captar la respuesta de Alá. Se inclinó hacia delante. Volvió a enderezarse. Cayó de rodillas y llevó las manos y la frente al suelo. Se incorporó. Volvió a inclinarse hacia delante. Se puso de pie. Y repitió el mismo ritual.

Vaya, pensé, si el Islam no es más que una serie de simples ejercicios. Yoga de verano para los beduinos. Asanas sin sudor, el cielo sin esfuerzo físico.

Repitió la serie cuatro veces, sin dejar de musitar. Cuando hubo acabado, tras girar la cabeza de derecha a izquierda y meditar durante unos instantes, abrió los ojos, sonrió, se bajó de la alfombra y la enrolló con un giro de la mano que indicaba un dominio curtido. La devolvió a su lugar en la habitación contigua. Entonces salió y dijo:

—¿Por dónde íbamos?

Fue la primera vez que vi rezar a un musulmán. Se me

antojó rápido, imperativo, físico, murmurado e impactante. La siguiente vez que fui a rezar a la iglesia, de rodillas, quieto, silencioso ante Jesucristo en la Cruz, no me quitaba de la cabeza la imagen de aquella comunión calisténica con Dios que había presenciado en medio de los sacos de harina.

CAPÍTULO 19

Volví a visitarlo.

—¿De qué va su religión? —le pregunté.

Se le iluminaron los ojos.

—Del Amado —repuso.

Desafío a cualquiera que comprenda el Islam, su espíritu, a que no lo ame. Es una religión maravillosa de fraternidad y devoción.

La mezquita era una construcción abierta en todos los aspectos: abierta a Dios y a la brisa. Todos nos quedábamos sentados escuchando al imán hasta la hora de las oraciones. Entonces nos levantábamos, nos colocábamos hombro con hombro en filas y desaparecía la disposición aleatoria de los fieles. Cada espacio que nos quedaba delante se llenaba con alguien de detrás hasta formar una línea sólida, fila tras fila de devotos. Me gustaba tocar el suelo con la frente. De repente notaba un contacto profundamente religioso.

CAPÍTULO 20

Era sufí, un musulmán místico. Trataba de llegar al *fana*, a la unión con Dios, y su relación con Él era personal y afectuosa.

—Si das dos pasos hacia Dios —me decía—, ¡Dios vendrá corriendo hacia ti!

Tenía unos rasgos de lo más corrientes. No había nada en su apariencia ni en su forma de vestir que lo hiciera destacar en la memoria. No me extraña que no lo viera la primera vez que nos vimos. Incluso cuando ya nos conocíamos muy bien, tras numerosos encuentros, me costaba reconocerlo. Se llamaba Satish Kumar. Son nombres muy comunes en Tamil Nadu, de modo que la coincidencia no es tan extraordinaria. No obstante, me gustó que mi panadero piadoso, corriente como una sombra y de una salud de hierro, y mi profesor de biología comunista y devoto de la ciencia, aquella montaña que caminaba sobre zancos, tristemente aquejado de polio durante su infancia, compartieran el mismo nombre. Ambos señores Kumar me inspiraron el que yo estudiara zoología y religión en la Universidad de Toronto. Ambos señores Kumar fueron los profetas de mi adolescencia india.

Rezábamos juntos, practicábamos el *dhikr*, la recitación de los noventa y nueve nombres revelados de Dios. Era un *hafiz*, es decir, un conocedor del Corán, y lo salmodiaba lentamente en voz baja. Nunca llegué a dominar el árabe pero me encantaban sus sonidos. Las erupciones guturales y las vocales largas y fluidas pasaban justo por debajo de mi comprensión como un arroyo precioso. Me quedaba absorto mirando este arroyo durante largos ratos. No era ancho, pues sólo estaba compuesto por la voz de un hombre, pero era tan hondo como el universo.

He descrito la casa del señor Kumar como un tugurio. Sin embargo, no existe mezquita ni iglesia ni templo que se me haya antojado tan sagrado. A veces salía de aquella panadería cargado de gloria. Entonces me subía a la bicicleta y pedaleaba mi gloria por el aire.

En una ocasión salí de la ciudad y a la vuelta, en un punto en el que la tierra se elevaba y veía el mar a la izquierda y toda la carretera por delante, de pronto sentí que estaba en el cielo. En realidad el lugar era exactamente el mismo que el que había pasado hacía algunos minutos, pero había cambiado mi forma de verlo. Esa sensación, una mezcla paradójica de energía palpitante y paz profunda, fue tan intensa como beatífica. Mientras que antes la carretera, el mar, los árboles, el aire y el sol me habían hablado por separado, ahora hablaban un idioma de unidad. Cada árbol tomaba en cuenta la carretera, que estaba consciente del aire, que tenía presente el mar, que compartía sus vivencias con el sol. Todos los elementos vivían una relación armoniosa con sus vecinos, y todos se habían convertido en familiares y amigos. Me arrodillé siendo mortal; me levanté transformado en inmortal. Sentí como si estuviera en el centro de un pequeño círculo que coincidía con el centro de otro círculo mucho más grande. El *atman* se encontró con Alá.

En otra ocasión, también volví a sentir la presencia de Dios muy de cerca. Ocurrió en Canadá, años después. Había ido a visitar unos amigos que vivían en el campo. Era invierno. Había salido solo a dar un paseo por su enorme terreno. Hacía un día despejado y soleado tras una noche de nevada. Era como si toda la naturaleza a mi alrededor estuviera envuelta en una manta blanca. A la vuelta a la casa, me volví. Había un bosque, y en ese bosque, un claro. La brisa, o tal vez un animal, había sacudido una rama y vi cómo la nieve caía delicadamente al suelo, resplandeciente a la luz del sol. Y entre aquellos polvos dorados que se caían en ese claro luminoso, vi a la Virgen María. Desconozco por qué se presentó ella. Mi devoción por María era secundaria. Pero sé que era ella. Llevaba un vestido blanco y una capa azul que me llamó la atención por la cantidad de dobleces y pliegues que tenía. Cuando digo que la vi, no lo digo en sentido literal, aunque tenía cuerpo y color. Intuí que la estaba viendo, una visión más allá de la visión. Me detuve y entrecerré los ojos. Era bella y sumamente majestuosa. Me sonrió con benevolencia y ternura. Después de unos segundos, me dejó. El corazón me latía del miedo y la dicha.

El Señor tiene junto a Sí la bella recompensa.

CAPÍTULO 21

Estoy sentado en un café del centro, un poco después, cavilando. Acabo de pasar casi toda la tarde con él. Cada vez que nos encontramos, me doy cuenta del hastío que me produce la satisfacción monótona que caracteriza mi vida. ¿Cuáles fueron aquellas palabras que dijo que tanto me impactaron? Ah sí: «facultad árida y ázima», «la historia preferible». Saco papel y bolígrafo y escribo:

Palabras de conciencia divina: exaltación moral;
sensaciones duraderas de elevación, euforia, dicha;
una aceleración del sentido moral, que uno estima
más importante que la comprensión intelectual de
las cosas; la alineación del universo en líneas mora-
les, no intelectuales; el darse cuenta de que el prin-
cipio fundamental de la existencia es lo que llama-
mos amor, que a veces no se manifiesta de forma
clara, ni limpia, ni inmediata, pero siempre de forma
ineluctable.

Me detengo. ¿Y el silencio de Dios? Reflexiono. Añado:

Un intelecto desconcertado, no obstante una
sensación confiada de presencia y de ánimo supremo.

CAPÍTULO 22

Me imagino perfectamente las últimas palabras de un
ateo: «¡Blanco, blanco! ¡A-a-amor! ¡Dios mío!», y su salto de fe
desde el lecho de muerte. En cambio el agnóstico, si es conse-
cuente con su propio razonamiento, si sigue gobernado por
una facultad árida y ázima, quizás intente explicar la luz cálida que lo envuelve diciendo: «Una p-p-posible falta de oxíge-
no al cerebro» y por lo tanto, carecer de imaginación hasta el
final y perderse la historia preferible.

CAPÍTULO 23

Lamentablemente, el sentimiento de comunidad que
despierta la fe común en la gente me supuso muchos problemas. Con el paso del tiempo, mis actividades religiosas no
sólo llegaron al conocimiento de aquellos a quienes les daba
igual y les hacía gracia, sino también al conocimiento de

aquellos a quienes ni les daba igual ni les hacía ni un pelo de gracia.

—¿Cómo es que vuestro hijo va al templo? —preguntó el cura.

—A vuestro hijo lo han visto persignándose en la iglesia —dijo el imán.

—Vuestro hijo se ha vuelto musulmán —dijo el pandit.

Sí, mis padres desconcertados acabaron enterándose de todo. Verás, ellos no estaban al tanto. No sabían que yo fuera hindú, cristiano y musulmán practicante. Los adolescentes siempre ocultan cosas a sus padres, ¿no? Pero el destino quiso que mis padres y yo y los tres Reyes Magos, como los llamaré a partir de ahora, se encontraran cara a cara en el paseo marítimo de la playa de Goubert Salai y que mi secreto saliera a la luz. Ocurrió la tarde de un domingo precioso. Hacía calor y corría una brisa agradable. El golfo de Bengala destellaba bajo el cielo azul. La gente de Pondicherry había salido a pasear. Los niños gritaban y se reían. El aire estaba lleno de globos de colores. Los helados se vendían a docenas. ¿Por qué tenían que estar pensando en su trabajo precisamente ese día? ¿Por qué no pudieron pasar de largo con un saludo y una sonrisa? Porque no. Íbamos a toparnos no con uno, sino con los tres Reyes Magos, y no uno por uno, sino con los tres a la vez, y cada uno iba a decidir en ese instante que era el momento perfecto para abordar esa eminencia de Pondicherry, el director del zoológico, aquel del hijo devoto ejemplar. Al ver el primero, sonreí; cuando reparé en el tercero, mi sonrisa se había congelado en una mueca de horror. Y cuando me vi cercado por los tres, el corazón me dio un vuelco antes de hundirse del todo.

Los Reyes Magos parecían molestos al ver que los otros dos estaban dirigiéndose hacia las mismas personas. Debieron de imaginarse que los otros dos querían hablar con mi padre de algún asunto que no fuera pastoral y que habían tenido la mala educación de escoger ese preciso momento para abordar el tema. Se intercambiaron miradas de contrariedad.

Mis padres se quedaron perplejos al ver que tenían el paso impedido por tres desconocidos religiosos que sonreían de oreja a oreja. Y es que mi familia lo era todo menos ortodoxa. Mi padre se consideraba parte integrante de la Nueva India, rica, moderna y más laica que el helado. No tenía ni un pelo de religioso. Era un hombre de negocios, o un hombre ocupado, como decía él, un profesional trabajador y con los pies bien puestos sobre la tierra. Le preocupaba más la endogamia entre los leones que cualquier propósito moral o existencial preponderante. Es cierto que llamaba al cura para que viniera a bendecir todos los animales nuevos y que había dos pequeños altares en el zoológico, uno al Dios Ghanesa y otro a Hanuman, los dioses que mejor caerían a un director de zoológico, dado que el primero tenía cabeza de elefante y el segundo era un mono, pero era porque mi padre consideraba que era bueno para el negocio, no para su alma, una cuestión de relaciones públicas más que de salvación personal. La inquietud espiritual le era completamente ajena; lo que le preocupaba eran los asuntos económicos.

—Una epidemia en la colección —decía— y acabaremos en una cadena de presos rompiendo rocas.

Mi madre no se pronunciaba; el tema le aburría y mantenía una posición neutral. Una educación hindú en casa y una educación bautista en el colegio se habían anulado mutuamente en lo que respectaba a la religión, dejándola serenamente impía. Supongo que ella ya se imaginaba que yo no era del mismo parecer, pero nunca me había dicho nada de los tebeos del Ramayana y el Mahabarata, ni de la Biblia ilustrada para niños ni de los otros cuentos sobre dioses que devoraba de niño. Ella también leía mucho y le encantaba verme enfrascado en algún libro, fuera el que fuera, siempre que no fuera cochino. En cuanto a Ravi, si el Dios Krishna hubiera blandido un bate de críquet en lugar de una flauta, si Cristo se hubiera parecido más claramente a un árbitro, si el profeta Mahoma, la paz sea con él, hubiera sabido lanzar una pelota de críquet, quizá hubiera hecho algún pestañeo más religioso, pero como el críquet no les iba, a Ravi le traían sin cuidado.

Después de los «holas» y «buenas tardes» de rigor, hubo un silencio violento. El primero en hablar fue el cura, que dijo con orgullo:

—Piscine es un buen niño cristiano. Espero que no tarde en unirse a nuestro coro.

Mis padres, el pandit y el imán lo miraron con recelo.

—Me parece que se equivoca, señor. Es un buen niño musulmán. Viene a rezar con nosotros cada viernes sin falta y está aprendiendo el Sagrado Corán a pasos agigantados.

O al menos eso dijo el imán.

Mis padres, el cura, y el pandit lo miraron sorprendidos. Entonces habló el pandit:

—No, los dos están muy equivocados. Es un buen niño hindú. Siempre lo veo en el templo. Viene a tomar *darshan* y a hacer *puja*.

Mis padres, el imán y el cura lo miraron atónitos.

—Aquí no hay ninguna equivocación —dijo el cura—. Conozco este niño. Se llama Piscine Molitor Patel y es cristiano.

—Yo también lo conozco y es musulmán —afirmó el imán.

—¡Tonterías! —exclamó el pandit—. ¡Piscine nació hindú, vive como hindú y morirá hindú!

Los tres Reyes Magos se quedaron mirando, incrédulos y sin aliento.

Dios, que aparten sus miradas de mí, susurré en el alma.

Todas las miradas se detuvieron en mí.

—Piscine, ¿es cierto? —preguntó el imán con seriedad—. Sabes que los hindúes y los cristianos son idólatras, ¿verdad? Creen en varios dioses.

—Y los musulmanes tienen varias esposas —respondió el pandit.

El cura miró a los dos con desconfianza.

—Piscine —dijo, casi susurrando—, la única salvación está en Jesús.

—¡Paparruchas! Los cristianos no saben nada de religión —dijo el pandit.

—Se apartaron del camino de Dios hace siglos —dijo el imán.

—¿Y dónde está Dios en vuestra religión? —saltó el cura—. No tenéis ni siquiera un milagro para demostrarlo. ¿Qué clase de religión es esta que carece de milagros?

—Pues por lo menos no es un circo lleno de muertos que saltan de sus tumbas, de eso puede estar seguro. Los musulmanes nos quedamos con el milagro esencial de la existencia. Los pájaros que vuelan, la lluvia que cae, la cosecha que crece. Ya nos parecen milagros suficientes.

—Mire, la lluvia y las plumas son muy bonitas, pero a nosotros nos gusta saber que Dios realmente está con nosotros.

—¿Ah sí? Pues de mucho le sirvió a Dios estar con vosotros. ¡Si intentasteis matarlo! ¡Si lo clavasteis en una cruz con unos clavos enormes! Vaya forma más civilizada de tratar a un profeta. El profeta Mahoma, la paz sea con él, nos trajo la palabra de Dios sin estas tonterías tan poco dignas y vivió hasta una avanzada edad.

—¿Se atreve a hablar de la palabra de Dios? ¿Con relación a ese mercader analfabeto en medio del desierto? ¡Por favor! Si lo que tenía eran ataques babosos de epilepsia causados por el bamboleo de su camello, y nada de revelaciones divinas. ¡Bueno, tal vez fuera el sol que le estaba friendo los sesos!

—Miren, si el profeta, la paz sea con él, estuviese vivo, les aseguro que les soltaría unas perlitas ahora mismo —dijo el imán frunciendo el ceño.

—¡Pues no lo está! El único vivo aquí es Jesucristo, mientras que su «la paz sea con él» esta muerto, muerto, ¡muerto!

El pandit los interrumpió discretamente. En Tamil dijo:

—Vamos a ver. Aquí, lo único que importa es por qué ha decidido Piscine coquetear con estas religiones impostoras.

Al cura y al imán se les salieron los ojos de las órbitas. Ambos eran tamiles nativos.

—Dios es universal —farfulló el cura.

El imán hizo un gesto de aprobación con la cabeza.

—Sólo hay un Dios.

—Y con su único Dios, los musulmanes se pasan la vida creando problemas y causando disturbios. La prueba de que el Islam es una religión nefasta está en lo poco civilizados que son los musulmanes —declaró el pandit.

—Dijo el negrero del sistema de castas —resopló el imán—. Los hindúes esclavizan a los demás y rinden culto a monigotes disfrazados.

—Son amantes de los terneros dorados. Se arrodillan ante las vacas —dijo el cura, metiendo cuchara.

—De acuerdo, pero los cristianos se arrodillan ante un hombre blanco. Son lacayos de un dios extranjero. Son la pesadilla de todas las personas que no sean blancas.

—Y además, comen carne de cerdo y son caníbales —añadió el imán, por si acaso.

—Bueno, el quid de la cuestión es si Piscine quiere una religión de verdad... o mitos de tebeo —masculló el cura con ira controlada.

—Dios... o ídolos —entonó el imán con gravedad.

—Nuestros dioses... o dioses colonialistas —dijo el pandit entre dientes.

Era difícil distinguir cuál de los tres tenía la cara más inflamada. Por un momento, creí que iban a empezar a repartir bofetadas.

Mi padre alzó las manos.

—¡Señores, señores, se lo ruego! —terció—. Quisiera recordarles que en este país todavía gozamos de la libertad de culto.

Los tres se volvieron hacia él, apopléticos.

—¡Sí! Culto, ¡en singular! —gritaron los Reyes Magos al unísono.

De repente, tres dedos índices, como tres signos de puntuación, se pusieron en posición de firmes en el aire para recalcar su objeción.

No les hizo ninguna gracia el efecto coral accidental ni la unidad espontánea de sus gestos. Bajaron los dedos rápidamente, entre suspiros y gruñidos personales. Papá y mamá los miraron sin saber qué decir.

El pandit fue el primero en hablar.

—Señor Patel, la devoción de Piscine es loable. En los tiempos problemáticos que corren, es un placer ver a un niño tan entusiasmado con Dios. En eso estamos todos de acuerdo.

El cura y el imán asintieron con la cabeza. El pandit continuó:

—Sin embargo, su hijo no puede ser hindú, cristiano y musulmán a la vez. Es imposible. Tendrá que escoger.

—No creo que esté cometiendo ningún delito, pero supongo que tienen razón —dijo mi padre.

Los tres mascullaron que así era y miraron hacia el cielo, igual que mi padre, de donde creían que iba a venir la decisión. Mi madre me miró a mí.

El silencio me cayó como un peso encima.

—Bueno, Piscine —dijo mi madre codeándome suavemente—. ¿Tú que opinas de todo esto?

—*Bapu* Gandhi dijo que todas las religiones son ciertas.

Lo único que quiero es amar a Dios —espeté, mirando el suelo con la cara colorada.

Mi vergüenza contagió a todos. Nadie dijo nada. Daba la casualidad que estábamos muy cerca de la estatua de Gandhi en el paseo marítimo. El *Mahatma* iba con un bastón en la mano, una sonrisa pícara en los labios y un brillo en los ojos. Tuve la impresión de que había oído nuestra conversación, pero que había prestado aún más atención a mi corazón. Mi padre carraspeó y dijo en voz baja:

—Supongo que eso es lo que todos pretendemos hacer: amar a Dios.

Me pareció raro que dijera eso. Desde que tenía memoria, nunca lo había visto pisar un templo con algún propósito serio. Pero funcionó. No se puede reprender a un niño por querer amar a Dios. Los tres Reyes Magos se alejaron con una sonrisa rígida y forzada en los labios.

Papá me miró durante unos instantes, como si fuera a decir algo. Finalmente, se lo pensó mejor y dijo:

—¿A alguien le apetece un helado?

Se volvió y se dirigió hacia el *wallah* de helados más cercano antes de que pudiéramos contestar. Mi madre me miró fijamente durante unos momentos con una mezcla de ternura y perplejidad.

Ésa fue mi introducción al diálogo interreligioso. Mi padre volvió con tres cortes de helado. Los comimos en un silencio inusitado y seguimos nuestro paseo dominical.

CAPÍTULO 24

Ravi se regocijó cuando se enteró.

—Bueno, *Swami* Jesús, ¿dónde irás a pasar el *hadj* este año? —dijo juntando las palmas de las manos delante de la cara para hacer el más reverente de los *namaskars*—. ¿O te llama La Meca?

Se persignó antes de seguir.

—¿O te irás a Roma para que te coronen papa Pío 3,1416?

Dibujó una letra griega en el aire para hacer hincapié en sus burlas.

—¿Todavía no has encontrado un momento para cortarte la punta del nabo y hacerte judío? A este paso, si sigues yendo al templo los jueves, a la mezquita el viernes, a la sinagoga los sábados y a la iglesia los domingos, sólo te faltarán tres religiones para que puedas tener fiesta cada día hasta que te mueras.

Entre otras socarronerías por el estilo.

CAPÍTULO 25

Pero no se acabó allí. Siempre quedan aquellos que asumen la responsabilidad de defender a Dios, como si la Realidad Suprema, el marco sustentador de la existencia, fuera algo endeble y desamparado. Estas personas son las que ven a las viudas deformadas por la lepra que piden unas cuantas monedas y pasan de largo, que ven a los niños harapientos que viven en la calle y pasan de largo. Piensan: «todo va bien.» Pero si perciben un desprecio hacia Dios, eso ya es harina de otro costal. Enfurecen, se ponen rojos, respiran agitadamente, farfullan de indignación. Su determinación es aterradora.

Esta gente no se da cuenta de que tienen que defender a Dios en el interior, no en el exterior. Deberían dirigir su furia a sí mismos. Pues el mal que anda suelto es el mal que ellos mismos han sembrado desde su interior. El campo de batalla principal del bien no es el espacio abierto de una arena pública, sino el pequeño claro que hay en el corazón de cada uno. Mientras tanto, la suerte de las viudas y los niños callejeros seguirá siendo muy dura y es en su ayuda, y no en la de Dios, que deberían acudir aquellos con pretensiones de superioridad moral.

Una vez un bruto me echó de la Gran Mezquita. Cuando fui a la iglesia el cura me fulminó con la mirada y no pude sentir la paz de Cristo. A un *brahmin* le dio por expulsarme cuando tomaba *darshan*. Mis actividades religiosas llegaron a los oídos de mis padres en los tonos murmurados y urgentes de la traición revelada.

Ni que semejante estrechez de miras fuera a hacerle algún bien a Dios.

Para mí, lo más importante en la religión es nuestra dignidad, no nuestra depravación.

Dejé de ir a misa en la iglesia de Nuestra Señora de la Concepción Inmaculada y fui a la de Nuestra Señora de los Ángeles. Ya no me entretenía con mis hermanos después de las oraciones de los viernes. Iba al templo a las horas más concurridas cuando los *brahmines* estaban demasiado ocupados para interponerse entre Dios y yo.

CAPÍTULO 26

Unos días después del encuentro en el paseo marítimo me armé de valor y fui a ver a mi padre en su despacho.

—Papá.

—Dime, Piscine.

—Quiero ser bautizado y quiero una alfombra de oración.

Mis palabras tardaron un poco en penetrar. Levantó la vista de sus papeles después de varios segundos.

—¿Una qué? ¿Cómo?

—Me gustaría poder rezar fuera sin que se me ensucien los pantalones. Y resulta que voy a una escuela cristiana sin haber recibido el debido bautizo de Cristo.

—¿Y por qué quieres salir fuera a rezar? De hecho, ¿por qué quieres rezar en cualquier parte?

—Porque amo a Dios.

—Ya.

Mi respuesta pareció sorprenderlo, y casi se violentó. Hubo un silencio. Creí que iba a ofrecerme otro helado.

—Vamos a ver, hijo. El Pétit Seminaire es cristiano sólo de nombre. Muchos de tus compañeros son hindúes, no cristianos. Vas a recibir la misma educación con o sin bautizo, créeme. Y tus oraciones a Alá tampoco van a cambiar nada.

—Pero quiero rezar a Alá. Quiero ser cristiano.

—No puedes ser ambas cosas. O eres cristiano o eres musulmán.

—¿Y por qué no puedo ser ambas cosas?

—¡Son religiones separadas! No tienen nada que ver.

—¡Según ellos, no! Los dos afirman que Abraham es suyo. Los musulmanes dicen que el Dios de los hebreos y cristianos es el mismo que el Dios de los musulmanes. Reconocen a David, Moisés y Jesús como profetas.

—Es que no entiendo qué tiene que ver todo esto con nosotros, Piscine. ¡Somos indios!

—¡Hace siglos que existe el cristianismo y el Islam en la India! Hay quienes afirman que Jesús está enterrado en Cachemira.

Mi padre no contestó. Se me quedó mirando con el ceño fruncido. De repente, el negocio lo llamaba.

—Mira, habla con tu madre, ¿de acuerdo?

Mi madre estaba leyendo.

—¿Mamá?

—Sí, cariño.

—Quiero ser bautizado y quiero una alfombra de oración.

—Ve a hablar con tu padre.

—Ya lo he intentado. Me ha dicho que hable contigo.

—¿Ah, sí?

Dejó el libro. Miró por la ventana hacia el zoológico. En ese instante, estoy seguro de que padre notó un soplo de aire gélido en la nuca. Mamá se volvió hacia la estantería.

—Mira, tengo un libro que te va a gustar mucho.

Ya tenía el brazo extendido, a punto de coger un libro. Era de Robert Louis Stevenson. Siempre empleaba la misma táctica.

—Ya lo he leído, mamá. Tres veces.

—Bueno, pues... —dijo, moviendo el brazo hacia la izquierda.

—Y a Conan Doyle también.

Movió el brazo hacia la derecha.

—¿Y a R. K. Narayan? No puedes haber leído su obra entera.

—Mamá, este tema me importa mucho.

—*¡Robinson Crusoe!*

—¡Mamá!

—¡Ay, Piscine! —dijo.

Se reclinó en el sillón, y me miró con una expresión que

me indicaba que pensaba seguir el camino más fácil. Eso quería decir que yo tendría que luchar duro en las partes más críticas. Mi madre colocó bien un cojín a su espalda.

—Para tu padre y para mí, este fervor religioso es un misterio.

—Es que es un Misterio.

—Bueno, no lo decía en ese sentido. Escúchame, cariño, si quieres ser religioso, tendrás que decidir si quieres ser hindú, cristiano o musulmán. Ya oíste lo que te dijeron en el paseo marítimo.

—Es que no entiendo por qué no puedo ser las tres cosas. Mamaji tiene dos pasaportes. Es indio y francés. ¿Por qué no puedo ser hindú, cristiano y musulmán?

—No tiene nada que ver. Francia e India son naciones en la tierra.

—¿Y cuántas naciones hay en el cielo?

Tardó un poco en responder.

—Una. Ahí está. Una nación, un pasaporte.

—¿Que sólo hay una nación en el cielo?

—Sí, o ninguna. Ésa es otra opción, sabes. ¡Mira que tú también te has ido a meter en unos asuntos más anticuados!

—Si sólo hay una nación en el cielo, todos los pasaportes deberían ser válidos, ¿no?

Se le nubló la cara de incertidumbre.

—*Bapu* Gandhi dijo que...

—Ya sé lo que dijo *Bapu* Gandhi —dijo, llevando una mano a la frente.

Parecía realmente extenuada.

—¡Madre mía! —dijo.

CAPÍTULO 27

Esa misma noche, oí una conversación entre mis padres.

—¿Le has dicho que sí? —preguntó mi padre.

—Según tengo entendido, a ti te preguntó lo mismo y le dijiste que viniera a hablar conmigo —repuso mi madre.

—¿Eso dije?

—Pues sí.

—Mira, he estado muy ocupado...

—Ya, pero ahora no lo estás. De hecho, ahora mismo te veo cómodamente desocupado. Así que si quieres irrumpir en su habitación y ponerle la alfombra y el tema del bautizo cristiano sobre el tapete, adelante. No voy a ser yo quien te lo impida.

—No, no.

Por la voz de mi padre supe que se estaba arrellanando en el sillón. Hubo una pausa.

—Está atrayendo religiones como un perro atrae las pulgas —continuó—. No lo entiendo. Somos una familia india moderna; vivimos de forma moderna; la India está a punto de convertirse en una nación moderna y avanzada... y a nosotros nos sale un hijo que se cree la reencarnación de Sri Ramakrishna.

—Si la señora Gandhi representa lo moderno y lo avanzado, no sé si me gusta —dijo mamá.

—¡La señora Gandhi desaparecerá un día! El progreso es imparable. Es el ritmo al que todos tenemos que bailar. La tecnología ayuda y las ideas innovadoras se propagan: son dos leyes de la naturaleza. Si no dejas que la tecnología te ayude, si te resistes a las ideas innovadoras, te acabas condenando a una forma de vida prehistórica. Estoy completamente convencido de esto. La señora Gandhi y sus necedades desaparecerán. Entonces llegará la Nueva India.

(Efectivamente, desapareció y la Nueva India, o al menos una de sus familias, decidió emigrar al Canadá.)

Papá siguió:

—¿Has oído cuando ha dicho lo de «*Bapu* Gandhi dijo que todas las religiones son ciertas»?

—Sí.

—¿*Bapu* Gandhi? ¿Desde cuándo tiene esta relación tan cariñosa con Gandhi? Ahora nos habla de papá Gandhi, pero a ver con qué nos va a salir más adelante. ¿El tío Jesús? ¿Y qué me dices de la última majadería? ¿Es cierto que se ha vuelto musulmán?

—Eso parece.

—¡Musulmán! Que sea un hindú devoto, vale, lo entiendo. Que además sea cristiano, bueno, ya no me parece tan normal, pero supongo que llegaría a aceptarlo. Después de todo, los cristianos llevan mucho tiempo aquí: santo Tomás, san Javier, los misioneros, etcétera. Les debemos unas buenas escuelas.

—Sí.

—Vale, pues hasta aquí más o menos llego. ¿Pero musulmán? Los musulmanes son algo completamente ajeno a nuestras tradiciones. Son intrusos.

—Hombre, también llevan muchos años aquí, y son cien veces más numerosos que los cristianos.

—Da igual. Siguen siendo intrusos.

—Es posible que Piscine esté bailando al ritmo de otro tipo de progreso.

—No, si encima defiéndelo. ¿Te da lo mismo que nuestro hijo ahora se crea musulmán?

—¿Y qué quieres hacerle, Santosh? Le hace ilusión, y tampoco está haciendo daño a nadie. Igual es una fase. Quizás también desaparezca, igual que la señora Gandhi.

—¿Por qué no puede tener los intereses normales de un chico de su edad? Fíjate en Ravi. Lo único que le importa es el críquet, las películas y la música.

—¿Y eso te parece mejor?

—No, no. Es que ya no sé ni qué pensar. Ha sido un día muy largo —suspiró—. Me pregunto dónde irá a parar con todo esto.

Mi madre se echó a reír.

—La semana pasada acabó un libro que se llama *La imitación de Cristo*.

—¡La imitación de Cristo! ¡Me vuelvo a preguntar dónde irá a parar con todo esto! —exclamó papá.

Se rieron.

CAPÍTULO 28

Adoraba mi alfombra de oración. Aunque no fuera de primera calidad, a mis ojos brillaba con luz propia. Lamento haberla perdido. Dondequiera que la extendiese, sentí un cariño especial hacia el suelo que cubría y sus alrededores, y eso indica que era una buena alfombra de oración dado que me ayudaba a recordar que la tierra es la creación de Dios e igual de sagrada en todo el mundo. El estampado, líneas doradas sobre un fondo rojo, era sencillo: a un extremo había un rectángulo delgado acabado en una punta triangular para indicar la *quibla*, la dirección de oración. Alrededor de la punta flotaban unas volutas, como espirales de humo o acentos de un lenguaje extraño. Era suave. Cuando rezaba, las borlas sin trenzar me quedaban a pocos centímetros de la cabeza a un extremo, y al otro, a pocos centímetros de la punta de los dedos. El tamaño era perfecto para que me sintiera a gusto en cualquier rincón de esta inmensa tierra.

Rezaba fuera porque me gustaba. Solía extender la alfombra en una esquina del jardín trasero. Era un lugar apartado a la sombra de un pompón haitiano, al lado de un muro cubierto de una buganvilla. En lo alto del muro había una fila de poinsettias en macetas. La buganvilla había trepado hasta el árbol. El contraste entre las brácteas púrpuras y las flores rojas del árbol era muy bonito. Y cada vez que estaba en flor, el árbol se llenaba de cuervos, minas, tordos, estorninos rosados, nectarinas y pericos. El muro me quedaba a la derecha, formando un ángulo abierto. Justo delante y un poco a la izquierda, un poco más allá de la sombra lechosa y moteada del árbol, veía el resto del jardín a plena luz del sol. El jardín se transformaba, por supuesto, según el tiempo, la hora y la época del año. Pero todavía lo recuerdo perfectamente, como si nunca hubiera cambiado. Me orientaba hacia La Meca, señalada con una línea que había marcado en la tierra amarilla y que procuraba dejar siempre visible.

Cuando terminaba mis oraciones, a veces me volvía y veía a mi padre, a mi madre o a Ravi observándome, hasta que finalmente se acostumbraron.

El bautizo fue una ocasión un poco delicada. Mi madre se portó de maravilla, mi padre miró la ceremonia con impavidez y Ravi, gracias a Dios, no pudo venir porque tenía un partido de críquet. Aun así, no me libré de sus comentarios al respecto. El agua bendita me corrió por el rostro hasta el cuello y aunque sólo me echaron una tacita, tuvo el mismo efecto refrescante que una lluvia monzónica.

CAPÍTULO 29

¿Por qué hay gente que se cambia de país? ¿Qué la empuja a desarraigarse y dejar todo lo que ha conocido por un desconocido más allá del horizonte? ¿Qué le hace estar dispuesta a escalar semejante Everest de formalidades que le hace sentirse como un mendigo? ¿Por qué de repente se atreve a entrar en una jungla foránea donde todo es nuevo, extraño y complicado?

La respuesta es la misma en todo el mundo: la gente se cambia de país con la esperanza de encontrar una vida mejor.

A mediados de los años setenta, la India era un país aquejado de problemas. Lo deduje por las arrugas que surcaban la frente de mi padre cada vez que leía los diarios. Y por los fragmentos de conversación que acertaba a oír entre mi padre y mi madre y Mamaji y los demás. No es que no entendiera lo que decían, sencillamente me daba igual. Los orangutanes seguían a la expectativa de que les cayera un chapatti; los monos nunca preguntaban por las noticias desde Delhi; los rinocerontes y las cabras todavía vivían en paz; los pájaros gorjeaban; las nubes transportaban la lluvia; el sol calentaba; la tierra respiraba; Dios sencillamente era, y mi mundo era libre de emergencia.

La señora Gandhi finalmente pudo más que mi padre. En febrero de 1976, el gobierno de Tamil Nadu fue derrocado por el gobierno en Delhi. Nuestro gobierno había sido uno de los detractores más tajantes de la señora Gandhi. La toma de poder se ejecutó sin complicaciones. El ministerio del presidente autónomo Karunanidhi se esfumó silenciosamente gracias a las «dimisiones» y los arrestos domiciliarios. ¿Qué importa la caída de un gobierno autónomo si la constitución de un país entero se ha visto anulada durante ocho meses? Sin embargo, para mi padre fue la guinda de la toma de poder dictatorial de la nación entera por parte de la señora Gandhi; los lobos ni se inmutaron aunque mi padre decidió enseñar los colmillos.

—¡Ahora sólo faltaría que viniera al zoológico y nos dijera que las cárceles están muy llenas y que necesita más espacio! —gritó—. ¿Qué te parece si metemos a Desai junto con los leones?

91

Morarji Desai era un político de la oposición. No era precisamente amigo de la señora Gandhi. Me entristece pensar en la preocupación incesante de mi padre. Si a la señora Gandhi le hubiera dado por hacer volar el zoológico por los aires de su propia mano, me hubiera dado igual si eso iba a hacer feliz a mi padre. Ojalá no se hubiera inquietado tanto. Es duro para un hijo ver a su padre tan angustiado.

Pero se angustió. Cualquier empresa es una empresa arriesgada, sobre todo cuando se trata de una empresa con «e» minúscula, una empresa que se arriesga a perder hasta la camisa que lleva en la espalda. Un zoológico es una institución cultural. Está al servicio de la educación popular y la ciencia, igual que las bibliotecas públicas y los museos. Y del mismo modo, no era una empresa lucrativa, pues el Bien Mayor y el Beneficio Mayor no son objetivos compatibles, muy a pesar de mi padre. En realidad, no éramos una familia rica, y mucho menos en términos canadienses. Éramos una familia pobre pero daba la casualidad que teníamos muchos animales, aunque no pudiéramos proporcionarles un techo (en realidad, nosotros tampoco teníamos ninguno). La vida en un zoológico, igual que la vida de sus habitantes en su hábitat natural, es una vida precaria. Es una empresa que no es ni lo bastante grande para estar por encima de la ley, ni lo bastante pequeña para que sobreviva de sus márgenes. Para que pueda prosperar, un zoológico necesita un gobierno parlamentario, elecciones democráticas, libertad de expresión, libertad de prensa, libertad de asociación, el imperio de la ley y el resto de los principios consagrados por la Constitución de la India. Si no, resulta imposible disfrutar de los animales. La política mala a largo plazo derrumbará cualquier empresa.

La gente se cambia de país porque la ansiedad la acaba desgastando. Porque le corroe la sensación de que por mucho que trabaje, sus esfuerzos serán infructuosos, y que lo que ha construido durante un año será derribado por otros en un solo día. Porque ven un futuro atascado y aunque ellos tal vez salgan ilesos, sus hijos no. Porque creen que nada va a cambiar, que la felicidad y la prosperidad no son alcanzables sino en otro lugar.

La Nueva India se partió y se hundió en la mente de mi padre. Mi madre asintió. Saldríamos de allí cuanto antes.

Nos lo anunciaron una noche mientras cenábamos. Ravi y yo nos quedamos atónitos. ¡Canadá! Si Andhra Pradesh, un poco más al norte de Pondicherry, nos parecía un lugar extranjero, y si Sri Lanka, justo al otro lado de un estrecho, se nos antojaba la cara oculta de la luna, imagínate lo que representaba Canadá. Canadá carecía de todo sentido para nosotros. Era como hablar de la Cochinchina: un lugar permanentemente lejano por definición.

CAPÍTULO 30

Está casado. Me agacho para quitarme los zapatos cuando le oigo decir:
—Quisiera presentarte a mi mujer.
Miro hacia arriba y a su lado está... la señora Patel.
—Hola —me dice sonriente, extendiéndome la mano—. Piscine me ha hablado mucho de usted.
No puedo decir lo mismo de ella. No tenía ni idea. Está a punto de salir así que sólo hablamos durante unos minutos. También es india pero tiene un acento más típico de Canadá. Debe de ser de la segunda generación. Es un poco más joven que él, tiene la piel un poco más oscura, el pelo largo y negro recogido en una trenza. Tiene los ojos oscuros y brillantes, los dientes bonitos y muy blancos. Lleva una bata blanca envuelta en un plástico de tintorería. Es farmacéutica.
—Encantado de conocerla, señora Patel —le digo.
A lo que ella responde:
—Meena, por favor. Llámeme Meena.
Marido y mujer se dan un beso rápido y ella sale a hacer el turno del sábado.
La casa es algo más que una caja llena de iconos. Empiezo a fijarme en indicios de una existencia conyugal. Siempre han estado allí pero no los he visto porque no los buscaba.
Es un hombre tímido. La vida le ha enseñado a no hacer alarde de lo que más quiere.
¿Será ella la Némesis de mi tracto digestivo?
—Te he preparado un chutney *especial —dice, sonriendo.*
No, es él.

CAPÍTULO 31

Se conocieron una vez los señores Kumar, el panadero y el profesor. El primer señor Kumar me dijo que tenía deseos de ver el zoológico.

—Mira que llevo años aquí y nunca he ido. Y está aquí al lado. ¿Me lo enseñarás un día?

—Por supuesto —le repuse—. Para mí sería un honor.

Quedamos en encontrarnos al día siguiente en la puerta de entrada del zoológico cuando saliera de la escuela.

Sin embargo, el encuentro me tuvo preocupado todo el día. Me regañé: «¡Pero serás burro! ¿Por qué le dijiste que te esperara en la entrada principal? Siempre está llena de gente. ¿Te has olvidado de lo corriente que es? ¡Nunca vas a poder reconocerlo!». Si pasaba de largo sin verlo, se sentiría dolido. Pensaría que había cambiado de idea y que no quería que me vieran con un pobre panadero musulmán. Se iría sin decirme nada. No se enfadaría. Aceptaría mi excusa de que el sol me estaba deslumbrando. Pero jamás querría volver al zoológico. Ya me lo veía venir. Tenía que reconocerlo. Me escondería y me esperaría hasta que estuviera seguro de que era él. Claro, eso es lo que tenía que hacer. Pero alguna vez me había dado cuenta de que cuanto más intentaba reconocerlo, menos lo veía. Era como si el mero esfuerzo me cegara.

A la hora señalada me planté delante de la entrada principal del zoológico y empecé a frotarme los ojos con las dos manos.

—¿Qué haces?

Era Raj, un amigo.

—Estoy ocupado.

—¿Estás ocupado frotándote los ojos?

—Déjame en paz.

—¿Te vienes a la calle Beach?

—Estoy esperando a alguien.

—Pues si sigues frotándote los ojos así no lo vas a ver.

—Gracias por la información. Que te vaya bien por la calle Beach.

—¿Y al parque?

—Que no puedo. ¿Cuántas veces tengo que decírtelo?

—Venga, hombre, va.

—Raj, por favor, lárgate.

Se fue.

—Oye, Pi. ¿Me echas una mano con los deberes de mates?

Era Ajith, otro amigo.

—Más tarde. Vete.

—Hola, Piscine.

La señora Radhakrishna, una amiga de mi madre. Tras un intercambio rápido de palabras, me la quité de encima.

—Disculpa, ¿sabes dónde está la calle Laporte?

Un desconocido.

—Por allí.

—¿Cuánto vale la entrada al zoológico?

Otro desconocido.

—Cinco rupias. La taquilla está ahí mismo.

—¿Te ha entrado cloro en los ojos?

Era Mamaji.

—Hola, Mamaji. No.

—¿Está tu padre por aquí?

—Creo que sí.

—Nos vemos mañana a primera hora.

—Vale, Mamaji.

—Estoy aquí, Piscine.

Las manos se me paralizaron encima de los ojos. Esa voz. Era extraña de forma familiar y familiar de forma extraña. Noté cómo me fue subiendo una sonrisa hasta los labios.

—*Salam alaikum.* ¡Señor Kumar! Cuánto me alegro de verle.

—*Ua alaikum as-salam.* ¿Te encuentras bien?

—Sí. Muy bien. Creo que me ha entrado un poco de polvo en los ojos.

—Los tienes muy rojos.

—No es nada, de verdad.

Se dirigió hacia la taquilla pero lo llamé antes de que llegara.

—No, no. Usted no, maestro.

Me llenó de orgullo apartar la mano del taquillero e invitar al señor Kumar a pasar al zoológico.

Se maravilló de todo: de que a los árboles altos vinieran las jirafas altas; de que a los carnívoros se les proporcionaran herbívoros y a los herbívoros, hierba; de que algunos animales llenaran el día y otros la noche; de que aquellos que necesitaban picos afilados tuvieran picos afilados y de que aquellos que necesitaban extremidades ágiles tuvieran extremidades ágiles. El hecho de verlo tan impresionado me hizo feliz.

Citó del Sagrado Corán:

—«Ciertamente, hay en ello signos para gente que razona.»

Llegamos a las cebras. El señor Kumar nunca había oído hablar de semejantes criaturas, y verlas, aún menos. Se quedó perplejo.

—Se llaman cebras —le dije.

—¿Las habéis pintado con brocha?

—No, no. Ya son así por naturaleza.

—¿Y qué pasa cuando llueve?

—Nada.

—¿No se corren las rayas?

—No.

Había traído unas zanahorias. Me quedaba una, un espécimen grande y contundente. La saqué de la bolsa. En ese momento, oí un ligero crujido en la gravilla justo a mi derecha. Era el señor Kumar que se acercaba a la baranda con su habitual cojera oscilante.

—Hola, señor.

—Hola, Pi.

El panadero, un hombre tímido pero digno, saludó al profesor con la cabeza y el profesor le devolvió el gesto.

Una cebra atenta se había percatado de la zanahoria y se había acercado a la valla. Movió las orejas y dio unas patadas suaves en el suelo. Partí la zanahoria en dos y ofrecí una mitad al señor Kumar y la otra al señor Kumar.

—Gracias, Piscine —dijo uno.

—Gracias, Pi —dijo el otro.

El señor Kumar fue el primero en acercarse, pasando la mano al otro lado de la valla. Los labios negros, gruesos y fuertes de la cebra agarraron la zanahoria con entusiasmo. El señor Kumar no quiso soltarla. La cebra hincó los dientes en la zanahoria y la partió por la mitad. Masticó ruidosamente el manjar durante unos segundos y se acercó al segundo trozo, envolviendo las puntas de los dedos del señor Kumar con los labios. El señor Kumar soltó la zanahoria y acarició la nariz suave de la cebra.

Ahora le tocaba al señor Kumar. No fue tan exigente con la cebra. Una vez había metido su mitad entre los labios de la cebra, la dejó ir. La cebra llevó la zanahoria de los labios a la boca en seguida.

El señor y el señor Kumar estaban encantados.

—¿Una cebra, dices? —preguntó el señor Kumar.

—Así se llama —respondí—. Pertenece a la misma familia que los caballos.

—El Rolls-Royce de los equinos —dijo el señor Kumar.

—Es un animal fabuloso —dijo el señor Kumar.

—Ésta es una cebra de Grant —dije.

—*Equus burchelli boehmi* —dijo el señor Kumar.

—*Alahu akbar* —dijo el señor Kumar.

Y yo dije:

—Es preciosa.

Los tres nos la quedamos mirando.

CAPÍTULO 32

Son muchos los casos de animales que llegan a acuerdos de convivencia sorprendentes. Todos ellos ilustran el equivalente animal del antropomorfismo: el zoomorfismo, en el que el animal supone que un ser humano, u otro animal, pertenece a su propia especie.

El caso más conocido es también el más común: el perro de compañía, que tanto ha asimilado a los humanos dentro del reino canino que hasta quiere copular con ellos, un hecho que puede corroborar cualquier propietario de perro que haya tenido que sacar a su can apasionado de la pierna de una visita abochornada.

El agutí dorado y la paca moteada se llevaban muy bien. Cada día se acurrucaban y dormían felizmente juntos hasta que alguien decidió hacerse con el primero.

Ya he mencionado nuestra manada de rinocerontes y cabras, y el caso de los leones de circo.

Hay historias ratificadas de marineros que, creyendo que iban a morir ahogados, se han visto empujados hasta la superficie y sostenidos allí por grupos de delfines. Es una forma característica de estos cetáceos de ayudarse mutuamente.

En la bibliografía se menciona el caso de la relación amistosa que se dio entre un armiño y una rata. Entre tanto, las otras ratas presentadas al armiño perecían devoradas de acuerdo con el natural característico de los armiños.

Nosotros también tuvimos un caso de postergación insólita en una relación predador-presa. Hubo un ratón que convivió durante varias semanas con las víboras. Mientras que los otros ratones que depositábamos en el terrario desaparecían en menos de cuarenta y ocho horas, este pequeño Matusalén marrón se construyó un nido, almacenó los granos que le dimos en sus diversos escondites y correteó por el terrario a plena vista de las serpientes. No dábamos crédito a nuestros ojos. Pusimos un cartel para que los visitantes pudieran ser testigos del prodigio. Finalmente, encontró la muerte de una forma muy curiosa: lo mordió una de las víboras más jóvenes. ¿No estaba al corriente del estatus especial del ratoncito? ¿No estaba socializada con él, quizá? Fuera cual fuese el motivo, el ratón fue mordido por una víbora joven, pero a ésta la devoró, y al instante además, una víbora adulta. Si hubo un hechizo, fue roto por la víbora pequeña. Tras este portento, las aguas volvieron a su cauce. Todos los ratones posteriores desaparecieron por las tragaderas de las víboras al ritmo habitual.

Como bien saben los del gremio, a veces se utilizan perras para que ejerzan de madres adoptivas de los cachorros de león. Aunque los cachorros acaban siendo mucho más grandes e infinitamente más peligrosos que su madre suplente, nunca le crean problemas y ella nunca pierde su temple apacible ni su sentimiento de autoridad sobre su camada. Hay que poner carteles para los visitantes explicándoles que el perro no es un alimento vivo que hayamos arrojado a los leones (igual que tuvimos que poner carteles señalando que los rinocerontes son herbívoros y no comen carne de cabra).

¿Cómo se explica el zoomorfismo? ¿Será que un rinoceronte no sabe distinguir entre grande y pequeño, una piel dura y una piel suave? ¿El delfín no tiene claro lo que es un delfín? Creo que la respuesta está en algo que he mencionado antes: ese grado de locura que hace que la vida discurra de forma inescrutable, y que a la vez sea precisamente lo que la salve. El agutí dorado, igual que el rinoceronte, precisaba compañía. Los leones de circo no quieren saber que su líder es un alfeñique humano; la ficción les garantiza un bienestar social y evita la anarquía violenta. En cuanto a los cachorros de león, seguro que se llevarían un susto de muerte si supieran que su madre es una perra, pues querría decir que son huérfanos, la peor condición imaginable para cualquier vida nueva de sangre caliente. Estoy convencido de que hasta la víbora adulta, mientras engullía al ratoncito, debió de sentir una punzada de remordimiento en su mente subdesarrollada, una sospecha de que acababa de perderse algo grande, algo que quedaba a apenas un salto imaginativo de la realidad cruda y solitaria de una serpiente.

CAPÍTULO 33

Me muestra un álbum de fotos, recuerdos de la familia. Primero aparecen las fotos de su boda. Una ceremonia hindú en la que Canadá sobresale por los cantos. Un él más joven, una ella más joven. Fueron a las cataratas del Niágara de luna de miel. Se lo pasaron muy bien. Hay sonrisas que lo demuestran. Volvemos atrás en el tiempo. Fotos de sus días estudiantiles en la Universidad de Toronto; con un grupo de amigos; delante de Saint Michael's College; en su habitación; durante Diwali en la calle Gerard; recitando en la iglesia de San Basilio vestido con una toga blanca; con otra especie de toga blanca en el laboratorio del departamento de zoología; el día de su graduación. En cada una luce una sonrisa, pero sus ojos cuentan otra historia.

Fotos de su estancia en Brasil, rodeado de perezosos de tres dedos in situ.

Gira la hoja y saltamos al otro lado del océano Pacífico. No hay casi nada. Me dice que la cámara disparaba a menudo, en todas las ocasiones importantes de rigor, pero que lo perdió casi todo. Lo poco que tiene es gracias a los esfuerzos de Mamaji por reunir y enviarle lo que encontró tras los acontecimientos.

Hay una foto que fue tomada en el zoológico durante la visita de un VIP. Me revela otro mundo en blanco y negro. La foto está repleta de gente. El centro de atención es un ministro de Estado de la Unión. En el fondo se asoma una jirafa. A un extremo se distingue un señor Adirubasamy considerablemente más joven.

—¿Es Mamaji? —le pregunto, señalándolo.

—Sí —responde.

Hay un hombre al lado del ministro que lleva unas gafas con montura de carey. Está muy bien peinado. Es perfectamente posible que sea el señor Patel, con un rostro más redondo que el de su hijo.

—¿Este de aquí es tu padre?

Niega con la cabeza.

—No sé quién es.

Durante unos segundos, se queda callado.

—Mi padre estaba al otro lado de la cámara.

En la misma hoja hay una foto de grupo. Casi todos son niños. Le señala con el dedo.

—Mira, este de aquí es Richard Parker —dice.

Me deja asombrado. Miro de cerca, intentando extraerle la personalidad de su aspecto. Por desgracia, la foto es en blanco y negro, y está un poco desenfocada. Una foto hecha en mejores tiempos, de forma espontánea. Richard Parker está mirando hacia otro lado. Ni siquiera se ha dado cuenta de que le están haciendo una foto.

La página de enfrente está dedicada exclusivamente a una foto en color de la piscina del Aurobindo Ashram. Se trata de una piscina al aire libre con agua limpia y brillante, baldosas azules y una piscina contigua para hacer saltos de trampolín.

En la siguiente página aparece una foto de la entrada principal del Pétit Séminaire. El lema de la escuela está pintado en el arco encima de la puerta: Nil magnum nisi bonum. No existe grandeza sin bondad.

Y ya está. Una infancia entera plasmada en cuatro irrelevantes fotos.

Se vuelve melancólico.

—Lo peor de todo —dice— es que apenas recuerdo cómo era mi madre. La veo en mi mente, pero es una imagen fugaz. En cuanto intento mirármela de cerca, se desvanece. Lo mismo me pasa con su

100

voz. Si la viera por la calle, todos sus rasgos se agolparían en mi memoria. Pero es muy poco probable que ocurra. Es muy triste no acordarte de cómo es tu propia madre.

Cierra el álbum.

CAPÍTULO 34

Mi padre anunció:

—¡Iremos en barco como Colón!

—Ya, excepto que él esperaba encontrar la India —señalé huraño.

Vendimos el zoológico entero. Un nuevo país, una nueva vida. Aparte de asegurarles un futuro feliz a nuestra colección, la transacción iba a pagar nuestra inmigración y dejarnos con una suma considerable para empezar de nuevo en Canadá (aunque cuando lo pienso ahora, era una suma risible. ¡Cómo nos ciega el dinero!). Podríamos haber vendido los animales a zoológicos indios, pero los americanos estaban dispuestos a pagar más. CITES, la Convención Internacional del Comercio de Especies en Peligro acababa de entrar en vigor y la ventanilla del comercio en animales salvajes capturados se había cerrado de un golpe. El futuro de los zoológicos estaba en otros zoológicos. El zoológico de Pondicherry cerró justo en el momento oportuno. Hubo una rebatiña para comprar nuestros animales. Finalmente se los quedaron varios zoológicos, principalmente el zoológico de Lincoln Park en Chicago y el zoológico de Minnesota, que estaba a punto de estrenarse, pero alguno que otro iba a Los Ángeles, Louiseville, Oklahoma City y Cincinnati.

Y había dos animales que iban a ser despachados al zoológico de Canadá. Al menos ésa era la sensación que teníamos Ravi y yo. No queríamos irnos. No queríamos vivir en un país de ventarrones e inviernos de doscientos grados bajo cero. Canadá no aparecía en el mapa del críquet. Finalmente se nos hizo más fácil, al menos en lo que se refiere a acostumbrarnos a la idea, gracias al tiempo que tardamos en realizar todos los preparativos para el viaje. Nos llevó un año.

Y no precisamente por nosotros, sino por los animales. Teniendo en cuenta que los animales prescinden de ropa, calzado, mantelería, muebles, artículos de cocina y de baño; que la nacionalidad les trae sin cuidado; que les importan un pepino los pasaportes, el trabajo, los posibles clientes, las escuelas, los precios de las viviendas, la asistencia sanitaria; es decir, tomando en consideración que tienen una existencia excepcionalmente ligera, es asombroso lo difícil que es trasladarlos. Trasladar un zoológico es como trasladar una ciudad.

La cantidad de trámites burocráticos fue descomunal: gastamos litros de agua para mojar los sellos de las cartas escritas a cientos de «Estimado Sr. Tal». Y eso sin mencionar los suspiros que se escucharon, las dudas que se expresaron, los regateos que se hicieron, las decisiones que tuvieron que pasar a una autoridad superior para obtener su aprobación, los precios que se acordaron, los tratos que se cerraron, las líneas de puntos que se firmaron, las enhorabuenas que se dieron, los certificados de origen que se solicitaron, los certificados de salud que se solicitaron, los permisos de exportación que se solicitaron, los permisos de importación que se solicitaron, las regulaciones de cuarentena que se aclararon, el transporte que se organizó, la fortuna que se gastó en llamadas telefónicas. En el gremio hay un chiste, muy desgastado por cierto, que dice que el papeleo que supone comprar o vender una musaraña pesa más que un elefante, que el papeleo que supone comprar o vender un elefante pesa más que una ballena, y que jamás de los jamases hay que intentar comprar ni vender una ballena. Era como si hubiera una cola de burócratas quisquillosos que iba desde Pondicherry hasta Minneapolis, pasando por Delhi y Washington, cada uno con su formulario, su problema, sus reservas. Estoy convencido de que si hubiéramos decidido trasladar los animales a la luna, no hubiera sido más complicado. Creí que mi padre se quedaría calvo de las veces que se tiró de los pelos y en más de una ocasión estuvo a punto de tirar la toalla.

Nos llevamos varias sorpresas. Todas nuestras aves y reptiles, y nuestros lémures, rinocerontes, orangutanes, mandriles, macacos de cola de león, jirafas, osos hormigueros, tigres, leopardos, guepardos, hienas, cebras, osos tibetanos, perezosos, elefantes indios, tahres de Nilgiri, entre otros, tuvieron gran demanda, pero había otros, como Elfie, que no desperta-ron ningún interés.

—¡Una operación de cataratas! —gritó mi padre, blan-diendo la carta—. Se la quedarán si le operamos de las cata-ratas en el ojo derecho. ¡A un hipopótamo! ¡Ahora sólo falta-ría que me exigieran que les haga una rinoplastia a los rinocerontes!

Otros animales eran «demasiado corrientes», como los leones y los babuinos. Mi padre tuvo la sensatez de canjear-los por otro orangután del zoológico de Mysore y un chim-pancé del zoológico de Manila. Elfie pasó el resto de sus días en el zoológico de Trivandrum. Un zoológico pidió una «vaca sagrada auténtica» para su zoológico infantil. Mi padre salió a la jungla de asfalto de Pondicherry y volvió con una vaca con ojos oscuros y húmedos, una joroba prominente y unos cuernos tan rectos y tan perpendiculares a su cabeza que parecía que le había dado un lengüetazo a una toma de corriente. Mi padre hizo que le pintaran los cuernos de color naranja, que le colocaran campanitas de plástico en las puntas para darle aún más autenticidad.

Vino una delegación de americanos. Yo tenía mucha curiosidad. En mi vida había visto americanos de carne y hueso. Eran de color rosa, gordos, simpáticos, muy compe-tentes y sudaban a chorros. Habían venido a examinar nues-tros animales. Primero los sedaron y entonces les pusieron estetoscopios en el corazón, hicieron análisis de heces y orina como si fueran a leer sus horóscopos, tomaron muestras de sangre con jeringuillas y las analizaron, manosearon las joro-bas y los bultos, golpearon sus dientes, los cegaron con linter-nas, los pellizcaron, los acariciaron y les arrancaron pelos. Pobres animales. Debieron de pensar que querían reclutarlos para la armada de Estados Unidos. Los americanos nos delei-taron con sus sonrisas inmensas y unos apretones, o mejor dicho, aplastones de mano.

El resultado fue que los animales, igual que nosotros, consiguieron sus permisos de residencia. Ellos partían hacia el país de las barras y las estrellas y nosotros hacia el país de la hoja de arce.

CAPÍTULO 35

Zarpamos de Madrás el 21 de junio de 1977 en el *Tsimtsum*, un carguero japonés registrado en Panamá. Los oficiales eran japoneses y los tripulantes, taiwaneses. Era un buque grande y espectacular. El día que partimos de Pondicherry me despedí de Mamaji, del señor y el señor Kumar, de todos mis amigos e incluso de muchos desconocidos. Mi madre llevaba su mejor sari y su habitual trenza larga, ingeniosamente recogida detrás de la cabeza y adornada con una guirnalda de flores de jazmín frescas. Estaba bellísima. Y triste. Porque se iba de la India, la India del calor y de los monzones, de los arrozales y del río Cauvery, de las costas y los templos de piedra, de los carros tirados por bueyes y los camiones coloridos, de los amigos y comerciantes conocidos, de las calles Nehru y Goubert Salai, de esto y de lo otro: de la India que le era tan familiar y que tanto adoraba. Sin embargo, sus hombres (pues aunque sólo tuviera dieciséis años ya me consideraba uno de ellos) tenían prisa por ponerse en marcha, y mientras que ellos ya habían adoptado Winnipeg como algo propio, mi madre vaciló.

El día antes de partir señaló un *wallah* de tabaco y preguntó con seriedad:

—¿No deberíamos llevarnos algún paquete?

—En el Canadá también tienen tabaco. ¿Y por qué quieres comprar cigarrillos si no fumamos? —repuso mi padre.

Claro que había tabaco en Canadá, pero ¿eran cigarrillos Gold Flake? ¿Íbamos a encontrar helado Arun? ¿Y bicicletas Heroe? ¿Y televisores Onida? ¿Y coches Ambassador? ¿Y librerías Higginbothams? Me imagino que éstas debían de ser las preguntas que rondaban la cabeza de mi madre mientras contemplaba la idea de comprar cigarrillos.

Los animales fueron sedados y metidos en jaulas. Las jaulas fueron aseguradas. Almacenamos el pienso. Localizamos nuestra cabina, desamarraron las cuerdas y sonaron los pitos. A medida que el carguero salía del puerto y se metía mar adentro, dije adiós a la India, agitando la mano con frenesí. Hacía un sol espléndido, había una brisa constante y las gaviotas chillaban encima de nuestras cabezas. Yo apenas cabía en mí de la emoción.

Las cosas no salieron como debieron, pero ¿qué se le va a hacer? Hay que aceptar la vida como venga y sacarle el mejor partido posible.

CAPÍTULO 36

Las ciudades de la India son grandes y memorablemente alboro-tadas, pero cuando sales de ellas, atraviesas grandes extensiones de paisaje en las que apenas ves un alma. Me acuerdo que me pregun-té dónde se habían metido novecientos cincuenta millones de indios.

Podría decirse lo mismo de su casa.

He llegado un poco antes de la hora. Acabo de poner el pie en el primer peldaño de cemento que lleva al porche de su casa cuando por la puerta sale escopeteado un adolescente. Lleva chándal y un equi-po de béisbol, y tiene mucha prisa. Cuando me ve, se para en seco del susto. Se vuelve hacia la casa y grita:

—¡Papá! Ha llegado el escritor.

A mí me dice:

—Hola.

Y sale corriendo.

Su padre aparece en la puerta.

—Hola —dice.

—¿Tu hijo? —le pregunto, atónito.

—Sí.

Sólo el hecho de reconocerlo lo hace sonreír.

—Siento que no te lo haya podido presentar. Llega tarde a entre-no. Se llama Nikhil. Se hace llamar Nick.

Entro en el pasillo.

—No sabía que tuvieras un hijo —le digo.

Oigo unos ladridos. De repente se me acerca corriendo un chucho pequeño de color marrón y negro. Se pone a jadear, a olerme y a dar brincos contra mis piernas.

—Ni un perro —añado.

—No te hará nada. Tata, ¡baja de ahí!

Tata decide no hacerle caso. Entonces oigo:

—Hola.

Pero esta vez el saludo no es corto ni contundente como el de

Nick, sino largo, nasal y ligeramente quejumbroso, un «Holaaaaaa-
aaa», como si el «aaaaaaaaa» quisiera cogerme suavemente del
hombre o tirarme del pantalón.

Me giro. Apoyada en el sofá de la sala, mirándome con timidez,
hay una niña morenita, vestida de rosa, y salta a la vista que se sien-
te plenamente en casa. Lleva un gato de color naranja en brazos. Las
patas delanteras del gato están completamente levantadas y encima
de los brazos cruzados de la niña se le asoma la cabeza casi hundi-
da. El resto del gato está colgando hasta el suelo. Al animal no pare-
ce inquietarle que lo sometan a semejante potro.

—Y ésta debe de ser tu hija.

—Sí. Se llama Usha. Usha, cariño, ¿estás segura de que a
Moccasin le gusta que lo cojas así?

Usha suelta a Moccasin, que se desploma en el suelo, imperté-
rrito.

—Hola, Usha —le digo.

Se acerca a su padre y me espía por detrás de sus piernas.

—¿Qué haces, cielo? —dice él—. ¿Por qué te escondes?

No contesta. Me mira con una sonrisa y luego se oculta la cara.

—¿Cuántos años tienes, Usha?

No contesta.

Entonces Piscine Molitor Patel, conocido por todos como Pi, se
agacha y coge a su hija en brazos.

—Venga, que tú ya sabes responder a esa pregunta, ¿eh? Tienes
cuatro años. Uno, dos, tres y cuatro.

Con cada número, le aprieta suavemente la nariz con el dedo
índice. A ella le hace muchísima gracia. Se ríe y hunde la cabeza en
el cuello de su padre.

Esta historia tiene final feliz.

Segunda parte

EL OCÉANO PACÍFICO

CAPÍTULO 37

El buque se hundió. Hizo una especie de eructo gigantesco y metálico. Algunos objetos flotaron hasta la superficie y volvieron a desvanecerse. Todo aullaba: el mar, el viento, mi corazón. Desde el bote salvavidas vi algo en el agua.

Chillé:

—Richard Parker, ¿eres tú? No veo nada. ¡Por favor, que pare de llover de una vez! ¿Richard Parker? ¿Richard Parker? ¡Sí, eres tú!

Solamente le veía la cabeza. Estaba luchando para mantenerse a flote.

—¡Jesús, María, Mahoma y Vishnu! ¡Cuánto me alegro de verte, Richard Parker! No te rindas ahora, por favor. Ven al bote salvavidas. ¿Oyes este pito? ¡PRRIIIIII! ¡PRRIIIIII! ¡PRRIIIIII! Sí, lo has oído. ¡Sigue nadando! ¡Sigue nadando! Sé que sabes nadar bien. Venga, que sólo te quedan treinta metros.

Me había visto. Estaba aterrorizado. Empezó a nadar hacia mí. El agua bullía a su alrededor. Parecía pequeño e indefenso.

—Richard Parker, ¿cómo nos puede estar pasando esto? Dime que es una pesadilla. Dime que no es verdad. Dime que estoy dormido en mi litera en el *Tsimtsum*, que estoy dando vueltas y que ahora me despertaré. Dime que sigo siendo feliz. Mamá, mi dulce y sabia ángel de la guarda, ¿dónde estás? ¿Y tú, papá, mi querido don angustias? ¿Y tú, Ravi, héroe deslumbrante de mi infancia? ¡Vishnu me ampare, Alá me proteja, Jesús me salve! ¡No puedo más! ¡PRRIIIIII! ¡PRRIIIIII! ¡PRRIIIIII!

No tenía ni un rasguño en todo el cuerpo, pero jamás había experimentado un dolor tan intenso. Tenía los nervios desgarrados y el corazón malherido.

No iba a llegar. Iba a ahogarse. Apenas avanzaba y sus brazadas eran débiles. La nariz y la boca se le estaban hundiendo, pero no me quitaba los ojos de encima.

—¿Qué haces, Richard Parker? ¿No amas la vida? ¡Pues sigue nadando! ¡PRRIIIIII! ¡PRRIIIIII! ¡PRRIIIIII! ¡Patalea fuerte! ¡Más fuerte! ¡Más fuerte!

Se movió en el agua e hizo ademán de nadar.

—¿Y qué ha sido del resto de mi familia, las aves, las bestias y los reptiles? Han muerto ahogados también. Me han arrebatado todo lo que quería en esta vida. ¿Y no me merezco una explicación? ¿Tengo que sufrir este infierno sin una justificación del cielo? En ese caso, ¿de qué nos sirve la razón, Richard Parker? ¿Sólo para que destaquemos por nuestras habilidades prácticas: obtener comida, vestimenta y cobijo? ¿Por qué la razón no nos proporciona respuestas más satisfactorias? ¿Por qué somos capaces de echar una pregunta más lejos de lo que somos capaces de recoger una respuesta? ¿Por qué es tan enorme la red si hay tan pocos peces por pescar?

Apenas podía mantener la cabeza en la superficie del agua. Estaba mirando hacia arriba, contemplando el cielo por última vez. En el bote había un aro salvavidas atado con una cuerda. Lo cogí y lo levanté encima de la cabeza.

—¿Ves este salvavidas, Richard Parker? ¿Lo ves? ¡Agárralo! ¡Umpf! Voy a probar otra vez. ¡Umpf!

Estaba demasiado lejos. Pero el hecho de ver un salvavidas volando hacia él le dio nuevas esperanzas. Se reanimó y empezó a batir el agua con brazadas enérgicas y desesperadas.

—¡Así, así! Un, dos. Un, dos. Un, dos. Respira cuando puedas. Vigila las olas. ¡PRRIIIIII! ¡PRRIIIIII! ¡PRRIIIIII!

Tenía el corazón helado. Estaba enfermo de aflicción. Pero no había tiempo para pensar en mi estado de shock congelado. Era un shock frenético. Conservaba algo en mí que no quería renunciar a la vida, que no estaba dispuesto a rendirse, que quería luchar hasta el final. De dónde sacó fuerzas ese algo, no lo sé.

—¿No te parece irónico, Richard Parker? Estamos en el

infierno y, sin embargo, tememos la inmortalidad. ¡Mira qué poco te falta! ¡PRRIIIIII! ¡PRRIIIIII! ¡PRRIIIIII! ¡Por fin! ¡Por fin! Has llegado, Richard Parker, ya has llegado. Agárrate al salvavidas. ¡Umpf!

Le tiré el salvavidas con todas mis fuerzas. Cayó justo delante de él en el agua. Con las pocas energías que le quedaban se lanzó hacia él y lo agarró.

—Aguanta. Voy a tirar de la cuerda para acercarte, ¿vale? No te sueltes. Tú tira con los ojos y yo tiraré con las manos. En pocos segundos estarás a salvo y estaremos juntos. Un momento. ¿Juntos? ¿Que estaremos juntos? ¿Me habré vuelto loco?

De repente me di cuenta de lo que estaba haciendo. Tiré de la cuerda con fuerza.

—¡Suelta el salvavidas, Richard Parker! ¡Maldito sea! ¡He dicho que lo sueltes! No te quiero aquí conmigo, ¿entiendes? Vete a otro sitio. Quiero estar solo. Vete. ¡Ahógate! ¡Ahógate!

Estaba pateando con furia. Cogí un remo. Intenté darle un empujón para que se alejara de mí. No lo alcancé y el remo se cayó al agua.

Cogí otro remo. Lo inserté en un tolete y remé como pude para alejar el bote salvavidas de Richard Parker. Lo único que conseguí fue girarlo un poco y acercar uno de los extremos al aro salvavidas.

¡Claro! ¡Tenía que darle un golpe en la cabeza! Levanté el remo.

Se me adelantó. Alcanzó el bote y subió a bordo.

—¡Dios mío!

Ravi tenía razón. Efectivamente iba a ser la próxima cabra. En mi bote salvavidas acababa de meterse nada menos que un tigre de Bengala de tres años de edad, completamente empapado, tembloroso, medio ahogado y con un acceso de tos convulsiva. Richard Parker se puso de pie encima de la lona, las patas trémulas. Me miró con ojos centelleantes, las orejas aplastadas contra la cabeza, con todas sus armas a punto. La cabeza era del mismo tamaño y color que el salvavidas, excepto que tenía dientes.

Me giré, salté por encima de la cebra y me tiré al agua.

CAPÍTULO 38

Nunca conseguiré entenderlo. Durante días, el carguero había surcado las aguas con optimismo, indiferente a lo que le rodeaba. Brilló el sol, cayó la lluvia, sopló el viento, fluyeron las corrientes, el mar construyó sus montañas y cavó sus valles sin que el *Tsimtsum* se alterara ni en lo más mínimo. Se movía con la misma seguridad lenta e inmensa que un continente.

Había comprado un mapamundi para la travesía. Lo colgué en una tabla de corcho que había en nuestro camarote. Cada mañana, pedí nuestra posición en el puente de mando y la marcaba en el mapa con alfileres con la cabeza de color naranja. Zarpamos de Madrás, cruzamos el golfo de Bengala, pasamos por el estrecho de Malaca, dimos la vuelta a Singapur y subimos hasta Manila. Disfruté de cada instante. Me hacía mucha ilusión estar en el buque y con los animales anduvimos más que ocupados. Cada noche nos desplomamos de fatiga en la cama. Pasamos dos días en Manila, donde compramos comida fresca para los animales, recibimos más cargamento y, según nos informaron, iban a hacer una revisión rutinaria de los motores. La verdad es que sólo me interesé por las dos primeras tareas. La comida fresca incluía una tonelada de plátanos y una nueva adición: un chimpancé del Congo hembra que formaba parte de los tejemanejes de mi padre. Una tonelada de plátanos suele albergar entre un kilo y medio y dos kilos de arañas grandes y negras. Un chimpancé es como un gorila más pequeño y más flaco, pero siempre parece estar de mal humor y carece de la dulzura melancólica de su primo mayor. Un chimpancé se estremece y hace una mueca cuando toca una araña, igual que haríamos nosotros. Seguidamente, pasa a aplastarla con saña bajo los nudillos, cosa que nosotros no haríamos. Personalmente, una tonelada de plátanos y un chimpancé me resultaban mucho más interesantes que un artilugio mecánico ruidoso y mugriento en las entrañas oscuras de un buque. Ravi se pasó los días allí, observando cómo trabajaban los mecánicos. Había un problema con los motores, dijo. ¿Cometieron un fallo cuando los estaban reparando? No lo sé. No creo que nadie llegue a saberlo. La respuesta es un misterio que yace a miles de metros bajo el agua.

Zarpamos de Manila y nos adentramos en el océano Pacífico. El cuarto día, a mitad de camino a la isla Midway, nos hundimos. El buque se desvaneció en un agujerito de chincheta en mi mapa. Una montaña se desplomó ante mis ojos y desapareció de debajo de mis pies. A mi alrededor sólo quedó el vómito de un carguero dispéptico. Tuve náuseas. Me paralicé. Sentí un enorme vacío en mi interior que se llenó de silencio. Días después, todavía me dolía el pecho del miedo y la aflicción.

Creo que hubo una explosión, pero no estoy del todo seguro. Ocurrió mientras dormía. Sólo sé que algo me despertó. El buque no era precisamente un crucero de lujo. Se trataba de un carguero roñoso y trabajador que no estaba diseñado para pasajeros que pagasen, ni para su confort. El estrépito era variado pero constante. Gracias justamente a la uniformidad del nivel sonoro, dormimos como lirones. Era una forma de silencio que nada podía perturbar, ni los ronquidos de Ravi ni las conversaciones que yo mantenía mientras dormía. Así que la explosión, si es que hubo una explosión, no fue un ruido nuevo, sino un ruido irregular. Me desperté sobresaltado, como si Ravi hubiera reventado un globo en mis oídos. Miré el reloj. Eran las cuatro y media pasadas. Me asomé por encima de la litera y miré la cama de abajo. Ravi seguía durmiendo.

Me vestí y bajé. Suelo tener el sueño pesado. No suelo levantarme de la cama en medio de la noche. No sé por qué lo hice aquella madrugada. Hubiera sido más típico de Ravi. Le gustaba la palabra «reclamar». Él hubiera dicho: «la aventura nos reclama», y se hubiera ido a investigar el buque. El nivel sonoro ya había vuelto a la normalidad, pero el timbre era distinto, un poco más sordo quizá.

Sacudí a Ravi. Le dije:

—¡Ravi! He oído algo raro. Vamos a investigar.

Me miró somnoliento y me hizo que no con la cabeza. Dio la vuelta y se subió la sábana hasta la mejilla. ¡Jo, Ravi!

Abrí la puerta del camarote.

Recuerdo que bajé por el pasillo. Era igual de día que de noche, pero percibí la noche en mi interior. Me detuve ante la

113

puerta de mis padres y me pregunté si debía llamar. Me acuerdo que miré otra vez el reloj y deseché la idea. A mi padre le gustaban sus horas de sueño. Así que decidí que subiría a la cubierta principal a ver el amanecer. Con un poco de suerte, vería una estrella fugaz. Estaba pensando justamente en eso, en las estrellas fugaces, mientras subía las escaleras. Nuestros camarotes estaban a dos niveles por debajo de la cubierta. Ya me había olvidado completamente del ruido extraño.

Nada más abrir la puerta pesada que daba a la cubierta principal me di cuenta del tiempo que hacía. No sé si podría considerarse una tormenta. Llovía, pero tampoco tanto. No era una lluvia de aquellas torrenciales como las que caen durante los monzones. Hacía viento. Supongo que algunas de las ráfagas hubieran vuelto un paraguas del revés, pero conseguí salir a cubierta sin problemas. Y el mar, pues la verdad es que se me antojaba revuelto, pero a ojos de un ser terrestre, el mar siempre parece imponente y prohibido, bello y peligroso. La espuma blanca de las olas estaba intentando encaramarse a la cubierta, pero viendo que el viento se lo impedía, tuvo que conformarse con azotar el costado del buque. Tampoco me alarmé. No era la primera tormenta que habíamos atravesado y las anteriores no habían hundido el carguero. Hay que tener en cuenta que estamos hablando de una estructura inmensa y estable, una verdadera proeza de la ingeniería. Está diseñado para mantenerse a flote incluso en las condiciones más adversas. Un pequeño temporal como éste no iba a hundir un barco, ¿verdad? Si con sólo cerrar la puerta, desaparecería. Avancé un poco, me agarré a la baranda y me enfrenté a los elementos. Esto sí que era aventura.

—¡Canadá, allá voy! — grité.

Estaba empapado y congelado. Me sentí muy valiente. Todavía estaba oscuro, pero había suficiente luz para distinguir las cosas. Y lo que vi fue un pandemonio alumbrado. La naturaleza sabe poner en escena los espectáculos más impresionantes. El escenario es infinito, los rayos son dramáticos, los extras son innumerables y el presupuesto para los efectos especiales es ilimitado. Lo que estaba presenciando era una exhibición de agua y viento, un terremoto de los sentidos que ni Hollywood sabría representar. Pero el terremoto sólo me llegaba a los pies. El suelo que pisaba era firme. Era un mero espectador cómodamente arrellanado en mi butaca.

Empecé a preocuparme cuando miré un bote salvavidas que había en la ciudadela. El bote no estaba recto, sino que estaba inclinado con relación a los pescantes. Me volví y me miré las manos. Tenía los nudillos blancos. No obstante, si me estaba agarrando con tanta fuerza a la baranda no era por el viento; es que si me soltaba, iba a darme de narices contra la cubierta porque estaba escorando a babor, es decir, hacia el otro lado del buque. No era una escora muy grave, pero me sorprendí. Cuando miré por la borda, ya no había una caída abrupta. Sólo se veía el costado negro e inmenso del carguero.

Me estremecí. Decidí que lo que estaba presenciando era, efectivamente, una tormenta y que tenía que ponerme a cubierto. Así que me solté, fui corriendo hasta la pared, avancé hasta la puerta y la abrí.

Una vez dentro, oí más ruidos. Una especie de profundos crujidos guturales. Tropecé y me caí, sin hacerme daño. Me levanté y, agarrándome a la barandilla, bajé los escalones de cuatro en cuatro. Cuando llegué al primer nivel, sólo vi agua. Mucha agua, tanta que ni siquiera podía avanzar. El agua venía de abajo, a borbotones, como una multitud desenfrenada: embravecida, espumosa y bullendo. Las escaleras estaban anegadas en la oscuridad. Apenas podía creer lo que estaba viendo. ¿Aquella agua qué hacía allí? ¿Y de dónde había salido? Me quedé clavado en el sitio, asustado, estupefacto, sin saber cómo debía proceder. Allá abajo estaba mi familia.

Subí corriendo las escaleras. Salí a cubierta. El tiempo ya no me parecía tan entretenido. Tenía mucho miedo. Era evidente: el buque estaba escorando de forma alarmante. De hecho, estaba escorando a todas bandas. Había una inclinación considerable que iba de proa a popa. Volví a mirar por la borda. El agua estaba a bastante menos de veinticinco metros. El carguero se estaba hundiendo. La idea no me cabía en la cabeza. Era tan impensable como si la luna se prendiera fuego.

¿Dónde se habían metido los oficiales y los tripulantes? ¿Qué estaban haciendo? Me volví hacia la proa y discerní unos hombres corriendo en la oscuridad. Creí ver unos animales también pero descarté la idea: tenía que ser obra de la lluvia y las sombras. Si hacía buen tiempo, les abríamos las escotillas de las cubiertas, pero nunca salían de sus jaulas. Y no era para menos: estábamos tratando con animales salvajes, y no con ganadería. Creo que oí unos gritos que venían desde arriba, del puente de mando.

Luego vino una sacudida violenta y seguidamente el ruido, ese eructo gigantesco y metálico. ¿Qué debió de ser? ¿Fue el grito colectivo de los humanos y animales que protestaban contra su muerte inminente? ¿Fue el mismo buque despidiéndose antes de pasar a mejor vida? Me caí. Me levanté. Volví a mirar por la borda. El mar seguía creciendo, implacable. Las olas estaban cada vez más cerca. Nos estábamos hundiendo, y muy rápidamente.

Oí los gritos inconfundibles de los monos. Algo estaba sacudiendo la cubierta. De repente, un *gaur*, una especie de buey salvaje indio, emergió de la lluvia y pasó por mi lado con gran estruendo. El pobre animal estaba aterrado, fuera de sí, enloquecido. Me lo quedé mirando apabullado y patitieso. ¿Quién diablos lo había soltado?

Corrí hacia las escaleras que subían al puente de mando. Allí encontraría a los oficiales, los únicos en todo el buque que hablaban inglés, los dueños de nuestro destino, los que sabrían reparar este daño. Ellos sabrían aclarármelo todo. Ellos salvarían a mi familia, y a mí. Subí al puente central. No había nadie en el lado de estribor así que me acerqué al lado de babor. Allí había tres hombres, miembros de la tripulación. Me caí. Me levanté. Estaban mirando por la borda. Grité. Se volvieron. Me miraron antes de intercambiarse miradas y algunas palabras. Vinieron hacia mí rápidamente. Lleno de gratitud y alivio, les dije:

—Gracias a Dios que los he encontrado. ¿Qué está ocurriendo? Tengo mucho miedo. El fondo del buque está lleno de agua. Estoy muy preocupado por mi familia. No puedo bajar hasta el nivel de los camarotes. ¿Es normal? ¿Creen, quizá, que...?

Uno de los hombres me hizo callar de golpe, tendiéndome un chaleco salvavidas y gritándome en chino. Me fijé en el silbato de color naranja que colgaba del chaleco. Los hombres me miraron y empezaron a asentir enérgicamente con la cabeza. Cuando me cogieron y me levantaron con sus brazos fuertes, no me extrañé. Creí que pretendían ayudarme. Les tenía tanta confianza que les agradecí que me llevaran a cuestas. Pero cuando me tiraron por la borda, reconozco que empecé a tener mis dudas.

CAPÍTULO 39

Caí unos doce metros encima de la lona medio desenrollada que cubría un bote salvavidas, dando un salto digno de una cama elástica. Resulté ileso de milagro. Perdí el chaleco salvavidas, con excepción del silbato, que me quedó en la mano. Alguien había bajado el bote salvavidas, pero seguía suspendido de los pescantes a unos seis metros del agua. Estaba completamente inclinado y parecía un columpio empujado por la tormenta. Levanté la vista hacia los tripulantes. Dos de ellos me estaban mirando, gesticulando como posesos y gritando. No alcancé a entender qué querían. Creí que iban a saltar también. Sin embargo, se volvieron con el rostro desencajado y de pronto apareció una bestia que saltó por la borda con la misma elegancia que un caballo de carreras. El animal no corrió la misma suerte que yo. Era una cebra de Grant macho de más de doscientos cincuenta kilos de peso. Cayó con un estruendo encima del último banco y lo partió, sacudiendo el bote de punta a punta. Oí un bramido. Hubiera esperado el rebuzno de un asno, el relincho de un caballo, pero no fue nada que se les pareciera. Sólo podría calificarse de un arranque de ladridos, algo así como un «*kua-ja-ja, kua-ja-ja, kua-ja-ja*» lanzado en el tono más agudo de sufrimiento imaginable. La cebra estaba de pie, temblando y con la boca abierta, descubriendo sus dientes amarillentos y sus encías de color carmesí. El bote se soltó y cayó al agua, que bullía embravecida.

CAPÍTULO 40

Richard Parker no saltó al agua detrás de mí. El remo con el que había intentado alejarlo flotó. Me agarré a él y al mismo tiempo, extendí la mano para coger el aro salvavidas, ahora que lo había desocupado el inquilino anterior. Me dio pavor entrar en esa agua negra, fría y enfurecida. Fue como estar al fondo de un pozo que se está desmoronando. Las olas me estaban azotando y me empujaban hacia abajo. Me escocían los ojos. Apenas podía respirar. Si no fuera por el salvavidas, no hubiera resistido ni un minuto.

A cinco metros, apareció un triángulo que surcaba el agua. Era la aleta de un tiburón. Me produjo un escalofrío helado y líquido que me recorrió la espalda. Nadé cuan rápido pude hasta el otro extremo del bote salvavidas, el extremo que seguía cubierto de la lona. Me aupé con los brazos al salvavidas. No veía a Richard Parker por ningún lado. No estaba encima de la lona ni en ninguno de los bancos. Tenía que estar en el fondo del bote. Volví a auparme. Lo único que distinguí fue la cabeza de la cebra retorciéndose en el otro extremo del bote. Volví a sumergirme en el agua y en ese instante, me pasó rozando otra aleta de tiburón.

La lona era de color naranja chillón y estaba sujeta con un cabo de nylon resistente que entraba y salía de las arandelas metálicas de la lona y los ganchos en el costado del bote. Dio la casualidad de que yo estaba cerca de la proa. La lona no estaba tan firmemente sujeta en la parte de la roda como en el resto del bote, ya que tenía una proa muy corta, lo que denominaríamos una nariz chata si nos refiriéramos a un rostro. La lona estaba un poco floja dado que la cuerda pasaba del gancho que había a un lado de la roda directamente al que había al otro lado. Este pequeño detalle me salvó la vida. Levanté el remo y metí el mango hasta donde pude por debajo de la lona. El bote ahora tenía un bauprés, si bien torcido, que sobresalía por encima de las olas. Me agarré al remo y levanté las piernas para enroscarlas alrededor del mango. La punta del mango se trabó en la lona. Afortunadamente, no se rompió ni el cabo, ni el remo, ni la lona. Y yo estaba fuera del agua, aunque la tuviera a un metro escaso de la espalda y me alcanzaran las crestas de las olas grandes.

Me encontraba solo y huérfano en medio del océano Pacífico, colgado de un remo, con un tigre de Bengala adulto al otro lado de una lona, un tropel de tiburones a mis espaldas y una tempestad a mi alrededor. Si hubiera contemplado mis perspectivas a la luz de la razón, estoy convencido de que me hubiera soltado del remo, que me hubiera rendido con la esperanza de morir ahogado antes de que me devoraran los tiburones. Pero la verdad es que no recuerdo haber tenido ningún pensamiento durante aquellos primeros minutos de seguridad relativa. Ni siquiera me di cuenta de que había amanecido. Me limité a agarrarme al remo, a no caerme, quién sabe por qué.

Después de un rato, hice buen uso del salvavidas. Lo saqué del agua y lo pasé por encima del remo. Lo deslicé por el mango del remo y conseguí introducir parte de mi cuerpo por el aro. Ahora sólo tenía que sujetarme con las piernas. Si Richard Parker decidía salir a cubierta, no podría dejarme caer al agua con tanta facilidad, pero en fin, sólo podía afrontar los terrores uno por uno, y opté por el Pacífico antes que el tigre.

CAPÍTULO 41

Los elementos me permitieron seguir con vida. El bote salvavidas no se hundió. Richard Parker no salió de su escondite. Los tiburones merodearon pero no atacaron. Las olas me azotaron pero no me arrojaron al agua.

Miré cómo se desvaneció el buque entre abundantes regüeldos y borboteos. Las luces parpadearon y se apagaron. Estuve alerta, por si aparecía mi familia, algún superviviente, otro buque salvavidas, cualquier cosa que pudiera suscitarme esperanza. No vi nada. Sólo la lluvia, las olas errantes de un océano negro y los restos flotantes de una tragedia.

La oscuridad se disipó del cielo. Dejó de llover.

No iba a poder mantenerme en la posición en la que estaba eternamente. Tenía frío; tenía tortícolis de aguantar la cabeza y estirar tanto el cuello; el salvavidas se me estaba clavando en la espalda, y si pretendía avistar otros botes salvavidas, tendría que subirme a un lugar más elevado.

Avancé lentamente por el remo hasta que conseguí apoyar los pies contra la proa. Tendría que actuar con máxima cautela. Me figuré que Richard Parker debía de estar tumbado debajo de la lona, de cara a la cebra, a la que indudablemente habría matado. De los cinco sentidos, los tigres confían sobre todo en el de la vista. Son capaces de detectar cualquier movimiento. Tienen un oído muy fino y el olfato regular. Eso si los comparamos con otros animales, claro. Al lado de Richard Parker, yo era ciego, sordo y olfativamente muerto. Pero en aquellos instantes, no podía verme y, teniendo en cuenta que estaba empapado, probablemente no lograría percibir mi olor. Además, entre el silbido del viento y los rugidos de las olas cada vez que se rompían, tampoco acertaría a oírme. Tenía alguna posibilidad, siempre y cuando no advirtiera mi presencia. En caso contrario, me mataría en el acto. Me pregunté si podría atravesar la lona de un salto.

El miedo y la razón disputaron largo y tendido. El miedo decía que «Sí». El animal en cuestión era carnívoro feroz y pesaba más de doscientos kilos. Cada una de sus zarpas cortaba como un cuchillo afilado. La razón me decía que «No». La lona es una tela muy resistente hecha de algodón o cáñamo, no de papel de arroz. Yo mismo había caído encima de ella desde una altura considerable. Richard Parker quizá pudiera triturarla con las zarpas con el mínimo esfuerzo en cuestión de segundos, pero no iba a atravesarla de golpe. Él no me había visto, y como no me había visto, no tenía motivos para despedazar la lona con las zarpas.

Me deslicé por el remo. Coloqué las piernas en el mismo lado del remo y apoyé los pies encima de la regala, es decir, el filo superior del bote o, para entendernos, el borde. Seguí avanzando hasta que conseguí subir las piernas encima del bote. No quité los ojos del otro extremo de la lona. En cualquier momento iba a ver la cabeza de Richard Parker asomarse y venir a por mí. Tenía tanto miedo que me dieron varios ataques de temblor, y justo donde más quieto tenía que estar, es decir, en las piernas, era donde más temblaba. No había llamada más evidente a la puerta de Richard Parker que el repiqueteo de mis piernas sobre la lona. Entonces el temblor se me extendió hasta los brazos y estuve a punto de caer al agua. Los ataques finalmente desaparecieron.

Cuando ya tenía una buena parte del cuerpo encima del bote, me incorporé y vi lo que había más allá de la lona. Para mi sorpresa, la cebra estaba viva. Seguía tendida cerca de la popa, en el mismo lugar donde había caído. Estaba visiblemente lánguida, pero el estómago le subía y bajaba rápidamente y los ojos no paraban de moverse de un lado a otro, presas del terror. Estaba de costado, mirando hacia la lona y tenía la cabeza y el cuello apoyados en el banco lateral del bote. La posición parecía bastante incómoda. Tenía una de las patas traseras completamente destrozadas. Le salía formando un ángulo muy poco natural. Parte del hueso le había atravesado la piel y había bastante sangre. Lo único que le daba un aspecto normal eran las patas delanteras, replegadas y pegaditas al torso torcido. De vez en cuando, la cebra sacudía la cabeza, ladraba y resoplaba. Pero aparte de eso, apenas se movió. ·

Era un animal precioso. Las marcas mojadas resplandecían un negro intenso y un blanco níveo. Yo estaba tan atacado de los nervios que fui incapaz de detenerme en ella. En cualquier caso, esa imagen fugaz se me quedó grabada por la fuerza extraña, limpia y artística de su estampado y la elegancia de su cabeza. Pero para mí, lo más trascendente era que Richard Parker no había acabado con ella. En circunstancias normales la habría matado. Pues así es la naturaleza de los predadores: matan. Dadas las circunstancias en las que nos hallábamos, en las que Richard Parker debía de estar sometido a una tremenda tensión mental, el miedo tendría que haber producido un nivel excepcional de agresión. Debería haber hecho una verdadera carnicería con la cebra.

No tardé en entender por qué se había librado la cebra de semejante fin. Me heló la sangre, y luego sentí cierto alivio. Una cabeza se asomó un poco más allá de donde acababa la lona. Me miró de forma directa y asustada, se escondió, se asomó de nuevo, volvió a esconderse, apareció una vez más y desapareció por última vez. La cabeza osuna y medio pelada pertenecía a una hiena manchada. El zoológico tenía un clan formado por seis hienas: dos hembras dominantes y cuatro machos subordinados. Supuestamente, iban con destino a un zoológico en Minnesota. La que tenía conmigo era un macho. La reconocí de inmediato por su oreja derecha, que estaba totalmente desgarrada. Los bordes irregulares del corte daban testimonio de violencia pasada. Ahora entendía por qué Richard Parker no había matado la cebra: porque ya no estaba en el bote. Era imposible que una hiena y un tigre compartieran un espacio tan pequeño. Seguramente se había caído de la lona y se había ahogado.

Tuve que figurarme cómo había llegado la hiena al bote salvavidas. Dudé mucho que las hienas fueran capaces de nadar en alta mar. Llegué a la conclusión de que había estado allí desde el principio, escondido bajo la lona, y que yo sencillamente no lo había visto cuando caí. También me di cuenta de otra cosa. Esta hiena era el motivo por el que los tripulantes me habían tirado al bote. No tenían ninguna intención de salvarme la vida. Vamos, nada más lejos de la realidad. Iba a ser una especie de pienso. Querían que la hiena me atacara y que yo, de alguna forma, me deshiciera de ella para que ellos no corrieran ningún peligro, aunque a mí me costara la vida. En ese momento entendí por qué estaban haciendo aquellos gestos justo antes de que apareciera la cebra.

Jamás me hubiera imaginado que me alegraría de encontrarme en un espacio limitado con una hiena, pero ahí está. En realidad, la alegría fue doble: si no fuera por la hiena, aquellos hombres no me hubieran lanzado al bote salvavidas, me hubiese quedado en el carguero y seguramente hubiera muerto ahogado. Y puestos a escoger un compañero de piso salvaje, antes me hubiese quedado con la ferocidad franca de un perro que la fuerza y el sigilo de un gato. Di un suspiro de alivio casi imperceptible. Como medida preventiva, volví al remo. Esta vez me senté encima de él, empleando el salvavidas como cojín, con el pie izquierdo apoyado en la punta de la proa y el pie derecho en la regala. Estaba más o menos cómodo y al menos así podía controlar qué ocurría dentro del bote.

Miré a mi alrededor. Sólo vi agua y cielo. Lo mismo ocurrió cada vez que estábamos encima de un oleaje. Durante algunos instantes, el mar imitaba cada accidente geográfico: cada colina, cada valle, cada llanura. Geotectónica acelerada. La vuelta al mundo en ochenta oleajes. Sin embargo, mi familia no estaba en ninguno de ellos. Había cosas flotando en el agua, pero nada que me diera esperanzas. No vi ningún bote salvavidas.

El tiempo empezó a cambiar rápidamente. El mar, tan inmenso, tan pasmosamente inmenso, estaba en calma y constante, las olas se aplacaron. El viento se amainó hasta convertirse en una brisa melódica y unas nubes esponjosas, blancas y radiantes empezaron a iluminar la bóveda infinita de azul clarito. Se me empezó a secar la camisa. La noche había desvanecido con la misma celeridad que el buque.

Me dispuse a esperar. Los pensamientos oscilaron de forma alarmante. Cuando no estaba pensando en los detalles prácticos de supervivencia inmediata, estaba paralizado de dolor, llorando en silencio, con la boca abierta y la cabeza entre las manos.

CAPÍTULO 42

Llegó flotando sobre un islote de plátanos rodeada por una aureola de luz, preciosa como la Virgen María. Tenía el sol naciente detrás. Su cabellera encendida me deslumbró.

Grité:

—¡Oh, Madre de Dios bendita, diosa de la fertilidad de Pondicherry, fuente de leche y de amor, maravilloso brazo de consuelo, terror de las garrapatas, reconfortadora de los que lloran, ¿tú también eres testigo de esta tragedia? No es justo que la ternura tenga que darse la mano con el horror. Mejor te hubieras muerto en el acto. ¡Qué amarga alegría me da verte! Me traes felicidad y dolor a partes iguales. Felicidad porque estás aquí conmigo y dolor porque nuestro encuentro será breve. ¿Qué sabes tú del mar? Nada. Sin un conductor, este navío está perdido. Se nos ha acabado la vida. Sube con nosotros si tu destino es la muerte. Creo que será nuestra próxima parada. Nos sentaremos juntos. Si quieres, te concederé el asiento junto a la ventanilla. Pero la vista es triste. Bueno, ya basta de fingir. Permíteme que te lo diga sin rodeos: te quiero, te quiero, te quiero. Te quiero, te quiero, te quiero. Pero las arañas no, te lo ruego.

Era Zumo de Naranja, llamada así por su tendencia a babear, nuestra orangután de Borneo premiado, estrella del zoológico y madre de dos estupendos hijos, acompañada de una masa de arañas negras que la estaban cercando como si fueran adoradores malévolos. Los plátanos sobre los que iba sentada estaban dentro de la red de nylon con la que los habían descargado al barco. En cuanto se levantó y se subió al bote, la balsa de plátanos cabeceó y se dio la vuelta. La red se aflojó. Casi sin pensármelo, y sólo porque estaba a mi alcance y a punto de hundirse, cogí la red y la arrastré hasta el bote salvavidas, un gesto fortuito que resultó ser mi salvación por muchos motivos. La red iba a convertirse en uno de mis bienes más preciados.

Los plátanos se dispersaron. Las arañas negras intentaron salvarse como pudieron, pero su situación era desesperada. La isla se desmoronó bajo sus patitas. Todas murieron ahogadas. Por unos momentos, el bote estuvo navegando en un mar de fruta.

Había recogido lo que creía ser una red inútil, pero ¿en algún momento se me ocurrió cosechar este maná de plátanos? Pues no. Ni uno. Yo me acabé comiendo el coco y los plátanos los devoró el mar. Más adelante, este derroche descomunal me iba a pesar en el alma. Cada vez que me acordaba de mi estupidez, estuve a punto de tener convulsiones de consternación.

Zumo de Naranja estaba aturdida. Se movía de forma lenta y vacilante y sus ojos reflejaban una profunda confusión mental. Estaba en estado de shock. Permaneció tumbada en la lona durante varios minutos, en silencio y sin moverse, antes de dar la vuelta y caerse al bote de cabeza. Oí el alarido de una hiena.

CAPÍTULO 43

Lo último que vi del carguero fue una mancha de aceite que brillaba en la superficie del agua.

Sabía que no podía haberme quedado solo. Era inconcebible que el *Tsimtsum* pudiera hundirse sin provocar ni una pizca de preocupación. En esos precisos instantes, en Tokio, en la ciudad de Panamá, en Honolulu, en Madrás y, bueno, incluso en Winnipeg, habría luces rojas parpadeando en las consolas, estarían sonando las alarmas, habría ojos mirando horrorizados, voces exclamando: «¡Dios Mío! ¡Se ha hundido el *Tsimtsum*!», y manos alargándose para coger el teléfono. Y eso haría que se encendieran más luces rojas, que sonaran más alarmas. Los pilotos estarían corriendo hacia sus aviones sin haber tenido tiempo siquiera de atarse los cordones. Los oficiales de buques estarían dando tantas vueltas al timón que tendrían náuseas. Hasta los submarinos estarían dando media vuelta para unirse al rescate, que no tardaría en llegar. Un barco iba a aparecer en el horizonte en cualquier momento. Vendrían a matar a la hiena de un tiro y a sacrificar a la cebra de otro para que no sufriera más. Tal vez llegaran a tiempo para salvar a Zumo de Naranja. Yo me subiría a bordo y me reuniría con mi familia, que se habría escapado en otro bote salvavidas. Lo único que tenía que hacer era procurar mantenerme vivo durante algunas horas más hasta que apareciera mi barco de rescate.

Extendí la mano desde mi percha para agarrar la red. La enrollé y la tiré en medio de la lona para hacer una barrera, por muy pequeña que fuera. Zumo de Naranja parecía prácticamente cataléptica. Me figuré que se estaba muriendo de la impresión. Lo que más me preocupaba era la hiena. Oía sus gañidos. Me aferré a la esperanza de que una cebra, que reconocería como presa familiar, y un orangután, que no le sonaría de nada, me apartaría de sus pensamientos.

Mientras vigilaba el horizonte con un ojo, estuve pendiente de lo que estaba ocurriendo al otro extremo del bote salvavidas con el otro. Aparte de los gañidos de la hiena, los animales apenas hicieron ruido, excepto cuando raspaban alguna superficie dura con las zarpas, y cuando se quejaban o se lamentaban. Desde luego, no parecía que tuvieran intención de matarse entre ellos.

A media mañana, volvió a aparecer la hiena. Desde hacía varios minutos, los gañidos habían ido en aumento hasta convertirse en alaridos. Saltó por encima de la cebra a la popa, donde los bancos laterales del bote salvavidas se unían formando un banco triangular. Se trataba de una posición bastante expuesta dado que la distancia entre la regala y el último banco no llegaba ni a treinta centímetros. El animal miró inquieto lo que había más allá del bote. Creo que lo último que le apetecía encontrarse era aquella enorme extensión de agua en movimiento porque de repente bajó la cabeza y se echó al fondo del bote, justo detrás de la cebra. Debía de estar bastante apretujada, pues entre la espalda ancha de la cebra y los lados de los tanques de flotabilidad apenas quedaba espacio para una hiena. Se retorció durante unos instantes antes de subirse de nuevo a la popa, saltar por encima de la cebra al centro del bote y volver a desaparecer debajo de la lona. Este arrebato de actividad duró menos de diez segundos. Aunque la hiena estaba a menos de cinco metros del remo, mi reacción fue paralizarme. La cebra, sin embargo, no dudó en levantar la cabeza y ladrar.

Yo deseaba que la hiena permaneciera debajo de la lona. Me llevé una gran decepción. Justo después, dio otro brinco por encima de la cebra para colocarse de nuevo en el banco de la popa. Entonces dio varias vueltas vacilantes y gimoteó. Me pregunté qué iba a hacer. La respuesta no se hizo esperar: bajó la cabeza casi hasta el suelo y empezó a correr alrededor de la cebra, convirtiendo el banco de la popa, los bancos laterales y el banco transversal que había un poco más allá de la lona en una pista de atletismo interior de ocho metros. Hizo una, dos, tres, cuatro, cinco y más vueltas sin parar, hasta que perdí la cuenta. Y vuelta tras vuelta fue emitiendo unos ladridos agudos que sonaban a «*yip yip yip yip yip*.» Tampoco supe reaccionar, sino de forma muy lenta. Estaba tan despavorido que me limité a observar. El animal iba a buen trote, y eso que no era precisamente menudo: se trataba de un macho adulto que pesaba unos sesenta y cinco kilos. Con cada paso que daba, sacudía el bote entero y se oía el clic de las garras encima de los bancos. Y cada vez que se acercaba a la popa, se me ponían los pelos de punta. Ya era lo bastante espeluznante ver cómo se me acercaba para encima tener que preocuparme por si seguía corriendo en línea recta. Estaba claro que Zumo de Naranja, dondequiera que estuviese, no le iba a suponer ningún impedimento. Es más, caí en la cuenta de que la lona y la red enrollada eran unas defensas patéticas. Con el más mínimo de los esfuerzos, la hiena podría haberse plantado en la popa a mis pies. Pero según parecía, ésa no era su intención porque cada vez que llegaba al banco del medio, giraba, y la veía pasar por el borde de la lona. Pero teniendo en cuenta su estado de ánimo, la hiena podría haber actuado de forma completamente imprevisible y podría haberme atacado sin previo aviso.

Tras dar un número indefinido de vueltas, se detuvo en seco en el banco de la popa y se agachó para mirar hacia abajo al espacio que quedaba bajo la lona. Levantó la vista y posó la mirada sobre mí. Se me hubiera antojado una expresión casi típica de una hiena, es decir, vacía y franca, con una curiosidad aparente sin revelar qué le estaba pasando por la cabeza, la quijada colgando, las grandes orejas levantadas, los ojos negros y brillantes, si no fuera por la tensión que emanaba de cada célula de su cuerpo, una ansiedad que hacía que resplandeciera, como si tuviera fiebre. Me preparé para morir. En vano. Reanudó su carrera alrededor del bote.

Cuando un animal se resuelve a hacer algo, no se cansa de hacerlo en un buen rato. La hiena se pasó toda la mañana dando vueltas diciendo «*yip yip yip yip yip*.» De vez en cuando se detenía en el banco de la popa, pero aparte de eso, cada vuelta era idéntica a la anterior, sin variaciones de movimientos, de velocidad, ni de tono ni de volumen de sus ladridos, ni del sentido contrario a las agujas del reloj por el que había optado. Los ladridos eran estridentes y sumamente irritantes. El mero hecho de verla se me hizo tan enojoso y agotador que finalmente volví la cabeza e intenté vigilarla de reojo. Hasta la cebra, que al principio había soltado un resoplido cada vez que pasaba por el lado de su cabeza, se sumió en un sopor.

Sin embargo, cada vez que la hiena se detenía en el banco de la popa, me daba un vuelco el corazón. Por mucho que quisiera estar pendiente del horizonte, donde se hallaba mi salvación, la mirada se me desviaba de nuevo hacia esa bestia maníaca.

No siento prejuicios hacia ningún animal, pero nadie puede refutar que la hiena manchada sea un animal cuya apariencia la desfavorece. Su fealdad no tiene arreglo. Es como si ese cuello grueso y esos hombros altos que se inclinan hasta sus cuartos traseros se hubieran sacado de un

127

prototipo desechado de la jirafa, y su pellejo burdo y enmarañado procediera de las sobras de la creación. Es una mezcla desatinada de habano, negro, amarillo y gris. Las manchas no tienen nada que ver con la ostentación elegante de las del leopardo; más bien parecen los síntomas de una enfermedad dermatológica, una especie de sarna virulenta. Tiene la cabeza ancha y desproporcionada; la frente alta, como la de un oso, pero con entradas, y unas orejas absurdas de roedor, grandes y redondas si es que no se las han arrancado en alguna pelea. La boca siempre está abierta y jadeante. Tiene los orificios nasales demasiado grandes. La cola es esmirriada y nunca se menea. Camina de forma desmañada. La unión de todos los elementos que la componen hace que parezca perruna, pero nadie la querría como mascota.

No me había olvidado de las palabras de mi padre. Las hienas no eran cobardes y carroñeras. Si *National Geographic* las había retratado así, era porque *National Geographic* las filmaba durante el día. El día de la hiena comienza cuando sale la luna, y resulta ser un cazador letal. Las hienas atacan en manada y matan a cualquier animal que corra menos que ellas, las ijadas abiertas aun en pleno movimiento. Arremeten contra cebras, ñúes, y búfalos de agua, y no sólo los más viejos y ancianos de la manada, sino los adultos más fuertes también. Son agresores empedernidos que no se dejan vencer por una patada o una embestida y nunca abandonan por falta de voluntad. Y son perspicaces; cualquier cría que pueda ser distraída de su madre es un buen alimento. Su manjar favorito es un ñu de diez minutos de edad, pero también comen cachorros de león y rinocerontes pequeños. Son minuciosas cuando sus esfuerzos se ven compensados. En menos de un cuarto de hora, lo único que quedará de una cebra será el cráneo, que arrastrarán hasta la guarida para que lo sigan royendo los cachorros. No hay desperdicio ninguno: se comerán hasta la hierba en la que se ha derramado la sangre de su presa. Los estómagos de las hienas se hinchan visiblemente a medida que engullen enormes pedazos de carne. Si tienen suerte, acaban tan ahítas que apenas si pueden levantarse. Una vez han digerido su presa regurgitan bolas compactas de pelo, de las que aprovechan toda molécula comestible, antes de revolcarse en ellas. El canibalismo accidental es algo que ocurre con frecuencia durante el alboroto de una comida. Al ir a por un bocado de cebra, una hiena puede arrancar la oreja o la narina de un miembro del clan, sin guardar rencor, por supuesto. La hiena no siente asco ante semejante error. Sus deleites son demasiados para reconocer que algo le dé asco.

De hecho, la poca exigencia de sus gustos es tan extrema que casi suscita admiración. Una hiena beberá agua en la que acaba de orinar. Y aquí no se acaba la utilidad de sus orines: en días calurosos y secos, es capaz de mear en el suelo y hacerse un baño de fango refrescante con las patas. Las hienas comen excrementos de herbívoros y luego se relamen de placer. Queda la incógnita de qué no se dignan comer. Una vez muertas, se comen entre sí (los restos de aquellas cuyas orejas y narinas han devorado para abrir el apetito), tras un período de aversión que dura aproximadamente un día. Incluso agredirán a coches e intentarán comer los faros, el tubo de escape y los retrovisores. Lo que limita a una hiena no son sus jugos gástricos sino la fuerza de su quijada, que ya es formidable en sí.

Ésa era la clase de animal que tenía dando vueltas a escasos metros de mí. Un animal que agravia la vista y hiela el corazón.

El asunto concluyó a la manera típica de las hienas: se detuvo en la popa y empezó a emitir una serie de quejidos profundos interrumpidos por varios ataques de jadeos incontrolados. Me empujé hacia atrás con los pies hasta que sólo tocaba el bote con las puntas de los dedos. El animal tosió e hizo arcadas. Seguidamente vomitó. Un chorro cayó justo detrás de la cebra. La hiena se lanzó sobre lo que acababa de producir. Permaneció allí, temblando, gimiendo y dando vueltas a sí misma, explorando los últimos confines de la angustia animal. No se movió de su espacio reducido en todo el día. De vez en cuando la cebra se quejó de la presencia del predador que tenía a sus espaldas, pero aparte de eso, se quedó tumbada, sumida en un silencio desesperanzado y sombrío.

CAPÍTULO 44

El sol trepó por el cielo, alcanzó su cenit y comenzó a bajar. Pasé el día entero sentado en el remo, cambiando de posición justo lo necesario para no perder el equilibrio. Todo mi ser estaba atento al puntito en el horizonte que vendría a rescatarme. Era un estado de aburrimiento tenso y ansioso. En mi memoria, asocio aquellas primeras horas con un ruido, un ruido que jamás te imaginarías, pues no tiene nada que ver con los ladridos de la hiena ni con el susurro del mar: fue el zumbido de las moscas. El bote estaba lleno. Aparecieron y sobrevolaron el bote de la forma esperada de las moscas, describiendo grandes órbitas excepto cuando se acercaban a otra mosca, y entonces salían zumbando persiguiéndose y haciendo espirales en el aire. Algunas se aventuraron a salir al remo. Dieron vueltas a mi alrededor, petardeando como si fueran avionetas de una sola hélice, antes de volver a casa a toda prisa. Desconozco si ya formaban parte del bote o si acompañaron a alguno de los animales a bordo, seguramente la hiena. Pero procedieran de donde procediesen, no aguantaron mucho tiempo; en menos de dos días no quedaba ni una. La hiena, desde su posición detrás de la cebra, intentó atraparlas con la boca y se comió más de una. Las otras se las debió de llevar el viento. Quizás algunas corrieran mejor suerte, completaran su término de vida y murieran de viejas.

A medida que se fue haciendo más oscuro, aumentó mi congoja. Todo lo que concernía al final del día me asustaba. Por la noche, un barco no me vería. Por la noche, la hiena podría reanimarse, y Zumo de Naranja también.

Cayó la noche. No había luna. Las nubes tapaban las estrellas. El contorno de las cosas se volvió indefinido. Desvaneció todo: el mar, el bote, hasta mi propio cuerpo. El mar estaba en calma y apenas había viento así que ni siquiera pude guiarme por el ruido. Creí estar flotando en una negrura pura y abstracta. Fijé la mirada en donde pensé que estaba el horizonte, y los oídos en cualquier movimiento de los animales. Dudé que resistiera hasta el amanecer.

En algún momento de la noche la hiena se puso a gruñir y la cebra, a ladrar y chillar. Oí unos golpes repetidos. Empe-

130

cé a temblar de miedo y, no te voy a engañar, me oriné encima. Pero los ruidos venían del otro extremo del bote. No noté ningún movimiento que indicara que se me acercara ese maldito animal. Según parecía, no venía a por mí. De algún lado más cercano en la oscuridad procedían unos ruidos que parecían gemidos, resoplidos y varios lengüetazos. Sólo de pensar que Zumo de Naranja pudiera estar moviéndose me ponía enfermo de los nervios, así que lo desterré de mi mente. Sencillamente lo pasé por alto. También oí algunos ruidos que venían del agua, justo debajo de donde estaba sentado, susurros que aparecieron y desaparecieron en un instante. Allí abajo, también estaban luchando por la vida.

La noche pasó, minuto a tortuoso minuto.

CAPÍTULO 45

Hacía frío. Era una observación ajena, como si a mí no me incumbiera. Amaneció. Ocurrió de forma rápida, si bien paulatina e imperceptible. Un rincón del cielo cambió de color. El aire empezó a llenarse de luz. El mar en calma se abrió ante mí como un gran libro. Sin embargo, seguía sintiendo la noche. De repente, se hizo de día.

El calor llegó cuando el sol se asomó por el horizonte como una enorme naranja eléctrica iluminada, pero no tuve que esperar mucho para percibirlo. Con los primeros rayos de sol me llegó la esperanza. A medida que los objetos a mi alrededor fueron tomando forma y llenándose de color, la esperanza creció en mí hasta que me invadió el corazón como una canción. ¡Oh, cómo gocé de aquella luz y de su calor! Todo no estaba perdido. Ya había pasado lo peor. Había sobrevivido a la noche. Hoy vendrían a rescatarme. Sólo de pensarlo, sólo de hilar aquellas palabras en la cabeza, fue en sí una fuente de esperanza. Y la esperanza se cebó en la esperanza. Cuando el horizonte se tornó en una línea nítida y recta, lo escruté ansioso e impaciente. Hacía un día claro y la visibilidad era perfecta. Me imaginé a Ravi saludándome y luego burlándose: «O sea que estás en un bote salvavidas y no se te ocurre nada

131

mejor que llenarlo de animales, ¿no? Y ahora, ¿qué? ¿Te has convertido en Noé?». Mi padre estaría sin afeitar y despeinado. Mi madre miraría hacia los cielos y me estrecharía entre sus brazos. Repasé una docena de versiones de cómo iba a ser en el barco de rescate, variaciones sobre el tema de nuestro dulce reencuentro. Aquella mañana, la curva del horizonte iba hacia abajo, pero te aseguro que la de mis labios iba firmemente hacia arriba, esbozando una sonrisa.

Por muy extraño que parezca, no pensé en mirar qué estaban haciendo los animales hasta un buen rato después. La hiena había atacado a la cebra. Tenía la boca roja y estaba masticando un pedazo de pellejo. Los ojos se me fueron directamente a la herida, a la zona atacada. Di un grito ahogado.

Faltaba la pierna rota de la cebra. La hiena la había desgajado y arrastrado hasta la popa, justo detrás de la cebra. Encima del muñón en carne viva colgaba un trozo de piel. Todavía salía sangre de la herida. La víctima estaba sobrellevando su dolor con paciencia, sin protestar. Le rechinaban los dientes, pero ésa era la única señal visible de su aflicción. El horror, la repulsión y la rabia se apoderaron de mí. Sentí un odio intenso hacia la hiena. Pensé en alguna forma de matarla. Pero no hice nada. Mi indignación duró más bien poco. Tengo que ser sincero. La verdad es me quedaba muy poca compasión para la cebra. Cuando tu propia vida corre peligro, los lazos de empatía se aflojan debido a las ansias terribles y egoístas de sobrevivir. Me entristeció ver que sufría tanto, y siendo un animal tan grande y fornido, el suplicio no estaba ni mucho menos finalizado, pero no pude hacer nada para aliviarla. Sentí lástima y pasé a otra cosa. No me siento orgulloso de lo que hice. Lamento haber actuado con tan poca sensibilidad. No me he olvidado de esa cebra ni de lo que padeció. No hay oración en la que no piense en ella.

No había ni rastro de Zumo de Naranja. Volví los ojos hacia el horizonte.

Aquella tarde, se levantó el viento y me di cuenta de que el bote, aunque pesara tanto, flotaba justo en la superficie del agua, seguramente porque el peso que llevaba estaba por debajo del límite de su capacidad. Teníamos francobordo de sobra, es decir, había mucha distancia entre el agua y la regala. Iba a hacer falta un mar de muy mal talante para hundirnos. Pero también quería decir que el extremo del bote que fuera contra el viento tendería a ladearse, eso haría que se girara, y por lo tanto, las olas siempre nos vendrían de lado. Las olas pequeñas golpeaban contra el casco como puñetazos incesantes. Las más grandes provocaban un balanceo cansino que nos tiraba de un lado al otro. Este movimiento constante me estaba revolviendo el estómago.

Quizá me sintiera mejor si cambiaba de posición. Me deslicé por el remo y me senté en la proa. Ahora estaba de cara a las olas, con el resto del barco a mi izquierda. Estaba más cerca de la hiena, pero no hizo ademán de levantarse.

Fue mientras estaba respirando hondo y concentrándome en hacer desaparecer las náuseas cuando vi a Zumo de Naranja. Me había imaginado que estaría completamente escondida, cerca de la proa, debajo de la lona, cuanto más lejos de la hiena, mejor. Pero no fue así. Estaba en el banco lateral, justo al lado de la pista de atletismo de la hiena. El bulto de la lona enrollada me había impedido verla hasta que levantó la cabeza un par de centímetros.

La curiosidad pudo más que yo. Tenía que verla mejor. A pesar del balanceo del bote, me puse de rodillas. La hiena me miró, pero no se movió. Entonces miré a Zumo de Naranja. Estaba casi doblada, con las manos en la regala y la cabeza colgada entre los brazos. Tenía la boca abierta y la lengua fuera. Estaba jadeando. A pesar de la tragedia en la que estaba inmerso, me eché a reír. El porte de Zumo de Naranja en aquel instante anunciaba una sola palabra: mareo. Me vino a la cabeza una nueva especie: el exótico orangután de mar de color verde. Volví a sentarme. ¡Pobrecita! ¡Parecía tan humanamente mareada! Resulta muy gracioso ver características humanas en los animales, sobre todo en los monos, en los que son más evidentes. Los simios son el espejo más claro que tenemos en el reino animal. Por eso tienen tanto éxito en los zoológicos. Solté otra carcajada. Me llevé las manos al pecho, sorprendido por este nuevo sentimiento. ¡Cielo santo! Era como si un volcán de alegría estuviera entrando en erupción en mi interior. Es más, Zumo de Naranja no sólo consiguió animarme, sino que había asumido las náuseas de los dos. Yo me sentía de maravilla.

Volví a escrutar el horizonte, lleno de ilusión.

Aparte de estar mareada, hubo otra cosa que me llamó la atención de Zumo de Naranja: estaba ilesa. Y estaba de espaldas a la hiena, como si no le preocupara en absoluto. El ecosistema en el bote me tenía perplejo. Dado que no existe ninguna condición natural en la que una hiena y un orangután puedan coincidir, dada la falta de hienas en Borneo y la falta de orangutanes en África, no había forma de saber cómo se llevarían. Pero personalmente, se me hubiera antojado muy poco probable, por no decir imposible, que cuando un frugívoro que vive en los árboles se juntara con un carnívoro que ronda la sabana, cada uno se hiciera un huequito de forma tan radical sin prestar atención al otro. Para una hiena, un orangután tenía que oler a presa, por muy extraña que fuera: una presa que recordaría el resto de su vida por las espléndidas bolas de pelo que produciría, y porque a pesar de todo, estaría bastante más suculento que un tubo de escape. Sin lugar a dudas, era un plato a tener en cuenta la próxima vez que se encontrara cerca de un árbol. Y para un orangután, una hiena tenía que oler a predador, una buena razón para estar al tanto la próxima vez que se le cayera un trozo de durión al suelo. Pero la naturaleza está repleta de sorpresas. Tal vez no fuera así. Si las cabras vivían felizmente con los rinocerontes, ¿por qué no iba a vivir un orangután con una hiena? Sería todo un éxito en el zoológico. Tendríamos que colgar otro cartel. Ya me lo imaginaba: «Estimado visitante: ¡No tema por los orangutanes! Si están subidos a los árboles, es porque viven en ellos, no porque les tengan miedo a las hienas. Vuelva a la hora de comer o al atardecer cuando tienen sed y los verá descender de los árboles y moverse por el recinto con toda tranquilidad». Mi padre hubiera estado fascinado.

Por la tarde, vi el primer espécimen que iba a convertirse en un amigo fiable y muy querido. Oí que algo estaba golpeando y rozando contra el casco del bote. Unos segundos después apareció una tortuga marina, sacando el caparazón, las aletas que giraban perezosamente y la cabeza del agua. Estaba tan cerca que si me hubiera inclinado hacia adelante, la hubiese podido coger con las manos. Era llamativa, de forma poco atractiva. Tenía el caparazón rugoso, de color marrón amarillento; medía casi un metro; estaba cubierta de algas, y tenía una cara de color verde oscuro, con un pico puntiagudo sin labios, dos narinas contundentes y dos ojitos negros que me miraban de hito en hito. Tenía un semblante altivo y severo, igual que un anciano malhumorado que tiene motivos de queja. Pero lo más curioso del reptil era su mera presencia. Fue tan extraño verlo allí, flotando en el agua, con ese cuerpo extraño en comparación con la forma estilizada y resbaladiza de los peces. No obstante, estaba claramente en su elemento y yo era el que estaba fuera de lugar. Permaneció al lado del bote durante varios minutos.

Finalmente le dije:

—Ves a decirle a un barco que estoy aquí. Corre. Corre.

Dio la vuelta y se zambulló en el agua, con las aletas traseras turnándose para dar patadas y empujar el agua hacia atrás.

CAPÍTULO 46

Las nubes que se congregaron justo donde tenían que aparecer los barcos, y el hecho de que se acabara de nuevo el día, se encargaron de enderezar mi sonrisa. No tiene sentido decir que esta o aquella noche fue la peor de mi vida. Tengo tantas noches malas para elegir que no he proclamado ninguna de ellas campeona. No obstante, la segunda que pasé en alta mar se me ha quedado grabada en la memoria como una noche de sufrimiento excepcional, que no tuvo nada que ver con la ansiedad congelada de la primera noche. Supongo que podría considerarse un sufrimiento más convencional, digamos, de tipo alterado, con lloros, tristeza y dolor espiritual. Las noches posteriores no se asemejaron porque aquella noche todavía tenía la fortaleza necesaria para apreciar plenamente lo que estaba sintiendo. Y a esa noche espantosa le precedió un atardecer igual de espantoso.

Me di cuenta de la presencia de unos tiburones que estaban dando vueltas alrededor del bote salvavidas. El sol estaba corriendo las cortinas al día, resultando en una explosión plácida de naranja y rojo, una gran sinfonía cromática, un lienzo de color de proporciones sobrenaturales, una puesta de sol del Pacífico verdaderamente magnífica, de la que yo ni siquiera pude disfrutar. Los tiburones eran marrajos, predadores veloces, con el hocico puntiagudo y unos dientes largos y asesinos que les sobresalían de la boca. Medían entre dos y tres metros, y uno de ellos, todavía más. Los miré con inquietud. El más grande se acercó al bote a toda velocidad, como si pretendiera atacarlo. La aleta dorsal afloró varios centímetros del agua para hundirse de nuevo en ella justo antes de llegar al bote y deslizarse por debajo de él con una elegancia aterradora. Volvió, sin acercarse tanto esta vez, y luego desapareció. Los otros tiburones se quedaron más tiempo, yendo y viniendo a distintas profundidades, algunos al alcance de la mano justo debajo de la superficie del agua, otros a más distancia. También había otros peces, grandes y pequeños, brillantes y de formas variadas. Tal vez me hubiera detenido más en ellos si no fuera porque otra cosa me llamó la atención de forma más urgente: apareció la cabeza de Zumo de Naranja.

Se volvió y extendió el brazo sobre la lona con un movimiento que imitaba exactamente la forma en que nosotros descansaríamos el brazo en el respaldo del asiento de al lado en un gesto de relajación expansiva. Pero era evidente que su humor era otro. Con una expresión de tristeza y congoja intensa, miró a su alrededor, volviendo la cabeza lentamente de un lado al otro. De repente, la similitud de los simios con los humanos perdió toda su gracia. Cuando estaba en el zoológico, había dado a luz a dos hijos, dos varones fornidos de cinco y ocho años que eran su, y nuestro orgullo. Sin lugar a dudas, era a sus hijos lo que tenía en mente cuando escrutó el agua, imitando involuntariamente lo que yo había estado haciendo desde hacía treinta y seis horas. Se percató de mi presencia pero ni se inmutó. Yo era otro animal más que lo había perdido todo y que estaba condenado a morir. Mi humor cayó en picado.

Entonces, con un solo gruñido de aviso, la hiena se desquició del todo. No había salido en todo el día de su escondite apretujado. Puso las patas encima de la cebra, se inclinó hacia delante y le hincó los dientes en la piel. Entonces tiró hacia atrás bruscamente. Un trozo de piel se levantó del estómago de la cebra con la misma facilidad que el envoltorio que se desprende de un regalo: una tira de corte limpio. La única diferencia es que ocurrió en silencio, como cuando se rasga la piel, y opuso más resistencia que el papel. De repente la herida empezó a manar sangre como un río. Entre ladridos, resoplidos y chillidos, la cebra resucitó para defenderse. Empujó con las patas delanteras, alzó la cabeza e intentó morder a la hiena, pero la bestia estaba fuera de su alcance. Sacudió la pata trasera intacta. Al menos entendí de dónde habían provenido los golpes de la noche anterior: la cebra había estado dando patadas con el casco contra el lado del bote. Al ver que a la cebra todavía le quedaba el instinto de conservación, la hiena empezó a gruñir y a dar mordiscos completamente fuera de sí. Le hizo un tajo en el flanco. Cuando ya no tenía suficiente con el daño que podía hacerle desde detrás, la hiena se subió a las ancas de la cebra y empezó a sacarle rollo tras rollo de intestinos y otras vísceras. No había ni orden ni concierto en lo que estaba haciendo. Mordió aquí, tragó allá, abrumada por las riquezas que tenía a sus pies. Tras comerse la mitad del hígado, trató de arrancarle la bolsa blanca e inflada del estómago. Sin embargo, pesaba mucho y, teniendo en cuenta que las ancas estaban a más altura que el estómago de la cebra y que estaban cubiertas de sangre resbaladiza, la hiena empezó a deslizarse hacia el interior de su víctima. Hundió la cabeza y los hombros entre las tripas de la cebra hasta las rodillas de sus patas delanteras. Intentó empujarse hacia arriba para luego resbalar de nuevo hacia abajo. Finalmente decidió permanecer en esa posición, medio dentro, medio fuera. Se la estaba comiendo viva desde el interior.

Las protestas de la cebra menguaron. Le empezó a salir sangre por las narinas. Alzó la cabeza un par de veces, como si apelara a los cielos, dejando perfectamente plasmada la abominación del momento.

La reacción de Zumo de Naranja no fue precisamente de indiferencia. Se irguió cuan alta era sobre el banco. Con esas patas cortitas y ese torso enorme, parecía una nevera sobre ruedas torcidas. Pero cuando alzó sus brazos gigantescos en el aire, ofrecía un cuadro imponente. La envergadura de sus brazos medía más que su altura. Tenía una mano colgada sobre el agua y la otra estaba extendida hacia el otro lado del bote, casi tocando el borde opuesto. Echó los labios hacia atrás, desvelando sus enormes caninos, y se puso a rugir. Fue un rugido profundo, poderoso y jadeante, algo insólito para un animal que suele guardar el mismo silencio que una jirafa. La hiena también se quedó parada ante semejante arrebato. Se encogió y dio unos pasos hacia atrás. Pero la reacción fue fugaz. Le echó una mirada intensa a Zumo de Naranja y seguidamente, vi cómo se le ponían de punta todos los pelos del cuello y la espalda y cómo levantaba la cola en el aire. Se subió a la espalda de la cebra moribunda y allí, con la sangre que le caía de la boca, repuso al clamor de Zumo de Naranja de la misma manera, con un rugido más agudo. Los dos animales estaban a apenas un metro de distancia, frente a frente y con las bocas abiertas. Todas sus energías estaban centradas en sus rugidos y estaban temblando del esfuerzo. Desde la proa, veía el fondo de la garganta de la hiena. La brisa del Pacífico, que hasta hacía un minuto me había traído el silbido y los susurros del mar, una melodía natural a la que hubiera calificado de relajante si las circunstancias hubieran sido más alegres, se inundó de este ruido atroz, como la furia de una batalla hasta la muerte, con los disparos estridentes de pistolas y cañones y las explosiones atronadoras de bombas. Los rugidos de la hiena llenaron la escala de los sonidos agudos de mis oídos y los rugidos de Zumo de Naranja llenaron la escala de los sonidos bajos. En medio, oía los chillidos de la cebra indefensa. Tenía los oídos tan henchidos que ya no me cabía nada; no hubiera podido retener ni un sonido más.

Empecé a temblar como una hoja. Estaba convencido de que la hiena iba a arremeter contra Zumo de Naranja.

Era inconcebible que pudieran empeorar las cosas, pero así fue. La cebra bufó, echando un chorro de sangre al agua. En cuestión de segundos, noté un golpe en un costado del bote, seguido de otro. El agua a nuestro alrededor estaba bullendo de tiburones. Estaban buscando el origen de la sangre, la comida que tenían tan cerca. Afloraron aletas y cabezas. Los golpes no cesaban. No temía que el bote diera una vuelta de campana: creí que iban a atravesar el casco metálico y que el bote se hundiría.

Con cada golpe, los animales se sobresaltaron asustados, pero nada iba a distraerlos de su tarea primordial: la de rugirse a voz viva en toda la cara. Estaba seguro de que iban a llegar a las manos. Sin embargo, pasados algunos minutos, callaron repentinamente. Zumo de Naranja se apartó resoplando y chasqueando los labios. La hiena bajó la cabeza y se batió en retirada a su escondite detrás del cuerpo masacrado de la cebra. Los tiburones, frustrados, dejaron de lanzarse contra el bote y finalmente marcharon. Por fin se hizo el silencio.

Un olor fétido y acre flotaba en el aire, una mezcla de herrumbre y excrementos. Había sangre por todos lados que se fue coagulando hasta formar una costra roja y espesa. De repente oí el zumbido de una mosca y me sonó a una alarma de demencia. No había aparecido ningún barco, nada, y estaba cayendo la noche. Cuando el sol desapareció al otro lado del horizonte, no sólo murió el día y aquella pobre cebra, sino que murió mi familia con ellos. Con esa segunda puesta de sol, mi incredulidad se transformó en dolor y aflicción. No te puedes imaginar lo que supone tener que admitirlo en tu corazón. Perder un hermano es perder alguien con quien puedes compartir la experiencia de hacerte mayor, el que va a brindarte una cuñada y sobrinos, nuevas criaturas que poblarán las ramas de tu árbol de vida y que le proporcionarán otras nuevas. Perder un padre es perder la orientación que siempre has buscado, el que te sostiene igual que un tronco sostiene sus ramas. Perder una madre es como perder el sol que te ilumina. Es como perder... Lo siento, preferiría no seguir. Me tendí en la lona y pasé toda la noche llorando y acongojado con la cabeza entre los brazos. La hiena pasó buena parte de la noche comiendo.

CAPÍTULO 47

Rompió el alba. Hacía un día húmedo y nublado, soplaba un viento cálido y el cielo era una masa espesa de nubes oscuras que parecían sábanas de algodón sucias y fruncidas. El mar no había cambiado. El bote seguía subiendo y bajando entre las olas de forma regular.

La cebra estaba viva. No me lo pude creer. A pesar del boquete de más de medio metro que tenía en el flanco, una fístula como un volcán que acababa de entrar en erupción, y a pesar

139

de tener los órganos medio comidos, arrojados por el suelo y brillantes bajo la luz o deslustrados y secos, sus partes estrictamente esenciales continuaban bombeando con vida, por muy poca que le quedara. El movimiento de la cebra se había reducido a un temblor en la pata trasera y algún que otro parpadeo. Me horroricé. Jamás me hubiera imaginado que un ser vivo fuera capaz de sufrir tantas heridas y seguir con vida.

La hiena estaba nerviosa. No tenía aspecto de querer dormir a pesar de la luz del día. Tal vez se debiera al hecho de que había comido tanto. Tenía el estómago desmedidamente dilatado. Zumo de Naranja estaba de un humor peligroso. No paraba de moverse y estaba enseñando los dientes.

Me quedé donde estaba, acurrucado cerca de la proa. Tenía el cuerpo y el alma debilitados. Temía caerme al agua si intentaba subirme al remo.

Al mediodía, la cebra ya estaba muerta. Tenía la mirada vidriosa y los ataques esporádicos de la hiena le resultaban totalmente indiferentes.

Por la tarde estalló la violencia. La tensión había llegado a un nivel insoportable. La hiena estaba ladrando. Zumo de Naranja estaba gruñendo y chasqueando los labios. De pronto, las quejas de los dos animales se fusionaron y subieron a todo volumen. La hiena saltó por encima de los restos de la cebra y se dirigió hacia Zumo de Naranja.

Creo que he descrito con toda claridad la amenaza que supone una hiena. Por lo menos, era algo que tenía tan presente que en mi mente había dado por perdida la vida de Zumo de Naranja, incluso antes de que pudiera defenderla. La subestimé. Subestimé su coraje.

Le dio una bofetada a la bestia en la cabeza. Me quedé pasmado. Se me derritió el corazón de amor, admiración y miedo. ¿He mencionado que había sido nuestra mascota, cruelmente abandonada por sus dueños indonesios? Su historia era idéntica a la de todos los animales domésticos poco apropiados y dice algo así: los dueños compran el animal cuando es pequeño y mono. Entretiene mucho a la familia. Entonces crece, tanto en tamaño como en apetito. Se muestra incapaz de ser educado. Cada vez se hace más fuerte y a su vez, más difícil de manejar. Un día la criada saca la sábana de su nido porque quiere lavarla, o el hijo le quita un trozo de comida de las manos en broma, u otra nimiedad por el estilo, y el animal le muestra los dientes. La familia se asusta. Al día siguiente, el animal se encuentra dando botes en el asiento de detrás del Jeep acompañado de sus hermanos humanos. Entran en una jungla. A todos los ocupantes del Jeep se les antoja un lugar extraño e imponente. Llegan a un claro. Lo exploran durante unos minutos. De repente, el Jeep se pone en marcha, se aleja levantando una polvareda y la mascota ve a todas las personas que ha conocido y amado mirándole por la ventanilla trasera. Pero la han dejado allí. El animal no consigue entenderlo. Está tan mal adaptado a la jungla como sus hermanos humanos. Espera a que vuelvan, tratando de disipar el pánico que lo invade. No vuelven. Se pone el sol. Rápidamente se deprime y renuncia a la vida. Muere de hambre y de exposición a las inclemencias de la jungla en los próximos días. O en las garras de algún perro.

Zumo de Naranja podría haber sido uno de estos animales domésticos abandonados. Por suerte, acabó en el zoológico de Pondicherry. Siempre fue dulce y sosegada. Tengo memorias de mi infancia de cuando me rodeaba con sus brazos interminables y me hacía un repaso al pelo con sus dedos larguísimos, más largos que mi mano entera. Era una hembra joven que quería practicar sus dotes maternales. Cuando maduró, adoptó su verdadera naturaleza salvaje. Yo la observé desde la distancia. Creí que la conocía tan bien que podía predecir cada uno de sus movimientos. Creí que conocía no sólo sus costumbres, sino sus límites. Esta muestra de ferocidad, de coraje montaraz, me hizo ver cuán equivocado estaba. En toda mi vida, sólo había llegado a conocer una parte de ella.

Le dio una bofetada a la bestia en la cabeza. Y vaya bofetada. La bestia se despatarró en el acto, y la cabeza le rebotó contra el banco al que se había acercado con tal estrépito que pensé que se habría roto la quijada, o el banco, o ambas cosas. La hiena se levantó al instante, erizándose de punta a punta, pero su hostilidad había perdido la cinética anterior. Se retiró. Yo me regocijé. La defensa conmovedora de Zumo de Naranja me llenó el corazón de orgullo.

Pero qué poco duró.

Un orangután hembra no puede vencer a una hiena manchada macho. Ésa es la verdad lisa, llana y empírica. Que tomen nota los zoólogos. Si Zumo de Naranja hubiera sido macho, si hubiera ocupado el mismo espacio en la vida real que en mi corazón, el resultado quizás hubiera sido diferente. Pero por muy corpulenta y sobrealimentada que estuviera de haber vivido en la comodidad de un zoológico, apenas pesaba cincuenta kilos. Los orangutanes hembras pesan la mitad que los machos. Aun así, no es sólo una cuestión de peso ni de fuerza bruta. Zumo de Naranja no estaba ni mucho menos indefensa. Pero a la hora de la verdad, lo que importa es la actitud y la práctica. ¿Qué sabe un frugívoro acerca de matar? ¿Cómo iba a saber ella dónde tenía que morder, y con qué fuerza, y durante cuánto rato? Un orangután quizá sea más alto, quizá tenga unos brazos largos y ágiles y unos caninos imponentes, pero si no sabe cómo convertirlos en armas, de bien poco le van a servir. La hiena, sólo con la quijada, reducirá al simio porque sabe qué quiere y cómo conseguirlo.

La hiena volvió. Saltó encima del banco y agarró a Zumo de Naranja de la muñeca antes de que pudiera reaccionar. Zumo de Naranja golpeó a la hiena en la cabeza con el otro brazo, pero esta vez la bestia se limitó a gruñir con rabia. Zumo de Naranja hizo ademán de morder a la hiena, pero ésta fue más rápida. Por desgracia, a la defensa de Zumo de Naranja le faltaba precisión y coherencia. Su miedo era algo inútil, un estorbo. La hiena le soltó la muñeca y se le lanzó al cuello con habilidad.

Me quedé mudo de dolor y horror, mirando cómo Zumo de Naranja seguía golpeando a la hiena y tirándole de los pelos, pero en balde. La hiena le estaba aplastando la garganta entre los dientes. Me recordó a nosotros hasta el final: sus ojos expresaron un miedo tan humano, igual que sus gimoteos esforzados. Trató de subirse a la lona. La hiena la sacudió con violencia. Zumo de Naranja se cayó al fondo del bote con la hiena a la zaga. Oí los ruidos pero ya no vi nada.

Yo iba a ser el siguiente. De eso no me cabía ninguna duda. Me levanté con dificultad. Apenas veía nada debido a las lágrimas que me anegaban los ojos. Ni siquiera estaba llorando por mi familia ni por la muerte inminente. Estaba tan entumecido que no pude ni planteármelo. Lloraba de agotamiento, porque necesitaba descansar como fuera.

Fui a cruzar la lona. Aunque estaba tensa de un lado, estaba hundida en medio y di tres o cuatro pasos penosos, procurando no caerme. Tuve que pasar por encima de la red y de la lona enrollada. Y por si fuera poco, el bote no paraba de moverse de un lado al otro. Sintiéndome como me sentía, se me antojó un esfuerzo sobrehumano. Cuando finalmente apoyé el pie encima del banco transversal en medio del bote, la dureza tuvo un efecto vigorizante sobre mí, como si acabara de pisar tierra firme. Planté los dos pies en el banco y disfruté de la nueva solidez. Estaba mareado, pero teniendo en cuenta que estaba a punto de enfrentarme al momento capital de mi vida, los mareos aumentaron la sensación de sublimidad atemorizada. Levanté las manos hasta la altura del pecho, las únicas armas que poseía para defenderme de la hiena. Me miró. Tenía la boca roja. Zumo de Naranja estaba tendida a su lado, apoyada en la cebra. Tenía los brazos extendidos y las piernitas dobladas e inclinadas hacia un lado. Parecía una especie de Cristo simiesco en la cruz. Menos la cabeza. Estaba decapitada. Todavía le manaba sangre del cuello. Fue algo horrible de ver y me aniquiló el espíritu. Antes de abalanzarme sobre la hiena, para serenarme antes de la lucha final, miré hacia abajo.

Entre mis pies, justo debajo del banco, contemplé la cabeza de Richard Parker. Era inmensa. Desde mis sentidos aturdidos, la vi del mismo tamaño que el planeta Júpiter. Las patas parecían tomos de la *Enciclopedia Británica*.

Volví a la proa y me desplomé.

Pasé la noche delirando. Estaba convencido de que me había quedado dormido y de que me estaba despertando de un sueño en el que aparecía un tigre.

CAPÍTULO 48

Richard Parker adquirió su nombre debido a un error administrativo. Había una pantera que tenía atemorizada a toda la región de Khulna, en Bangladesh, en las afueras del bosque del Sundarbans. Hacía poco, se había llevado a una niña. Los únicos restos que hallaron de ella fue su mano minúscula, con un tatuaje de henna en la palma, y unas pulseras de plástico. Era la séptima víctima que había muerto en las garras del maleante en dos meses. Y se estaba volviendo más atrevido. La víctima anterior había sido un hombre que fue atacado en su propio campo a plena luz del día. La bestia lo arrastró hasta un bosque donde comió gran parte de su cabeza, la carne de su pierna derecha y las tripas. Encontraron el cadáver del hombre colgando en la horqueta de un árbol. Los aldeanos hicieron guardia esa noche para ver si sorprendían a la pantera y la mataban de una vez por todas, pero no apareció. El Departamento Forestal contrató un cazador profesional. Montó una plataforma oculta en un árbol cerca de un río donde habían tenido lugar los dos ataques anteriores. Ató una cabra a una estaca a la orilla del río. El cazador tuvo que esperar varias noches. Se imaginó que la pantera sería un macho viejo, gastado, con los dientes desafilados, incapaz de atrapar nada que corriera más que un ser humano. Pero lo que apareció una noche fue un tigre. Una hembra con un solo cachorro. La cabra baló. Curiosamente, el cachorro, que debía de tener unos tres meses, apenas hizo caso a la cabra. Se fue corriendo a la orilla del agua y empezó a beber con avidez. Su madre siguió su ejemplo. Entre el hambre y la sed, la sed siempre urge más. Hasta que no hubo saciado la sed, la tigresa no se volvió hacia la cabra para satisfacer su apetito. El cazador llevaba dos rifles: uno cargado con balas de verdad y el otro con dardos inmovilizantes. El animal no era el devorador de hombres que buscaba, pero estaba tan cerca de la civilización humana que podría representar una amenaza para los aldeanos, sobre todo porque tenía un cachorro. Cogió el rifle de los dardos. Disparó justo cuando iba a atacar a la cabra. La tigresa se encabritó, gruñó y salió corriendo. Sin embargo, los dardos inmovilizantes no provocan un sueño paulatino, como una buena taza de té, sino que tumban como una botella de whisky bebida de un trago. Un arranque de actividad por parte del animal acelera el efecto. El cazador llamó a sus ayudantes por el transmisor. Encontraron a la tigresa a unos doscientos metros del río.. Todavía estaba consciente. Las patas traseras le habían fallado y las delanteras estaban a punto de ceder bajo su peso. Cuando los hombres se acercaron, la tigresa intentó huir pero no pudo. Se volvió hacia ellos, levantando una pata con intención de matarlos, pero perdió el equilibrio. Se desplomó y el zoológico de Pondicherry se hizo con dos tigres nuevos. El cachorro se había escondido en un arbusto cercano y estaba maullando de miedo. El cazador, que se llamaba Richard Parker, lo cogió con las manos y, recordando la prisa que tenía por beber agua del río, lo bautizó con el nombre de Sediento. Pero el encargado de transportes de la estación de trenes de Howrah era un hombre claramente aturdido, pero aplicado. Todos los papeles que nos llegaron junto al cachorro estipulaban claramente que se llamaba Richard Parker, y que el cazador se llamaba Sediento de nombre, y No Especificado de apellido. Mi padre se rió de lo lindo del malentendido y el tigre se quedó con el nombre de Richard Parker.

Ignoro si Sediento No Especificado llegó a cazar la pantera que devoraba hombres.

CAPÍTULO 49

Por la mañana no podía ni moverme. Estaba tan cansado que no pude levantarme de la lona. Hasta reflexionar me resultaba agotador. Me concentré en poner mis ideas en orden. Finalmente, con la misma lentitud que una caravana de camellos que cruza el desierto, logré reunir unos cuantos pensamientos.

Hacía un día semejante al anterior, cálido y nublado, con nubes bajas y una brisa suave. Ya tenía un pensamiento. El barco se estaba meciendo. Ya tenía otro.

Por primera vez pensé en alimentarme. Llevaba tres días sin beber ni una gota, sin comer ni un bocado y sin dormir ni un minuto. El mero hecho de encontrar unos motivos que explicaran mi estado de debilidad me dio fuerzas.

Richard Parker seguía a bordo. En realidad, lo tenía justo debajo de donde estaba tendido. Aunque parezca extraño que este hecho requiriera consentimiento para ser verdad, tuve que deliberar mucho y evaluar varias cuestiones mentales y puntos de vista antes de concluir que no se trataba de un producto de mi imaginación, ni un recuerdo traspapelado, ni una fantasía ni otra falsedad por el estilo, sino un hecho sólido y real que había presenciado en un estado de debilidad y agitación aguda. La verdad iba a verse confirmada en cuanto me sintiera con ánimos de ir a investigar.

Por mucho que no comprendiera cómo había pasado dos días y medio en un bote salvavidas con un tigre de Bengala de más de doscientos kilos, era un enigma que tendría que desentrañar más tarde, cuando recuperara la energía. La proeza en sí iba a convertir a Richard Parker en el polizón más grande de toda la historia de la navegación, al menos desde el punto de vista proporcional. Desde la punta de la nariz hasta la punta de la cola, ocupaba una tercera parte del barco en el que se había colado.

Tal vez pienses que en ese momento perdí todas las esperanzas. Pues sí. Y a raíz de ello, me animé y me sentí mucho mejor. ¿No ocurre lo mismo en el deporte? El tenista rival empieza jugando muy bien pero poco a poco le flaquea la seguridad en sí mismo. El campeón acumula puntos. Sin embargo, en el último set, cuando al rival ya no le queda nada por perder, vuelve a relajarse y juega de forma despreocupada y atrevida. De repente empieza a jugar como un diablo y el campeón se ve obligado a hacer un gran esfuerzo para ganar los últimos puntos. Podría decirse que yo estaba en una situación similar. Si vencer a una hiena ya me parecía una posibilidad remota, la de dominar a Richard Parker era tan risible que no valía la pena ni preocuparme. Con un tigre a bordo, me esperaba una muerte segura. Una vez resuelto ese problema, había llegado el momento de ir a encontrar una solución para mi garganta reseca.

Estoy convencido de que lo que me salvó la vida aquella mañana fue el hecho de que me estaba muriendo literalmente de sed. Se me metió la palabra en la cabeza, y no pude pensar en otra cosa, como si la misma palabra contuviera sal y cuanto más pensara en ella, peor el efecto. He oído decir que en la clasificación de sensaciones imperiosas, el ansia de aire supera la de agua. Pero sólo durante unos minutos, digo yo. Después de unos minutos te mueres y las molestias de la asfixia desaparecen. La sed, por el contrario, es un asunto larguísimo. Vamos a ver, Cristo murió ahogado en la cruz, pero su única queja fue que tenía sed. Si la sed es tan debilitante que hasta Dios Encarnado reniega de ella, ¿cómo va a afectar a un mero humano? A mí me desquició. Jamás he experimentado un infierno comparable con el sabor putrefacto y la pastosidad que tenía en la boca, la presión insoportable que tenía en la garganta o la sensación de que mi sangre se estaba convirtiendo en un jarabe espeso que apenas me fluía por las venas. Francamente, en comparación, un tigre no era nada.

Así que relegué cualquier pensamiento acerca de Richard Parker a un segundo plano y fui en busca de agua sin temor.

La varita de zahorí me dio un buen tirón y brotó un manantial de agua fresca cuando se me ocurrió que un bote salvavidas tenía que estar provisto de víveres. Me pareció una suposición perfectamente razonable. ¿Qué clase de capitán iba a pasar por alto la seguridad de su tripulación? ¿Qué clase de proveedor de buques no iba a pensar en ganarse un dinero extra bajo la noble capa de salvar vidas? Ya no me cabía ninguna duda: había agua a bordo. Ahora sólo me quedaba encontrarla.

Pero eso significaba que tendría que moverme.

Conseguí arrastrarme hasta el centro del bote, hasta el borde de la lona. No fue nada fácil. Tuve la sensación de estar trepando a un volcán y que estaba a punto de asomarme al cráter donde iba a encontrarme con una caldera candente de lava naranja. Me tendí pegado a la lona. Asomé la cabeza encima del borde con cautela. No miré más allá de lo necesario. No conseguí ver a Richard Parker, pero a la hiena, sí. Había vuelto a su escondite detrás de lo que quedaba de la cebra. Me estaba mirando.

Ya no me daba ningún miedo. A pesar de que estuviera a apenas tres metros, el corazón no me dio ningún vuelco. La presencia de Richard Parker al menos había servido para algo. Al lado de un tigre, un canino se me antojó ridículo. Es como temer que se te clave una astilla cuando se está cayendo un bosque a tu alrededor. Me enojé con el animal.

—Eres un bicho feo y repugnante— masculló.

Si no me levanté a echarla del bote a palos, fue por falta de fuerzas y de palo, y no por falta de voluntad.

¿Percibió mi dominio, ese maldito animal? ¿Se dijo: «El superalfa me está mirando. Mejor que no me mueva»? No lo sé.

En cualquier caso, no se movió. De hecho, de la forma en que agachó la cabeza, parecía que quisiera esconderse de mí. Pero de bien poco iba a servirle. Pronto iba a recibir su merecido.

La presencia de Richard Parker también explicaba el comportamiento tan extraño de los animales. Ahora entendía por qué la hiena se había confinado a un espacio tan pequeño y ridículo detrás de la cebra y por qué había tardado tanto en matarla. Fue por temor a la gran bestia y por temor a tocar la comida de la gran bestia. La paz tirante y pasajera entre la hiena y Zumo de Naranja, y mi propia conmutación, se debían claramente a la misma razón: ante un predador tan superior, todos éramos presa, y el modo habitual de cazar se había visto afectado. Según pareció, la presencia de un tigre me había salvado de una hiena. Sin lugar a dudas, éste era un ejemplo de manual de salir de Guatemala para entrar en Guatepeor.

Pero la gran bestia no se estaba portando como una gran bestia, hasta tal punto que la hiena se había tomado ciertas libertades. Que la pasividad de Richard Parker hubiera durado tres días requería alguna explicación. Se me ocurrieron dos: por sedación o por mareo. Mi padre se había encargado de sedar regularmente a varios animales para reducir sus niveles de estrés. ¿Habría sedado a Richard Parker poco antes de que se hundiera el barco? ¿El susto del naufragio, es decir, los ruidos, caerse al agua, la lucha terrible para nadar hasta el bote salvavidas, habría intensificado el efecto del sedante? ¿El mareo se habría encargado del resto? Fueron las únicas explicaciones convincentes que me vinieron a la cabeza.

El porqué dejó de interesarme. Lo único que me importaba era conseguir agua.

Decidí hacer un inventario del bote salvavidas.

CAPÍTULO 50

Medía exactamente un metro siete centímetros de profundidad por dos metros cuarenta y cuatro centímetros de ancho por siete metros noventa centímetros de largo. Lo sé porque estaba escrito en letras negras en uno de los bancos laterales.

148

También decía que el bote salvavidas tenía cabida para un máximo de treinta y dos personas. Qué jolgorio tener que compartirlo con tanta gente, ¿no? No obstante, sólo éramos tres, y ya estaba abarrotado. El bote tenía una forma simétrica, con puntas redondeadas que apenas se distinguían entre ellas. La popa estaba provista de un pequeño timón fijo, poco más que una extensión posterior de la quilla. La proa, aparte de mi invento con el remo, se destacaba por una roda con la proa más patética y roma en toda la historia de la construcción naval. El casco estaba remachado y pintado de blanco.

Así era la parte exterior del bote. Por dentro, era menos espacioso de lo que uno pensaría, debido a los bancos laterales y los tanques de flotabilidad. Los bancos laterales se extendían de un extremo al otro del bote, uniéndose al final para formar bancos más o menos triangulares. En realidad, los bancos eran la superficie superior de los tanques de flotabilidad herméticos. Los bancos laterales medían cuarenta y seis centímetros de ancho y los de las puntas, noventa centímetros de fondo, así que el espacio abierto del bote salvavidas era de seis metros diez por un metro cincuenta y dos. Eso dejaría un territorio de casi nueve coma tres metros cuadrados para Richard Parker. Luego estaban los tres bancos transversales, incluyendo el que había sido destrozado por la cebra. Esos bancos tenían sesenta centímetros de ancho y se situaban espaciados uniformemente. Se encontraban a unos sesenta centímetros del fondo del bote, la altura que tendría Richard Parker antes de darse de cabeza contra el techo, para decirlo de alguna manera, si estuviera debajo de un banco. La lona le dejaría unos treinta centímetros más de margen contando la distancia entre la regala, que aguantaba la lona, y los bancos. En total podía contar con poco más que noventa centímetros, lo justo para ponerse de pie. El fondo era plano y estaba cubierto de tablas de madera tratada. Los costados verticales de los tanques de flotamiento subían de forma perpendicular al fondo. De este modo, aunque el bote tenía las puntas y los costados redondeados, el volumen interior era rectangular.

Parece ser que el naranja, un color simpático e hindú, es el color de la supervivencia porque todo el interior del bote, la lona, los chalecos salvavidas, el aro salvavidas, los remos y casi todos los objetos importantes que había a bordo eran de color naranja. Incluso los silbatos, de plástico y sin bolita, eran del mismo color.

A cada costado de la proa aparecían las palabras *Tsimtsum* y Panamá, escritas con mayúsculas severas, negras y latinas.

La lona consistía en una tela tratada y resistente que me irritaba la piel después de un rato. Estaba enrollada hasta un poco más allá del segundo banco transversal, de forma que uno de los bancos transversales estaba debajo de la lona en la guarida de Richard Parker; el del medio quedaba destapado, justo al final de la lona, y el tercero estaba roto y sepultado bajo el cadáver de la cebra.

Había seis toletes en la regala para poner los remos y cinco remos, ya que había perdido uno de ellos intentando alejar a Richard Parker. Tres estaban en uno de los bancos laterales, uno estaba en el otro y el último era el que había utilizado para fabricar mi proa salvavidas. No me fiaba de la utilidad de los remos como medio de propulsión. El bote no era precisamente un yate de carreras, sino una construcción pesada y sólida diseñada para flotar de forma impasible, no para navegar. Aun así, supongo que si hubiéramos sido treinta y dos personas, podríamos haber avanzado.

No me di cuenta de todos estos detalles, ni de muchos más, de forma inmediata. Me percaté de ellos con el tiempo y como consecuencia de la necesidad. Cada vez que me encontraba en la más desesperada de las situaciones desesperadas, ante un porvenir funesto, algo, un pequeño detalle se transformaba y lo veía en mi mente con otros ojos. Dejaba de ser la cosa pequeña que había sido para convertirse en el objeto más importante del mundo, lo que iba a salvarme la vida. Esto me pasó una y otra vez. Es verdad que la necesidad es la madre de la invención, es una gran verdad.

CAPÍTULO 51

No obstante, la primera vez que revisé el bote salvavidas, no vi el detalle que buscaba. Las superficies de la popa y de los bancos laterales eran continuas y estaban intactas, igual que los lados de los tanques de flotabilidad. El fondo era plano y estaba justo encima del casco; no cabía ningún alijo debajo. Estaba claro: no había ninguna taquilla, ni armario ni contenedor en ningún lado. Sólo superficies lisas de color naranja.

La estima que había tenido por los capitanes y los proveedores de buques flaqueó. Mis esperanzas de sobrevivir parpadearon. Seguía teniendo sed.

¿Y si los víveres estuvieran en la proa, debajo de la lona? Di media vuelta y volví sobre mis pasos. Me sentía como un lagarto disecado. Empujé la lona hacia abajo. Estaba muy tensada. Si la desenrollaba, podría acceder a unos víveres que tal vez estuvieran guardados debajo. Pero eso implicaba hacer una abertura en la guarida de Richard Parker.

No me quedaba más remedio. La sed me empujó hacia adelante. Muy lentamente, saqué el remo de debajo de la lona. Coloqué el salvavidas alrededor de la cintura. Dejé el remo en la proa. Me asomé por encima de la regala y, con los pulgares, empujé la cuerda que sujetaba la lona hacia arriba hasta que conseguí desengancharla. Me costó lo mío. Pero después del primer gancho, el segundo y el tercero saltaron con más facilidad. Hice lo mismo en el otro lado de la roda. La lona se aflojó bajo mis codos. Estaba tendido encima de ella, con las piernas en dirección a la popa.

La desenrollé un poco. Mi recompensa no se hizo esperar. La proa era igual que la popa; tenía un banco al final. Y encima de él, a algunos centímetros de la roda, había un pestillo que brillaba como un diamante. Vi el contorno de una tapa. El corazón me empezó a latir con fuerza. Desenrollé la lona un poco más. Miré por debajo. La tapa tenía una forma triangular, con las puntas redondeadas. Medía noventa centímetros de ancho y sesenta de fondo. En ese momento, vi una masa naranja. Me aparté rápidamente. Pero el color naranja no se estaba moviendo y el tono no cuadraba. Volví a mirar. No era un tigre. Era un chaleco salvavidas. Al fondo de la guarida de Richard Parker, había varios chalecos.

Un escalofrío me atravesó el cuerpo. Entre medio de los chalecos, parcialmente, como si lo viera a través de unas hojas, alcancé a ver por primera vez de forma clara y lúcida a Richard Parker. Vislumbré sus ancas, y parte de su espalda, el color leonado, las rayas y la inmensidad. Estaba tendido con la barri-

151

ga en el suelo mirando hacia la popa. Estaba quieto, aparte de las ijadas, que entraban y salían con cada aliento. Cuando me di cuenta de lo cerca que lo tenía, pestañeé de incredulidad. Estaba allí mismo, a sesenta centímetros. Si hubiera estirado el brazo, hubiera podido pellizcarle el trasero. Y entre nosotros sólo había una lona ligera que no costaría nada sortear.

—¡Dios me ampare!

Fue una súplica apasionada como ninguna, pero proferida con el más suave de los hálitos. Permanecí inmóvil.

Necesitaba encontrar agua. Bajé la mano y corrí el pestillo silenciosamente. Entonces abrí la tapa. Daba a una pequeña taquilla.

Acabo de mencionar la transformación mental de algunos detalles que acabaron salvándome la vida. Pues he aquí un ejemplo: la tapa estaba unida al banco con bisagras que estaban a un par de centímetros del borde, de forma que cuando abría la tapa, creaba una barrera que cerraba el espacio de casi treinta centímetros que quedaba entre la lona y el banco y a través del cual Richard Parker podía atacarme una vez hubiera apartado los chalecos salvavidas. Abrí la tapa hasta apoyarla en el remo que había dejado en la proa y el borde de la lona. Me arrastré hasta la roda y me coloqué de cara al bote, con un pie encima del borde de la taquilla abierta y el otro apoyado en la tapa. Si Richard Parker decidía atacarme desde abajo, tendría que empujar la tapa hacia mí. El empujón me alertaría y me ayudaría a caer hacia atrás al agua con el salvavidas. Si optaba por abalanzarse sobre mí desde el otro lado, es decir, pasando por encima de la lona desde la popa, estaba en la mejor posición posible para verlo y, igual que en el otro caso, de arrojarme al agua. Miré alrededor del bote. No había ningún tiburón a la vista. Miré hacia abajo entre las piernas. Creí que iba a desmayarme de alegría. La taquilla abierta resplandecía de objetos nuevos y brillantes. ¡Ah, qué maravilla la del producto manufacturado, el artefacto sintético, el objeto inventado! Ese momento de revelación material me produjo un placer intenso, una mezcla embriagadora de esperanza, sorpresa, incredulidad y gratitud revuelta, sin parangón. En mi vida me había sentido tan ebrio de felicidad, ni el día de Navidad, ni el de mi cumpleaños, en ninguna boda, en ningún *Diwali*, ni en cualquier otra ocasión de intercambio de regalos.

152

Mi mirada se detuvo inmediatamente en lo que estaba buscando. La envasen como la envasen, sea en una botella, en lata o en un envase de cartón, el agua es inconfundible. En el bote, el vino de la vida se servía en latas de color dorado claro que cabían perfectamente en la mano. «Agua potable» decía la etiqueta de cosecha con letras negras. «HP Foods, Ltd.» se llamaba la bodega. «500 ml» era el contenido. Había un montón de latas iguales, demasiadas para contar a simple vista.

Con la mano temblorosa me agaché y cogí una. Estaba fresquita y pesaba más de lo que me esperaba. La agité. La burbuja de aire en el interior hizo una especie de «*glub, glub, glub*» sordo. Estaba a punto de librarme de aquella sed diabólica. Sólo de pensarlo se me aceleró el corazón. Sólo me quedaba abrir la lata.

Vacilé. ¿Cómo iba a hacerlo?

Tenía una lata y por lo tanto, tenía que haber un abrelatas. Busqué en la taquilla. Estaba repleta de cosas. Hurgué un poco. Me estaba impacientando. Tanta expectación dolorosa había seguido su curso fructífero. Tenía que beber ahora mismo, ya. Si no, me moriría. No conseguí encontrar el instrumento deseado. Pero no había tiempo para más angustia derrochada. Tenía que actuar. ¿Podría abrirla con las uñas? Lo intenté. No pude. ¿Los dientes? No valía la pena ni probarlo. Miré al otro lado de la regala. Los ganchos de la lona. Eran cortos, romos y sólidos. Me arrodillé encima del banco y me incliné hacia delante. Sujeté la lata entre las dos manos y la golpeé con fuerza contra uno de los ganchos. Conseguí hacerle una buena abolladura. Repetí la misma acción. Otra abolladura al lado de la primera. A fuerza de abolladuras, lo conseguí. Apareció una perla de agua. La lamí. Giré la lata y golpeé el otro lado de la tapa contra el gancho para hacer otro agujero. Y funcionó. Logré hacer un agujero más grande. Me senté en la regala. Acerqué la lata a la cara. Abrí la boca. Incliné la lata.

Supongo que es posible imaginarse lo que sentí en aquellos instantes, pero dudo que sea posible describirlo. Al compás de mi garganta glotona, esa agua pura, deliciosa, bella y cristalina fluyó hasta mis venas. Vida líquida: eso es lo que fue. Apuré hasta la última gota de la lata, chupando el agujero para atrapar la humedad restante.

—¡Ahhhhhh! —suspiré, tirando la lata por la borda.

Entonces cogí otra lata. La abrí de la misma manera que la primera y el contenido desapareció con la misma rapidez. Esa lata también voló por la borda. Fui a por la siguiente, que también acabó en el océano poco después. Entonces me despaché otra. Sólo paré cuando hube bebido un total de cuatro latas, dos litros del más exquisito de los elixires. Quizá creas que un consumo tan brusco de líquido después de tantas horas de sed me sentaría mal. ¡Tonterías! Jamás me había sentido mejor. Me estaba transpirando la frente, un sudor fresco, limpio y refrescante. Todo yo, hasta los poros de la piel, se estaba regocijando.

Me invadió una sensación de bienestar. Tenía la boca húmeda y suave. Me olvidé por completo de la garganta. La piel se relajó. Las articulaciones se movían con más facilidad. El corazón se me antojó un tambor alegre y la sangre me empezó a fluir por las venas como una procesión de coches de una boda, tocando las bocinas a su paso por la ciudad. La fuerza y la flexibilidad volvió a mis músculos. Se me despejó la cabeza. Realmente, estaba volviendo a la vida después de la muerte. Fue una sensación gloriosa, gloriosa. Te diré una cosa: emborracharte con alcohol es vergonzoso, pero emborracharte con el agua es tan noble como eufórico. Me regodeé con la dicha y la plenitud durante varios minutos.

Entonces sentí un cierto vacío. Toqué el estómago. Era una cavidad dura y hueca. Un poco de comida me iría de maravilla. Un *masala dosai* con un poco de *chutney* de coco... ¡Mmmmm! Todavía mejor: *oothappam*. ¡HMM-MMM! ¡Santo cielo! Llevé las manos a la boca. ¡*Idli*! Sólo de pensarlo, sentí una punzada detrás de la mandíbula y la boca se me inundó de saliva. Me temblaba la mano derecha. Se estiró y, en mi imaginación, estuvo a punto de tocar las deliciosas bolas aplanadas de arroz medio hervido. Hundió los dedos en la masa hirviendo... Formó una bola con la salsa... Se acercó a la boca... Mastiqué... ¡Ay, qué dolor tan exquisito!

Me puse a buscar comida en la taquilla. Encontré siete cajas de Raciones de Supervivencia Estándar Seven Oceans de la lejana y exótica ciudad de Bergen, Noruega. El desayuno que tenía que compensar nueve comidas, y eso sin contar los tentempiés que solía darme mi madre, venía en un bloque denso y sólido de medio kilo, envasado al vacío en un plástico plateado que estaba cubierto de instrucciones en doce idiomas. En inglés decía que la ración consistía en dieciocho galletas enriquecidas con trigo, ¡grasa animal! y glucosa, y que no debía de consumirse más de seis en un período de veinticuatro horas. Era una lástima que contuvieran grasa animal, pero bajo las circunstancias excepcionales, la parte vegetariana de mí tendría que aguantarse.

En la parte superior aparecían las palabras: «Tire aquí», con una flecha negra que señalaba hacia el borde del plástico. Lo abrí fácilmente. Cayeron nueve galletas envueltas en papel de cera. Desenvolví una de ellas y se rompió en dos entre mis dedos. Dos galletas cuadradas, amarillentas, y aromáticas. Mordí una. Dios, ¿quién lo hubiera dicho? Nunca me lo hubiera imaginado. Era un secreto que me habían ocultado: ¡la cocina noruega era la mejor del mundo! Las galletas estaban buenísimas. Eran sabrosas, pero delicadas al paladar, ni demasiado dulces ni demasiado saladas. Se rompían entre los dientes con un crujido encantador. Mezcladas con saliva, formaban una pasta granular que hacía las delicias de la lengua y la boca. Y cuando tragaba, el estómago sólo alcanzaba a decir una palabra: «¡Aleluya!».

Me pulí el paquete entero en pocos minutos, los papeles de cera volando por los aires. Contemplé la idea de abrir otro paquete cuando se acabó el primero, pero me lo pensé mejor. Un poco de compostura no me iba a hacer ningún daño. Además, con el medio kilo de ración que tenía en la panza, estaba bastante lleno.

Decidí que debía mirar exactamente qué había en el baúl de tesoros que tenía a mis pies. La taquilla era grande, más que la tapa. El espacio interior se extendía hasta el casco y ocupaba parte de los bancos laterales. Metí los pies dentro de la taquilla y me senté en el borde con la espalda apoyada en la roda. Conté las cajas de galletas Seven Oceans. Acababa de comerme una y todavía quedaban treinta y una. Según las instrucciones, cada caja de 500 gramos alimentaría un superviviente durante tres días. Eso quería decir que tenía comida para... 31 x 3... ¡noventa y tres días! Las instrucciones también aconsejaban que los supervivientes no ingirieran más de medio litro de agua al día. Conté las latas. Había ciento veinticuatro. Así que tenía líquido para ciento veinticuatro días. Nunca me había alegrado tanto de un cálculo tan sencillo.

¿Qué más tenía? Hundí la mano en la taquilla y saqué un objeto magnífico detrás de otro. Cada uno, fuera el que fuera, me alivió. Tan acuciante era mi necesidad de compañía y consuelo que la atención requerida para elaborar cada uno de estos productos fabricados en serie se me antojó una atención especial exclusiva para mí. Masculé repetidas veces:

—¡Gracias! ¡Gracias! ¡Gracias!

CAPÍTULO 52

Tras una investigación a fondo, hice un inventario completo:

- 192 pastillas para el mareo
- 124 latas de agua fresca de 500 mililitros cada una
- 32 bolsas para vómitos
- 31 cajas de raciones de emergencia de 500 gramos cada uno, o sea 15,5 kilos en total
- 16 mantas de lana
- 12 alambiques solares
- Aproximadamente 10 chalecos salvavidas, provistos de un silbato naranja sin bolita y atados con una cuerda
- 6 jeringas de morfina en ampolla
- 6 bengalas de mano
- 5 remos boyantes
- 4 bengalas cohetes con paracaídas
- 3 bolsas transparentes de plástico resistente de unos 50 litros cada una
- 3 abrelatas
- 3 vasos de vidrio graduado
- 2 cajas de cerillas impermeables
- 2 señales de humo boyantes de color naranja
- 2 cubos medianos de plástico de color naranja
- 2 cubetas de achique flotantes de color naranja

- 2 recipientes polivalentes de plástico con tapas herméticas
- 2 esponjas rectangulares de color amarillo
- 2 cuerdas sintéticas boyantes, de 50 metros cada una
- 2 cuerdas sintéticas no boyantes, de longitud no especificada, pero de un mínimo de 30 metros cada una
- 2 equipos de pesca, con anzuelos, sedales y plomos
- 2 picos cangrejo, con anzuelos de púas muy puntiagudas
- 2 anclas flotantes
- 2 hachas de mano
- 2 colectores de agua de lluvia
- 2 bolígrafos de color negro
- 1 red de carga de nylon
- 1 aro salvavidas con un diámetro interior de 40 centímetros y un diámetro exterior de 80 centímetros, atado con una cuerda
- 1 cuchillo de caza con el mango sólido, un extremo puntiagudo, un filo liso afilado y el otro de dientes de sierra atado con una cuerda larga a un aro dentro de la taquilla
- 1 costurero provisto de agujas rectas y curvas y hilo blanco resistente
- 1 botiquín de primeros auxilios en un maletín impermeable
- 1 espejo de señalización
- 1 paquete de cigarrillos chinos con filtro
- 1 barra de chocolate negro
- 1 manual de supervivencia
- 1 brújula
- 1 libreta de 98 hojas con renglones
- 1 niño completamente vestido menos un zapato perdido
- 1 hiena manchada
- 1 tigre de Bengala
- 1 bote salvavidas
- 1 océano
- 1 Dios

Comí una cuarta parte de la barra de chocolate. Inspeccioné uno de los colectores de agua de lluvia. Se trataba de un artefacto que parecía un paraguas invertido con una buena bolsa de colección y un tubo de conexión de goma.

Crucé los brazos encima del salvavidas que me rodeaba la cintura, bajé la cabeza y me quedé profundamente dormido.

CAPÍTULO 53

Pasé toda la mañana durmiendo. Me despertó la ansiedad. La avalancha de comida, agua y descanso que recorrían mi sistema debilitado, además de devolverme a la vida, me habían dado las fuerzas necesarias para comprender la gravedad de mi situación. Abrí los ojos para encontrarme con la realidad de Richard Parker. Había un tigre en el bote salvavidas. Apenas podía creerlo y sin embargo, sabía que tenía que hacerlo. Y tenía que salvarme a mí mismo.

Sopesé la posibilidad de arrojarme al agua y empezar a nadar, pero mi cuerpo se negaba a moverse. Estaba a cientos de kilómetros de la costa, para no decir miles. No iba a poder nadar tantos kilómetros, aun provisto de un salvavidas. ¿Qué iba comer? ¿Qué iba a beber? ¿Cómo iba a protegerme de los tiburones? ¿Cómo iba a entrar en calor? ¿Cómo iba a saber en qué dirección debía nadar? Sin la más mínima sombra de duda, si dejaba el bote salvavidas, me esperaba una muerte segura. Pero si me quedaba a bordo, ¿qué? Vendría a por mí de una forma típicamente felina: con mucho sigilo. Antes de que pudiera reaccionar, me agarraría por la nuca o el cuello y me perforaría con sus colmillos. La vida se me apagaría sin poder decir unas últimas palabras. Si no, me mataría a zarpazos, rompiéndome el cuello.

—Voy a morir —dije con los labios temblorosos.

La muerte inminente ya es bastante terrible de por sí, pero es mucho peor si te sobra tiempo, tiempo en el que se hace patente toda la felicidad que ha sido tuya y toda la felicidad que podría haber sido tuya. Ves todo lo que te estás perdiendo con una nitidez abrumadora. Semejante visión te llena de una tristeza opresiva que no se puede equiparar con un coche que está a punto de atropellarte o el saber que el agua que te rodea va a ahogarte. Es una sensación realmente insufrible. Las palabras «padre», «madre», «Ravi», «India» y «Winnipeg» me rondaban como un dolor punzante.

Estaba a punto de rendirme. De hecho, me habría rendido si no fuera por una voz en mi interior que me decía: «No moriré. Me niego. Superaré esta pesadilla. Sobreviviré, cueste lo que me cueste. Hasta ahora lo he conseguido, de milagro. Ahora convertiré el milagro en rutina. Lo increíble será mi pan de cada día. Haré el trabajo que haga falta, por muy duro que sea. Sí, porque siempre que Dios esté a mi lado, no moriré. Amén».

Adopté una expresión adusta y resuelta. Lo digo con toda la modestia del mundo, pero en aquel instante descubrí que tengo una voluntad férrea para vivir. No es algo tan evidente, en mi experiencia. Algunos se rinden con un suspiro de resignación. Otros luchan un poco, y luego pierden esperanzas. Otros, y me incluyo entre ellos, nunca se rinden. Luchamos y luchamos y luchamos. Luchamos no importa lo que cueste la batalla, las pérdidas, la poca probabilidad de vencer. Luchamos hasta el final. No se trata de coraje. Es algo constitucional, una incapacidad de abandonar. Tal vez sólo se deba a la sandez de ansiar la vida.

Richard Parker se puso a rugir en ese preciso momento, como si hubiera estado esperando un contrincante digno. El pecho se me encogió de miedo.

—Rápido, hombre, rápido —resollé.

Tenía que organizar mi supervivencia. No podía perder ni un segundo. Necesitaba refugiarme inmediatamente. Pensé en la proa que había hecho con el remo. Sin embargo, había desenrollado la lona desde la proa y no tenía nada que lo mantuviera firme. Tampoco tenía ninguna prueba de que el hecho de colgarme del remo fuera a protegerme de Richard Parker. Quizás extendiera una pata y me alcanzara. Las ideas me agolpaban la cabeza.

Construí una balsa. Los remos, como recordarás, flotaban. Y contaba con chalecos salvavidas y un aro salvavidas sólido y resistente.

Con la respiración contenida, cerré la tapa de la taquilla e introduje la mano por debajo de la lona para coger los remos restantes de los bancos laterales. Richard Parker se dio cuenta. Lo veía a través de los chalecos salvavidas. A medida que fui sacando cada remo, con un cuidado que ya podrás imaginarte, reaccionó desplazándose ligeramente. Pero no se volvió. Conseguí sacar tres remos. Había otro donde lo había dejado en la lona. Subí la tapa de la taquilla para cerrarle el paso a Richard Parker.

Tenía cuatro remos boyantes. Los coloqué en la lona alrededor del aro salvavidas. El salvavidas estaba encerrado en un cuadrado formado por los remos. Mi balsa parecía un juego de tres en raya con una O en el centro, como si fuera la primera jugada.

Ahora tocaba la parte más peligrosa. Me hacía falta los chalecos. Los rugidos de Richard Parker se habían convertido en un estruendo que sacudía el aire. La respuesta de la hiena fue un gañido agudo y tembloroso, un augurio de que iba a haber problemas.

Mi única opción era seguir adelante. Tenía que tomar medidas. Volví a bajar la tapa de la taquilla. Los chalecos estaban al alcance de la mano. Algunos estaban justo al lado de Richard Parker. La hiena se puso a chillar.

Traté de coger el chaleco que me quedaba más cerca. Me costó agarrarlo de lo que me temblaba la mano. Lo saqué. Richard Parker no pareció darse cuenta. Saqué el segundo. Y el tercero. Estaba desfallecido de miedo. Apenas podía respirar. Si fuera necesario, me recordé, podría lanzarme al agua. Saqué otro. Ya tenía cuatro chalecos salvavidas.

Tiré de los remos uno por uno hasta pasarlos por los brazos de los chalecos salvavidas, introduciéndolos por un agujero y sacándolos por el otro, para que los chalecos estuvieran bien sujetos a cada una de las cuatro esquinas de la balsa. Entonces los abroché.

Encontré una de las cuerdas boyantes en la taquilla. Corté cuatro trozos con el cuchillo. Amarré los cuatro remos en el punto en que se cruzaban. ¡Ojalá hubiera tenido más conocimientos de hacer nudos! En cada esquina hice diez nudos y aun así temía que se desharían. Trabajé febrilmente, maldiciendo mi simpleza. ¡Tenía un tigre a bordo y había esperado tres días y tres noches para salvarme la vida!

Corté cuatro trozos más de la cuerda y até el aro salvavidas a cada uno de los lados del cuadrado. Pasé la cuerda del salvavidas por los chalecos y alrededor de los remos y del salvavidas hasta asegurarme de que la balsa entera estaba bien atada, por precaución a que se desmontara.

La hiena estaba chillando a voz en cuello.

Ahora sólo me quedaba una cosa por hacer.

—Dios me conceda el tiempo —imploré.

Cogí el resto de la cuerda boyante. Cerca de la parte superior de la roda había un agujero. Introduje la cuerda por el agujero e hice un nudo. Ahora sólo me faltaba atar el otro extremo de la cuerda a la balsa y quizás consiguiera salvarme.

La hiena se calló. El corazón me dio un vuelco y entonces se puso a latir a velocidad triple. Me volví.

—¡Jesús, María, Mahoma y Vishnu!

Vi algo que permanecerá en mi memoria durante el resto de mis días. Richard Parker se había levantado y había salido a cubierta. Estaba a menos de cinco metros de mí. Y vaya, era enorme. La hiena estaba condenada a morir y yo también. Me quedé clavado, paralizado, subyugado a la acción que estaba viendo. Mi experiencia breve en las relaciones que se establecen entre animales salvajes y libres en los botes salvavidas me había hecho creer que habría mucho ruido y protestas cada vez que se derramara sangre. Pero esta vez, la muerte se distinguió por su silencio. La hiena murió sin gañir ni gimotear y Richard Parker la mató sin hacer ningún ruido. El carnívoro del color de las llamas apareció de debajo de la lona y se abalanzó sobre la hiena. La hiena estaba apoyada en el banco de la popa, detrás del cadáver de la cebra, petrificada. Ni siquiera intentó oponer resistencia, sino que se agachó y levantó una pata en un intento inútil de defenderse. Tenía cara de estar totalmente aterrorizada. Una enorme garra le cayó encima de un hombro. La quijada de Richard Parker se cerró en un lado del cuello de la hiena. Se le salían los ojos vidriosos de las órbitas. Oí un crujido orgánico mientras le aplastaba la tráquea y la médula espinal. La hiena tembló. Sus ojos perdieron brillo. Había terminado.

Richard Parker la soltó y gruñó, pero se me antojó un gruñido tranquilo, displicente y privado. Estaba jadeando con la lengua fuera. Se relamió. Sacudió la cabeza. Olfateó la hiena muerta. Levantó la cabeza y olisqueó el aire. Colocó las garras delanteras encima del banco de la popa y se subió encima de las patas traseras. Tenía los pies completamente separados. El movimiento del barco, aunque suave, claramente no era de su agrado. Miró más allá de la regala al mar abierto. Soltó un rugido grave y malhumorado. Volvió a olisquear el aire. Volvió la cabeza lentamente. La volvió y la volvió y la volvió un poco más hasta clavar la mirada en mí.

Ojalá pudiera describir qué pasó a continuación, no cómo lo vi, ya que tal vez consiga hacerlo, sino cómo lo viví. Estaba viendo a Richard Parker desde un ángulo que hacía máximo alarde de su esplendor: desde detrás, medio de pie y con la cabeza girada. La postura casi parecía una pose, como si fuera un despliegue intencionado, incluso afectado, de arte imponente. ¡Y qué arte, Dios, qué imponencia! Su mera presencia era abrumadora, e igual de evidente era su elegancia y agilidad. Era increíblemente musculoso y sin embargo, tenía las ancas delgadas y el pelaje brillante le quedaba como suelto. Y el cuerpo, de un color naranja marronoso brillante con rayas verticales negras, era incomparablemente bello, de confección digna de un sastre por la armonía entre el pecho y la panza níveos y los anillos negros de su cola larguísima. Tenía la cabeza grande y redonda, con unas patillas formidables, una perilla distinguida y los bigotes más espléndidos del reino felino: abundantes, largos y blancos. Encima de su cabeza se asomaban las orejas, pequeñas y expresivas, como dos arcos perfectos. El rostro de color naranja zanahoria resaltaba su caballete amplio y su nariz rosa, y estaba maquillado con elegancia y descaro. Alrededor del rostro había unos toques negros ondulados que creaban un dibujo llamativo, pero sutil, dado que hacía resaltar todavía más la única parte de la cara que no tenía ningún trazo negro: el caballete, cuyo lustre rojizo casi resplandecía. Las manchas blancas encima de los ojos, en las mejillas y alrededor de la boca eran toques finales dignos de un bailarín *Kathakali*. El resultado era una cara que parecía las alas de una mariposa, con un semblante vagamente viejo y chino. Pero cuando los ojos de color ámbar se posaron en los míos, la mirada fue intensa, fría e inmutable, ni frívola ni amigable, y expresaba una serenidad a punto de explotar de rabia. Le temblaron las orejas. Entonces dieron una vuelta entera. Empezó a subir y bajar el labio superior. El colmillo que me mostró con tan coqueta timidez era igual de largo que el más largo de mi dedos.

Se me erizó cada pelo del cuerpo, chillando de miedo.

Entonces apareció la rata. Una rata marrón y escuálida apareció de la nada encima del banco lateral, nerviosa y sin resuello. Richard Parker parecía más sorprendido que yo. La rata saltó a la lona y vino corriendo hacia mí. Sólo de verla, por el susto y la sorpresa, se me cedieron las piernas y me caí dentro de la taquilla. Ante mis ojos atónitos, la rata pasó por encima de varias partes del bote salvavidas, saltó encima de mí y trepó hasta lo alto de mi cabeza, donde me clavó las uñas, aferrándose desesperadamente.

Los ojos de Richard Parker habían seguido a la rata. Ahora los tenía clavados en mi cabeza.

Completó el giro de la cabeza con un giro lento del cuerpo, desplazando las garras por el banco lateral, hasta colocarlas en el fondo del bote con una soltura parsimoniosa. Le veía la coronilla, la espalda y la cola larga y curvada. Tenía las orejas pegadas a la cabeza. Con tres pasos, llegó al centro del bote. Sin esfuerzo alguno, levantó la mitad delantera del cuerpo y colocó las garras encima del borde enrollado de la lona.

Estaba a poco más de tres metros. La cabeza, el pecho, las garras tan grandes, ¡tan grandes! Los colmillos... Tenía un batallón entero en la boca. Hizo ademán de subirse a la lona. Ya me había llegado la hora.

Pero la textura blanda y extraña de la lona parecía molestarlo. La tocó con la garra, inseguro. Levantó la vista con inquietud. No le hacía ninguna gracia estar expuesto a tanta luz ni a tanto espacio abierto. Y el movimiento del barco lo seguía desconcertando. Durante un momento breve, Richard Parker vaciló.

Cogí la rata y la arrojé en su dirección. Todavía lo recuerdo perfectamente. Voló hacia él, con las uñas extendidas, la cola tiesa, el escroto minúsculo y el ano, un puntito. Richard Parker abrió las fauces y la rata y sus chillidos desaparecieron en ellas como una pelota de béisbol en la manopla de un receptor. La cola pelada se desvaneció como un espagueti succionado hasta la boca.

Pareció satisfecho con la ofrenda. Reculó y volvió a su guarida debajo de la lona. Mis piernas volvieron a ponerse en marcha. Me levanté de un brinco y fui a subir la tapa de la taquilla para cerrar el espacio abierto entre el banco de la proa y la lona.

Oí un resoplido y como si arrastraran un cuerpo. El peso de Richard Parker hizo mecer el bote salvavidas. Entonces oí el ruido de una boca al comer. Miré por debajo de la lona. Estaba en el centro del bote, comiéndose la hiena a pedazos con voracidad. Era una oportunidad única. Extendí la mano y cogí los seis salvavidas restantes y el último remo. Me ayudarían a mejorar la balsa. Percibí un olor extraño. No era el olor agudo a orina de gato. Era vómito. Había una mancha en el fondo del bote. Debía de ser de Richard Parker. Efectivamente, estaba mareado.

Enganché la cuerda larga a la balsa. Ahora, el bote salvavidas y la balsa ya estaban amarradas. Luego até un chaleco salvavidas a cada lado de la balsa, en la parte inferior. Até otro chaleco alrededor del agujero en el aro salvavidas para que me sirviera de asiento. Convertí el último remo en un reposapiés, amarrándolo a uno de los lados de la balsa, a aproximadamente sesenta centímetros del aro salvavidas. Luego le até el último chaleco salvavidas. Me temblaban los dedos mientras trabajaba, y respiraba de forma entrecortada y sofocada. Comprobé y recomprobé todos los nudos.

Miré a mi alrededor. Sólo vi oleajes grandes, pero mansos. No había cabrillas. El viento era suave y constante. Miré hacia abajo. Había peces, peces grandes con la frente prominente y una aleta dorsal muy larga, conocidos como dorados, y algunos peces más pequeños, largos y magros que desconocía. Luego había unos todavía más pequeños y por último, tiburones.

Deslicé la balsa cuidadosamente al agua. Si por alguna razón no flotara, ya me podía dar por muerto. Se acopló al agua de maravilla. De hecho, la flotabilidad de los chalecos era tanta que empujaban los remos y el salvavidas fuera del agua. Pero se me cayó el alma a los pies. En cuanto la balsa tocó el agua, todos los peces se dispersaron, menos los tiburones. Ellos se quedaron justamente donde estaban. Tres o cuatro, debía de haber. Uno pasó por debajo de la balsa. Richard Parker gruñó.

Me sentía como un preso en manos de unos piratas, a punto de caerme de la tabla.

Arrimé la balsa lo más cerca que pude al bote salvavidas, hasta donde las puntas de los remos me lo permitían. Extendí los brazos y apoyé las manos encima del aro salvavidas. A través de las «grietas», o mejor dicho, las enormes hendiduras, veía directamente la profundidad infinita del mar. Richard Parker volvió a gruñir. Me desplomé encima de la balsa, boca abajo. Me quedé tendido con los brazos y piernas abiertos y no moví ni un pelo. Estaba convencido de que la balsa iba a dar la vuelta en cualquier momento. O que vendría un tiburón a atacarme y atravesaría los chalecos salvavidas y los remos. Pero no ocurrió nada por el estilo. La balsa se hundió un poco más en el agua, se balanceó y cabeceó y las puntas de los remos se metieron en el agua, pero siguió flotando sólidamente. Los tiburones se acercaron, pero ninguno me tocó.

Percibí un suave tirón. La balsa se giró un poco. Levanté la cabeza. La cuerda entre el bote y la balsa ya había llegado al tope de distancia, unos doce metros. La cuerda se tensó y salió del agua, temblando en el aire. Fue una imagen muy penosa. Había huido del bote salvavidas para no morir. Ahora quería volver. Este asunto de la balsa era demasiado precario. Con un buen mordisco de tiburón, una ola grande o algún golpe que aflojara el nudo, estaría perdido. Comparado con la balsa, el bote se me antojó un remanso de confort y seguridad.

Me levanté con cautela. Me senté. La estabilidad, de momento, era buena. El reposapiés funcionaba, pero todo me quedaba demasiado pequeño. Tenía el espacio justo para sentarme, y ya está. Esta balsa de juguete, minibalsa, microbalsa, tal vez sirviera para un estanque, pero no para el océano Pacífico. Agarré la cuerda y la tiré. Cuanto más me fui acercando al bote, más lento tiré. Cuando conseguí arrimarme al bote, oí a Richard Parker. Todavía estaba comiendo.

Vacilé durante unos largos minutos.

Me quedé encima de la balsa. No veía otra salida. Mis opciones eran muy limitadas. O bien podía instalarme encima de la guarida de Richard Parker, o seguir cernido sobre los tiburones. Sabía perfectamente bien el peligro que suponía Richard Parker. Los tiburones, empero, todavía no habían mostrado su lado agresivo. Revisé los nudos que unían el bote con la balsa. Fui soltando la cuerda hasta quedarme a unos diez metros del bote salvavidas, la distancia que más o menos equilibraba mis dos miedos: el de estar demasiado cerca de Richard Parker y el de estar demasiado lejos del bote salvavidas. Envolví la cuerda sobrante al remo que me servía de reposapiés. No me costaría soltarla si hiciera falta.

Caía la noche. Empezó a llover. Había hecho un día nublado y cálido. Pero la temperatura bajó y empezó a caer un aguacero frío y constante. A mi alrededor oía las gotas de agua fresca pesadas y derrochadas al chocar contra el mar, dejando hoyuelos en las olas. Volví a tirar de la cuerda. Cuando llegué a la proa, me arrodillé y me agarré a la roda. Me erguí encima de las rodillas y eché un vistazo muy precavido encima de la regala. No lo veía por ninguna parte.

Rápidamente metí la mano dentro de la taquilla. Saqué un colector de agua de lluvia, una bolsa de plástico de cincuenta litros, una manta y el manual de supervivencia. Cerré la tapa de un golpe. No tenía ninguna intención de cerrarla de un golpe, sólo pretendía proteger mis objetos valiosos de la lluvia, pero la tapa se me resbaló de las manos. Fue un error grave. En el mismo acto de descubrirme a Richard Parker al bajar lo que le había estado tapando la vista, había causado un estrépito que había llamado su atención. Richard Parker estaba agachado encima de la hiena. Volvió la cabeza al instante. A muchos animales les molesta que los interrumpan mientras comen. Richard Parker gruñó. Tensó las zarpas. La punta de la cola se movió de forma eléctrica. Me caí hacia atrás encima de la balsa, y creo que la distancia que se abrió entre el bote y la balsa se debió más al miedo que al viento y la corriente. Solté toda la cuerda. Estaba esperando ver a Richard Parker salir disparado del bote y volar por el aire hacia la balsa con los dientes y las zarpas extendidas hacia mí. No aparté los ojos del bote. Cuanto más miraba, más insoportable se me hizo la espera.

No apareció.

Cuando hube conseguido abrir el colector de agua de lluvia encima de la cabeza y meter los pies dentro de la bolsa de plástico, ya estaba calado hasta los huesos. Y la manta se había mojado cuando me había caído hacia atrás encima de la balsa. De todas maneras, me envolví en ella.

Estaba oscureciendo. Mis alrededores desaparecieron en la negrura. Lo único que me confirmaba que la balsa seguía amarrada al bote fueron los tirones regulares. El mar, a pocos centímetros de mis ojos pero demasiado lejos para verlo, zarandeó la balsa. El agua subía como dedos, entrando sigilosamente por las grietas y mojándome el trasero.

CAPÍTULO 54

No dejó de llover en toda la noche. Lo pasé fatal y apenas conseguí dormir. Hubo mucho ruido. Las gotas que caían dentro del colector de lluvia tamborilearon sin cesar y a mi alrededor, desde la oscuridad más allá, oí los silbidos de la lluvia, como si estuviera en medio de un nido inmenso de serpientes iracundas. Los cambios en la dirección del viento también cambiaron la dirección de la lluvia, de modo que las partes de mi cuerpo que habían empezado a entrar en calor acabaron empapadas de nuevo. Cada vez que movía el colector de lluvia, volvía a cambiar la dirección del viento, y me llevaba otro disgusto más. Traté de proteger una pequeña parte de mí del frío y de la lluvia. Había extendido el manual de supervivencia encima del pecho, pero la humedad se extendió con una determinación aviesa. Pasé la noche entera temblando de frío y temiendo por si se desataba la balsa, por si los nudos que me unían con el bote se deshacían, por si me atacaba un tiburón. Con las manos, volví a revisar todos los nudos y los amarres una y otra vez, tratando de leerlos del mismo modo que un invidente lee braille.

A medida que avanzaba la noche, la lluvia se fue haciendo más intensa y el mar, más agitado. Los tirones de la cuerda del bote se convirtieron en sacudidas y el movimiento de la balsa se volvió cada vez más pronunciado y errático. Siguió flotando, levantándose por encima de cada ola, pero teniendo en cuenta que carecía de francobordo, la cresta de cada ola me pasaba por encima al deshacerse, como un río que se bate contra una roca. El agua no estaba tan fría como la lluvia, pero el resultado fue que no hubo ni un centímetro de mi cuerpo que permaneciera seco esa noche.

Por lo menos bebí. No tenía sed pero me obligué a beber.

El colector de agua de lluvia parecía un paraguas invertido, un paraguas soplado del revés por el viento. La lluvia se deslizaba hasta el centro, donde caía por un agujero. El agujero estaba conectado por un tubo de goma a una bolsa de captación hecha de un plástico transparente y resistente. Al principio, el agua tenía un sabor a goma, pero la lluvia no tardó en enjuagar la bolsa y al cabo de un rato, ya sabía bien.

Durante esas horas largas, frías y oscuras, cuando el golpeteo de la lluvia se me hizo ensordecedor y el mar silbaba y se revolvía y se agitaba a mi alrededor, me aferré a un pensamiento: Richard Parker. Urdí varios planes para deshacerme de él y hacerme con el bote salvavidas.

Plan Número Uno: Tirarlo al agua. ¿De qué me serviría? Aun si lograba empujar a más de doscientos kilos de animal vivo y feroz por la borda, los tigres saben nadar, y bien además. En el Sundarbans se han visto casos de tigres que han llegado a nadar ocho kilómetros en aguas abiertas y picadas. Si de repente se encontrara en el agua, Richard Parker se limitaría a mantenerse a flote, subirse de nuevo a bordo y hacerme pagar con creces mi traición.

Plan Número Dos: Matarlo con las Seis Jeringas de Morfina. Pero no tenía ni idea del efecto que surtiría. ¿Tendría suficientes para matarlo? ¿Y cómo se suponía que iba a introducirle la morfina en las venas? Aunque concibiera la posibilidad de sorprenderlo una vez, durante un segundo, igual que había ocurrido con su madre cuando la habían atrapado, la idea de sorprenderlo durante el tiempo que hiciera falta para inyectarle seis jeringas consecutivas... Imposible. A cambio de un pinchazo, recibiría un cachete que me arrancaría la cabeza.

Plan Número Tres: Atacarlo con Todas las Armas Disponibles. Un plan irrisorio. Ni que fuera Tarzán. Era una forma de vida vegetariana, raquítico y endeble. En la India, hacía falta subirse a un elefante con un rifle potente para matar un tigre. ¿Cómo iba a hacerlo aquí? ¿Disparándole una bengala cohete en la cara? ¿Atacándolo con un hacha en cada mano y el cuchillo en la boca? ¿Torturándolo con agujas de coser rectas y curvas? Si conseguía hacerle un arañazo, ya sería toda una proeza. A cambio, él me despedazaría extremidad a extremidad, órgano a órgano. Pues si hay algo más peligroso que un animal sano, es un animal herido.

Plan Número Cuatro: Estrangularlo. Tenía cuerda. Si me plantaba en la proa y conseguía atar la cuerda a la popa y rodearle el cuello con una soga, cuando viniera a atacarme, yo podría tirar de la cuerda mientras él tiraba en la dirección contraria. De este modo, en el intento de matarme, se estrangularía solo. Un plan perspicaz y suicida.

Plan Número Cinco: Envenenarlo, Prenderle Fuego, Electrocutarlo. ¿Cómo? ¿Con qué?

Plan Número Seis: Hacerle una Guerra de Desgaste. Sólo tenía que dejar que las leyes implacables de la naturaleza siguieran su curso y estaría a salvo. Esperar a que se consumiera y se muriera no supondría ningún esfuerzo por mi parte. Yo contaba con víveres que me durarían meses. ¿Y él? Sólo tenía un par de animales muertos que iban a echarse a perder en poco tiempo. ¿Entonces qué comería? Mejor aún: ¿de dónde iba a sacar agua? Quizás aguantara semanas sin comida pero ningún animal, por muy poderoso que sea, puede vivir sin agua durante un período prolongado de tiempo.

Una pequeña llama de esperanza se prendió en mi interior, como una vela en la noche. Había elaborado un plan y era bueno. Sólo tenía que sobrevivir para llevarlo a cabo.

CAPÍTULO 55

Rompió el alba, y las cosas empeoraron, pues con la primera luz del día vislumbré lo que antes sólo había sentido, las inmensas cortinas de agua que caían encima de mí desde alturas inimaginables y las olas que me atropellaban una detrás de otra.

Con los ojos apagados, una mano agarrada al colector de agua de lluvia y la otra aferrada a la balsa, seguía esperando, tembloroso y entumecido.

Un rato después, con una brusquedad realzada por el silencio que vino después, dejó de llover. El cielo se despejó y las olas huyeron a la zaga de las nubes. El cambio fue igual de rápido y radical que cuando cruzas la frontera entre dos países por tierra. Me había adentrado en otro océano. En cuestión de minutos, el sol se quedó solo en el cielo y el océano se convirtió en una capa lisa que reflejaba la luz de un millón de espejos.

Estaba agarrotado, extenuado y me dolía todo. Ni siquiera me alegré de que estuviera vivo. Las palabras «Plan Número Seis, Plan Número Seis, Plan Número Seis» resonaban en mi cabeza como un mantra y me procuraron un consuelo tenue, aunque por nada del mundo era capaz de recordar de qué se trataba el Plan Número Seis. El calor empezó a penetrarme los huesos. Cerré el colector de agua de lluvia, me envolví en la manta y me acurruqué de lado de forma que ninguna parte del cuerpo entrara en contacto con el agua. Me dormí. No tengo ni idea de cuántas horas pasé durmiendo. Me desperté a media mañana, con calor. La manta ya estaba casi seca. Había dormido de forma breve, pero profunda. Me apoyé sobre el codo.

A mi alrededor sólo veía una superficie llana, infinita, un paisaje vasto de color azul. No había nada que me obstruyera la vista. La inmensidad me golpeó como un puñetazo en el estómago. Me caí hacia atrás, sin resuello. La balsa parecía un chiste de mal gusto. Sólo consistía en unos cuantos palillos y un pedazo de corcho atados con un hilo. El agua entraba por cada una de las grietas. La profundidad que tenía a mis pies hubiera mareado hasta a un pájaro. Contemplé el bote salvavidas. Parecía la mitad de una miserable cáscara de nuez. Se aferraba al agua como lo harían unos dedos al borde de un precipicio. Sólo era cuestión de tiempo antes de que la gravedad la tirara hacia abajo.

De pronto apareció mi compañero de naufragio. Se subió a la regala y miró hacia mí. La aparición repentina de un tigre resulta fascinante en cualquier entorno, pero mucho más en medio del océano. El extraño contraste entre el color naranja brillante, rayado y vivo del pelaje de Richard Parker y el blanco inerte del casco del bote salvavidas me cautivó. Mis sentidos exaltados se detuvieron de repente. Por muy grande que se me antojara el océano Pacífico a mi alrededor, de repente, el espacio entre nosotros me pareció un foso estrechísimo, sin barrotes ni paredes.

«Plan Número Seis, Plan Número Seis, Plan Número Seis», susurraba mi mente con urgencia. Pero ¿cuál era el Plan Número Seis? Ah, sí. La guerra de desgaste. El juego de la paciencia. La pasividad. Dejar que las cosas fueran pasando. Las leyes implacables de la naturaleza. El paso implacable del tiempo y el acaparamiento de recursos. Ése era mi Plan Número Seis.

De repente un pensamiento repicó en mi cabeza como un grito de ira: «Pero ¿serás idiota y necio? ¡Imbécil! ¡Pedazo de burro! ¡El Plan Número Seis es el peor de todos! Ahora mismo, Richard Parker le tiene miedo al mar. Estuvo a punto de convertirse en su tumba. Pero cuando enloquezca de hambre y sed, hará lo que haga falta para mitigar sus ansias. Convertirá este foso en un puente. Nadará hasta donde sea para atrapar la balsa flotante y la comida que haya en ella. Y en cuanto al agua, ¿ya no recuerdas que los tigres del Sundarbans beben agua salada? ¿Realmente crees que vas a sobrevivir a sus riñones? ¡Si le haces una guerra de desgaste, vas a perder tú! ¡Morirás! ¿ESTÁ CLARO?»

CAPÍTULO 56

Quisiera decir algunas palabras acerca del miedo. Es el único y auténtico adversario de la vida. Sólo el miedo puede vencer a la vida. Es un contendiente traicionero y perspicaz, y bien que lo sé. Carece de decoro, no respeta ninguna ley, ningún principio. Te ataca el punto más débil, que siempre reconoce con una facilidad infalible. Empieza con la mente, siempre. Estás tranquilo, sereno y feliz y al poco rato el miedo, ataviado con la vestimenta de duda afable, se te cuela en la mente como un espía. La duda se encara con la incredulidad y la incredulidad trata de expulsarla. Sin embargo, la incredulidad es un mero soldado de infantería desprovisto de armas. La duda la elimina en un santiamén. Te inquietas. La razón viene a luchar por ti. Te tranquilizas. La razón está bien equipada con armas de última tecnología. No obstante, de forma asombrosa, a pesar de contar con unas tácticas superiores y un número de victorias aplastantes, la razón se queda fuera de combate. Te sientes debilitar, flaquear. La inquietud se torna terror.

171

El miedo entonces acomete contra el cuerpo, que ya se ha dado cuenta de que algo va horriblemente mal. Los pulmones ya han salido volando como un pájaro y las tripas se te han escurrido como una serpiente. Ahora la lengua se te cae muerta como una zarigüeya y la mandíbula empieza a galopar sin poder avanzar. Ensordeces. Los músculos te tiritan como si padecieras de malaria y las rodillas te tiemblan como si estuvieran bailando. El corazón se pone demasiado tenso y el esfínter se pone demasiado relajado. Y lo mismo ocurre con el resto del cuerpo. Cada parte de ti, de la forma que más le convenga a ella, se te desmonta. Lo único que sigue funcionando bien son los ojos. Ellos sí que le prestan la atención debida al miedo.

Te ves tomando decisiones precipitadas de forma atropellada. Despides a tus últimos aliados: la esperanza y la fe. Y ya está, tú mismo te has derrotado. El miedo, que no es más que una impresión, ha triunfado sobre ti.

Es una cuestión difícil de plasmar con palabras. Pues el miedo, el miedo de verdad, el que te sacude hasta los cimientos, el que sientes cuando te encuentras cara a cara con la muerte, te corroe la memoria como la gangrena: intentará cariarlo todo, hasta las palabras que pronunciarías para hablar de él. Tienes que luchar a brazo partido para alumbrarlo con la luz de las palabras. Porque si no te enfrentas a él, si tu miedo se vuelve una oscuridad muda que evitas, quizás hasta olvides, te expones a nuevos ataques de miedo porque nunca trataste de combatir el adversario que te venció.

CAPÍTULO 57

Fue Richard Parker quien me tranquilizó. La ironía de esta historia es que precisamente el que me daba pavor al principio fue el mismo que me proporcionó paz, determinación e, incluso osaría decir, integridad.

Me estaba mirando fijamente. Después de un rato reconocí la mirada. Había crecido con ella. Se trataba de la mirada de un animal satisfecho que mira hacia otro lado de su jaula o foso de la misma manera que tú o yo miraríamos por la ventana de un restaurante después de una buena comida, cuando ha llegado la hora de hacer sobremesa y de observar a los demás. Por lo visto, Richard Parker había comido la hiena hasta saciarse y había bebido toda el agua de lluvia que le apetecía. Ya no le subía y le bajaba ningún labio, no me estaba mostrando ningún colmillo, ningún gruñido, ningún rugido. Sencillamente me estaba contemplando, con una expresión grave, pero no amenazadora. Estaba moviendo las orejas y ladeando la cabeza desde diferentes ángulos. Se me antojó muy... pues muy felino. Parecía un gato doméstico gordo y simpático, un gato atigrado de más de doscientos kilos.

Hizo un sonido, un resoplido de las narinas. Agucé el oído. Volvió a hacer el mismo ruido. Me quedé patidifuso. *¿Prusten?*

Los tigres hacen una variedad de sonidos. Entre ellos hay un número de rugidos y gruñidos, el más fuerte de los cuales es el *aaonh* emitido a voz en grito, un sonido que suelen hacer los machos y las hembras estrogenizadas durante la época de celo. Es un grito que se propaga hasta muy lejos, y resulta verdaderamente aterrorizante cuando se oye de cerca. Los tigres dicen *guau* cuando los coges desprevenidos, una explosión de rabia corta y aguda que haría que salieras por patas si no estuvieras paralizado por el terror. Cuando arremeten contra otro animal, los tigres producen una serie de rugidos carrasposos. El gruñido que emplean a efectos amenazadores tiene otra cualidad más gutural. Los tigres también bufan y braman y, según la emoción implícita, puede sonar al susurro de hojas otoñales en el suelo, pero un poco más resonante, o, en el caso de un bramido enfurecido, a una puerta enorme con las bisagras oxidadas cuando se abre. En ambos casos, resulta realmente espeluznante. Los tigres hacen todavía más sonidos. Rezongan y refunfuñan. Son capaces de ronronear, pero no de la misma forma melodiosa ni continuada de los felinos menores, pues los tigres sólo ronronean cuando exhalan. De hecho, sólo los gatos pequeños saben ronronear en ambos sentidos. Es una de las características que diferencian los felinos grandes de los pequeños. Otra característica es que sólo los felinos grandes saben rugir. Menos mal. Me temo que la popularidad de los gatos domésticos caería en picado si los mininos pudieran manifestar su descontento con un rugido. Los tigres también dicen *miau*, con una inflexión parecida a la de los gatos domésticos, pero con un registro más fuerte y grave. No alienta a uno a agacharse a cogerlo en brazos, que digamos. Y los tigres pueden guardar un silencio majestuoso y absoluto, ya lo creo.

De niño había oído todos esos sonidos. Todos menos *prusten*. Si sabía de su existencia, era porque mi padre me había hablado de él. Él había leído mucho sobre este sonido, pero sólo había llegado a oírlo una vez en un viaje de negocios al zoológico de Mysore, en el hospital veterinario, de boca de un tigre en tratamiento por una pulmonía. *Prusten* es el más silencioso de los gritos de los tigres, una especie de resoplido que expresa simpatía e intenciones inofensivas.

Richard Parker volvió a hacerlo, esta vez inclinando la cabeza hacia otro lado. Era como si quisiera hacerme una pregunta.

Lo miré maravillado y temeroso. Al darme cuenta de que no existía ningún peligro inminente, volví a respirar con normalidad, mi corazón dejó de zarandearse en el pecho y empecé a entrar en razón.

Tenía que domarlo. En aquel instante comprendí que era una necesidad. No era cuestión de él o yo, sino de él y yo. Los dos estábamos literal y figuradamente en el mismo barco. Sobreviviríamos o moriríamos juntos. Posiblemente Richard Parker muriera en un accidente o por causas naturales, pero no valía la pena contar con semejante eventualidad. Era más probable que se diera el peor de los casos: que con el paso del tiempo, su resistencia animal superara mi fragilidad humana. Sólo si conseguía domarlo podría engañarlo para que se muriera él primero, en el caso de llegar a semejante extremo lamentable.

Pero aquí no se acaban mis motivos. Lo confieso. Te contaré un secreto: una parte de mí se alegró de la presencia de Richard Parker. Una parte de mí no quería que se muriera Richard Parker, porque si se moría, me quedaría sólo con mi desespero, un enemigo aún más imponente que un tigre. Si seguía con ansias de vivir, fue gracias a Richard Parker. Me impidió que pensara demasiado en mi familia y en mis circunstancias trágicas. Me obligó a seguir viviendo. Lo odié por ello, pero a la vez se lo agradecí. Se lo agradezco. Es la pura verdad: sin Richard Parker hoy no estaría vivo para contarte mi historia.

Escruté el horizonte a mi alrededor. ¿No nos encontrábamos en medio de una pista perfecta, ineludiblemente redonda, sin un solo rincón en el que pudiera esconderse? Miré el mar. ¿No tenía una fuente ideal de comida para condicionarlo a obedecer? Me percaté de un silbato que colgaba de uno de los chalecos salvavidas. ¿No me serviría de látigo para tenerlo a raya? ¿Qué me faltaba para domar a Richard Parker? ¿Tiempo? Posiblemente tendría que esperar semanas antes de que me avistara un buque. Tenía todo el tiempo del mundo. ¿Resolución? No hay nada como una situación extrema para llenarte de resolución. ¿Conocimientos? ¿No era hijo de director de zoológico? ¿Recompensa? ¿Existe recompensa mayor que la vida? ¿Existe castigo peor que la muerte? Miré a Richard Parker. El pánico se había desvanecido. El miedo estaba dominado. La supervivencia estaba a mi alcance. Que suenen las trompetas. Que redoblen los tambores. Que empiece el espectáculo. Me puse de pie. Richard Parker se dio cuenta. No resultó nada fácil equilibrarme. Respiré hondo y grité:

—¡Señoras y señores, niñas y niños, diríjanse a sus asientos! ¡Deprisa, deprisa! No pierdan ni un minuto más. Siéntense, abran los ojos, abran los corazones y prepárense para lo nunca visto. Les presento, para que disfruten y aprendan, para que se complazcan y se edifiquen, el espectáculo que han estado esperando todas sus vidas: ¡EL MEJOR ESPECTÁCULO DEL UNIVERSO! ¿Están preparados para presenciar el milagro? ¿Sí? Pues allá vamos... Son increíblemente adaptables, los han visto en bosques congelados y cubiertos de nieve. Los han visto en junglas densas tropicales y monzónicas. Los han visto en paisajes semiáridos de matorrales. Los han visto en manglares salobres. Efectivamente, se amoldarían a cualquier hábitat. Pero jamás los han visto donde están a punto de verlos. Señoras y señores, niñas y niños, sin más preámbulos, para mí es un placer y un honor presentarles: ¡¡¡EL CIRCO FLOTANTE INDO-CANADIENSE TRANSPACÍFICO DE PI PATEL!!! ¡PRIIIIII! ¡PRIIIIII! ¡PRIIIIII! ¡PRIIIIII! ¡PRIIIIII! ¡PRIIIIII!

A Richard Parker le impresionó. Sólo oír el primer pitido se encogió y gruñó. ¡Ja! ¡Por mí, como si quisiera lanzarse al agua! ¡A ver si se atrevía!

¡PRIIIIII! ¡PRIIIIII! ¡PRIIIIII! ¡PRIIIIII! ¡PRIIIIII! ¡PRIIIIII!

Soltó un rugido y arañó el aire. Pero no saltó. Quizás no temiera el mar cuando el hambre y la sed lo llevaran a la locura, pero de momento, tenía que aprovechar el temor que le tenía.

¡PRIIIIII! ¡PRIIIIII! ¡PRIIIIII! ¡PRIIIIII! ¡PRIIIIII! ¡PRIIIIII!

Retrocedió y se tiró al fondo del bote. La primera sesión de adiestramiento había acabado. Había sido un éxito rotundo. Dejé de pitar y me desplomé encima de la balsa, sofocado y agotado.

Y así acaeció:

Plan Número Siete: Mantenerlo Vivo.

CAPÍTULO 58

Saqué el manual de supervivencia. Las páginas todavía estaban mojadas. Las pasé con cuidado. El manual había sido escrito por un capitán de fragata de la armada británica. Contenía una profusión de información práctica acerca de cómo sobrevivir en alta mar después de un naufragio. He aquí algunos consejos que brindaba:

- Procure leer las instrucciones detenidamente.
- No beba orina. Ni agua del mar. Ni sangre de pájaros.
- No coma medusas. Ni peces que estén armados de pinchos. Ni los que tengan pico de loro. Ni los que se hinchen como un globo.
- Si aprieta los ojos de un pez, conseguirá paralizarlo.
- El cuerpo puede ser un héroe en la batalla. En caso de que alguno de los náufragos esté herido, absténgase de tratamientos médicos bienintencionados pero infundados. La ignorancia es el peor médico, mientras que el descanso y el sueño son los mejores enfermeros.
- Procure descansar por lo menos cinco minutos cada hora.
- Debe evitar todo esfuerzo innecesario. Sin embargo,

una mente inactiva tiende a hundirse, así que debe ocupar su mente con cualquier distracción que se presente. Jugar a cartas, el juego de las veinte preguntas, y el veo-veo son algunas formas de esparcimiento excelentes. Cantar en grupo es otra manera infalible de levantar la moral. Hilar es otro método harto recomendado.

- El agua verde es menos profunda que el agua azul.
- No se deje engañar por nubes lejanas que asemejan montañas. Busque verdor. En última instancia, los pies son los que mejor evaluarán tierra firme.
- No se bañe en el mar. No malgaste su energía. Además, una embarcación de supervivencia puede moverse con más velocidad de lo que una persona es capaz de nadar. La vida marina también supone un gran peligro. Si tiene calor, mójese la ropa.
- No orine cuando esté vestido. El calor momentáneo no compensa la irritación posterior en las nalgas.
- Guarézcase. El hecho de estar expuesto a las inclemencias del tiempo puede provocar la muerte antes que el hambre o la sed.
- Siempre que no haya perdido un exceso de agua a través de la transpiración, el cuerpo puede vivir hasta catorce días sin agua. Si tiene sed, chupe un botón.
- Las tortugas son fáciles de pescar y constituyen una comida excelente. La sangre de tortuga es una bebida buena, nutritiva y sin sal; la carne es sabrosa y llena mucho; la grasa puede utilizarse de varias maneras; y el náufrago se deleitará con sus huevos. Vigile el pico y las garras.
- No permita que se le hunda la moral. Amilánese pero nunca se deje vencer. Recuerde: el espíritu, por encima de todo, es lo que cuenta. Si tiene la voluntad de vivir, lo conseguirá. ¡Buena suerte!

Había algunas instrucciones crípticas que extraían el arte y la ciencia de navegar. Aprendí que el horizonte, visto desde una altura de un metro y medio, se encuentra a una distancia de cuatro kilómetros.

La orden de no beber orina era superflua. Alguien que ha vivido con el apodo de «Pissing» en su infancia no iba a dejarse ver acercando un vaso de orina a la boca ni muerto, ni siquiera estando solo en un bote salvavidas en medio del océano Pacífico. Y mis sospechas de que los británicos ignoraban el significado de la palabra «comida» se vieron confirmadas en las sugerencias gastronómicas. Por lo demás, el manual era un panfleto fascinante que explicaba cómo evitar acabar encurtido en salmuera. Solamente faltaba un tema de vital importancia: cómo establecer una relación alfa-omega con intrusos mayores empeñados en ocupar el bote salvavidas.

Tenía que concebir un programa de adiestramiento para Richard Parker. Tenía que hacerle entender que yo era el tigre número uno y que su territorio se circunscribía al fondo del bote, el banco de la popa y los bancos laterales hasta el banco transversal del medio. Tenía que meterle en la cabeza que la parte superior de la lona y la proa, limitado por el territorio neutral del banco transversal del medio, era mi territorio y, por lo tanto, que tenía la entrada completamente vedada.

Pronto no me quedaría más remedio que empezar a pescar. Los restos de los animales muertos no le iban a durar nada. En el zoológico, los leones y tigres adultos solían comer una media de cuatro kilos y medio de carne al día.

Pero todavía me quedaban muchas cosas por hacer. Tenía que encontrar una forma de resguardarme de los elementos. Si Richard Parker apenas salía de debajo de la lona, algún motivo habría. El hecho de estar siempre a la intemperie, expuesto al sol, el viento, a la lluvia y al mar era extenuante, no sólo para el cuerpo sino para la mente también. ¿No acababa de leer que la exposición a las inclemencias del tiempo podía ocasionar una muerte rápida? Tenía que crear una especie de dosel.

Tenía que atar la balsa al bote salvavidas con otra cuerda, por si la primera se rompía o se soltaba.

Tenía que mejorar la balsa. De momento estaba en condiciones de navegar, pero no era ni mucho menos habitable. Tenía que modificarla para que pudiera vivir en ella hasta que me mudara definitivamente a mis dependencias en el bote salvavidas. Por ejemplo, tenía que encontrar la manera de mantenerme seco. Tenía el cuerpo abotagado y arrugado de estar siempre empapado. No podía continuar así. Y tenía que buscar una forma de guardar algunas cosas en la balsa.

Tenía que dejar de esperar que apareciera un buque a rescatarme. Tenía que olvidarme de contar con la ayuda del mundo exterior. La supervivencia tenía que comenzar conmigo mismo. Por experiencia propia, puedo afirmar que el error más grave que puede cometer un náufrago es esperar mucho y actuar poco. La supervivencia parte de reparar en lo que tienes a tu disposición, en lo que está a mano. Mirar hacia fuera equivale a soñar, dejar que se te escape la vida de las manos.

Tenía muchísimas cosas que hacer.

Miré hacia el horizonte vacío. Había tanta agua. Y yo estaba solo. Muy solo.

Los ojos se me llenaron de tórridas lágrimas. Oculté el rostro entre los brazos cruzados y sollocé. Mi situación era, a todas luces, completamente desesperada.

CAPÍTULO 59

Solo o no, perdido o no, lo que tenía era hambre y sed. Tiré de la cuerda. Noté una ligera tensión. En cuanto la agarré con menos fuerza, la cuerda se me escurrió entre las manos y aumentó la distancia entre el bote salvavidas y la balsa. Así que el bote se movía a mayor velocidad que la balsa, arrastrándola tras él. Tomé nota sin apenas darle importancia. Tenía la mente más ocupada en las actividades de Richard Parker.

Según parecía, se había metido bajo la lona.

Seguí tirando de la cuerda hasta arrimarme a la proa. Alargué la mano y me sujeté a la regala. Mientras estuve agachado allí, preparándome para asaltar la taquilla, una serie de olas me hicieron pensar. Me di cuenta de que al acercarme a la balsa, el bote salvavidas había cambiado de dirección. Ya no estaba perpendicular a las olas, sino de lado con respecto a ellas, y que el bote se estaba balanceando, ese balanceo que tan mal sentaba al estómago. El motivo de este cambio me quedó claro: cuando la balsa se alejaba del bote, hacía de ancla flotante, una resistencia al avance que tiraba del bote y hacía girar la proa hasta orientarla hacia las olas. Verás, las olas y los vientos constantes suelen estar perpendiculares entre sí. De modo que si el viento empuja a una embarcación que a su vez arrastra un ancla flotante, la embarcación se girará hasta ofrecer la mínima resistencia al viento, es decir, hasta alinearse y formar un ángulo recto con las olas, cosa que produce un cabeceo hacia adelante y hacia detrás, que resulta bastante más cómodo que un balance de un lado al otro. Si la balsa estaba al lado del bote, ya no ofrecía resistencia y no había nada que gobernara la proa del bote hacia el viento. Por lo tanto, el bote se giraba de costado y se balanceaba.

Aunque tal vez pueda parecer una minucia, fue un detalle que me salvaría la vida y que pesaría sobre la de Richard Parker.

A modo de confirmar mi nuevo hallazgo, Richard Parker soltó un gruñido. Se me antojó un gruñido que tenía un tono de náusea e indisposición indescriptibles. Por muy buen nadador que fuera, como marinero dejaba mucho que desear.

Todavía no se me habían agotado todas las esperanzas.

No fuera que se me ocurriera presumir de mis dotes de manipularlo, en ese momento me llegó una advertencia silenciosa, pero siniestra de lo que se me avecinaba. Richard Parker era un polo magnético de vida tan carismático, tan vital, que las otras expresiones de vida no podían soportarlo. Estaba a punto de asomarme por encima de la proa cuando oí un zumbido suave e insistente. De repente algo cayó dentro del agua a mi lado.

Era una cucaracha. Flotó durante un par de segundos antes de desaparecer dentro de una boca submarina. Otra cucaracha se lanzó al agua. En menos de un minuto, unas diez cucarachas amararon en el agua a cada lado de la proa. Cada una fue engullida por un pez.

Las últimas de las criaturas polizonas habían decidido abandonar el buque.

Poco a poco, miré por encima de la regala. Lo primero que vi, escondido entre un pliegue en la lona encima del banco de la proa, fue una cucaracha inmensa, con toda probabilidad el patriarca del clan. Lo observé, completamente fascinado.

Cuando decidió que le había llegado la hora, desplegó las alas, se elevó con un repiqueteo casi imperceptible, se cernió durante un momento por encima del bote salvavidas y acto seguido se zambulló hacia su muerte.

Ahora sólo quedábamos dos. En cinco días, las poblaciones de orangutanes, cebras, hienas, ratas, moscas y cucarachas se habían extinguido. Bueno, a excepción de las bacterias y las larvas que podían estar vivas en los restos de los animales, no quedaba ninguna otra vida en el bote menos Richard Parker y yo.

No me sirvió de consuelo, que digamos.

Me levanté un poco y abrí la tapa de la taquilla sin apenas respirar. Procuré no mirar debajo de la lona por si el hecho de mirar tuviera el mismo efecto que un grito y llamara la atención de Richard Parker. Sólo cuando apoyé la tapa contra la lona dejé que mis sentidos se plantearan qué había al otro lado.

Noté un olor, un olor intenso a almizcle y orina, el olor que se desprende de todas la jaulas de los felinos en cualquier zoológico. Los tigres son animales harto territoriales y marcan su territorio con la orina. Era una noticia buena, aunque hedionda. El olor salía de debajo de la lona. Richard Parker se había limitado a reivindicar el fondo del bote como suyo. Un detalle prometedor. Si yo conseguía ocupar la parte superior de la lona, con un poco de suerte llegaríamos a llevarnos bien.

Contuve la respiración, agaché la cabeza y la ladeé para ver qué había más allá de la tapa. En el fondo del bote había unos diez centímetros de agua de lluvia, un estanque de agua dulce para el uso personal de Richard Parker. Estaba haciendo exactamente lo que yo hubiera estado haciendo en su lugar: refrescándose a la sombra. El sol caía de lleno sobre nosotros y hacía un calor espantoso. Estaba tendido en el fondo del bote de espaldas a mí con las patas traseras completamente estiradas y abiertas, las garras mirando hacia arriba, y la panza y las ancas tocando el fondo del bote. La posición era ridícula pero muy agradable, sin duda.

Volví a centrarme en el asunto de la supervivencia. Abrí una caja de raciones y comí hasta saciarme: una tercera parte de las galletas. Me sorprendió que tan pocas galletas me llenaran el estómago. Estaba a punto de beber del colector de agua de lluvia que tenía colgado del hombro cuando vi los vasos de vidrio graduado. Si no podía bañarme, por lo menos podía refrescarme, ¿no? Mis provisiones de agua no iban a durar para siempre. Cogí uno de los vasos, me incliné hacia delante, bajé la tapa lo suficiente para poder pasar el brazo al otro lado y metí el vaso en el estanque de Richard Parker, a poco más de un metro de sus garras traseras. Las almohadillas giradas hacia arriba con el pelo mojado parecían pequeñas islas desiertas rodeadas de algas.

Conseguí sacar más de medio litro de agua. Estaba un poco amarilla y llena de motas. ¿Me preocupó la idea de ingerir alguna bacteria horrible? Ni se me ocurrió. Lo único que me preocupaba en aquellos instantes era que tenía sed. Apuré el vaso hasta la última gota con gran satisfacción.

A la naturaleza le importa que se mantengan los equilibrios así que no me sorprendió que en seguida me entraran ganas de orinar. Me alivié en el vaso. Produje con tal exactitud la cantidad que acababa de beber que fue como si no hubiera pasado el minuto anterior y estuviera mirando el agua de lluvia de Richard Parker. Vacilé. Estuve a punto de llevar el vaso a la boca de nuevo. Conseguí resistir la tentación, pero a duras penas. Al carajo con las burlas, ¡mi orina parecía deliciosa! Todavía no estaba padeciendo de deshidratación, de modo que el líquido era de un amarillo muy clarito. Resplandecía a la luz del sol como un vaso de zumo de manzana. Y encima estaba recién exprimido. No podía decir lo mismo del agua enlatada que se suponía iba a ser uno de mis alimentos básicos. Sin embargo, hice caso a la pequeña alarma que se había encendido en mi cabeza. Regué la lona y la taquilla con la orina para marcar mi territorio.

Robé dos vasos más de agua del estanque de Richard Parker, esta vez sin orinarlos después. Me sentí igual de hidratado que una planta recién regada.

Había llegado la hora de optimizar mi situación. Miré el contenido de la taquilla y todas las promesas que deparaba.

Saqué otra cuerda y até la balsa al bote.

Descubrí cómo funciona un alambique solar. Es un aparato que produce agua dulce de agua salada. Consiste en un cono transparente inflable colocado encima de una cámara de flotabilidad. La cámara de flotabilidad es parecida a un aro salvavidas y tiene una superficie de lona engomada negra que cubre el centro. El alambique funciona partiendo de los principios de la destilación: el agua de mar que se acumula debajo del cono sellado en la superficie de la lona negra se calienta y se evapora, acumulándose en la superficie interior del cono. Esta agua se desliza hacia abajo y se junta en una especie de barranco en el perímetro del cono, de donde se escurre dentro de una bolsa. El bote salvavidas estaba provisto de doce alambiques solares. Leí las instrucciones detenidamente, tal y como me había aconsejado el manual de supervivencia. Hinché los doce conos y llené cada una de las cámaras de flotabilidad con los diez litros de agua de mar establecidos. Uní los alambiques, atando un extremo de la escuadrilla al bote salvavidas y el otro a la balsa. Esto aseguraría que no perdería ninguno de los alambiques en el caso de que se deshiciera alguno de los nudos y me proporcionaría una segunda cuerda de emergencia que iba hasta la balsa. Los alambiques se me antojaron bonitos y muy tecnológicos encima del agua, pero parecían endebles y dudé de su capacidad para producir agua dulce.

Concentré mi atención en mejorar la balsa. Repasé todos los nudos, asegurándome de que cada uno estuviera bien apretado y sujeto. Tras reflexionarlo un poco, decidí transformar el remo que servía de reposapiés en un mástil, para llamarlo de alguna manera. Desaté el remo. Me esmeré en cortar una muesca en medio del mango con el filo de dientes de sierra del cuchillo de caza. Con la punta del cuchillo, hice tres agujeros en la parte plana del remo. Fue un trabajo lento, pero satisfactorio. Al menos me distrajo durante un buen rato. Cuando hube acabado, amarré el remo al interior de uno de los rincones de la balsa con la parte plana, el tope, en el aire y el mango bajo el agua. Enrollé la cuerda con fuerza alrededor de la muesca para que el remo no resbalara. Entonces, para cerciorarme de que el remo no se cayera y para proporcionarme las cuerdas necesarias para colgar un palio y provisiones, pasé la cuerda por los agujeros que había hecho en el tope y la até a los extremos de los remos horizontales. Sujeté el chaleco salvavidas que había estado atado al remo de reposapiés a la base del mástil. Iba a tener una doble función: proporcionaría mayor flotabilidad para compensar el peso vertical añadido del mástil y me serviría para crear un asiento un poco más elevado.

Tiré una manta encima de las cuerdas. Resbaló hacia el agua. La inclinación de las cuerdas era demasiado empinada. Doblé el borde longitudinal de la manta una vez, corté dos agujeros en el centro, a unos treinta centímetros el uno del otro, y uní los agujeros con un trozo de cordel, que obtuve destejiendo un segmento de cuerda. Volví a echar la manta encima de las cuerdas y até la cuerda alrededor del tope. Ya tenía mi palio.

Tardé casi todo el día en modificar la balsa, pues tuve que encargarme de arreglar muchos detalles. El movimiento constante del mar, aunque fuera suave, no me facilitó el trabajo. Y tuve que vigilar a Richard Parker. El resultado de mis esfuerzos no fue precisamente un galeón. El supuesto mástil se asomaba a escasos centímetros de mi cabeza y la cubierta apenas me servía para sentarme en él o para tenderme en posición fetal. Pero no podía quejarme. La balsa estaba en condiciones de navegar y me salvaría de Richard Parker.

Cuando acabé mi trabajo, ya estaba atardeciendo. Cogí una lata de agua, un abrelatas, cuatro galletas de las raciones de supervivencia y cuatro mantas. Cerré la taquilla (muy lentamente esta vez), me senté en la balsa y solté la cuerda. La balsa se alejó del bote. La cuerda principal se tensó mientras que la cuerda de seguridad, que había medido adrede para que fuera más larga, colgaba en el agua. Coloqué dos mantas encima del asiento, doblándolas para que no tocaran el agua. Me envolví con las otras dos mantas y me apoyé en el mástil. Me gustaba la elevación que me proporcionaba el chaleco salvavidas de más, aunque la verdad es que estaba a la misma distancia del agua que del suelo cuando uno se sienta sobre un cojín grueso. Aun así, esperaba no mojarme demasiado.

Disfruté de la comida mientras miraba cómo el sol descendía en el cielo despejado. Fue un momento de tranquilidad. La bóveda del mundo estaba teñida de colores espléndidos. Las estrellas también tenían ganas de participar, y cuando la manta de colores empezó a deslizarse al otro lado del horizonte, centellearon a través del intenso azul. El viento era suave, una brisa cálida, y el agua subía y bajaba como si fuera un círculo de personas bailando con las manos

184

alzadas, juntándose y separándose, juntándose y separándose.

Richard Parker se incorporó. Sólo le veía la cabeza y los hombros por encima de la regala. Miró hacia el mar. Le grité:

—¡Eo, Richard Parker!

Lo saludé con la mano. Me miró. Entonces hizo una especie de resoplido o estornudo: ninguna de las palabras acaba de describirlo bien. Otro *prusten*. ¡Qué bestia tan hermosa! ¡Qué semblante tan noble! ¡Qué apropiado que su nombre completo sea Tigre de Bengala Real! En cierto sentido, podía considerarme afortunado: ¿y si hubiera acabado con alguna criatura que fuera tonta o fea, un tapir o un avestruz o una bandada de pavos reales? Seguro que semejante compañía hubiera tenido algunas características más fastidiosas.

Oí el ruido de algo al caer al agua. Miré hacia abajo. Di un grito ahogado. Había estado convencido de que estaba solo. La quietud del aire, el esplendor de la luz, la sensación de seguridad relativa: todo esto me había llevado a creerlo. ¿No suele haber un elemento de silencio y soledad en la paz? ¿No resulta difícil imaginar la paz en una estación de metro concurrida? ¿De dónde venía tanta conmoción?

Con una sola mirada descubrí que el mar es una ciudad. Justo a mis pies, a mi alrededor y sin siquiera sospecharlo, vi autopistas, avenidas, calles y rotondas repletas de tráfico submarino. Dentro de agua densa, vidriosa y jaspeada de millones de motitas iluminadas de plancton, había peces que parecían camiones, autobuses, coches, bicicletas y peatones, todos dando vueltas como locos, sin duda dando bocinazos y gritos. Predominaba el color verde. En las profundidades múltiples, donde me llegaba la vista, divisé estelas de burbujas fosforescentes de color verde, las estelas de peces temerarios. En cuanto desaparecía una estela, aparecía otra. Las estelas aparecían de todas las direcciones y desaparecían en todas la direcciones. Parecían aquellas fotografías tomadas con exposición dilatada de las ciudades por la noche, con aquellos haces de luz de color rojo de las luces traseras de los automóviles. Salvo que en el mar, los coches iban por encima y debajo de los otros coches, como si estuvieran amontonados en enlaces de diez pisos. Y en el mar, los colores de los coches eran de lo más extravagante. Por ejemplo, los cincuenta dorados que tenía patrullando debajo de la balsa hacían alarde de su color azul, verde y dorado cada vez que pasaban a toda prisa. Había otros peces que no supe identificar de color amarillo, marrón, plateado, azul, rojo, rosa, verde, blanco y de todas las combinaciones imaginables: lisos, a rayas y moteados. Los únicos que se negaban rotundamente a acicalarse eran los tiburones. Pero a pesar del tamaño y el color, había una constante: todos conducían de forma vertiginosa. Vi muchos choques, todos con víctimas mortales, lamento decir, y varios coches que sufrieron trompos para luego colisionar contra barreras, salir disparados del agua y volver a sumergirse entre explosiones de luminiscencia. Observé este ajetreo urbano como aquel que contempla una ciudad desde un globo de aire caliente. Fue un espectáculo maravilloso e impresionante. Estoy convencido de que Tokio debe de ser muy parecido en hora punta.

Seguí mirando hasta que se apagaron las luces de la ciudad.

Cuando estaba a bordo del *Tsimtsum*, lo único que alcancé a ver fueron delfines. Había supuesto que el Pacífico, salvo algunos cardúmenes de peces, era un descampado de agua muy poco poblado. Ahora sé que los cargueros son demasiado rápidos para los peces. Es lo mismo que si pretendes ver animales salvajes en una selva cuando vas en coche por la autopista. Los delfines son nadadores muy rápidos y juegan alrededor de los barcos y los buques del mismo modo en que los perros persiguen a los coches: corren detrás de ellos hasta que ya no pueden seguir más. Si uno desea ver a los animales salvajes, hay que ir a explorar la selva a pie y en silencio. Y del mismo modo, es necesario pasear por el Pacífico a ritmo lento, para decirlo de alguna manera, para descubrir las riquezas y la abundancia que esconde.

Me tumbé de costado. Por primera vez en cinco días sentí cierta tranquilidad. Una pequeña esperanza, ganada a pulso, bien merecida y razonable, resplandecía en mi interior. Me dormí.

CAPÍTULO 60

Me desperté una vez durante la noche. Aparté el palio y miré hacia fuera. Vi una luna creciente muy definida y un cielo perfectamente despejado. Las estrellas brillaban con un resplandor tan feroz, tan contenido, que me pareció absurdo decir que la noche era negra. El mar yacía tranquilo, bañado en una luz tímida, grácil, un juego cadencioso de negro y plateado que se extendía sin límites a mi alrededor. El volumen de las cosas me desconcertó: el volumen del aire encima de mí, el volumen del agua a mi alrededor y debajo de mí. Por una parte estaba conmovido; por la otra, aterrorizado. Me sentí como el sabio Markandeya que se cayó de la boca de Vishnu mientras éste dormía y percibió el universo entero, todo lo que existe. Antes de que el sabio se muriera del susto, Vishnu lo volvió a meter en la boca. Por primera vez, y no la última, ya que me ocurrió repetidas veces entre trances de tormento a lo largo de mi terrible experiencia, me di cuenta de la grandiosidad del escenario de mi sufrimiento. Aprecié mi sufrimiento por lo que realmente era, algo finito e insignificante, y me calmé. Mi sufrimiento no tenía cabida en ninguna parte, comprendí. Y era capaz de aceptarlo. No pasaba nada. (La luz del día solía incitar mis protestas: «¡No! ¡No! ¡No! Mi sufrimiento sí importa. ¡Quiero vivir! Es inevitable que confunda mi vida con la del universo. La vida es una mirilla, un mero agujerito que da a una inmensidad. ¿Cómo no voy a pensar en esta perspectiva tan breve y apretujada que tengo de las cosas? ¡Si esta mirilla es lo único que tengo!») Masculló algunas palabras de una oración musulmana y volví a dormirme.

CAPÍTULO 61

La mañana siguiente no estaba muy mojado y me noté fuerte. Me pareció sorprendente teniendo en cuenta la tensión que había padecido y lo poco que había comido en los últimos días.

Hacía un día estupendo. Decidí probar suerte con la pesca, por primera vez en mi vida. Tras desayunar tres galletas y una lata de agua, leí lo que decía el manual de supervivencia al respecto. Surgió el primer problema: el cebo. Reflexioné. Quedaban restos de los animales muertos, pero la verdad es que no me sentía con ánimos de robarle la comida a un tigre delante de sus propias narices. Él no iba a comprender que se trataba de una inversión que le aportaría un rendimiento excelente. Opté por utilizar mi zapato de cuero. Me quedaba uno. Había perdido el otro cuando se hundió el buque.

Me acerqué sigilosamente al bote salvavidas, abrí la taquilla y saqué uno de los equipos de pesca, el cuchillo y el cubo para meter los peces. Richard Parker estaba tumbado de costado. Cuando me asomé por la proa, empezó a mover la cola pero no levantó la cabeza. Solté la balsa.

Até un anzuelo a una de las guías de alambre. Luego lo até a un sedal. Añadí unos plomos. Cogí tres que tenían una forma intrigante de torpedo. Me quité el zapato y lo corté en pedazos. Me costó bastante; el cuero estaba duro. Con mucho cuidado, enganché un pedazo de cuero al anzuelo sin que lo atravesara, sino de forma que la punta estuviera escondida. Entonces solté gran parte del sedal para que se sumergiera bien en el agua. Después de ver tantos peces la noche anterior, creí que iba a recibir una recompensa al instante.

Pero no fue así. El zapato entero desapareció pedacito a pedacito, tironcito a tironcito, pez gorrón feliz a pez gorrón feliz, anzuelo despojado a anzuelo despojado hasta que me quedé con el cordón y la suela de goma. Viendo que el cordón no resultaba ser un gusano muy convincente, probé con la suela. Debido a mi exasperación, la tiré toda. No fue muy buena idea. Noté un tirón suave pero prometedor y de repente el sedal se volvió sorprendentemente ligero. Lo único que saqué fue el sedal. Había perdido el cebo entero.

Pero la pérdida no se me presentó un golpe terrible. Todavía me quedaban anzuelos, guías y plomos en el equipo y ni siquiera estaba pescando para mí. Todavía me quedaba mucha comida en la taquilla.

Aun así, un rinconcito de mi cabeza, aquel que nunca queremos escuchar, me reprendió: «La necedad tiene un precio muy alto. La próxima vez ándate con ojo y sé más prudente».

Hacia el mediodía apareció otra tortuga. Se acercó tanto a la balsa que si hubiese querido, me podría haber mordido el trasero. Cuando se volvió fui a agarrar una de las aletas traseras, pero en cuanto la toqué retrocedí del horror. La tortuga se alejó.

El mismo rinconcito que me había reprendido por el fiasco de la pesca me volvió a regañar: «¿Se puede saber qué piensas darle de comer a ese tigre que tienes ahí? ¿Cuánto crees que va a durar con esos tres animales muertos? ¿Tengo que recordarte que los tigres no son carroñeros? De acuerdo, cuando esté moribundo es posible que le dé igual, pero ¿no se te ha ocurrido que quizás le apetezca más un niño indio fresco y suculento que tiene a pocos metros que un pedazo de cebra hinchada y putrefacta? ¿Y ya sabes cuánta agua le queda en el bote? Ya sabes que los tigres se impacientan mucho con el tema de la sed. ¿Cuánto hace que no le hueles el aliento? Te aseguro que la cosa no está muy fina. Mala señal. ¿O crees que se va a beber todo el Pacífico para saciar la sed y esto te permita ir caminando hasta América? Es increíble la capacidad limitada que han desarrollado los tigres del Sundarbans para excretar la sal. Supongo que se debe a tantos años de vivir en un manglar de marea. Pero ten en cuenta que se trata de una capacidad limitada, como ya te he dicho. ¿No dicen que demasiada agua salada puede llevar a un tigre a comer carne humana? Vaya, hablando del rey de Roma. Allí está. Está bostezando. Fíjate bien en aquella cueva de color rosa. ¿Has visto cuántas estalactitas y estalagmitas? Quizás hoy tengas la oportunidad de visitarla».

La lengua de Richard Parker, del mismo color y tamaño que una bolsa de agua caliente, volvió a su boca antes de que la cerrara. Tragó saliva.

Pasé el resto del día muerto de angustia. Me mantuve bien lejos del bote salvavidas. A pesar de mis pronósticos funestos, Richard Parker pasó el rato muy tranquilamente. Todavía le quedaba agua de la precipitación y no parecía estar muy preocupado por el hambre. No obstante, hizo varios sonidos tigrescos: quejidos y gruñidos, entre otros, que no me ayudaron a tranquilizarme, que digamos. El acertijo era insoluble: para pescar iba a necesitar cebo, pero para conseguir cebo, necesitaba pescado. ¿Qué se suponía que tenía que hacer? ¿Usar uno de los dedos del pie? ¿Cortarme una de las orejas?

Una solución apareció a última hora de la tarde, de la forma menos esperada. Me había acercado al bote salvavidas. Y es más, me había subido a bordo y estaba hurgando en la taquilla, buscando desesperadamente una idea que me salvara la vida. Había amarrado la balsa a un metro y medio del bote. Calculé que con un buen salto y un tirón de alguno de los nudos sueltos, podría alejarme de Richard Parker. El desespero me había impulsado a correr semejante riesgo.

No encontré nada, ni cebo, ni iluminación, así que me incorporé. Richard Parker tenía los ojos clavados en mí. Estaba al otro extremo del bote donde había estado la cebra, sentado y mirando hacia mí, como si hubiera estado esperando con paciencia que me fijara en él. ¿Cómo podía ser que no lo hubiera oído salir de debajo de la lona? ¿Qué clase de delirio me había hecho creer que sería capaz de burlarme de él? De repente recibí un golpe en la cara. Chillé y cerré los ojos. Con una velocidad felina había saltado al otro lado del bote y me había dado un zarpazo. Estaba a punto de arrancarme el rostro con las garras: ésta era la muerte que me esperaba. El dolor fue tan intenso que me entumecí. Bendita sea la parte de nosotros que nos protege de tanto dolor y tristeza. En el corazón de la vida hay una caja de fusibles.

—Vamos, Richard Parker, acaba conmigo de una vez —gimoteé—. Pero por el amor de Dios, lo que tengas que hacer, hazlo ahora. No debes sobrecargar un fusible fundido.

No tenía ninguna prisa. Estaba a mis pies, haciendo unos extraños ruidos. Claro, había descubierto la taquilla y sus riquezas. Abrí un ojo temeroso.

Era un pez. Había un pez en la taquilla. Estaba dando coletazos como un pez fuera del agua. Medía unos cuarenta centímetros y tenía alas. Un pez volador. Delgado y de color gris oscuro azulado con las alas secas y sin plumas, los ojos redondos y amarillos, sin pestañear. Lo que me había dado un guantazo en la cara era el pez volador, no Richard Parker. Él seguía al otro lado del bote, con cara de no comprender qué demonios me pasaba. Pero ya había visto al pez. Discerní una curiosidad aguda en su rostro. Parecía dispuesto a investigar.

Me agaché, cogí el pez y lo tiré hacia él. ¡Claro, así tenía que domarlo! Por donde había desaparecido una rata, seguiría un pez. Por desgracia, el pez tenía otros planes. Mientras volaba por el aire, justo antes de llegar a la boca abierta de Richard Parker, se desvió y cayó al agua. Ocurrió en un abrir y cerrar de ojos. Richard Parker giró la cabeza y mordió el aire, los carrillos bailando, pero el pez fue más rápido que él. Richard Parker se quedó atónito y contrariado. «¿Dónde está mi capricho?», parecía preguntar con la expresión. De repente, el pánico y la tristeza se apoderaron de mí. Me volví con la esperanza perdida y abandonada de lanzarme a la balsa antes de que él se lanzara sobre mí.

En ese preciso instante el aire se llenó de un zumbido y todo un cardumen de peces voladores se estrelló contra nosotros. Llegaron como un enjambre de langostas. Aparte de la cantidad, había algo que me recordaba a insectos: el murmullo y los chasquidos de sus alas. Salieron disparados del agua a docenas, algunos saltando más de cien metros por el aire haciendo flic-flacs. Muchos se zambulleron al agua antes de que llegaran al bote. Otros volaron por encima de nosotros. Algunos se estrellaron contra el costado del bote con un ruido que parecía un petardo cuando explota. Los más afortunados volvieron al agua tras rebotar en la lona. Otros, los menos afortunados, aterrizaron directamente dentro del bote, donde empezaron a aletear y chapotear y retorcerse como posesos. Y los demás chocaron directamente contra nosotros. Estando de pie encima de la proa, sentí que estaba sufriendo el martirio de San Sebastián. Cada pez que me dio se me hincó en la piel como una flecha. Me envolví en una manta para protegerme y traté de agarrar los peces que venían hacia mí. Acabé con cortes y cardenales por todo el cuerpo.

El motivo de esta arremetida se hizo patente de inmediato. Unos dorados empezaron a saltar del agua pisándoles los talones. Los dorados eran bastante más grandes y no pudieron competir con la capacidad de pilotaje de los peces voladores, pero nadaban más rápidamente que ellos y se lanzaban con más fuerza. Eran capaces de adelantar a los peces voladores si los tenían justo delante y de saltar del agua en el mismo momento y en la misma dirección que ellos. También había tiburones; ellos también salían volando del agua y aunque carecieran de la misma elegancia, algunos de los dorados tuvieron un final devastador. Este tumulto acuático desapareció con la misma rapidez que apareció, pero mientras duró, el mar borboteó y bulló, los peces saltaron y las mandíbulas no pararon.

Richard Parker se mostró más resistente que yo ante el bombardeo de los peces, y mucho más eficiente. Se irguió y se dedicó a bloquear, a pegar y a morder todos los peces que pudo. Gran parte de ellos acabaron en su estómago, enteros, con las alas batiéndose dentro de su boca. Fue una muestra brillante de fuerza y reflejos. En realidad, lo que más me impresionó no fueron los reflejos sino la seguridad animal pura, la concentración total en el momento. Esta mezcla de soltura y absorción, este «estar en el presente», hubiera sido la envidia de los yoguis más entrenados.

Cuando acabó todo, aparte de tener el cuerpo dolorido, tenía seis peces en la taquilla y otros muchos en el bote. Envolví uno de los peces en una manta, cogí un hacha de mano y me dirigí a la balsa.

Procedí con parsimonia. El hecho de haber perdido todo mi cebo por la mañana había sido un buen revulsivo. No podía permitirme otro error. Desenvolví el pez con cuidado, con una mano sujetándolo en todo momento, consciente de que intentaría dar un brinco para salvarse. Cuanto más cerca estaba de desenvolverlo del todo, más asco y miedo me dio. Apareció la cabeza. Tal y como lo estaba aguantando, parecía una bola de helado de pescado repugnante metido en un cono de manta de lana. La pobre bestia estaba abriendo y cerrando la boca y las branquias, necesitado de agua. Noté cómo empujaba con las alas entre mis manos. Di la vuelta al cubo y coloqué la cabeza del pez en la base. Agarré el hacha. La alcé.

Hice ademán de bajar el hacha varias veces, pero no pude llevar la acción a término. Este sentimentalismo tal vez parezca absurdo si tienes en cuenta lo que había presenciado en los días anteriores, pero aquellos habían sido actos ajenos, actos de animales predadores. Supongo que yo había participado en la muerte de la rata, pero me había limitado a lanzarla y fue Richard Parker quien se había encargado de matarla.

Toda una vida de vegetarianismo se interpuso entre el acto premeditado de decapitar un pez y yo.

Cubrí la cabeza del pez con la manta y di la vuelta al hacha. De nuevo titubeé. La idea de aplastar una cabeza blanda y viva con un hacha me abrumaba demasiado.

Dejé el hacha en la balsa. Finalmente decidí que le rompería el cuello, una muerte oculta. Envolví el pez en la manta con fuerza. Lo empecé a doblar con ambas manos. Cuanto más empujaba, más forcejeaba. Intenté imaginarme qué sentiría si me envolvieran en una manta y trataran de romperme el cuello. La idea me consternó. Tuve que dejarlo varias veces. Sin embargo, sabía que tenía que hacerlo y cuanto más tardara, más sufriría el pez.

Las lágrimas me corrían por las mejillas pero me azucé hasta que oí un crac y dejé de sentir la lucha de aquella vida entre mis manos. Desplegué la manta. El pez volador estaba muerto. Estaba partido por la mitad y tenía sangre a un lado de la cabeza, a la altura de las branquias.

Lloré la muerte de esa pobre alma difunta a lágrima viva. Era el primer ser sensible que había matado. Me había convertido en asesino. Era igual de culpable que Caín. Tenía dieciséis años, era un chico inofensivo, ávido de la lectura y religioso, y ahora tenía las manos manchadas de sangre. Es una carga terrible. Toda vida sensible es sagrada. Nunca me olvido de incluir a ese pez en mis oraciones.

Una vez muerto, me resultó más fácil. Ahora era igual que los peces muertos que había visto en los mercados de Pondicherry. Era otra cosa, algo que no entraba en el orden esencial de la creación. Lo corté en pedazos con el hacha y lo metí todo en el cubo.

Aproveché las últimas horas del día para pescar. Al principio tuve la misma mala suerte que por la mañana. Pero al menos el éxito no parecía tan difícil de alcanzar. Los peces estaban mordisqueando con fervor. Era evidente que estaban interesados. Me di cuenta de que los peces en cuestión eran pequeños, demasiado pequeños para el anzuelo. Así que lancé el sedal más lejos y dejé que se hundiera más en el agua, más allá de donde estaban los peces pequeñitos que se congregaban alrededor de la balsa y el bote.

Decidí probar con la cabeza del pez volador. Sólo empleé

un plomo y lancé el sedal varias veces para recogerlo en seguida, dejando que el cebo apenas rozara la superficie del agua. Por fin conseguí algo. Apareció un dorado y se abalanzó sobre la cabeza de pez volador. Solté un poco del sedal para asegurarme de que se hubiera tragado el cebo entero antes de darle un buen tirón. El dorado salió como una explosión del agua, tirando del sedal con tanta fuerza que creí que iba a caerme de la balsa. Me preparé para la batalla. El sedal se tensó mucho. Era de buena calidad; no iba a romperse. Empecé a tirar el dorado hacia mí. Forcejeó con toda su fuerza, saltando y zambulléndose y chapoteando en el agua. El sedal me estaba cortando las manos. Las protegí como pude con la manta. El corazón me latía con fuerza. El pez estaba fuerte como un toro. Creí que no iba a poder con él.

Vi que el resto de los peces habían desaparecido de los costados del bote y la balsa. Seguro que habían percibido la angustia del dorado. Tenía que darme prisa. Tanto forcejeo iba a atraer a los tiburones. Pero luchó como un diablo. Me dolían los brazos. Cada vez que conseguía acercarlo a la balsa, se retorcía con tal frenesí que me intimidó para que soltara un poco de sedal.

Finalmente logré subirlo a la balsa. Medía más de un metro. El cubo no me iba a servir para nada. El dorado se lo podría haber puesto de sombrero. Tuve que arrodillarme encima de él y agarrarlo con las manos para sujetarlo. Era una masa de puro músculo que no paraba de retorcerse y era tan grande que le asomaba la cola de debajo de mis piernas. Golpeó la balsa con fuerza. Me imagino que los vaqueros que montan los potros salvajes deben de experimentar una sensación bastante parecida. Yo estaba exaltado, triunfal. Los dorados son peces magníficos, grandes, carnosos y elegantes con la frente salida, cosa que les da un aspecto de tener una fuerte personalidad. Tienen una aleta dorsal muy larga y orgullosa como la cresta de un gallo, y una capa de escamas suave y brillante. Presentí que iba a proporcionar un golpe duro al destino si entablaba combate con un adversario tan noble. Con este pez, estaba tomando represalias contra el mar, contra el viento, contra los buques que se hundían, contra todas las circunstancias que estaban obrando en mi contra.

—¡Gracias, Dios Vishnu! —grité—. Una vez salvaste el

mundo convirtiéndote en pez. Ahora me has salvado a mí convirtiéndote en pez. ¡Gracias, gracias!

No me supuso ningún problema matarlo. Me hubiera ahorrado la molestia, ya que después de todo era para Richard Parker y él se hubiera encargado de despacharlo con una facilidad experta, si no hubiese sido por el anzuelo que tenía incrustado en la garganta. Estaba rebosante de tener un dorado al final del sedal. Creo que no hubiera sentido lo mismo en el caso de tratarse de un tigre. Acometí la tarea de la forma más directa. Cogí el hacha entre las dos manos y golpeé el pez en la cabeza con brío. Le di con la cabeza del hacha, pues la idea de darle con el filo me seguía dando repelús. El dorado hizo algo realmente extraordinario mientras agonizaba: empezó a irradiar toda una gama de colores, uno tras otro. Azul, verde, rojo, dorado y violeta: los colores parpadearon y brillaron como una bombilla fosforescente. Tenía la sensación de estar matando un arco iris a palos. Más adelante descubrí que el dorado es célebre por aquella iridiscencia que presagia su muerte inminente. Cuando dejó de moverse y adoptó un color apagado, saqué el anzuelo. Incluso conseguí recuperar parte del cebo.

Quizá te sorprenda que en tan poco tiempo pasara de llorar la muerte encubierta de un pez volador a aporrear un dorado hasta la muerte con tanto regocijo. Podría justificarme diciendo que el hecho de beneficiarme del error náutico de un desdichado pez volador me llenó de apocamiento y congoja, mientras que el entusiasmo de pescar un enorme dorado con mis propias manos me tornó sanguinario y seguro de mí mismo. Pero a decir verdad, la explicación es otra. Es sencilla y brutal: una persona puede acostumbrarse a todo, hasta a matar.

Me arrimé al bote con el orgullo de un cazador victorioso. Me posicioné al costado del bote y me agaché. Levanté el brazo y tiré el dorado dentro por encima del borde. Cayó al fondo con un fuerte ruido sordo, provocando una exclamación bronca de sorpresa de Richard Parker. Tras olerlo un par de veces, oí los ruidos salivales de una boca en plena acción. Me empujé hacia el mar, sin olvidarme de sonar el silbato con fuerza varias veces para recordarle a Richard Parker quién le había proporcionado tan gentilmente semejante manjar. Me detuve a recoger unas galletas y una lata de agua. Los cinco peces voladores restantes en la taquilla estaban muertos. Les arranqué las alas, que fueron a parar directamente al agua, y los envolví en la manta ya consagrada a la pesca.

Me lavé las heridas, limpié el equipo de pesca, guardé las cosas y cené. Se había hecho de noche. Una capa fina de nubes ocultaba las estrellas y la luna, y el cielo estaba muy oscuro. Estaba cansado, pero exaltado por los acontecimientos de las últimas horas. La sensación de haber estado ocupado era tremendamente satisfactoria; no había pensado en un solo momento en mí mismo ni en mi situación desesperada. Pescar tenía que ser una manera más amena de pasar el tiempo que hilar o jugar al veo-veo. Tomé la determinación de ponerme a pescar al día siguiente en cuanto hubiera luz.

Me dormí, con la cabeza iluminada por el parpadeo camaleónico del dorado moribundo.

CAPÍTULO 62

Esa noche sólo conseguí dormir a tropezones. Justo antes de que amaneciera abandoné la idea de dormir y me apoyé en el codo. Y vi-vi un tigre. Richard Parker estaba inquieto. Estaba quejándose y gruñendo y dando vueltas al bote salvavidas. Fue impresionante. Aquilaté la situación. No podía tener hambre. Bien, al menos no podía tener un hambre voraz. ¿Tenía sed? Sacó la lengua de la boca, pero sólo un par de veces y no estaba jadeando. Tenía el estómago y las patas mojadas, pero tampoco chorreando. No debía de quedar mucha agua en el fondo del bote. Pronto iba a tener sed.

Miré hacia el cielo. La capa de nubes había desaparecido. Aparte de algunas nubes casi imperceptibles en el horizonte, el cielo estaba despejado. Otro día de calor sin lluvia. El mar se movía aletargado, como si el calor que se avecinaba ya le hubiese extenuado.

Me incorporé, me apoyé en el mástil y medité sobre nuestro problema. Las galletas y el equipo de pesca nos proporcionarían la parte sólida de nuestra dieta. El inconveniente iba a ser la parte líquida. De hecho, la cosa se reducía a lo que tanto abundaba a nuestro alrededor, estropeado por la sal. Se me ocurrió que podía mezclar un poco de agua salada en el agua fresca. Pero para eso, tendría que procurarme agua fresca para empezar. Las latas no iban a durar entre los dos, y tampoco estaba dispuesto a compartirlas con él. Además, sería una estupidez depender exclusivamente del agua de la lluvia.

La única otra posibilidad de conseguir agua potable eran los alambiques solares. Los miré con recelo. Ya llevaban dos días en el agua. Vi que uno de ellos se había desinflado un poco. Tiré de la cuerda para ocuparme de él. Llené el cono de aire. Sin demasiadas esperanzas, palpé la bolsa de destilación que estaba sujetada a la cámara de flotabilidad redonda. Con los dedos noté que estaba sorprendentemente llena. Me atravesó un escalofrío de emoción. Me controlé. Lo más seguro era que había entrado agua salada. Desenganché la bolsa y, siguiendo las instrucciones, la bajé e incliné el alambique hacia un lado para que el agua que se hubiera acumulado dentro del cono se escurriera dentro de la bolsa. Cerré los dos grifos pequeños que iban hasta la bolsa, la quité y la saqué del agua. Tenía forma rectangular y era de un plástico amarillo y blando con marcas de calibración en un lado. Probé el agua. Volví a probar el agua. No tenía ni pizca de sal.

—¡Mi dulce vaca de mar! —exclamé al alambique solar—. ¡Has producido y de qué manera! ¡Bendita sea tu leche! ¡Qué delicia! Bueno, tiene un ligero gusto a goma pero no voy a ser yo quien ponga pegas. ¡Mira cómo bebo!

Me había bebido la bolsa entera. Tenía una capacidad de un litro y estaba casi llena. Tras unos momentos dedicados a suspirar y permanecer con los ojos cerrados para saborear el momento, volví a colocar la bolsa en su sitio. Verifiqué los alambiques restantes. Cada uno tenía una ubre similar. Las ordeñé, vaciando la leche dentro del cubo de la pesca. En un instante, aquellos artilugios tecnológicos se convirtieron en objetos preciadísimos, igual que la ganadería para un ganadero. Y la verdad es que cuando las veía allá, formando un arco y flotando sobre el agua con tanta placidez, casi se me antojaban vacas pastando en un prado. Atendí a sus necesidades, asegurándome que hubiera suficiente agua dentro de los conos y que los conos y las cámaras estuvieran hinchados a la presión exacta. Añadí un poco de agua salada al agua del cubo y lo dejé en el banco lateral un poco más allá de la lona. El frescor de la mañana ahora sólo era un mero recuerdo y Richard Parker se había retirado bajo la lona. Sujeté el cubo con una cuerda y los ganchos de la lona en los costados del bote. Con mucha precaución, eché un vistazo encima de la regala. Richard Parker estaba tendido de costado. Su guarida estaba hecha una pocilga. Los animales muertos estaban amontonados en una pila grotesca de pedazos de carne descompuesta. Reconocí alguna que otra pata, varios cachos de pelaje, partes de una cabeza, y una gran cantidad de huesos. Había alas de peces voladores por todas partes.

Corté un pez volador en pedazos y tiré un trozo encima del banco lateral. Después de haber recogido lo que calculé que me haría falta para el resto del día y antes de volver a la balsa, tiré otro trozo al otro lado de la lona. Cayó justo delante de Richard Parker. Tuvo el efecto deseado. Mientras me alejaba vi cómo salía al exterior para comer el mordisco de pescado. Volvió la cabeza y vio el otro bocado y el nuevo objeto a su lado. Se levantó sobre las patas traseras e inclinó su enorme cabeza encima del cubo. Temí que iba a volcarlo. Pero no lo hizo. La cara de Richard Parker se hundió en el cubo, aunque apenas le cabía, y empezó a beber el agua. En pocos segundos, el cubo empezó a temblar y vibrar con cada lengüetazo. Cuando miró hacia arriba, le lancé una mirada agresiva y toqué el silbato varias veces. Desapareció bajo la lona.

Se me ocurrió que cada día que pasaba, el bote salvavidas se parecía cada vez más a un recinto de zoológico: Richard Parker tenía un lugar cubierto donde dormir y reposar, una despensa donde esconder la comida, una atalaya y ahora tenía un abrevadero.

La temperatura ascendió. El calor era sofocante. Pasé el resto del día pescando a la sombra del palio. Según pareció, había tenido la suerte del principiante con aquel primer dorado que pesqué. No cogí nada en todo el día, ni siquiera a última hora de la tarde, cuando los habitantes marinos afloraron en abundancia. Me vino a visitar otra tortuga, otra especie, una tortuga verde, más corpulenta y con el caparazón más liso, pero igual de curiosa de la misma forma inmutable que una tortuga de carey. No hice nada al respecto, pero empecé a pensar que quizás debiera.

Lo único bueno del calor fue ver la actividad de los alambiques solares. Todos los conos estaba cubiertos de gotas de condensación en el interior.

Cayó la noche. Calculé que la mañana siguiente haría una semana desde que se había hundido el *Tsimtsum*.

CAPÍTULO 63

La familia Robertson sobrevivió treinta y ocho días en alta mar tras naufragar. El capitán Bligh del famoso *Bounty* amotinado y sus compañeros náufragos sobrevivieron cuarenta y siete días. Steven Callahan sobrevivió setenta y seis. Owen Chase, cuya descripción del hundimiento del barco ballenero *Essex* por una ballena luego sirvió de inspiración a Herman Melville, sobrevivió ochenta y tres días en alta mar junto con dos oficiales, a excepción de una semana en la que permanecieron en una isla inhóspita. La familia Bailey sobrevivió ciento dieciocho días. He oído hablar de un marinero mercante coreano llamado Poon, creo, que en los años cincuenta sobrevivió al Pacífico durante ciento setenta y tres días.

Yo sobreviví doscientos veintisiete días. Doscientos veintisiete días de sufrimiento, más de siete meses.

Procuré estar siempre ocupado. Ésa fue la clave de mi supervivencia. En un bote salvavidas, incluso en una balsa, siempre hay algo por hacer. Un día típico, si se le puede aplicar semejante término a un náufrago, consistía en lo siguiente:

Salida del sol hasta media mañana
    despertar
    oraciones
    desayuno para Richard Parker
    inspección general del bote salvavidas, prestando
        especial atención a todos los nudos y las cuerdas
    revisión de los alambiques solares (limpiar, inflar,
        llenarlos de agua)

desayuno e inspección de provisiones de comida
pesca y preparación del pescado en caso de haber
    pescado alguno (vaciar, limpiar, colgarlo en
    tiras al sol para curarlo)

Media mañana hasta media tarde
oraciones
almuerzo ligero
descanso y actividades tranquilas (escribir el
    diario, examinar costras, heridas, manteni-
    miento de materiales, hurgar en la taquilla,
    observar y estudiar a Richard Parker, sacar
    toda la carne de los huesos de tortuga, etc.)

Media tarde hasta última hora de la tarde
oraciones
pesca y preparación de pescado
ocuparme de las tiras de pescado curados (darles
    la vuelta, sacar todos los trozos podridos)
preparar la cena
cena para mí mismo y Richard Parker

Anochecer
inspección general del bote salvavidas (otra vez
    nudos y cuerdas)
sustraer y almacenar el destilado de los alambi-
    ques solares
guardar toda la comida y materiales
preparar para la noche (hacer la cama, dejar benga-
    la en lugar seguro, por si apareciera buque, y
    colector de agua de lluvia, por si lloviera)
oraciones

Noche
dormir mal
oraciones

Las mañanas solían ser más amenas que las tardes, cuando la vacuidad del tiempo se hacía más patente.

Había acontecimientos que afectaban a esta rutina. Si llovía, fuera la hora que fuese, día o noche, me encargaba de sujetar los colectores de agua de lluvia y de almacenar febrilmente el agua que recogían. La visita de una tortuga también desbarataba mi rutina. Y Richard Parker, cómo no, era otro trastorno regular. Mi prioridad por encima de cualquier otra fue complacerlo, sin bajar la guardia ni un instante. Él apenas tenía rutina más allá de comer, beber y dormir, pero hubo veces en que se despertaba del letargo y daba vueltas a su territorio, gruñendo y refunfuñando. Por suerte, el sol y el mar lo cansaban en seguida y se batía en retirada bajo la lona, donde se tendía de costado, o boca abajo con la cabeza apoyada en las patas delanteras cruzadas.

Sin embargo, mi relación con él se limitaba a lo estrictamente necesario. También pasé horas observándolo porque me distraía. Un tigre es un animal fascinante de por sí, y todavía más si se trata del único compañero de viaje que tienes.

Durante un tiempo estuve pendiente en todo momento por si aparecía un buque. Fue algo compulsivo. Pero tras unas cuantas semanas, cinco o seis quizá, dejé de hacerlo casi por completo.

Y si sobreviví, fue gracias a que me abandoné al olvido. Mi historia empezó en una fecha de calendario, el 2 de julio de 1977, y acabó en una fecha de calendario, el 14 de febrero de 1978, pero entre medio no hubo calendario. No conté ni los días ni las semanas ni los meses. El tiempo no es más que una ilusión que nos hace suspirar. Sobreviví porque me olvidé incluso de la noción del tiempo.

Lo que recuerdo son los acontecimientos, los encuentros y las rutinas, todos los hitos que surgieron de vez en cuando del océano del tiempo y quedaron grabados en mi memoria. El olor de los cartuchos de las bengalas de mano gastadas, las oraciones al amanecer, el sacrificio de las tortugas y la biología de las algas, para dar algunos ejemplos. Y muchos más. Pero no sé si podré ordenarlos. Mis recuerdos me vuelven todos revueltos.

CAPÍTULO 64

La ropa se me desintegró, víctima del sol y la sal. Primero se gastó tanto que parecía una gasa. Luego se rasgó hasta que sólo quedaban las costuras. Finalmente, se rompieron las costuras. Durante meses, viví completamente desnudo, aparte del silbato que me colgaba del cuello de un cordel.

Los furúnculos rojos y rabiosos del agua salada me desfiguraron como una lepra de alta mar, transmitida por el agua que me empapaba. Cada vez que se me abrían, la piel de debajo era excepcionalmente sensible y si me rozaba alguna herida abierta sin querer, el dolor era tan intenso que daba un grito ahogado y se me saltaban las lágrimas. Como es de suponer, los furúnculos salían en las partes de mi cuerpo que más se mojaban y las que más contacto tenían con la balsa, es decir, en el trasero. Hubo días en que ni siquiera sabía cómo ponerme para descansar. El tiempo y el sol curaron las heridas, pero era un proceso lento y aparecían nuevos furúnculos si no me mantenía seco.

CAPÍTULO 65

Pasé horas intentando descifrar lo que decía el manual de supervivencia acerca de la navegación. Las explicaciones llanas y sencillas sobre cómo vivir del mar eran abundantes, pero el autor había dado por sentado que el lector ya tenía conocimientos básicos de navegación. Supongo que se había imaginado que su náufrago iba a ser un marinero experimentado que, armado de una brújula, una carta náutica y un sextante, entendería cómo se había metido en un problema, aunque no supiera cómo salir de él. Por consiguiente, el manual estaba repleto de consejos como: «Recuerde, el tiempo es distancia. No se olvide de darle cuerda a su reloj», o «si hace falta, puede medir la latitud con los dedos». Yo tenía un reloj, pero estaba en el fondo del Pacífico. Lo había perdido cuando se hundió el *Tsimtsum*. Y por lo que se refería a la latitud y la longitud, mis conocimientos marinos se limitaban exclusivamente a lo que vivía en el mar, no lo que navegaba encima de él. Para mí los vientos y las corrientes eran un misterio. Las estrellas no me decían nada. Era incapaz de nombrar siquiera una constelación. Mi familia vivía según los movimientos de una sola estrella: el sol. Éramos la definición de quien madruga, Dios ayuda. Durante mi vida, había contemplado algunos cielos nocturnos preciosos llenos de estrellas, en los que con sólo emplear dos colores y el estilo más sencillo, la naturaleza pinta el más magnífico de los cuadros, bajo los que me llenaba de asombro, me sentía minúsculo y sacaba un sentido de dirección del espectáculo, sin lugar a dudas, pero me refiero a dirección espiritual, no geográfica. No tenía la más remota idea de cómo guiarme por el cielo como si fuera un mapa de carreteras. ¿Cómo iban a ayudarme las estrellas, por mucho que brillaran, si nunca paraban de moverse?

Desistí de intentar entenderlas. Aunque aprendiera algo, no me iba a servir de nada. No iba a poder controlar hacia dónde iba, pues carecía de timón, de velas y de motor. Tenía remos, pero me faltaban músculos. ¿Para qué establecer un rumbo si ni siquiera iba a poder seguirlo? Y aunque pudiera, ¿cómo iba a saber a dónde ir? ¿Hacia el oeste, de donde había venido? ¿Hacia el este, a los Estados Unidos? ¿Hacia el norte, a Asia? ¿Hacia el sur, donde estaban las vías marítimas? Cada uno de ellos tenía tantas ventajas como desventajas.

Así que me dejé llevar. Los vientos y las corrientes decidieron mi rumbo. El tiempo se convirtió en distancia del mismo modo que para el resto de los mortales: para navegar por la vida. Y ya tenía los dedos lo bastante ocupados como para ponerme a medir la latitud. Más adelante, descubrí que había navegado una vía estrecha, la contracorriente ecuatorial del Pacífico.

CAPÍTULO 66

Pesqué con diversos anzuelos a diversas profundidades para coger diversos tipos de peces, desde pesca de aguas profundas con anzuelos grandes y muchos plomos a pesca de

203

superficie con anzuelos más pequeños y uno o dos plomos. El éxito tardaba en llegar, y cuando llegaba, lo celebraba por todo lo alto, pero el esfuerzo nunca guardaba proporción con el premio. Las horas eran largas, los peces pequeños y a Richard Parker nunca se le pasaba el hambre.

Finalmente comprobé que los picos cangrejo iban a ser mis mejores aliados para pescar. Venían en tres piezas enroscables: dos piezas tubulares que formaban el eje, una con un mango moldeado de plástico a un extremo y un aro para sujetar el pico cangrejo con una cuerda, y la otra pieza era una cabeza que consistía en un gancho que medía unos cinco centímetros de diámetro que tenía una punta de púas muy afiladas. Una vez montado, el pico medía un metro y medio y era ligero y sólido como una espada.

Al principio pesqué en aguas abiertas. Solía hundir el pico cangrejo a poco más de un metro de la superficie, a veces con un pez en el anzuelo de cebo, y me disponía a esperar. Tenía que esperar horas, con el cuerpo tan tenso que me dolía. Cuando veía un pez justo en el lugar correcto, subía el pico con toda la fuerza y rapidez de las que era capaz. Tenía que ser una decisión instantánea. La experiencia me enseñó que era mejor atacar cuando presentía que tenía probabilidades de conseguirlo que atacar de forma arbitraria, pues un pez también aprende de la experiencia y pocas veces vuelve a caer en la misma trampa.

Cuando tenía suerte, cuando le daba a un pez y lo atravesaba con el pico, lo sacaba a la superficie sin problemas. Pero si enganchaba a un pez grande en el estómago o en la cola, la mayoría de las veces se escapaba con un giro brusco, acelerando hacia otro lado. Habiéndolo herido, iba a ser presa fácil para otro predador, un obsequio que no pretendía regalar a nadie. De forma que cuando veía un pez grande, apuntaba directamente a la zona ventral debajo de las branquias y a las aletas laterales dado que la reacción instintiva de un pez cuando los hieres en esa zona es nadar hacia arriba, alejándose del pico, justo en la dirección en la que yo estaba tirando. Entonces ocurría lo siguiente: a veces cuando sólo lo había tocado, no herido, el pez salía del agua como un rayo delante de mi cara. El asco que había sentido de tocar animales marinos no duró mucho. Me dejé de tonterías y de mantas.

Un pez que saltaba fuera del agua tendría que vérselas con un niño famélico con una voluntad práctica y férrea a agarrarlo como fuera. Si notaba que no iba a poder atravesarlo con el pico, lo soltaba (no me había olvidado de atarlo a la balsa con una cuerda) y cogía el pez con las manos. Los dedos, por muy desafilados que sean, son bastante más hábiles que un pico cangrejo. La lucha siempre era rápida y feroz. Aquellos peces resbalaban y estaban desesperados, y yo sencillamente estaba desesperado. Ojalá hubiera tenido la misma cantidad de brazos que la diosa Durga, dos para aguantar el pico, cuatro para agarrar el pez, y dos para empuñar las hachas. Pero tenía que apañármelas con dos. Les metía los dedos en los ojos, introducía las manos bajo las branquias, les aplastaba el estómago blando con las rodillas, les mordía la cola, hacía lo que hiciera falta hasta poder coger el hacha y cortarles la cabeza.

Con el tiempo y la experiencia, mis técnicas de caza mejoraron. Me volví más ágil y audaz. Desarrollé un sexto sentido, un instinto, de cómo debía actuar.

Tuve mucha más suerte cuando empecé a utilizar parte de la red de carga. Había resultado inútil para pescar. El nylon era demasiado rígido y pesado y la trama era demasiado abierta. Pero se trataba de un señuelo perfecto. Al verlo arrastrando en el agua, los peces no podían resistir la tentación de acercarse a ella, y aún menos cuando empezó a cultivar algas. Los peces locales en el ámbito convirtieron la red en un barrio, y los rápidos, los que tenían la costumbre de pasar a toda velocidad, los dorados, aflojaban el paso para investigar la nueva urbanización. Ninguno de los residentes ni los viajeros sospechaban que pudiera haber un anzuelo escondido entre la trama. Había días, demasiado pocos por desgracia, en los que conseguí todos los peces que quería. En días como aquellos, cazaba más allá de mis necesidades alimentarias y de mi capacidad de curarlos. No tenía espacio en la balsa ni en el bote ni en las cuerdas para secar tantas tiras de dorado, pez volador, jurel, cabrilla y caballa, y tampoco tenían cabida en mi estómago. Guardaba todo el pescado que podía y daba el resto a Richard Parker. Durante aquellos días de abundancia, tenía que matar a tantos peces que el cuerpo me acababa brillando de todas las escamas que se me quedaban pegadas.

Y yo llevaba esos puntitos brillantes y plateados como si fueran *tilaks*, las marcas de color que solemos llevar los hindúes en la frente como símbolos de lo divino. Estoy convencido de que si me hubiera avistado un buque en aquellos instantes, los marineros hubieran creído que era un dios pez, presidiendo su reino, y no se hubiesen parado. Aquellos días eran buenos. Y escasos.

Las tortugas eran muy fáciles de coger, tal y como lo había indicado el manual de supervivencia. Bajo el apartado de «caza y recogida», hubieran sido animales de «recogida». Son animales robustos, como tanques, pero no saben nadar con fuerza ni con rapidez. De hecho, con sólo agarrar a una de una aleta trasera, no puede escapar. Lo que no había mencionado el manual de supervivencia era que si cogías una tortuga, no quería decir necesariamente que ya fuera tuya. Había que subirlo a bordo. Y arrastrar una tortuga de sesenta kilos hasta un bote salvavidas no es pan comido, que digamos. Era una tarea que exigía hazañas de fuerza dignas de Hanuman. Normalmente, colocaba mi víctima al lado de la proa del bote con el caparazón tocando el casco y luego le ataba una cuerda al cuello, a una aleta delantera y a una aleta trasera. Entonces tiraba de la cuerda hasta que creía que se me iban a caer los brazos y que me iba a explotar la cabeza. Ataba la cuerda a los ganchos que había al otro lado de la proa. Cada vez que la cuerda aflojaba un poco, le daba una vuelta a uno de los ganchos antes de que volviera a deslizarse de mis manos. Así, centímetro a centímetro, iba sacando la tortuga del agua. Era un proceso lento. Recuerdo una tortuga verde que pasó dos día enteros colgada del borde del bote salvavidas, batiendo las aletas sin parar, unas contra el bote y las otras en el aire. Por suerte, cuando llegaba al borde de la regala, muchas veces las tortugas me ayudaban sin querer. En el intento de librarse de la cuerda que le torcía las aletas de forma tan dolorosa, tiraba de ellas. Si yo tiraba de la cuerda en el mismo momento, el conflicto de las fuerzas se juntaban y de repente, con facilidad, ocurría: de la manera más dramática imaginable, la tortuga caía por el borde de la regala encima de la lona. Yo caía hacia atrás, extenuado pero radiante de alegría.

Las tortugas verdes ofrecían más carne que las de carey, y tenían una panza y caparazón más finos. Pero suelen ser más grandes que las de carey, y en mi estado debilitado, muchas veces eran demasiado grandes para sacarlas del agua.

Dios, pensar que soy vegetariano estricto. Pensar que de niño siempre me estremecía cuando abría un plátano porque me sonaba igual que si le rompiera el cuello a un animal. Descendí a un nivel de salvajismo que jamás hubiera creído posible.

CAPÍTULO 67

La parte inferior de la balsa, igual que la red, acabó hospedando una multitud de vida marina de menor tamaño. Primero floreció una especie de alga verde y suave que se aferró a los chalecos salvavidas. Luego apareció un alga más dura para hacerle compañía. Prosperó y se multiplicó. Entonces vinieron los animales. Lo primero que vi fueron unos camarones pequeñitos y traslúcidos que apenas medían un centímetro. Los siguieron unos peces igual de pequeños que parecían que estuvieran bajo un aparato de rayos X permanente; se veían los órganos internos a través de la piel transparente. Después, vi los gusanos negros con el dorso blanco, las babosas verdes y gelatinosas con extremidades primitivas, los peces de colores diversos que medían un par o tres de centímetros y que tenían la barriga abultada. Finalmente llegaron los cangrejos de color marrón que medían entre uno y dos centímetros de ancho. Lo probé todo menos los gusanos. Hasta probé las algas. Lo único que no tenía un sabor amargo o salado desagradable eran los cangrejos. Cada vez que aparecían, me los metía en la boca como si fueran caramelos hasta que no quedaba ni uno. No podía controlarme. Siempre tenía que esperar mucho hasta que llegara una nueva cosecha de cangrejos.

El casco del bote también atrajo una forma de vida: pequeños percebes canadienses. Les chupaba el líquido. La carne en su interior resultó ser un buen cebo.

Acabé encariñándome con estos autostopistas marinos, aunque añadieran un peso superfluo a la balsa. Me distraían del mismo modo que Richard Parker. Pasé muchas horas sin hacer nada, tumbado de costado, habiendo corrido uno de los chalecos salvavidas a un lado, como si fuera una cortina delante de una ventana, para que pudiera verlos con claridad. Lo que veía era un pueblo al revés, un pueblo pequeño, tranquilo y silencioso, cuyos habitantes se ocupaban de sus cosas con la dulce cortesía de los ángeles. La verdad es que el mero hecho de verlos actuaba como un bálsamo para mis nervios crispados.

CAPÍTULO 68

Cambió mi ritmo de sueño. Aunque pasaba gran parte del día descansando, pocas veces conseguía dormir más de una hora seguida, ni siquiera por la noche. Lo que me molestaba no era el movimiento incesante del mar ni el silbido del viento; uno se acostumbra a ello del mismo modo que uno se habitúa a los bultos en un colchón. Lo que me despertaba era la aprensión y la ansiedad. Todavía desconozco cómo me las apañaba con tan pocas horas de sueño.

Richard Parker no tenía problemas. Se proclamó campeón de las siestas. Pasaba la mayor parte del tiempo bajo la lona. Pero durante los días en los que el sol no abrasaba y en las noches tranquilas, se aventuraba a salir. Una de sus posiciones favoritas era estar tumbado de costado en el banco de popa con el estómago colgando por el borde y las patas delanteras y traseras extendidas por los bancos laterales. Era mucho tigre para caber en un banco relativamente estrecho, pero lo conseguía curvando mucho la espalda. Cuando estaba completamente dormido, reposaba la cabeza encima de las patas delanteras, pero cuando se sentía más activo, cuando prefería mantener los ojos abiertos y mirar a su alrededor, volvía la cabeza y apoyaba la barbilla en la regala.

Otra de sus posiciones predilectas era estar sentado de espaldas a mí, con la parte trasera apoyada en el fondo del bote y la parte delantera encima del banco, con la cara oculta en la popa y las patas delanteras al lado de la cabeza, como si estuviéramos jugando al escondite y a él le tocara contar. Cuando se colocaba en esta posición, solía permanecer completamente inmóvil, excepto para mover las orejas muy de vez en cuando, indicando que no estaba necesariamente dormido.

CAPÍTULO 69

Muchas noches estuve convencido de haber visto una luz en la distancia. Cada vez encendí una bengala. Cuando se me acabaron las bengalas cohete, gasté todas las bengalas de mano. ¿Fueron buques que no me vieron? ¿El reflejo de la luz de las estrellas que salían o que desaparecían? ¿Olas que se rompían, moldeadas por la luna y la vana esperanza hasta crear una ilusión? Fuera por lo que fuera, todo fue en vano. Nunca me dio resultado. Siempre me quedaba con el gusto amargo de la esperanza hecha añicos. Con el tiempo abandoné por completo la idea de que viniera a rescatarme un buque. Si el horizonte estaba a una distancia de cuatro kilómetros visto desde una altura de un metro y medio, ¿a qué distancia iba a estar, visto desde donde estaba sentado en la balsa apoyado en el mástil, con los ojos a apenas un metro del agua? ¿Cuáles eran las posibilidades de que un buque en medio del Pacífico entrara en un círculo tan pequeño? Y es más: que entrara en un círculo tan pequeño y me viera a mí. ¿Cuáles eran las posibilidades de que ocurriera algo así? No, no podía contar con la humanidad y su proceder tan arbitrario. Tierra, tenía que llegar a tierra dura, firme y segura.

Todavía recuerdo el olor que desprendían los cartuchos vacíos de las bengalas de mano. Por uno de esos fenómenos de la química, olían exactamente igual que el comino. Me embriagaba. Cuando olía los cartuchos, me transportaba a Pondicherry, un alivio maravilloso después de ver que mi grito de auxilio caía en oídos sordos. Era una experiencia muy fuerte, casi una alucinación. De un simple olor brotaba una ciudad entera. (Ahora, cuando huelo comino, veo el océano Pacífico.)

Richard Parker se paralizaba cada vez que lanzaba un cohete de mano. Clavaba la mirada en la luz, las pupilas como dos agujeritos. Mis ojos no podían con esa luz tan brillante, con ese centro blanco incandescente y esa aureola rosa y roja. Tenía que mirar hacia otro lado. La sujetaba con la mano extendida y la blandía lentamente. Durante un minuto, me quemaba el brazo y todo lo que tenía a mi alrededor se iluminaba con una luz extraña. El agua, negra y opaca hasta hacía unos segundos, resultaba estar repleta de peces.

CAPÍTULO 70

No es tarea fácil matar una tortuga. La primera que maté fue una tortuga de carey pequeña. Lo que me tentó fue su sangre, esa «bebida buena, nutritiva y sin sal» que prometía el manual de supervivencia. Tanta era la sed que tenía. Agarré el caparazón de la tortuga y forcejeé con una de las aletas traseras. Cuando la tenía bien asida, le di la vuelta en el agua e intenté subirla a la balsa. No paraba de retorcerse. Nunca iba a poder con ella en la balsa. O la soltaba o intentaba subirla al bote. Miré hacia el cielo. Hacía un día cálido y despejado. Richard Parker parecía tolerar mi presencia en la proa en días tan calurosos, cuando el aire era como el interior de un horno y él no se asomaba hasta que se ponía el sol.

Con una mano, aguanté la aleta trasera de la tortuga y con la otra tiré de la cuerda del bote salvavidas. Me costó subirme a bordo. En cuanto lo conseguí, saqué la tortuga del agua de un tirón y la deposité al revés encima de la lona. Como había previsto, Richard Parker se limitó a gruñir un par de veces. No se sentía con ánimos para hacer esfuerzos con tanto calor.

Mi resolución era denodada y ciega. Sentí que no había tiempo que perder. Abrí el manual de supervivencia como aquel que abre un libro de cocina. Decía que había que darle la vuelta a la tortuga para que estuviera boca arriba. Hecho. Aconsejaba que «se introdujera un cuchillo en el cuello» para cortarle las arterias y las venas. Miré la tortuga. No tenía cuello. La tortuga se había retraído dentro del caparazón; lo único que estaba dispuesta a mostrar de la cabeza eran los ojos y el pico, rodeados de pliegues de piel. Me estaba mirando al revés con la expresión adusta.

Cogí el cuchillo y, con la intención de provocarla, le pinché una de las aletas delanteras. Sólo logré hacer que retrocediera más. Opté por un enfoque más directo. Con la misma seguridad que si lo hubiera hecho miles de veces, hinqué el cuchillo justo en el lado derecho de la cabeza de la tortuga, inclinándolo hacia dentro. Hundí la hoja entre los pliegues de piel y la giré. La tortuga se metió todavía más hacia dentro, sin forzar el lado donde estaba el cuchillo, y de pronto sacó la cabeza con ferocidad e intentó morderme. Di un respingo hacia atrás. Salieron las cuatro aletas y la tortuga intentó huir. Se estaba balanceando sobre la espalda, batiendo las aletas frenéticamente y moviendo la cabeza de un lado al otro. Agarré el hacha y le di en el cuello, haciéndole un tajo. Empezó a salir sangre de color rojo brillante a chorros. Cogí un vaso y conseguí unos trescientos mililitros de sangre, lo que cabe en una lata de refresco. Hubiera obtenido mucha más, un litro, supongo, pero la tortuga tenía un pico agudo y unas aletas delanteras largas y poderosas, equipadas con dos garras en cada una. La sangre que logré recaudar no olía a nada en especial. La probé. Estaba tibia y sabía a animal, si bien recuerdo. Es difícil recordar las primeras impresiones. Bebí toda la sangre hasta la última gota.

Creí que podría abrirle el caparazón duro de la parte inferior con el hacha, pero resultó más fácil cortarlo con el filo de dientes de sierra. Apoyé un pie en medio del caparazón y el otro lejos de las aletas, que parecían aspas de molino. Corté la piel áspera en el extremo superior sin problemas, menos en la zona de las aletas. Lo que más costó fue serrar el borde, donde el caparazón de arriba y el de abajo se unían, más que nada porque la tortuga no se estaba quieta. Cuando terminé de separar el caparazón estaba agotado y bañado en sudor. Tiré del caparazón inferior. Se separó, a regañadientes, con un ruido como a succión mojada, dejando al descubierto toda una vida interna: músculos, grasa, sangre, entrañas y huesos. Y la tortuga seguía retorciéndose. Le corté el cuello hasta las vértebras, pero como si no hubiera hecho nada. Las aletas siguieron dando vueltas. Con dos golpes de hacha, le corté la cabeza entera. Las aletas no pararon. Peor aún fue que la cabeza amputada seguía dando boqueadas y parpadeando. La tiré al mar. Cogí el resto de la tortuga que seguía palpitando y la dejé caer en el territorio de Richard Parker. Estaba haciendo ruidos como si tuviera intención de levantarse. Seguramente había olido la sangre de la tortuga. Fui corriendo a refugiarme en la balsa.

Observé resentido mientras agradecía mi regalo y se ponía hecho un verdadero cochino. Yo estaba acabado. Por un miserable vaso de sangre, el esfuerzo de matar la tortuga no había merecido la pena.

Empecé a meditar sobre el tema de dominar a Richard Parker. No bastaba con que me tolerara los días calurosos y despejados, sencillamente porque le diera pereza salir a bordo. No podía pasarme la vida huyendo de él. Necesitaba acceder a la taquilla y a la parte superior de la lona sin tener que temer por mi vida, independientemente de la hora que fuera o el tiempo que hiciera. Lo que necesitaba eran derechos, la clase de derechos que uno obtiene con el poder.

Había llegado el momento de imponerme y forjarme mi propio territorio.

CAPÍTULO 71

A aquellos que alguna vez se encuentren en un aprieto similar al mío, les recomendaría que siguieran las siguientes pautas:

1. Escoja un día en el que las olas sean pequeñas, pero regulares. Es necesario que el mar desempeñe bien su papel cuando el bote esté de lado con respecto a las olas, pero sin que llegue a volcarse.

2. Suelte toda la cuerda del ancla flotante para que el bote esté lo más estable y cómodo posible. Prepare su refugio fuera del bote salvavidas por si lo necesita (lo más probable es que le haga falta en algún

que otro momento). Si puede, idee alguna forma de protegerse. Hay muchas cosas que pueden servirle de escudo. Si envuelve ropa o mantas alrededor de las extremidades, tendrá una armadura mínima.

3. Ahora viene la parte más complicada: tiene que provocar al animal que lo aqueja. Sea tigre, rinoceronte, avestruz, jabalí u oso pardo, sea la bestia que sea, tiene que exasperarla. La manera más eficaz probablemente sea acercarse al límite de su territorio y entrar en el territorio neutral con gran estrépito. Yo hice justamente eso: me acerqué al borde de la lona y empecé a dar patadas en el banco del medio, haciendo sonar el pito suavemente. Es importante que haga un ruido consistente y reconocible para marcar su agresión. Pero debe ir con cuidado. La idea es provocar al animal, pero sin excederse. Debe evitar que el animal lo ataque sin más. Si lo hace, Dios lo ampare. Piense que corre el riesgo de acabar despedazado, pisoteado, destripado, y lo más probable de todo es que el animal se lo coma. No es lo que usted busca. Lo que busca es un animal resentido, fastidiado, irritado, molesto, enfadado y enojado, pero no homicida. No debe entrar en el territorio del animal bajo ninguna circunstancia. Contenga su agresión y limítese a mirarlo fijamente a los ojos, a tocar el silbato y a gritar pullas.

4. Cuando haya conseguido irritar al animal, obre con toda la mala fe posible para provocarlo a que entre en su territorio. Por experiencia propia, le recomiendo un buen método para lograr que esto ocurra: empiece a retroceder lentamente mientras sigue haciendo los ruidos. ¡EN NINGÚN MOMENTO DEBE DEJAR DE MIRARLO FIJAMENTE A LOS OJOS! En cuanto el animal haya puesto una pata en su territorio, incluso cuando haya pisado con resolución el territorio neutral, ya habrá conseguido su objetivo. No sea quisquilloso ni legalista respecto a dónde

ha colocado la pata. Tiene que mostrar su afrenta sin demora. No espere a interpretar la acción, malinterprétela lo más rápidamente posible. La idea es que tiene que hacer entender al animal que el vecino de arriba es excepcionalmente puntilloso en cuanto a su territorio.

5. Una vez el animal haya cruzado la barrera, tendrá que mostrarle una indignación inagotable. Aunque haya vuelto a su refugio fuera del bote o esté en el extremo final de su territorio en el bote, EMPIECE A TOCAR EL SILBATO CON TODA SU FUERZA y ACERQUE EL ANCLA FLOTANTE AL BOTE SALVAVIDAS. Estas dos acciones son importantísimas. No debe esperar a llevarlas a cabo. Si puede hacer que el bote salvavidas se coloque en una posición perpendicular a las olas de otro modo, con el remo, por ejemplo, hágalo de inmediato. Cuanto antes consiga orientar el bote, mejor.

6. El hecho de tocar un silbato sin interrupción acabará agotando a cualquier náufrago, pero no debe flaquear. El animal perturbado tiene que asociar la náusea creciente que siente con los sonidos agudos del silbato. Si quiere acelerar el proceso, póngase de pie encima de uno de los extremos del bote, con un pie en cada una de las regalas y muévase al ritmo de las olas. Por muy menudo que sea, por muy grande que sea el bote salvavidas, le sorprenderá cómo cambia la cosa con un poco de ayuda. Le aseguro que en pocos segundos el bote empezará a menearse como Elvis Presley. No olvide tocar el silbato sin parar y procure no volcar el bote.

7. Tiene que continuar hasta que el animal en cuestión (el tigre, el rinoceronte, lo que sea) esté tan mareado que no pueda siquiera aguantarse de pie. Espere hasta que lo vea haciendo arcadas, hasta que esté tumbado en el fondo del bote, temblando como una hoja, con los ojos en blanco y en sus últi-

mos estertores. Mientras tanto, tiene que destrozar los tímpanos del animal con los pitidos estridentes del silbato. Si usted también se marea, no malgaste el vómito echándolo al mar. Utilícelo para marcar las fronteras de su territorio. Le aseguro que es una barrera estupenda.

8. Cuando vea que el animal está muy enfermo, ya puede parar. La náusea se da con rapidez pero tarda mucho en desaparecer. Tampoco hace falta que se pase. La náusea no matará a nadie pero puede minar seriamente las ganas de vivir. Cuando lo haya machacado lo suficiente, suelte el ancla flotante, intente darle sombra al animal en el caso de que se haya desplomado a la luz del sol y asegúrese de dejarle agua para cuando se despierte, mezclada con pastillas para el mareo, si tiene. En esta fase del adiestramiento, la deshidratación supone un gran peligro. Luego retírese a su refugio y deje al animal en paz. El agua, el descanso y la tranquilidad, junto a un bote salvavidas estable lo devolverá a la vida. Debe permitir que el animal se recupere del todo antes de repetir los pasos 1 al 8.

9. Repita el tratamiento hasta que el animal asocie de forma fija y completamente inequívoca el sonido agudo del silbato con la sensación de aquella náusea tan debilitante e intensa. A partir de entonces, sírvase exclusivamente del silbato cada vez que el animal intente entrar en su territorio o se porte mal. Con un solo silbido, comprobará que su animal se estremecerá de malestar y se batirá en retirada al lugar más seguro y más lejano de su territorio. Una vez haya alcanzado este nivel del adiestramiento, utilice el silbato con moderación.

CAPÍTULO 72

En mi caso particular, fabriqué un escudo de un caparazón de tortuga para protegerme de Richard Parker mientras lo adiestraba. Corté una muesca en cada lado del caparazón y las conecté con una cuerda. El escudo pesaba más de lo que me hubiera gustado, pero que yo sepa, los soldados nunca llegan a escoger sus pertrechos.

La primera vez que lo probé, Richard Parker mostró los dientes, giró las orejas, espetó un rugido corto y gutural y arremetió contra mí. Alzó una garra poderosa y llena de cuchillas y le dio un zarpazo al escudo. Yo salí volando del bote salvavidas. Caí en el agua y solté el escudo al instante. Se hundió sin dejar rastro después de golpearme en la espinilla. Estaba despavorido, debido a Richard Parker, por supuesto, pero también por el hecho de estar en el agua. En mi cabeza vi un tiburón que estaba a punto de salir del agua como un rayo y comerme vivo. Nadé hacia la balsa moviendo los brazos con frenesí, haciendo justo la clase de brazadas que a los tiburones les resultan tan deliciosamente tentadoras. Por suerte, no había tiburones. Llegué a la balsa, solté toda la cuerda y me senté abrazándome las piernas y con la cabeza gacha, intentando apagar las llamas de terror que me estaban abrasando por dentro. Tardé mucho en dejar de temblar. No me moví de la balsa durante todo el día y toda la noche. No comí ni bebí nada.

La próxima vez que pesqué una tortuga, volví a poner manos a la obra. El segundo escudo fue más pequeño, pesaba menos y era mejor. Una vez más me subí al bote, avancé y empecé a dar patadas en el banco del medio.

Me pregunto si los que oyen esta historia entenderán que mi comportamiento no se debía a que yo estuviera desquiciado ni a que tuviera tendencias suicidas, sino que se trataba de una necesidad pura y dura. O lo adiestraba y conseguía hacerlo entender quién era el Número Uno y quién era el Número Dos, o moría el día que subiera a bordo para ampararme de alguna tormenta y él se opusiera.

Tengo que admitir que si logré sobrevivir a mi aprendizaje de adiestrador de alta mar, fue porque Richard Parker no tenía el propósito de atacarme. Los tigres, y esto se aplica a todos los animales en general, no son partidarios de la violencia para ajustar cuentas pendientes. Cuando los animales se pelean, es porque tienen el objeto de matar, sabiendo que ellos mismos pueden morir. Un enfrentamiento puede ser costoso. Así que los animales cuentan con todo un sistema de señas de advertencia destinadas a evitar una confrontación, y no vacilan en echarse para atrás cuando creen que pueden hacerlo. Un tigre pocas veces atacará a un compañero predador sin previo aviso. Lo más habitual es que arremetan contra su adversario emitiendo toda clase de gruñidos y rugidos. Pero justo antes de que sea demasiado tarde, el tigre se quedará inmóvil, con la amenaza retumbando en el fondo de la garganta. Evaluará la situación. Si decide que no hay peligro, dará media vuelta, creyendo que se ha explicado con toda claridad.

Durante el adiestramiento, Richard Parker se expresó con toda claridad en cuatro ocasiones. Cuatro veces me dio con la garra derecha y cuatro veces me tiró del bote salvavidas. Pasé mucho miedo antes, durante y después de cada uno de los ataques, y pasé mucho tiempo temblando en la balsa. Con el tiempo interpreté las señas que me estaba haciendo. Descubrí que con las orejas, los ojos, los bigotes, los dientes, la cola y la garganta, hablaba un idioma con una puntuación clarísima, indicándome cuál podía ser su próximo paso. Aprendí a echarme para atrás antes de que alzara la garra.

Entonces me tocaba a mí expresarme con toda claridad: con los pies en la regala, balanceaba el bote y tocaba el tono monocorde del silbato. Y no paraba hasta que Richard Parker oyera los gemidos y jadeos desde el fondo del bote. El quinto escudo me duró lo que quedaba del adiestramiento.

CAPÍTULO 73

Si hubiera podido pedir un deseo, aparte de que me rescataran, hubiera pedido un libro. Un libro largo que contara una historia interminable. Un libro que pudiera leer una y otra vez, con nuevos ojos y una interpretación fresca cada vez. Muy a pesar mío, el bote salvavidas no estaba provisto de semejante escritura. Parecía un Arjuna desconsolado en una cuadriga destrozada sin el beneficio de las palabras de Krishna. La primera vez que encontré una Biblia en la mesita de noche en un hotel en Canadá, rompí a llorar. Al día siguiente mandé una aportación a los Gedeones instándolos a difundir el ámbito de su actividad a todos los lugares donde pernoctaran los viajeros extenuados, no sólo a las habitaciones de hoteles, y que en lugar de limitarse a dejar la Biblia, proporcionaran otras escrituras sagradas también. No se me ocurre mejor manera de diseminar la fe. Nada tiene que ver con aquellos que braman desde los púlpitos, ni con las condenas impuestas por las iglesias malas, ni con la presión que ejerce el grupo paritario; se trata meramente de un libro de Escrituras aguardando con paciencia a saludar a aquel que lo coge, igual de dulce y poderoso que el beso en la mejilla de una niña pequeña.

¡Lo que hubiera dado por una buena novela! Pero sólo tenía el manual de supervivencia, que leí unas diez mil veces en el curso de mi vivencia.

Llevé un diario. Cuesta mucho de leer. Escribí con una letra minúscula porque temía quedarme sin páginas. No tiene mucho secreto, sólo palabras garabateadas encima de hojas que pretenden captar una realidad que me abrumaba. Empecé a escribir más o menos una semana después de que se hundiera el *Tsimtsum*. Hasta entonces había estado demasiado ocupado y turbado. Las anotaciones no llevan fecha ni número. Lo que más me llama la atención es la forma de plasmar el tiempo. Aparecen días, semanas enteras en una sola página. El diario describe todas las cosas que uno se pueda imaginar: los acontecimientos que viví y cómo me sentí, lo que pescaba y lo que no, el estado del mar y el tiempo, los problemas y las soluciones, Richard Parker. Cosas muy prácticas.

CAPÍTULO 74

Para seguir practicando mis rituales religiosos, tuve que adaptarlos a mis circunstancias: misas solitarias sin cura ni consagrada comunión, *darshans* sin *murtis* y *pujas* con carne de tortuga para el *prashad*, oraciones a Alá sin saber dónde estaba La Meca y equivocándome cuando hablaba en árabe. Lo cierto es que estos rituales me reconfortaban. Pero fue duro, vaya si fue duro. La fe en Dios consiste en abrirse, en dejarse ir, en una confianza profunda, un acto libre de amor. Pero a veces me resultaba difícil amar. A veces el alma se me caía en picado de la rabia, la desolación y el agotamiento. Temía que se me hundiera al fondo del Pacífico y que jamás alcanzaría a recuperarla.

En semejantes momentos, intentaba elevarme. Tocaba el turbante que había hecho de los restos de mi camisa y decía en voz alta:

—¡HE AQUÍ EL SOMBRERO DE DIOS!

Daba una palmadita en los pantalones y decía en voz alta:

—¡HE AQUÍ EL ATUENDO DE DIOS!

Señalaba a Richard Parker y decía en voz alta:

—¡HE AQUÍ EL GATO DE DIOS!

Señalaba el bote salvavidas y decía en voz alta:

—¡HE AQUÍ EL ARCA DE DIOS!

Extendía los brazos y decía en voz alta:

—¡HE AQUÍ LOS CAMPOS ABIERTOS DE DIOS!

Señalaba el cielo y decía en voz alta:

—¡HE AQUÍ EL OÍDO DE DIOS!

Y de esta forma recordaba la creación y el lugar que ocupaba en ella.

Sin embargo, el sombrero de Dios se estaba deshilachando. Los pantalones de Dios se estaban deshaciendo. El gato de Dios era un peligro constante. El arca de Dios era una cárcel. Los campos abiertos de Dios me estaban matando lentamente. El oído de Dios no parecía escucharme.

Sentí el desespero como una oscuridad espesa que no dejaba pasar la luz. Fue un infierno indecible. Doy gracias a Dios de que siempre se me pasara. Aparecía un cardumen de peces o me distraía uno de los nudos que estaba a punto de deshacerse. O pensaba en mi familia, en que ellos se habían librado de aquel suplicio atroz. La oscuridad se disipaba y finalmente volvía la claridad, y Dios permanecía, un punto de luz que brillaba en mi corazón. Y seguía amando.

CAPÍTULO 75

El día que calculé sería el cumpleaños de mi madre, le canté «Cumpleaños Feliz» en voz alta.

CAPÍTULO 76

Me acostumbré a recoger los excrementos de Richard Parker. En cuanto me daba cuenta de que había evacuado, buscaba la manera de recoger las heces, una operación complicada que consistía en arrastrarlas hacía mí con el pico cangrejo y alcanzarlas con la mano de debajo de la lona. Las heces pueden estar infestadas de parásitos. Si un animal vive en su hábitat natural, no importa dado que no suele pasar mucho tiempo junto a sus heces y la relación que tiene con ellas es de lo más neutral; los animales que viven en los árboles apenas las ven y los que viven en la tierra excretan y se van. No obstante, en el territorio compacto de un zoológico hay que tener más cuidado dado que el hecho de dejar los excrementos de un animal dentro de su recinto equivale a fomentar una reinfección. Los animales son glotones y se comerán cualquier cosa que tenga el más remoto parecido con la comida. Si las jaulas siempre están limpias, es por la salud intestinal de los animales, no para ahorrarles las molestias a los ojos y las narices de los visitantes. Sin embargo, mi propósito en este caso no era mantener los famosos niveles de calidad zoológica de la familia Patel. En pocas semanas, Richard Parker empezó a padecer de estreñimiento y al final sólo evacuaba una vez al mes, de modo que un control tan arriesgado no valía la pena desde el punto de vista sanitario. Había otra razón más sustancial: porque la primera vez que Richard Parker evacuó en el bote salvavidas, me di cuenta de que pretendía esconder el resultado. El significado de este acto no pasó desapercibido. Si hubiera intentado mostrar sus heces sin pudor, si hubiese hecho alarde del olor que desprendían, habría sido una señal de dominio social. A la inversa, el hecho de esconderlas, o tratar de esconderlas, indicaba deferencia, deferencia hacia mí.

Notaba que se ponía nervioso. Se mantenía agachado con la cabeza echada hacia atrás y las orejas aplastadas contra la cabeza, gruñendo en voz baja sin parar. Yo procedía con un cuidado y una deliberación extremados, no sólo para mi propio bien, sino también para hacerle la señal adecuada. La señal adecuada era que cuando tenía las heces en la mano, las palpaba durante algunos segundos, las llevaba a la nariz y las olía haciendo todo el ruido que podía. Luego lo miraba repetidas veces de forma ostentosa con los ojos como platos (de miedo, si lo hubiera sabido). Mantenía la mirada fija en él durante unos instantes, los suficientes para crisparle los nervios, pero sin llegar a provocarlo. Y con cada mirada, tocaba suavemente el silbato de manera que se sintiera amenazado. De este modo, cada vez que lo fastidiaba con los ojos (pues, como ya se sabe, para todos los animales, incluso para nosotros, el acto de mirar fijamente a los ojos de otro supone una agresión) y tocaba ese silbato con todas las asociaciones atroces que presagiaba, dejaba muy claro que yo tenía el derecho, el derecho señorial, de manosear y oler sus heces si me daba la gana. Comprenderás que lo que me interesaba no era la higiene de Richard Parker, sino encontrar una forma de intimidarlo psicológicamente. Y funcionó. Richard Parker nunca me devolvió la mirada; los ojos siempre se le quedaban fijos en un lugar indefinido, ni clavados en mí ni sin mirarme. Era algo que percibía con la misma certeza que las bolas de excremento que tenía en la mano: el dominio en ciernes. Este ejercicio siempre me dejaba exhausto de la tensión, pero eufórico.

Y ya que estamos hablando del tema, confieso que también padecí del mismo estreñimiento que Richard Parker. Se debía a nuestra dieta basada en poca agua y demasiadas proteínas. Para mí, el hecho de aliviarme (una vez al mes también) no suponía alivio alguno. Se trataba de un acontecimiento interminable, arduo y doloroso que me dejaba bañado en sudor e indefenso del agotamiento, una tribulación más dura que tener fiebre.

CAPÍTULO 77

A medida que disminuyeron las cajas de raciones de supervivencia, reduje la dosis hasta seguir las instrucciones al pie de la letra y me restringí a comer dos galletas cada ocho horas. Nunca conseguía saciar el hambre. Pensé en la comida de forma obsesiva. Cuanto menos tenía para comer, más grandes se hacían las porciones que soñaba. Los platos de mis fantasías llegaron a ser del tamaño de la India. Un Ganges entero de sopa *dhal*. *Chapattis* calientes más grandes que Rajastán. Platos de arroz como Uttar Pradesh. *Sambars* que hubieran inundado todo Tamil Nadu. Helado amontonado más allá del Himalaya. En los sueños me convertí en experto: los ingredientes siempre eran frescos y abundantes; el horno o la sartén siempre estaba a la temperatura ideal; las proporciones siempre eran óptimas; nunca había un plato quemado ni demasiado poco hecho, demasiado caliente ni demasiado frío. Cada comida era perfecta, y justo fuera de mi alcance.

Poco a poco, aumentó la variedad de mi apetito. Mientras que al principio había vaciado los peces y les había quitado la piel de forma maniática, no tardé en empezar a comérmelos vivos tras sacarles la viscosidad resbaladiza que los cubría, deleitándome de la delicia que tenía entre los dientes. Recuerdo que los peces voladores eran bastante sabrosos con una carne rosácea y tierna. Los dorados tenían la carne más consistente y un sabor más fuerte. Empecé a sacar todo el jugo de las cabezas en lugar de dárselas a Richard Parker o usarlas de cebo. Para mí fue todo un descubrimiento el día que averigüé que no sólo los ojos, sino las vértebras de los peces más grandes contenían un jugo delicioso. Con el tiempo, las tortugas, que antes había abierto de cualquier manera con el cuchillo y había tirado al fondo del bote para Richard Parker como si fuera un plato de sopa caliente, llegaron a convertirse en mi plato favorito.

Ahora me parece imposible imaginar que alguna vez haya podido considerar una tortuga como un manjar de diez platos, un descanso grato del pescado. Pero así fue. Por las venas de las tortugas fluía un *lassi* dulce que había que beber en cuanto les empezaba a manar del cuello porque coagulaba en menos de un minuto. Los mejores *poriyals* y *kootus* del país no podían competir con la carne de tortuga, fuera curada y marrón o fresca y roja. Jamás había comido un *payasam* de cardamomo tan dulce como los huevos cremosos o la grasa curada de las tortugas. Una mezcla triturada del corazón, el hígado, los pulmones y los intestinos limpios de una tortuga esparcida con pedacitos de carne de pescado, todo macerado en una salsa de yema y suero superaba el más exquisito de los *thalis*. Hacia el final del viaje, no dejaba ni pizca de lo que podía ofrecerme una tortuga. Entre las algas que cubrían algunas de las tortugas de carey, a veces encontraba cangrejitos y percebes. Lo que encontraba en el estómago de una tortuga iba directamente al mío. Pasé muchos ratos agradables royendo alguna articulación de aleta o partiendo los huesos para sacar toda la médula que tenían dentro. Mis dedos se pasaron el tiempo rascando los pedacitos de grasa y la carne seca que se quedaba pegada al interior de los caparazones, hurgando en todo para buscar comida de la misma manera instintiva de los monos.

Los caparazones resultaron ser muy útiles. No sé qué hubiera hecho sin ellos. Aparte de ser escudos más que aptos, me sirvieron como tablas para cortar el pescado y tazones para mezclar la comida. Cuando los elementos acabaron de destrozar las mantas del todo, utilicé los caparazones para protegerme del sol, apoyando unos contra los otros y acostándome debajo.

Daba miedo comprobar hasta qué punto el hecho de tener el estómago lleno me llegaba a cambiar el humor. Una cosa suponía la otra, gramo por gramo: cuanto más bebía y comía, mejor humor. Fue una existencia terriblemente caprichosa. Estaba a merced de la carne de las tortugas para poder sonreír.

Cuando desaparecieron las últimas galletas, no había nada que no comiera, fuera cual fuese el sabor. Era capaz de meterme cualquier cosa en la boca, masticarla y tragarla, fuera deliciosa, asquerosa o normal, siempre y cuando no estuviera salada. Mi cuerpo desarrolló una repugnancia por la sal que todavía no he superado.

Una vez intenté comer las heces de Richard Parker. Ocurrió al principio, cuando mi organismo todavía no había aprendido a vivir con hambre y mi imaginación seguía buscando soluciones como fuera. Acababa de dejarle agua fresca de uno de los alambiques solares en el cubo. Tras beberla de un sorbo, desapareció debajo de la lona y yo seguí ocupándome de algo en la taquilla. En aquellos tiempos solía mirar debajo de la lona con cierta frecuencia para asegurarme de que no se trajera nada entre manos. Bien, pues esta vez lo pillé *in fraganti*. Estaba agachado con la espalda arqueada y las patas traseras despatarradas. Tenía la cola levantada y la estaba empujando contra la lona. La posición lo delataba. Lo primero que me vino a la cabeza fue una imagen de comida, no la higiene animal. Decidí que el peligro era mínimo. Estaba mirando hacia el lado opuesto con la cabeza escondida. Si respetaba su intimidad, quizá no se diera cuenta de mi presencia. Cogí una cubeta de achique y extendí la mano. La cubeta llegó justo a tiempo. En el momento en que la coloqué en posición a la base de la cola, el ano de Richard Parker se dilató y, con un tintineo, depositó una bola de excremento del tamaño de un chicle de máquina en el fondo de la cubeta. Aquellos que no entiendan el extremo de mi sufrimiento creerán que había abandonado los últimos rudimentos humanos cuando digo que me sonó igual de melodioso que una moneda de cinco rupias cuando cae al fondo de la taza de un mendigo. Esbocé una sonrisa que me partió los labios y los hizo sangrar. Me sentí enormemente agradecido por su regalo. Retiré la cubeta. Cogí el zurullo entre los dedos. Estaba calentito y apenas olía. Parecía una gran bola de *gulab jamun* excepto que no era blanda. En realidad, estaba dura como una piedra. Si lo llego a meter en un mosquete, hubiera podido derribar a un rinoceronte.

Volví a dejar la bola en la cubeta y la cubrí de agua. La tapé y la dejé a un lado. Mientras esperaba, se me estaba haciendo la boca agua. Cuando ya no podía más, la llevé a la boca. Fui incapaz de comérmela. Tenía un gusto amargo, pero había algo más también. Mi boca llegó a una conclusión inmediata y evidente: allí no había nada. No era más que una bola de desechos carente de todo nutriente. La escupí, disgustado por haber derrochado aquellas gotas tan preciadas de agua. Cogí el pico cangrejo y recogí el resto de las heces de Richard Parker. Las lancé directamente a los peces.

En pocas semanas, mi cuerpo empezó a deteriorarse. Los pies y los tobillos se me hincharon y apenas pude ponerme de pie.

CAPÍTULO 78

Hubo muchos cielos: el cielo invadido por nubes blancas llanas por abajo y redondas e hinchadas por arriba; el cielo despejado de un color azul capaz de destruir los sentidos; el cielo como una manta espesa y asfixiante de color gris, pero sin promesa de lluvia; el cielo cubierto de una capa fina de nubes; el cielo moteado de pequeñas nubes blancas y algodonosas; el cielo con vetas de nubes altas y delgadas que parecían una bola de algodón deshecha; el cielo monótono, lechoso y brumoso; el cielo atestado de nubes oscuras y tempestuosas que pasaban sin soltar ni gota de lluvia; el cielo pintado de unas pocas nubes llanas que parecían barras de arena. El cielo no era más que un bloque visual que permitía un efecto óptico sobre el horizonte: la luz del sol que inundaba el océano, con los bordes verticales entre la luz y la sombra marcados a la perfección. El cielo era una cortina negra y lejana de lluvia. El cielo era diferentes capas de nubes, algunas gruesas y opacas, y otras que parecían humo. El cielo era negro y me mojaba la cara sonriente con sus gotas suaves. El cielo era una masa de agua, un diluvio incesante que me arrugaba y me abotagaba la piel y me helaba hasta los huesos.

Hubo muchos mares. El mar rugió como un tigre. El mar me susurró al oído como un amigo que te cuenta sus secretos. El mar tintineó como el cambio suelto en un bolsillo. El mar bramó como una avalancha. El mar silbó como el papel de lija contra una madera. El mar sonó a una persona cuando vomita. El mar guardó silencio absoluto.

Y entre los dos, entre el cielo y el mar, hubo los vientos. Y hubo todas las noches y todas las lunas.

La condición de náufrago supone estar permanentemente en el centro de un círculo. Por mucho que parezca que cambien las cosas, aunque el mar pase de ser un susurro a aullar de

225

furia, aunque el cielo pase de un color azul refrescante, a un blanco cegador al más oscuro de los negros, la geometría siempre es la misma. La mirada siempre es un radio. La circunferencia siempre es enorme. En realidad, los círculos se multiplican. El hecho de ser náufrago supone estar atrapado en un angustioso ballet de círculos. Estás en medio de un círculo y por encima giran dos círculos opuestos. El sol te produce la misma zozobra que una multitud, una multitud alborotadora y ofensiva que te obliga a tapar los oídos, a cerrar los ojos, que hace que quieras desaparecer. La luna te produce otro tipo de zozobra, una zozobra que te recuerda tu soledad; abres los ojos como platos para que puedas aliviar el sentimiento de estar completamente solo. Cuando miras hacia arriba, a veces te preguntas si en medio de la tormenta solar, si en medio del Mar de Calma, no habrá otro igual que tú, atrapado en la misma geometría, luchando con el mismo miedo, la misma ira, la misma locura, el mismo desespero y la misma apatía.

Por lo demás, la condición de náufrago supone estar atrapado entre opuestos nefastos y agotadores. Cuando es de día, la amplitud del mar te ciega y te asusta. Cuando cae la noche, la oscuridad resulta claustrofóbica. Cuando es de día, pasas calor y lo único que deseas es que haga frío y sueñas con helados y te echas agua del mar encima. Por la noche, pasas frío y sueñas con *curries* calientes y te envuelves en mantas. Cuando hace calor, estás sediento y deseas estar mojado. Cuando llueve, estás medio ahogado y deseas estar seco. Cuando hay comida, hay demasiada y tienes que atracarte. Cuando no hay, realmente no hay y pasas mucha hambre. Cuando el mar está en calma y no se mueve, deseas que hubiera olas. Cuando se alza y del círculo que te aprisiona surgen colinas, sufres de aquella peculiaridad del mar cuando está embravecido, de la asfixia en espacios abiertos, y deseas que el mar vuelva a estar en calma. Los opuestos pueden ocurrir a la vez, así que mientras el sol te va abrasando hasta dejarte aturdido, eres consciente de que está secando las tiras de pescado y carne que cuelgan de las cuerdas y que es una bendición para los alambiques solares. A la inversa, cuando estás en medio de un chubasco, aparte de reabastecer las provisiones de agua, sabes que la humedad afectará a los víveres curados y que algunos se pudrirán y se volverán pastosos y de color verde. Después de una tormenta, cuando descubres que has salido con vida del ataque del cielo y la traición del mar, la alegría se ve disminuida por la rabia de que tanta agua fuera a parar al mar y por la preocupación de que tal vez no vuelva a llover y que te mueras deshidratado antes de que llegue el próximo chaparrón.

El peor de los opuestos es el aburrimiento y el terror. A veces la vida se convierte en un péndulo que se balancea entre el uno y el otro. El mar está perfectamente llano. No hay ni un murmullo de viento. Las horas no pasan. Estás tan aburrido que te hundes en un estado de apatía que roza el coma. Entonces el mar se embravece y de repente las emociones se te exaltan. Y aun así, estos dos opuestos no se distinguen. Dentro del aburrimiento hay elementos de terror: te derrumbas y te echas a llorar, te corroe el pánico, gritas, te haces daño a propósito. Y entre las garras del terror, en medio de la peor de las tormentas, sientes aburrimiento y hastío.

Lo único que consigue suscitar tus emociones de forma infalible es la muerte, sea cuando la estás observando porque tu vida es segura y anquilosada o cuando huyes de ella porque tu vida corre peligro y no quieres perderla.

La vida en un bote salvavidas no es que sea la gran vida. Se parece al final de una partida de ajedrez, cuando sólo quedan unas cuantas piezas. Los elementos no podrían ser más básicos, ni el riesgo más alto. A nivel físico, es terriblemente arduo y a nivel moral, es letal. Hay que adaptarse para poder sobrevivir. Hay que aprender a prescindir. Tienes que disfrutar de la felicidad cuando se da. Llegas a un punto en que estás en las profundidades del infierno, pero tienes los brazos cruzados y una sonrisa en los labios y te sientes la persona más dichosa de la tierra. ¿Y por qué? Porque a tus pies hay un pececito muerto.

CAPÍTULO 79

Cada día vinieron tiburones, principalmente marrajos y tiburones azules, pero también algún que otro tiburón oceánico, y una vez apareció un tiburón tigre salido de la más negra de las pesadillas. Sus horas predilectas eran al amanecer y al anochecer. Nunca nos supusieron graves problemas. En alguna ocasión golpearon el casco del bote salvavidas. No creo que fuera fortuito (otras especies también lo hacían, entre ellas las tortugas e incluso los dorados). Pienso que era una manera del tiburón de establecer la naturaleza del bote salvavidas. Un buen golpe en la nariz con el mango del hacha era una forma eficaz de mandarlos con presteza a las profundidades. Lo más molesto de los tiburones era que convertían el agua en un lugar peligroso, igual que entrar en un territorio privado en el que aparece una advertencia que dice «Cuidado con el Perro». Por lo demás, me encariñé con ellos. Eran como aquellos amigos cascarrabias que jamás se atreverían a admitir que les caes bien pero que siempre vienen a visitarte. Los tiburones azules son más pequeños, ya que pocas veces superan el metro y medio de largo, y son los más atractivos, con sus líneas elegantes y esbeltas, la boca pequeña y las branquias discretas. Tienen la espalda de color azul ultramarino y el estómago níveo, y aunque estos colores se vuelven gris o negro cuando están bajo el agua, destellan con un resplandor sorprendente cuando se acercan a la superficie. Los marrajos son más grandes y tienen la boca repleta de dientes escalofriantes, pero también son de un color precioso, un azul añil que riela bajo la luz del sol. Los tiburones oceánicos suelen ser más pequeños que los marrajos, que pueden llegar a medir más de tres metros, pero son más fornidos y poseen una aleta dorsal enorme que sale de la superficie del agua como un estandarte de guerra. Son veloces y el mero hecho de verlos puede llegar a destrozarte los nervios. Además, son de un color apagado, entre marrón y gris, y a pesar de tener manchas blancas en las aletas, no resultan muy atractivos.

Pesqué bastantes tiburones pequeños, casi todos azules, pero algunos marrajos también. Solía ocurrir justo después del anochecer, cuando la luz del día estaba a punto de apagarse, y los cogía con las manos cuando se acercaban al bote salvavidas.

El primero fue el más grande, un marrajo que medía casi un metro y medio. Llevaba un rato acercándose y alejándose de la proa. Viendo que estaba a punto de volver a pasar, dejé caer la mano al agua sin pensarlo y lo agarré justo delante de la cola, donde tenía la parte más estrecha del cuerpo. La piel áspera me permitió sujetarlo con tanta seguridad que sin siquiera parar a pensar en lo que estaba haciendo, le di un tirón. Y cuando tiré, el tiburón salió, casi arrancándome el brazo. Para mi gran alegría y horror, saltó del agua, creando una explosión de agua y espuma. Durante una fracción minúscula de segundo, no supe cómo reaccionar. El tiburón era más pequeño que yo, pero ¿no estaba actuando como un Goliat imprudente? ¿No debería dejarlo ir? Me volví y me eché encima de la lona, lanzando el marrajo hacia la popa. Con un estruendo, el pez cayó del cielo dentro del territorio de Richard Parker y empezó a golpear los lados del bote con tanta fuerza que temí que iba a hacerlo añicos. Richard Parker se sobresaltó. Atacó de inmediato.

Comenzó una batalla épica. Por si les interesa a los zoólogos, puedo afirmar que los tigres no arremeten contra un tiburón con los dientes, sino con las garras delanteras. Richard Parker empezó a darle zarpazos, y yo me estremecí con cada golpe. Fue francamente espantoso. Un solo golpe de aquellos hubiera roto cada uno de los huesos de una persona, convertido cualquier mueble en astillas, reducido cualquier casa a escombros. Hay que decir que el marrajo no tenía aspecto de estar disfrutando, dado que no paraba de retorcerse, batiendo la cola e intentando morder con la boca.

Desconozco si fue porque Richard Parker no estaba familiarizado con los tiburones, pues jamás se las había visto con un pez predador, pero fuera por el motivo que fuera, ocurrió: un accidente, una de las poquísimas veces en las que comprendí que Richard Parker no era perfecto, que por muy agudos que fueran sus instintos, él también podía fallar. Metió la garra izquierda dentro de la boca del marrajo. El marrajo la cerró. De repente, Richard Parker se encabritó. El tiburón dio un brinco, pero no lo soltó. Richard Parker volvió a caer hacia delante, abrió la boca y rugió con todas sus fuerzas. Me vino una ráfaga de aire caliente. El aire se sacudió visiblemente, como el calor que sube de una carretera en un día abrasador. Seguro que en algún sitio lejano, a doscientos cincuenta kilómetros, un guardia miró hacia el mar, turbado, y luego dio parte de una cosa muy extraña: de haber oído el maullido de un gato que venía del sudeste. Días después, el rugido todavía me sonaba en las entrañas. Sin embargo, los tiburones son sordos, en el sentido convencional de la palabra. Por consiguiente, mientras que yo, que jamás se me hubiera ocurrido darle ni un pellizco a la garra de un tigre, mucho menos probar de tragármela, recibí un rugido volcánico en toda la cara y temblé y tirité y me volví líquido del miedo y me desplomé, el tiburón sólo percibió una vibración apagada.

Richard Parker se volvió y empezó a morder y arañar la cabeza del tiburón con la garra delantera que le quedaba libre mientras le abría el estómago y la espalda con las traseras. El tiburón seguía mordiéndole la pata, la única línea de defensa y ataque que le quedaba, a la vez que batía la cola. El tigre y el tiburón lucharon, revolcándose por todo el bote salvavidas. Con un esfuerzo sobrehumano, conseguí hacerme con el control de mi cuerpo y subirme a la balsa. La desaté, alejándome lentamente del bote. Vi unas explosiones de color naranja y azul, de pelaje y piel, mientras el bote se balanceaba sin parar. Los rugidos de Richard Parker fueron realmente aterradores.

Finalmente, el bote dejó de moverse. Después de algunos minutos, Richard Parker asomó la cabeza y se puso a lamer la pata izquierda.

Pasó gran parte de los días siguientes lamiendo las cuatros garras. La piel de los tiburones está cubierta de tubérculos microscópicos que hacen que parezca un papel de lija. Richard Parker debió de cortarse mientras rastrillaba el marrajo con las zarpas. Tenía una herida en la garra izquierda, pero no parecía muy grave: no le faltaban dedos ni zarpas. El marrajo, a excepción de la punta de la cola y la zona de la boca que estaban chocantemente intactas, quedó hecho un revoltijo masacrado y medio comido. Había trozos de carne roja y gris y pedazos de órganos internos desparramados por todo el bote.

Conseguí robar algunos de los restos del tiburón con el pico cangrejo, pero para mi gran desilusión, las vértebras de los tiburones no contienen líquido. Por lo menos la carne era buena, no sabía demasiado a pescado, y disfruté mascando el cartílago tras tantas semanas de comida blanda.

A partir de entonces, sólo cogí tiburones más pequeños. De hecho, me limité a cazar crías, y las maté yo. Descubrí que si las apuñalaba en los ojos, morían de forma más rápida y menos cansada que si intentaba cortarles la cabeza con el hacha.

CAPÍTULO 80

De todos los dorados, hay uno, un dorado especial, que destaca en mi memoria. A primera hora de una mañana gris nos vimos asaltados por una tormenta de peces voladores. Richard Parker estaba tratando de atraparlos con las garras y yo estaba acurrucado detrás de un caparazón de tortuga, tratando de protegerme. En la mano tenía un pico cangrejo del que había colgado un pedazo de red y con el que pretendía coger alguno de los peces, pero el invento había resultado completamente inútil. De repente me pasó rozando un pez volador. Detrás de él, iba un dorado. El pez volador se escapó por los pelos de mi red, pero el dorado calculó mal. Tras saltar del agua, se estrelló contra la regala como una bala de cañón. El golpe sacudió el bote entero y la lona quedó salpicada de gotas de sangre. Reaccioné con rapidez. Me agaché debajo de la lluvia de peces voladores y cogí el dorado justo antes de que llegara un tiburón. Lo saqué del agua. Estaba muerto, o casi, pues estaba cambiando de color a cada momento. Estaba emocionado. «¡Vaya trofeo!» pensé. «¡Vaya trofeo! Gracias, Jesús-Matsya.» El dorado era gordo y carnoso. Debía de pesar unos veinte kilos. Llegaría para dar de comer a una multitud. Los ojos y el cartílago llegarían para irrigar un desierto.

Por desgracia, Richard Parker había vuelto su enorme cabeza y me estaba mirando. Lo noté con el rabillo del ojo. Los peces voladores seguían volando por encima de su cabeza, pero ahora carecían de todo interés: lo único que le interesaba era el pez que yo tenía en las manos. Estaba a menos de tres metros. Tenía la boca entreabierta y le colgaba el ala de un pez. Arqueó la espalda. Empezó a menear el trasero y a mover la cola. No me cabía la menor duda: estaba preparándose para el ataque. Era demasiado tarde para huir, demasiado tarde incluso para tocar el silbato. Me había llegado la hora.

Pero ya estaba harto. Ya había sufrido bastante. Estaba famélico. Llega un momento en que uno no puede pasar ni un día más sin comer.

Así que en un momento de demencia provocado por el hambre, en el que me importaba más comer que permanecer vivo, sin arma ninguna, desnudo en todos los sentidos, miré a

231

Richard Parker directamente a los ojos. De repente, su fuerza bruta sólo representaba debilidad moral. No tenía ni punto de comparación con mi fuerza mental. Lo miré a los ojos sin parpadear y con actitud desafiante, y nos quedamos así, fulminándonos con la mirada. Cualquier guardián de zoológico sabe que un tigre, de hecho, un gato, sea el que sea, no atacará a una presa que lo esté mirando a los ojos. Se esperará a que el ciervo, el antílope o el buey desvíe la mirada hacia otro lado. Pero saberlo y ponerlo en práctica son dos cosas completamente distintas (y resulta inútil saberlo si tienes intención de desafiar a un gato gregario porque mientras estás mirando un león, te atacará otro por detrás). Durante dos, tal vez tres segundos, niño y tigre mantuvieron una intensa contienda por el estatus y la autoridad. Richard Parker sólo tenía que hacer un pequeño salto para despedazarme. Pero no aparté los ojos.

Finalmente, Richard Parker se lamió la nariz, gruñó y se volvió. Dio un zarpazo furibundo a un pez volador. Yo era el vencedor. Sin apenas creerlo, agarré el dorado entre los brazos y lo llevé a la balsa. Poco después, entregué un buen trozo del pez a Richard Parker.

De aquel día en adelante, sentí que mi dominio estaba fuera de toda duda y empecé a pasar cada vez más tiempo en el bote salvavidas, primero en la proa y a medida que fui cobrando más confianza en mí mismo, me instalé encima de la lona. Todavía temía a Richard Parker, pero sólo cuando hacía falta. Su mera presencia ya no me volvía tenso. Uno se acostumbra a todo. Me parece que ya lo he dicho, ¿no? ¿No es lo que dicen todos los supervivientes?

Al principio, descansé en la lona con la cabeza apoyada en el borde enrollado al lado de la proa. Desde esa posición tenía la cabeza más alta dado que los extremos del bote salvavidas estaban a más altura que el centro y podía vigilar a Richard Parker.

Más adelante, dormí mirando hacia el lado contrario, con la cabeza apoyada justo encima del banco del medio, de espaldas al territorio de Richard Parker. En aquella posición, no estaba tan cerca de los lados del bote de forma que estaba más protegido del viento y el agua.

CAPÍTULO 81

Sé que mi supervivencia cuesta mucho de creer. Mirándolo ahora, yo mismo me asombro.

El hecho de que me aprovechara de que Richard Parker se mareara con tanta facilidad no es la única explicación. Había otra: yo era quien le proporcionaba comida y agua. Desde que tenía memoria, Richard Parker había vivido en un zoológico y estaba acostumbrado a que aparecieran alimentos sin que él tuviera que mover una garra. También es verdad que cuando llovía y el bote entero se convertía en un colector de agua de lluvia, él sabía perfectamente de dónde procedía el agua. Y que cuando nos bombardeada un cardumen de peces voladores, mi rol tampoco era muy evidente. Pero estos sucesos no cambiaban la realidad de las cosas, y la realidad era que cuando miraba más allá de la regala, no veía una jungla en la que pudiera cazar ni un río del que pudiera beber. No obstante, yo le proporcionaba comida y agua fresca. Mi presencia era pura y milagrosa. Me otorgaba cierto poder. La prueba es que sobreviví semana tras semana. La prueba es que no me atacó, aun cuando dormía sobre la lona. La prueba es que sigo aquí para contar mi historia.

CAPÍTULO 82

Guardé el agua de lluvia y la que recogía de los alambiques solares en las bolsas de cincuenta kilos que luego almacenaba dentro de la taquilla, donde Richard Parker no podía verlas. Ataba las bolsas con cuerda. Aquellas bolsas no hubieran sido más valiosas aunque estuvieran llenas de oro, zafiros, rubíes y diamantes. Mi pesadilla más temida era abrir la taquilla por la mañana y encontrar que las tres bolsas se habían derramado, o aún peor, que se habían partido. Para prevenir semejante catástrofe, las envolví en mantas para evitar que rozaran el casco metálico del bote salvavidas, y para impedir que se gastaran, sólo las movía cuando no me quedaba más remedio. Aun así, me inquietaba por los cuellos de las bolsas. ¿La cuerda no acabaría desgastándolos? ¿Cómo iba a cerrar las bolsas si estaban rotas por arriba?

Cuando las cosas iban bien, cuando la lluvia caía a cántaros, cuando las bolsas estaban llenas hasta arriba, llenaba las cubetas de achique, los dos cubos de plástico, los dos recipientes polivalentes de plástico, los tres vasos de vidrio graduado y las latas vacías (que ahora guardaba con esmero). Luego llenaba las bolsas para vómitos, haciendo un nudo por arriba para cerrarlas. Entonces, si seguía cayendo la lluvia, yo mismo me convertía en colector. Metía un extremo del tubo de uno de los colectores en la boca y bebía y bebía y bebía.

Siempre añadía un poco de agua salada al agua fresca de Richard Parker, en mayor proporción después de los días de lluvia, y menor proporción en épocas de sequía. En alguna ocasión, al principio, lo había visto asomar la cabeza por encima del borde, oler el mar y darle algún sorbo, pero pronto dejó de hacerlo.

Aun así, apenas nos las arreglábamos. La escasez de agua fue la fuente de preocupación y ansiedad más constante a lo largo de todo nuestro viaje.

De la comida que pescaba, Richard Parker se llevaba la mejor parte. No me quedaba otra alternativa. Él se daba cuenta de inmediato cuando cazaba una tortuga o un dorado o un tiburón y yo tenía que ofrecerle una porción de forma rápida y generosa. Creo que hubiera batido todas las marcas mundiales de abrir el estómago de una tortuga. Y los peces morían despedazados antes de que hubieran dejado de retorcerse. Si acabé comiendo las cosas sin ton ni son, no se debió exclusivamente a que tuviera tanta hambre; se debió en parte a la enorme presión a la que estaba sometido. A veces no tenía tiempo de considerar qué tenía delante. Si no lo metía en la boca al instante, tenía que sacrificarme por él, dado que siempre esperaba al límite de su territorio, resoplando con impaciencia, dando patadas y arañando el fondo del bote. El día que me di cuenta de forma inequívoca de lo bajo que había caído, de que comía como un animal con ruido, ansia y glotonería, de que ni siquiera me molestaba en masticar, de que comía de la misma forma que Richard Parker, se me encogió el corazón.

234

CAPÍTULO 83

La tormenta se avecinó lentamente una tarde en la que las nubes se habían estado moviendo a tropezones, como asustadas por el viento. El mar no tardó en entrar en escena. Empezó a subir y bajar de tal forma que se me cayó el alma al suelo. Recogí los alambiques solares y la red. ¡Vaya paisaje aquél! Hasta entonces sólo había visto lomas de agua. Esto era otra cosa: las olas se convirtieron en montañas. Los valles en los que nos hundimos eran tan profundos que apenas se veía el cielo. Las laderas eran tan empinadas que el bote se deslizó por ellas como una tabla de surf. La balsa estaba recibiendo una verdadera paliza. Las olas la estaban empujando fuera del agua y no paraba de dar botes para todos lados. Eché las dos anclas, a diferentes distancias, para que no acabaran enredándose.

Mientras trepábamos por los oleajes, el bote se aferraba a las anclas flotantes como un escalador a una cuerda. Una y otra vez subimos a toda prisa hasta llegar arriba de una cresta blanca donde nos esperaba una explosión de luz y espuma. El bote se inclinaba hacia delante. Desde allí arriba, se veía todo a kilómetros de distancia. Pero enseguida la montaña empezaba a moverse, y el suelo que teníamos debajo se hundía, creando una sensación de malestar indescriptible en el estómago. En pocos segundos, volvíamos a estar al fondo de un valle oscuro, distinto del anterior, pero rodeados por miles de toneladas de agua que se asomaban por encima de nuestras cabezas, recordándonos que nuestra única salvación era nuestra ligereza más bien frágil. De nuevo la tierra se movía, las cuerdas de las anclas flotantes volvían a tensarse y la montaña rusa volvía a empezar.

Las anclas flotantes funcionaron de maravilla, incluso casi demasiado bien. Cada vez que nos encontramos en lo alto de una cresta, el bote se hubiera ido hacia abajo si no hubiese sido por las anclas que seguían al otro lado de la cresta y que tiraban con fuerza para impedirlo. No obstante, el resultado era que la parte delantera del bote siempre acababa inclinándose hacia abajo y la proa chocaba contra el agua, creando una explosión de gotas y espuma. Una y otra vez acabé empapado.

Entonces vino un oleaje que estaba especialmente resuelto a arrastrarnos con él. La proa se sumergió bajo el agua. Me quedé paralizado, congelado y aterrorizado. No sé ni cómo conseguí sujetarme. El bote se llenó de agua. Oí un rugido de Richard Parker. La muerte se nos estaba echando encima. Lo único que me quedaba era elegir entre morir ahogado o morir engullido. Opté por morir engullido.

Cuando volvimos a bajar por el otro lado del oleaje, aproveché para subirme encima de la lona y desenrollarla hacia la popa, encerrando a Richard Parker. Si protestó, no lo oí. Con más rapidez que una máquina de coser, enganché la lona a cada lado del bote. Habíamos vuelto a subir. El bote estaba dando bandazos y me costó mucho mantener el equilibrio. El extremo de la popa ya estaba cerrada y la lona sujeta, menos en la proa. Me metí por el hueco que quedaba entre uno de los bancos laterales y la lona y me tapé la cabeza con la lona suelta. Apenas tenía espacio para moverme. Entre el banco y la regala había unos treinta centímetros y los bancos laterales sólo medían unos cuarenta y cinco centímetros. Pero en ningún momento se me ocurrió, ni a las puertas de la muerte, refugiarme en el fondo del bote salvavidas. Todavía quedaban cuatro ganchos sueltos. Deslicé la mano por la apertura y tiré de la cuerda. Con cada gancho que conseguía meter, me costaba más enganchar el siguiente. Logré enganchar dos. Me quedaban dos más. El bote estaba ascendiendo con un movimiento rápido y suave. La inclinación debía de superar los treinta grados. Notaba cómo me estaba deslizando hacia la popa. Giré la mano bruscamente y logré sujetar otro gancho con la cuerda. Ya no podía hacer más. La lona no estaba diseñada para cerrarla desde el interior sino desde el exterior del bote salvavidas. Tire de la cuerda con fuerza, cosa que me costó poco ya que me impedía deslizarme por el banco hasta el extremo opuesto del bote. La inclinación pasó de los cuarenta y cinco grados.

Calculo que habíamos llegado a una inclinación de sesenta grados cuando el bote llegó a la cima del oleaje e irrumpió por encima de la cresta. Una pequeña porción del agua nos cayó encima y sentí como si me aporrearan con un puño colosal. De repente, el bote se inclinó hacia delante y se invirtió todo: ahora estaba en el extremo inferior del bote y el agua que lo había inundado, con tigre empapado incluido, vino hacia mí. No noté el tigre y no tenía ni idea de dónde estaba dado que no se veía nada debajo de la lona, pero antes de caer al siguiente valle, creí que iba a ahogarme.

Durante el resto del día y buena parte de la noche, subimos y bajamos, subimos y bajamos, subimos y bajamos hasta que el terror se tornó un estado de insensibilidad y abandono. Me agarré a la cuerda de la lona con una mano y del borde del banco de la proa con la otra, pegándome como pude al banco lateral. En la posición que estaba, con el agua que entraba y salía, la lona me hizo papilla, me quedé empapado y congelado, y las espinas y caparazones me dejaron lleno de moratones y heridas. El ruido de la tormenta fue constante, igual que los gruñidos de Richard Parker.

En algún momento de la noche, caí en la cuenta de que la tormenta había pasado. Estábamos flotando sobre el agua de forma normal. A través de un desgarrón en la lona, vi un cielo oscuro, despejado y lleno de estrellas. Abrí la lona y me tumbé encima.

Al amanecer, vi que había perdido la balsa. Lo único que quedaba eran dos remos atados y uno de los chalecos salvavidas. Supongo que tuve la misma sensación que alguien cuando ve, tras un incendio, que sólo queda una viga de lo que había sido su casa. Me volví y escudriñé cada ángulo del horizonte. Nada. Mi pequeño pueblo marino había desvanecido. Por algún milagro habían resistido las anclas flotantes (seguían tirando del bote con la misma lealtad) pero no me sirvió de consuelo alguno. La pérdida de la balsa tal vez no fuera a poner en riesgo mi cuerpo, pero sí mi estado de ánimo.

El bote estaba en un estado lamentable. La lona tenía varios desgarrones, algunos claramente causados por las garras de Richard Parker. Habíamos perdido gran parte de la comida, o bien porque se la habían llevado las olas o bien porque la había estropeado el agua que había entrado. Me dolía todo y tenía un corte profundo en el muslo que se había vuelto blanco e hinchado. Casi ni me atreví a abrir la taquilla. Gracias a Dios no se había roto ninguna de las bolsas de agua. La red y los alambiques solares, que no había podido desinflar del todo, habían llenado el espacio, impidiendo que se desplazaran demasiado.

Estaba extenuado y deprimido. Desenganché la lona de la popa. Richard Parker estaba tan callado que me pregunté si se había ahogado. Pero no. En cuanto enrollé la lona hasta el banco del medio, se asomó y gruñó. Salió del agua y se instaló en el banco de la popa. Saqué una aguja e hilo y empecé a reparar la lona.

Más tarde até uno de los cubos con una cuerda y me afané en achicar el bote salvavidas. Richard Parker me observó con despreocupación. Todo cuanto hacía le aburría. Hacía calor y avancé lentamente. Uno de los cubos de agua me devolvió algo que creía haber perdido. Lo contemplé. En la palma de la mano tenía lo último que quedaba entre mi vida y la muerte: el último de los silbatos de color naranja.

CAPÍTULO 84

Un día estaba tendido encima de la lona, envuelto en una manta, durmiendo y soñando y despertándome y soñando y pasando el tiempo como podía. Soplaba una brisa suave. De vez en cuando, algunas gotas salían volando de las crestas de las olas y caían sobre el bote salvavidas. Richard Parker había desaparecido debajo de la lona. No le gustaba ni mojarse ni las subidas y las bajadas del bote. Pero el cielo estaba despejado, el aire era cálido y el mar se movía de forma regular. Me desperté porque oí una explosión. Abrí los ojos y vi que el cielo estaba lleno de agua. Me cayó encima, empapándome. Volví a mirar hacia arriba. Cielo despejado. Oí otra explosión a la izquierda, de menor potencia que la primera. Richard Parker rugió con ferocidad. Más agua me cayó encima. Olía muy mal.

Miré por el borde del bote. Lo primero que vi fue un objeto grande y negro que estaba aflorando en el agua. Tardé unos segundos en comprender exactamente qué era. Una arruga arqueada fue la pista que me lo confirmó. Era un ojo. El ojo de una ballena. Y el ojo, del tamaño de mi cabeza, me estaba mirando directamente.

Richard Parker apareció de debajo de la lona. Bufó. Noté un cambio en el brillo del ojo de la ballena que me hizo creer que había desviado la mirada hacia Richard Parker. Lo observó durante unos treinta segundos antes de sumergirse lentamente bajo el agua. Temí que nos golpeara con la cola, pero se hundió en línea directa hasta el fondo de la inmensidad azul. La cola parecía un corchete redondo y enorme que se desvanecía.

Llegué a la conclusión de que la ballena buscaba un compañero. Seguramente decidió que yo no daba la talla y además, según parecía, ya estaba comprometido.

Vimos varias ballenas, pero ninguna de ellas se acercó tanto como la primera. Siempre me daba cuenta de su presencia por los chorros de agua que expulsaban. Solían aflorar a la superficie a poca distancia, a veces en grupo de tres o cuatro, un archipiélago de islas volcánicas efímeras. Estos dulces behemoth siempre me levantaban el ánimo. Estaba convencido de que entendían mi condición y que al verme allí, uno de ellos exclamaba: «¡Vaya! Si es ese pobre náufrago con el gato del que me estaba hablando Bamfu. Pobrecito. Espero que tenga suficiente plancton. Tengo que decirles a Mumfu y Tomfu y Stimfu que lo he visto. Quizás haya algún buque por aquí que podría ayudarlo. Su madre se pondría muy contenta de verlo. Adiós, muchacho. Intentaré ayudarte. Me llamo Pimfu.» Y así, de boca en boca, todas las ballenas del Pacífico se enteraron de mi presencia y seguro que me hubieran encontrado mucho antes si Pimfu no hubiera ido a pedir ayuda a un despreciable buque japonés y muriera atravesada por un arpón, la misma suerte que corrió Lamfu en manos de un buque noruego. La caza de ballenas es un crimen abyecto.

Los delfines también vinieron a visitarnos con frecuencia. Un grupo nos acompañó durante un día y una noche entera. Eran muy vivaces. Los giros y chapuzones y carreras que hacían al lado del bote no parecían tener motivo alguno excepto el de divertirse. Intenté pescar uno, pero ninguno se acercó al pico cangrejo. Y aunque hubiera pescado uno de ellos, eran demasiado grandes y rápidos para mí. Finalmente desistí y me limité a mirarlos.

Vi un total de seis pájaros. Creí que cada uno era un ángel que anunciaba tierra cercana. Pero todos ellos eran aves marinas capaces de cruzar el océano sin apenas aletear. Las miré sobrecogido, lleno de envidia y autocompasión.

En dos ocasiones vi un albatros. Los dos sobrevolaron el

bote sin siquiera mirarnos. Me los quedé mirando boquiabierto. Eran algo sobrenatural e incomprensible.

En otra ocasión, a pocos metros del bote, pasaron dos paíños de Wilson, con los pies bailando encima del agua. Ellos tampoco nos hicieron caso y me dejaron igual de atónito.

Finalmente atrajimos la atención de una pardela de pico fino. Dio un par de vueltas alrededor del bote y finalmente descendió. Echó las patas hacia atrás, giró las alas hacia dentro y aterrizó en el agua, flotando con la misma ligereza que un trozo de corcho. Me escrutó con curiosidad. Rápidamente cebé un anzuelo con un trozo de pez volador y arrojé el sedal hacia ella. No había puesto plomos en el sedal y me costó acercarlo al ave. Al tercer intento, la pardela se acercó al cebo y hundió la cabeza bajo el agua antes de que se le escapara. El corazón me palpitaba de la emoción. Esperé unos segundos antes de tirar del sedal. Cuando lo hice, el ave pegó un graznido y regurgitó lo que acababa de comer. Antes de que pudiera volver a intentarlo, desplegó las alas y se elevó en el aire. Con dos o tres aletazos, ya estaba en camino.

Tuve más suerte con un piquero enmascarado. Apareció de la nada, planeando hacia nosotros, con una envergadura de más de un metro. Aterrizó encima de la regala, al alcance de la mano. Me miró con sus ojos redondos y un semblante serio y perplejo. Era un ave grande con el cuerpo níveo y las alas de color negro azabache en las puntas y en los bordes exteriores. Tenía la cabeza grande y protuberante, con un pico de color naranja amarillento y los ojos rojos detrás de la máscara, que le daba el aspecto de ladrón que ha pasado una noche muy larga. Lo único que fallaba en el diseño eran las patas palmípedas marrones que eran demasiado grandes. Era un ave muy audaz. Pasó varios minutos pellizcándose las plumas con el pico, exponiendo una capa de plumón suave. Cuando hubo terminado, miró hacia arriba y viendo que todo seguía en su lugar, se exhibió tal y como era: un dirigible suave, bello y aerodinámico. Cuando le ofrecí un pedazo de dorado, me lo cogió de la mano de un picotazo, pinchándome la palma.

Le rompí el cuello doblándole la cabeza hacia atrás, con una mano empujando el pico hacia arriba y la otra aguantando el cuello. Las plumas estaban tan bien pegadas que cuando empecé a sacarlas, acabé arrancándole la piel. No estaba

240

desplumando el ave: lo estaba despedazando a trocitos. Ya pesaba muy poco, un volumen sin peso. Cogí el cuchillo y lo despellejé. Teniendo en cuenta el tamaño del ave, ofrecía muy poca carne, sólo un poco en el pecho. Tenía una textura más correosa que la carne de dorado, pero no noté una gran diferencia de sabor. En el estómago, aparte del pedazo de dorado que acababa de darle, encontré tres pececitos. Quité los jugos gástricos y me los comí. También comí el corazón, el hígado y los pulmones del piquero. Me tragué los ojos y la lengua con un sorbo de agua. Le aplasté la cabeza y saqué el pequeño cerebro. Me comí la piel de las patas. Lo único que quedó del ave fue la piel, las plumas y los huesos. Lo tiré todo al otro lado de la lona para Richard Parker, que no había visto la llegada del piquero. De repente se asomó una garra naranja.

Días después, todavía seguían flotando plumas del interior de su guarida. Las que caían al agua fueron engullidas por los peces.

Ninguna de las aves anunciaron tierra firme.

CAPÍTULO 85

Una vez vimos relámpagos. El cielo estaba tan negro que el día parecía la noche. Empezó a diluviar y oí truenos a la distancia. Creí que no avanzarían. Pero se levantó el viento, arrojando la lluvia en todas la direcciones. Justo después, un latigazo blanco bajó con un estrépito del cielo y perforó el agua. Cayó a cierta distancia del bote salvavidas, pero el efecto fue perfectamente visible. El agua estaba atravesada de lo que parecían raíces blancas. Durante un instante, un árbol celestial inmenso se elevó en medio del océano. Jamás me hubiera imaginado algo así, un relámpago en medio del mar. El trueno que lo siguió fue tremendo. El destello fue increíblemente intenso.

Volví hacia Richard Parker y dije:

—Mira, Richard Parker, un relámpago.

En seguida vi su opinión al respecto. Estaba aplastado contra el fondo del bote salvavidas con las patas despatarradas y temblando como una hoja.

Yo experimenté el efecto contrario. Me sirvió para sacarme de mi forma de actuar mortal y limitada y elevarme a un estado de asombro exaltado.

De repente, un relámpago cayó más cerca. Tal vez estuviera destinado a nosotros. Acabábamos de bajar de la cresta de un oleaje cuando el relámpago le dio de lleno. Hubo una explosión de aire y agua caliente. Durante dos, quizá tres segundos, un fragmento de vidrio blanco y cegador de una ventana cósmica rota bailó en el cielo, incorpóreo y poderosamente abrumador. Diez mil trompetas y veinte mil tambores jamás conseguirían causar el estruendo de ese relámpago: fue decididamente ensordecedor. El mar se tornó blanco y desvaneció todo su color. Todo se convirtió en pura luz blanca y pura sombra negra. Más que iluminar, la luz penetró. Con la misma velocidad con que había aparecido, el relámpago desapareció, antes incluso de que el chorro de agua caliente acabara de caer encima de nosotros. El oleaje escarmentado recuperó su color negro y siguió su camino con indiferencia.

Yo me quedé estupefacto, de una pieza, gracias a Dios. Pero no sentí ningún miedo.

—Alabado sea Alá, Señor del Universo, el Compasivo, el Misericordioso, Dueño del Día del Juicio —massullé.

Y a Richard Parker, grité:

—¡Deja de temblar! Esto es un milagro. Es un arrebato de divinidad. Es... Es...

No pude describir qué era, aquella cosa tan inmensa y fantástica. Me quedé sin aliento y sin palabras. Me dejé caer hacia atrás encima de la lona con los brazos y las piernas extendidos. La lluvia me heló hasta los huesos. Pero estaba sonriendo. Recuerdo ese roce con la electrocución y las quemaduras de tercer grado como una de las pocas veces durante toda mi odisea en la que sentí auténtica felicidad.

En los momentos de asombro, es fácil evitar los pensamientos nimios y ponderar los pensamientos que abarcan el universo entero, que captan tanto los truenos como los tintineos, lo grueso y lo delgado, lo cercano y lo lejano.

CAPÍTULO 86

—¡Richard Parker, un buque!

Tuve el placer de gritarlo una vez. Estaba borracho de alegría. Todo el dolor y la frustración se desvaneció y creí que iba a estallar de felicidad.

—¡Lo hemos conseguido! ¡Estamos salvados! ¿No lo entiendes, Richard Parker? ¡ESTAMOS SALVADOS! ¡Ja, ja, ja, ja!

Intenté controlar la emoción. ¿Y si pasaba demasiado lejos y no nos veía? ¿Debería lanzar una bengala cohete? ¡Tonterías!

—¡Viene hacia nosotros, Richard Parker! ¡Gracias, Dios Ghanesa! ¡Bendito seas en todas tus manifestaciones, Alá-Brahman!

Tenía que vernos. ¿Hay alguna felicidad más grande que la de la salvación? La respuesta, créeme, es «No». Me puse de pie. Hacía mucho tiempo que no hacía semejante esfuerzo.

—¿Has visto, Richard Parker? Gente, comida, una cama. La vida vuelve a ser nuestra. ¡Qué alegría!

El buque se acercó todavía más. Parecía un petrolero. La forma de la proa se distinguía perfectamente. La salvación iba vestida con una toga negra con el ribete blanco.

—¿Y si...?

No me atrevía a decir las palabras en voz alta. Pero ¿no había alguna posibilidad de que papá, mamá y Ravi estuvieran vivos? El *Tsimtsum* tenía más de un bote salvavidas. Tal vez estuvieran en Canadá desde hacía semanas y estaban impacientes a la espera de alguna noticia de mi paradero. Quizá fuera la única persona del naufragio que todavía seguía sin aparecer.

—¡Cielos! ¡Qué grandes son los petroleros!

Parecía una montaña acercándose sigilosamente.

—Tal vez hayan llegado a Winnipeg. ¿Cómo será nuestra casa nueva? ¿Crees que las casas canadienses tienen patios interiores como las casas tradicionales de Tamil Nadu, Richard Parker? Supongo que no. Se llenarían de nieve en el invierno. Es una lástima. No existe una paz comparable con la de un patio interior en un día soleado. ¿Qué clases de especias deben cultivar en Manitoba?

El buque ya estaba muy cerca. Tan cerca que si no paraba, tendría que desviarse ya.

—Como te decía, las especias... ¡Dios mío!

De repente me di cuenta de que el petrolero no venía hacia nosotros sino que se nos venía encima. La proa era un muro inmenso de metal que se estaba haciendo más ancha por segundos. Una ola que la circundaba estaba avanzando de forma implacable. Richard Parker finalmente se percató del gigante que se nos avecinaba. Se volvió y emitió una especie de «¡Guau! ¡Guau!» pero no era un ladrido perruno, era tigresco: poderoso, aterrador y perfectamente adecuado a las circunstancias.

—Richard Parker, ¡que nos atropella! ¿Y ahora qué hacemos? ¡Venga, rápido, una bengala! ¡No! ¡Los remos! A ver, pon el remo en el tolete... ¡Ya está!

—¡Umpf! ¡Umpf! ¡Umpf! ¡Umpf! ¡Umpf! ¡Ump...

La ola de la proa nos empujó hacia arriba. Richard Parker se agachó con los pelos erizados. El bote salvavidas se deslizó por la ola, salvándose por apenas sesenta centímetros.

El buque pasó por nuestro lado durante lo que se me antojó un kilómetro y medio, un kilómetro y medio de muro negro de cañón, un kilómetro y medio de fortificación sin un solo centinela que nos viera languideciendo en el foso. Lancé una bengala cohete, pero apunté mal. En lugar de volar encima de las amuradas y explotar en la cara del capitán, rebotó contra el costado del petrolero y se zambulló en el Pacífico, donde pereció con un silbido. Toqué el silbato con todas mis fuerzas. Berreé. Pero todo fue en vano.

El buque pasó de largo, los motores retumbando y las hélices dando vueltas explosivas bajo el agua. Richard Parker y yo nos quedamos meciendo en su estela espumosa. Tras tantas semanas de ruidos neutros, los ruidos mecánicos se me antojaron extraños y abrumadores y me dejaron sin habla.

En menos de veinte minutos, un petrolero de trescientas mil toneladas se convirtió en un punto sobre el horizonte. Cuando me volví, Richard Parker todavía estaba mirando hacia él. Tras unos segundos, él también volvió la cabeza y nuestras miradas se cruzaron. Mis ojos expresaban ansia, dolor, angustia y soledad. Él sólo sabía que había ocurrido algo estresante y trascendental, algo más allá de los límites de su entendimiento. Él no comprendía que la salvación acababa de dejarnos atrás. Sólo comprendía que el alfa que tenía delante, ese tigre raro y arbitrario, se había trastornado. Se tumbó para echar otra siesta. El único comentario que hizo al respecto fue un maullido malhumorado.

—¡Te quiero!

Las palabras manaron de mi boca, puras, sin límites, infinitas. La emoción me inundó el pecho.

—Te lo juro. Te quiero, Richard Parker. Si ahora no estuvieras aquí, no sé qué haría. No creo que resistiera. No, no resistiría. Me moriría de desesperación. No te rindas, Richard Parker, no te rindas. Te prometo que te llevaré a tierra. ¡Te lo prometo!

CAPÍTULO 87

Uno de mis métodos favoritos de evadirme consistía en algo que venía a ser lo mismo que asfixiarme de forma suave. Utilizaba un pedazo de paño que corté de los restos de una manta. Lo llamé el trapo de los sueños. Lo mojaba con agua del mar para que estuviera empapado, pero no chorreando. Buscaba una posición cómoda encima de la lona y me tapaba la cara con el trapo de los sueños, adaptándolo a mis rasgos. Caía en un profundo sopor. No me resultaba difícil teniendo en cuenta el estado de letargo avanzado que ya llevaba encima. Pero el trapo de los sueños daba una calidad especial al sopor. Supongo que se debía a que me limitaba el paso del aire. Me venían unos sueños, trances, visiones, pensamientos, sensaciones y recuerdos extraordinarios. Y el tiempo pasaba mucho más deprisa. Cuando me sorprendía un tic o un grito ahogado y el trapo se caía, recobraba el sentido por completo, encantado de que hubiese transcurrido tantas horas. La prueba era que el trapo ya estaba seco. Pero más que eso, notaba que el momento actual era diferente al momento actual anterior.

CAPÍTULO 88

Un día nos encontramos con un montón de basura. Primero vi unas manchas de aceite que refulgían en el agua. Poco después aparecieron residuos domésticos e industriales. Casi todos los desechos eran de plástico, de formas y colores diversos, pero también había trozos de madera, latas de cerveza, botellas de vino, andrajos y trozos de cuerda, todo rodeado de una espuma amarillenta. Nos adentramos en ella. Eché un vistazo para ver si había algo que nos pudiera ser útil. Recogí una botella de vino vacía que todavía conservaba el corcho. El bote salvavidas chocó contra un frigorífico que había perdido el motor. Estaba flotando con la puerta mirando hacia el cielo. Extendí la mano, agarré el pomo de la puerta y la abrí. Me asaltó un olor tan acre y asqueroso que hasta tiñó el aire. Con la mano sobre la boca, miré en el interior. Había manchas, líquidos oscuros, una gran cantidad de verduras podridas, leche tan cortada e infectada que se había convertido en una gelatina verdosa y los restos descuartizados del animal muerto que estaba tan negro de la putrefacción que ni siquiera acerté a identificarlo. Por el tamaño, creo que debía de ser cordero. En los confines cerrados y húmedos de la nevera, el hedor había tenido tiempo suficiente para multiplicarse, fermentar, amargarse y encolerizarse. Me agredió los sentidos con tanta rabia contenida que me revolvió el estómago, hizo que me diera vueltas la cabeza y que me temblaran las piernas. Afortunadamente, el mar llenó el agujero vacío y se lo tragó rápidamente. El espacio que había dejado la nevera se llenó de otros desechos.

Dejamos los residuos atrás. Durante muchas horas, cada vez que el viento soplaba de aquella dirección, todavía los olía. El mar tardó un día entero en lavar las manchas aceitosas de los costados del bote salvavidas.

Introduje una nota en la botella: «Carguero de propiedad japonesa, *Tsimtsum*, con bandera panameña, hundido el 2 de julio de 1977 en el Pacífico, a cuatro días de Manila. Estoy en un bote salvavidas. Me llamo Pi Patel. Algo de comida, algo de agua, pero tigre de Bengala gran problema. Por favor, notifiquen a mi familia en Winnipeg, Canadá. Agradezco cualquier ayuda. Gracias». Puse el corcho a la botella y lo tapé con un trozo de plástico. Até el plástico al cuello de la botella con un trozo de cordel de nylon, haciendo varios nudos. Arrojé la botella al agua.

CAPÍTULO 89

Todo se deterioró. Todo se destiñó a causa del sol. Todo acabó azotado por los elementos. El bote salvavidas, la balsa hasta que la perdí, la lona, los alambiques, los colectores de agua de lluvia, las bolsas de plástico, las cuerdas, las mantas, la red... Todo acabó gastado, desfigurado, flojo, rajado, seco, podrido, desgarrado, decolorado. Lo que había sido de color naranja se volvió blanco anaranjado. Lo que había sido suave se volvió áspero. Lo que había sido áspero se volvió liso. Lo que había estado entero se volvió harapiento. Y por mucho que lo frotara todo con las pieles de los peces y con grasa de tortuga con la intención de engrasarlo, no servía de nada. La sal se lo seguía comiendo todo con sus millones de bocas hambrientas. Y el sol se encargó de tostarlo todo. Mantuvo a Richard Parker parcialmente subyugado. Limpió los restos de la carne de los huesos y los coció hasta dejarlos blancos y relucientes. Hizo trizas mi ropa y hubiese hecho lo mismo con mi piel, aunque fuera oscura, si no me hubiese protegido con mantas y caparazones de tortuga. Cuando hacía mucho calor, me echaba un cubo de agua del mar encima pero a veces el agua estaba tan tibia que parecía jarabe. El sol también se encargó de eliminar todos los olores. No recuerdo ningún olor. Bueno, sólo el olor de las bengalas de mano. Olían a comino, ya lo he mencionado, ¿verdad? No recuerdo ni el olor que desprendía Richard Parker.

Nos fuimos consumiendo. Ocurrió tan lentamente que no siempre me daba cuenta. Pero sí con cierta regularidad. Éramos dos mamíferos escuálidos, medio muertos de hambre y de sed. El pelaje de Richard Parker dejó de brillar y se le entreveía la piel en las ancas y los hombros. Perdió mucho peso y se convirtió en un esqueleto vestido con una bolsa extra grande de piel descolorida. Yo también desmejoré. Estaba deshidratado y los huesos me sobresalían de debajo de la poca piel que me cubría.

Empecé a imitar a Richard Parker, durmiendo una cantidad desmesurada de horas. Tampoco puede decirse que durmiera, sino que me encontraba en un estado de semiconsciencia en el que los sueños y la realidad apenas se distinguían. Saqué mucho provecho del trapo de los sueños.

Éstas son las últimas páginas de mi diario:

> *Hoy he visto un tiburón más grande que cualquiera que haya visto hasta ahora. Un monstruo primigenio de casi siete metros. De rayas. Un tiburón tigre. Muy peligroso. Ha dado varias vueltas al bote. Tenía miedo de que atacara. Ya he sobrevivido a un tigre; creí que me mataría otro. No ha atacado. Se ha ido. Nubes, pero nada de lluvia.*

> *No llueve. Cielo gris por la mañana. Delfines. He intentado pescar uno con el pico. Pero no he podido levantarme. R.P. débil y malhumorado. Estoy tan débil que si me ataca, no podré defenderme. No tengo energía ni para tocar el silbato.*

> *Día tórrido y tranquilo. Sol implacable. Noto que el cerebro se me está derritiendo. Me encuentro fatal.*

> *Cuerpo y alma postrados. Pronto moriré. R.P respira pero no se mueve. También morirá. No me matará.*

> *Salvación. Una hora de lluvia abundante, deliciosa, preciosa. He llenado la boca, he llenado las bolsas y las latas. He llenado el cuerpo hasta que no me cabía ni una gota más. Me he dejado empapar para quitarme la sal. Me he arrastrado para ver qué hacía R.P. No ha reaccionado. Estaba acurrucado con la cola quieta. El pelaje como matas mojadas. Parece más pequeño cuando se moja. Huesudo. Lo*

he tocado por primera vez. Para ver si muerto. No.
Cuerpo todavía caliente. Increíble tocarlo. Aun en
estas condiciones, terso, musculoso, vivo. Lo he
tocado y le ha temblado la piel como si yo fuera un
mosquito. Finalmente, ha sacado cabeza del agua.
Mejor beber que ahogarse. Mejor aún: ha movido la
cola. He tirado trozo de carne de tortuga delante de
nariz. Nada. Por fin, se ha levantado un poco, para
beber. Beber y beber. Comer. No se ha puesto de pie.
Una hora lamiéndose entero. Dormir.

No puedo más. Hoy moriré.

Hoy moriré.

Me muero.

Ésa es la última anotación. Seguí como pude, aguanté, pero sin escribir cómo. ¿Ves estos círculos invisibles al margen de la página? Creí que iba a quedarme sin papel. Me quedé sin tinta.

CAPÍTULO 90

—¿Te ocurre algo, Richard Parker? ¿Te has quedado ciego? —dije, moviendo la mano delante de sus ojos.

Desde hacía un par de días, había estado frotándose los ojos y maullando con desconsuelo, pero no le di ninguna importancia. Los achaques eran el único pan que nos comíamos cada día. Pesqué un dorado. Hacía tres días que no comíamos nada. El día anterior, una tortuga se había acercado al bote salvavidas pero no había podido subirla a bordo. Partí el pez por la mitad. Richard Parker estaba mirando hacia mí. Le tiré su porción. Esperaba que lo cogiera con la boca con rapidez, pero le dio en toda la cara. Se inclinó hacia delante. Tras olisquear por todos lados, encontró el pescado y empezó a comer. Ahora comíamos muy lentamente.

Le miré los ojos detenidamente. No veía ninguna diferencia de otros días. Bien, un poco más de secreción en los ojos, pero no me pareció dramático, y menos considerando su apariencia general. Nuestra experiencia nos había reducido a carne y huesos.

Me di cuenta de que la respuesta estaba en el mero acto de mirarlo tan de cerca. Lo estaba mirando fijamente como si fuera oftalmólogo y él seguía con expresión ausente. Sólo un gato ciego tomaría una mirada así con aquella indiferencia.

Sentí lástima por Richard Parker. Habíamos llegado a las puertas de la muerte.

Al día siguiente me escocían los ojos. Los froté una y otra vez, pero el picor no desaparecía. Todo lo contrario: empeoró, y a diferencia de Richard Parker, empezaron a supurar. Entonces todo se hizo oscuro, por mucho que pestañeara. Al principio lo tenía justo delante, un punto negro en el centro de todo lo que miraba. Se extendió hasta convertirse en una mancha que llegaba a los límites de mi visión. A la mañana siguiente, sólo veía el sol por una grieta de luz en el extremo superior del ojo izquierdo, como una ventana minúscula que está demasiado elevada. Al mediodía, todo era negro.

Me aferré a la vida. Estaba debilitado y frenético. El calor era infernal. Tenía tan pocas fuerzas que ni siquiera podía levantarme. Tenía los labios duros y agrietados, la boca seca y pastosa, con una capa pegajosa de saliva que sabía tan mal como olía. El sol me había quemado la piel. Me dolían los músculos deteriorados. Tenía las extremidades hinchadas, sobre todo los pies, y me dolían sobremanera. Estaba hambriento y de nuevo, no había nada de comer. Respecto al agua, Richard Parker bebía tanta que yo había reducido mi dosis a cinco cucharadas al día. Sin embargo, este sufrimiento físico no podía compararse con la tortura moral que estaba a punto de tener que soportar. Considero que el día en que me quedé ciego comenzó mi angustia extrema. No sabría decirte exactamente en qué momento ocurrió. El tiempo, como ya he dicho, carecía de importancia. Supongo que fue entre el día cien y el doscientos. Yo estaba convencido de que no iba a resistir ni uno más.

Cuando me desperté al día siguiente, había perdido mi temor a la muerte y resolví morir.

Llegué a la triste conclusión de que ya no podía cuidar de

Richard Parker. Había fallado como guardián. Me entristecía más su fallecimiento inminente que el mío. Pero francamente, estando tan consumido y enfermo como lo estaba, no podía hacer nada por él.

La naturaleza se estaba agotando. Noté que se me estaba apoderando una debilitación letal. Moriría antes de que cayera la noche. Para aliviar mi sufrimiento, decidí apaciguar la sed intolerable con la que había vivido durante tantos días. Bebí toda el agua que pude. Lástima que no pudiera comer algo por última vez. En fin, supuse que ése era mi destino. Me apoyé en la lona enrollada en medio del bote salvavidas. Cerré los ojos y esperé a que el aliento abandonara mi cuerpo. Masculló:

—Adiós, Richard Parker. Siento haberte fallado. Hice lo mejor que pude. Adiós. Querido papá, querida mamá, querido Ravi, ya voy. Vuestro hijo y hermano que tanto os quiere viene a unirse a vosotros. No ha habido hora en que no pensara en vosotros. El momento en que os vea será el más feliz de mi vida. Y ahora tengo que dejar este asunto en manos de Dios, que es amor y a quien amo.

Oí las palabras:

—¿Hay alguien allí?

Es increíble lo que uno llega a oír cuando está solo en la oscuridad de una mente moribunda. Un sonido sin forma ni color resulta muy extraño. Estar ciego equivale a oír de forma distinta.

De nuevo me llegaron las palabras:

—¿Hay alguien allí?

Concluí que me había vuelto loco. Triste, mas cierto. Al sufrimiento le encanta estar acompañado y la locura está más que dispuesta a complacerlo.

—¿Hay alguien allí? —dijo de nuevo la voz, esta vez con más insistencia.

La nitidez de mi enajenación era pasmosa. La voz tenía timbre propio y una aspereza acentuada y cansada. Decidí participar en el juego.

—Claro que hay alguien allí —repuse—. Siempre hay por lo menos una persona. ¿Quién haría la pregunta, si no?

—Pues mira, esperaba que hubiera otra persona.

—¿Cómo que otra persona? ¿Que no sabes dónde estás?

Si no te gusta este fruto de tu fantasía, escoge otro. No será por falta de opciones.

Mmm. Fruto. Fruta. Cómo me apetecía comer fruta.

—Así que no hay nadie, ¿verdad?

—Chitón. Estoy soñando con fruta.

—¡Fruta! ¿Tienes fruta? Te ruego que me des un poco. Te lo suplico. Un trocito. Estoy hambriento.

—Claro que tengo fruta. Es fruto de mi fantasía.

—¿Fruto, fruta? Por favor, ¿no podrías darme un poco? Es que...

La voz, o el efecto del viento y las olas en cuestión, se debilitó.

—Es jugosa y grande y huele tan bien —continué—. Las ramas están dobladas por la cantidad de fruta que crece en ellas. Tiene que haber más de trescientas piezas en ese árbol.

Silencio.

La voz volvió:

—Hablemos de comida.

—Buena idea.

—¿Qué comerías si pudieras escoger lo que quisieras?

—Es una pregunta magnífica. Escogería un buffet espléndido. Empezaría con un plato de arroz y *sambar*. Luego comería arroz con lentejas negras y arroz con...

—Yo comería...

—Todavía no he terminado. Y con el arroz comería *sambar* de tamarindo picante y *sambar* de cebollitas y...

—¿Algo más?

—Ya termino. También comería *sagu* de vegetales variados y *korma* de verduras y *masala* de patatas y *vadai* de col y *masala dosai* y *rasam* picante de lentejas y...

—Comprendo.

—Espera. Y *poriyal* de berenjenas rellenas y *kootu* de boniato y coco e *idli* de arroz y *bajji* de verduras y...

—Suena de...

—¿Ya he mencionado los *chutneys*? *Chutney* de coco y *chutney* de menta y condimento de chilis verdes y condimento de grosella espinosa, con todos los *nans*, *popadoms*, *parathas* y *puris* de rigor, por supuesto.

—Suena de...

—¡Las ensaladas! Ensalada de crema de mango y ensalada de crema de calalú y ensalada de pepino fresco sin condimentos. Y de postre, *payasam* de almendras y *payasam* de leche y crepe de azúcar moreno y *toffee* de cacahuetes y *burfi* de coco y helado de vainilla con salsa de chocolate caliente y espesa.

—¿Ya está?

—Y acabaría este tentempié con un vaso de diez litros de agua limpia y fresca y un café.

— Suena de maravilla.

—Sí, ¿verdad?

—Dime, ¿cómo es el *kootu* de boniato y coco?

—Es un manjar de los dioses. Para hacerlo, necesitas boniatos, coco rallado, plátanos verdes, chili en polvo, pimienta negra molida, cúrcuma en polvo, granos de comino, semillas de mostaza marrones y un poco de aceite de coco. Primero hay que saltear el coco hasta que esté tostado...

—¿Me permites que te haga una sugerencia?

—¿Cuál?

—Que en lugar de comer *kootu* de boniato y coco, comas lengua de ternero cocido con salsa de mostaza.

—No me suena muy vegetariano.

—Es que no lo es. Y luego callos.

—¿Callos? ¿Acabas de comerle la lengua al pobre animal y ahora quieres comerle el estómago?

—¡Sí! Sueño con *tripes à la mode de Caen*, calentito, con lechecillas.

—¿Lechecillas? Eso ya me suena mejor. ¿Qué son lechecillas?

—Pues se hacen del páncreas de un ternero.

—¡El páncreas!

—Estofadas con salsa de champiñones. Son deliciosas.

¿De dónde salían aquellos platos tan asquerosos y sacrílegos? ¿Tan mal estaba que hasta contemplaba la idea de atacar a una vaca y su cría? ¿En qué clase de viento cruzado horrible me había metido? ¿Volvía a estar inmerso en aquellos residuos flotantes?

—Dime, ¿cuál va a ser la próxima afrenta?

—Sesos de ternera con salsa de mantequilla quemada.

—Veo que ya has vuelto a la cabeza.

—¡Soufflé de sesos!

—Me están entrando náuseas. ¿Hay algo que no comas?

—Lo que daría por una sopa de rabo de buey. Por un cochinillo relleno de arroz, salchichas, albaricoques y pasas. Por hígado de ternera con salsa de mantequilla, mostaza y perejil. Por plato de conejo marinado estofado con vino tinto. Por unas salchichas de hígado de pollo. Por un buen filete de ternera con paté de carne de cerdo e hígado. Por unas ranas. Sí, ¡que me traigan ranas, quiero ranas!

—No puedo más.

La voz se debilitó. Yo estaba temblando de las náuseas. Que la locura me afectara a la cabeza era una cosa, pero era injusto que me llegara al estómago.

De repente, lo comprendí todo.

—¿Y comerías ternera cruda y ensangrentada?

—¡Pues claro! Me encanta un buen *steak tartare*.

—¿Comerías la sangre coagulada de un cerdo muerto?

—¡Cada día, con salsa de manzana!

—¿Comerías lo que fuera de un animal, aunque fueran los restos?

—¡Canalones y salchichas! ¡Apilaría el plato hasta arriba!

—¿Y una zanahoria? ¿Comerías una zanahoria cruda?

No contestó.

—¿No me has oído? ¿Comerías una zanahoria?

—Te he oído. Para ser sincero, si pudiera escoger, no me la comería. No tolero esa clase de comida. La encuentro de mal gusto.

Me eché a reír. Lo sabía. No estaba oyendo voces. No me había vuelto loco. ¡Era Richard Parker, ese granuja carnívoro! Con todas las horas que habíamos pasado juntos y él había esperado hasta la última antes de morirnos para abrir el pico. El hecho de hablar con un tigre me llenaba de satisfacción. De repente, me entró una curiosidad morbosa, como la que padecen las estrellas de cine en manos de sus admiradores.

—Tengo curiosidad. Dime, ¿alguna vez has matado a un hombre?

Lo dudé. Los animales que comen carne humana se dan con menos frecuencia que los asesinos entre los hombres, y Richard Parker llegó al zoológico de cachorro. Pero cabía la posibilidad de que su madre hubiera cazado un ser humano antes de que la apresara Sediento.

—Vaya pregunta —repuso Richard Parker.

—A mí me parece de lo más razonable.

—¿Ah, sí?

—Pues sí.

—¿Y por qué?

—Hombre, tienes cierta reputación, ¿sabes?

—¿Ah, sí?

—Claro. ¿Cómo puedes ser tan ciego?

—Porque lo soy.

—Bien, voy a esclarecer lo que tú no quieres ver: tienes reputación de matar a hombres. Ahora contéstame: ¿lo has hecho alguna vez?

Silencio.

—Venga. Responde.

—Sí.

—¡Vaya! Me da escalofríos sólo de pensarlo. ¿Cuántos?

—Dos.

—¿Has matado a dos hombres?

—No. Un hombre y una mujer.

—¿A la vez?

—No. Primero el hombre; luego maté a la mujer.

—¡Eres un monstruo! Seguro que te divertiste de lo lindo. Seguro que disfrutaste oyendo cómo gritaban y viendo cómo forcejeaban.

—No mucho, la verdad.

—¿Estaban buenos?

—¿Buenos?

—Vamos, no seas tan obtuso. ¿Te gustó el sabor?

—No. No me gustó.

—Ya me lo imaginaba. Tengo entendido que para los animales, no es algo que guste de entrada. ¿Entonces, por qué los mataste?

—Por necesidad.

—La necesidad de un monstruo. ¿Te arrepientes?

—No me quedó más remedio. O ellos o yo.

—¡Toma! La necesidad expresada con toda su sencillez amoral. ¿Y no te arrepientes ahora?

—Fue algo que hice en el momento. Fue algo circunstancial.

—Instinto, se llama instinto. Pero insisto: ¿no te arrepientes?

—Intento no pensar en ello.

—La definición misma de un animal. Eso es lo que eres.

—¿Y tú qué?

—Yo soy un ser humano, a ver si te queda claro.

—Veo que orgullo no te falta. Ni jactancia, vamos.

—Es la pura verdad.

—De modo que tirarías la primera piedra, ¿verdad?

—Dime, ¿has probado el *oothappam*, alguna vez?

—No. Pero cuéntame. ¿Qué es el *oothappam*?

—Está riquísimo.

—Suena delicioso. Cuéntame más.

—El *oothappam* se hace con el rebozado que sobra, pero pocas veces los restos han sido tan memorables.

—Ya noto el sabor.

Me dormí. O mejor dicho, empecé a delirar, moribundo.

Pero había algo que me molestaba. No sabía exactamente qué. Fuera lo que fuera, no me dejaba morir tranquilo.

Recobré el conocimiento. Ya sabía qué me había estado molestando.

—Oye.

—Dime —dijo la voz débil de Richard Parker.

—¿Por qué hablas con acento?

—Yo no hablo con acento. Tú hablas con acento.

—Te equivocas. Tú no sabes pronunciar las erres. En lugar de decir «hombre», tú dices algo así como «hombje».

—Yo cuando digo hombje, digo «hombje», como tiene que ser. Tú hablas como si tuvieras la boca llena de canicas calientes. Hablas con acento indio.

—Y tú hablas como si en lugar de lengua, tuvieras un serrucho en la boca y como si las palabras fueran de madera. Hablas con acento francés.

Era absurdo. Richard Parker nació en Bangladesh y creció en Tamil Nadu. ¿De dónde le había salido el acento francés? De acuerdo, Pondicherry había sido la antigua capital de la India francesa, pero nadie iba a hacerme creer que algunos de los animales del zoológico habían frecuentado la Alliance Française en la rue Dumas.

Me resultó muy desconcertante. Volví a caer en la niebla.

Me desperté con un grito. ¡Había alguien! La voz que me llegaba no era un viento con un acento extraño ni un animal. ¡Era otra persona! Mi corazón empezó a latir con fuerza, en el último intento de empujar la sangre por mi cuerpo rendido. Mi mente hizo un último esfuerzo por pensar con lucidez.

—Sólo un eco, me temo —lo oí, apenas audible.

—¡Espera! ¡Estoy aquí! —grité.

—Un eco del mar...

—¡No! ¡Que soy yo!

—¿Por qué no acaba este suplicio?

—¡Amigo mío!

—Me estoy muriendo...

—¡No te vayas! ¡No te vayas!

Apenas si podía oírlo.

Chillé.

Chilló.

No podía más. Iba a volverme loco.

Tuve una idea.

—ME LLAMO —rugí hacia los elementos con mi último aliento— PISCINE MOLITOR PATEL.

Un eco no podía crear un nombre.

—¿Me escuchas? ¡Soy Piscine Molitor Patel, conocido por todos como Pi Patel!

—¿Cómo? ¿Hay alguien?

—¡Sí, hay alguien!

—¡Qué! No puede ser. Por favor, ¿tienes comida? Lo que sea. No me queda nada. Hace días que no como. Tengo que comer algo. Te agradeceré cualquier cosa que puedas darme. Te lo suplico.

—Pero si yo tampoco tengo comida —repuse, consternado—. Hace días que yo tampoco como. Esperaba que tú tuvieras algo de comida. ¿Y agua? Casi no me queda nada.

—No tengo. ¿No tienes nada de comida? ¿Nada de nada?

—Nada de nada.

Hubo un silencio, un silencio sepulcral.

—¿Dónde estás? —pregunté.

—Aquí —contestó cansino.

—¿Pero dónde, exactamente? No te veo.

—¿Por qué no me ves?

—Me he quedado ciego.

—¿Cómo? —exclamó.

—Me he quedado ciego. Mis ojos sólo ven oscuridad.

Parpadeo en vano. Desde hace dos días, si me puedo fiar de mi piel para medir el tiempo. Sólo distingo si es de día o de noche.

Oí un gemido desolador.

—¿Qué? ¿Qué te pasa, amigo mío?

No paró de gemir.

—Por favor, contéstame. ¿Qué te ocurre? Estoy ciego y no tenemos comida ni agua, pero nos tenemos el uno al otro. Eso ya es algo. Algo precioso. ¿Qué te pasa, querido hermano?

—Yo también me he quedado ciego.

—¿Cómo?

—Yo también parpadeo en vano, como dices tú.

Volvió a gemir. Me quedé atónito. ¡Me había encontrado con otro ciego en otro bote salvavidas en medio del océano Pacífico!

—¿Pero cómo puedes haberte quedado ciego? —masculé.

—Supongo que por las mismas razones que tú. Debido a la poca higiene de un cuerpo desnutrido que ya no aguanta más.

Los dos nos vinimos abajo. Él gimió y yo lloré. Era demasiado, realmente era demasiado.

—Te contaré una historia —dije, después de un rato.

—¿Una historia?

—Sí.

—¿De qué me sirve una historia? Tengo hambre.

—Es una historia sobre comida.

—Las palabras no tienen calorías.

—Busca la comida donde puedas encontrarla.

—No es mala idea.

Silencio. Un silencio famélico.

—¿Dónde estás?

—Aquí. ¿Y tú?

—Aquí.

Oí el ruido de un remo al caer al agua. Cogí uno de los remos que había recuperado de lo que me había quedado de la balsa. Pesaba mucho. Tanteé con las manos hasta encontrar el tolete más próximo. Dejé caer el remo dentro. Tiré del mango. No tenía fuerzas, pero remé lo mejor que pude.

—Cuéntame tu historia —dijo, jadeando.

—Érase una vez un plátano y creció. Creció hasta hacerse grande, firme, amarillo y fragante. Entonces cayó al suelo y alguien lo encontró y se lo comió.

Dejó de remar.

—Es una historia preciosa.

—Gracias.

—Se me han inundado los ojos de lágrimas.

—Espera, me he dejado un detalle.

—¿Cuál?

—El plátano cayó al suelo y alguien lo encontró y se lo comió y después, esa persona se sintió mejor.

—¡Me has dejado sin habla! —exclamó.

—Gracias.

Un silencio.

—¿Pero no tienes ningún plátano?

—No. Me distrajo un orangután.

—¿Un qué?

—Es una historia muy larga.

—¿Y pasta de dientes?

—Tampoco.

—Con pescado es deliciosa. ¿Y cigarrillos?

—Los comí todos.

—¿Que los comiste?

—Bueno, tengo los filtros. Si quieres te los regalo.

—¿Los filtros? ¿Qué quieres que haga con los filtros si no tengo tabaco? ¿Cómo has podido comer cigarrillos?

—¿Y qué querías que hiciera con ellos? No fumo.

—Deberías haberlos guardado para canjearlos por comida.

—¿Canjear? ¿Con quién?

—¡Conmigo!

—Hermano, me los comí cuando estaba solo en un bote salvavidas en medio del océano Pacífico.

—¿Y qué?

—Pues que la posibilidad de encontrarme con otra persona en medio del océano Pacífico me pareció más bien remota.

—Tienes que planear las cosas de antemano, ¡tonto! Ahora no puedes canjear nada.

—Pero aunque tuviera algo, ¿por qué iba a canjearlo? ¿Qué tienes tú que yo pudiera querer?

—Tengo una bota.

—¿Una bota?

—Sí, una buena bota de cuero.

—¿Y qué iba a hacer yo con una bota de cuero en medio

del océano Pacífico? ¿Crees que en mi tiempo libre me voy de excursión?

—¡Podrías comerla!

—¿Comer una bota? Vaya plan.

—Hombre, has comido cigarrillos, ¿por qué no una bota?

—¡Qué asco! Por cierto, ¿de quién es?

—¿Yo qué sé?

—¿Me estás diciendo que coma la bota de un desconocido?

—¿Qué más da?

—Me has dejado de piedra. Una bota. Aparte del hecho de que soy hindú y los hindúes consideramos que las vacas son sagradas, la idea de comer una bota de cuero se me antoja comer toda la porquería que puede salir de un pie además de toda la porquería que puede haber pisado el pie mientras la llevaba puesta.

—O sea que no quieres una bota.

—Déjame verla primero.

—No.

—¿Cómo? ¿Crees que voy a canjear algo contigo sin haberlo visto primero?

—Los dos nos hemos quedado ciegos, por si te has olvidado.

—¡Entonces descríbemela! ¿Qué clase de vendedor lamentable eres? No me extraña que no tengas clientes.

—Tienes razón. No los tengo.

—Venga, ¿cómo es la bota?

—Es una bota de cuero.

—¿Qué clase de bota de cuero?

—Pues normal.

—¿Qué quiere decir «normal»?

—Hombre, pues que es una bota con un cordón y ojetes y lengüeta. Con una suela interior. Normal.

—¿De qué color?

—Negra.

—¿Está en buen estado?

—Está gastada. El cuero está suave y flexible. Da gusto tocarlo.

—¿Y el olor?

—A cuero cálido y fragante.

—Tengo que... Tengo que reconocer que es tentador.

—Pues olvídalo.

—¿Por qué?

Silencio.

—¿No contestas, hermano?

—No hay bota.

—¿Que no hay bota?

—No.

—¡Qué triste!

—Me la comí.

—¿Comiste la bota?

—Sí.

—¿Estaba buena?

—No. ¿Y los cigarrillos?

—Tampoco. No los pude acabar.

—Yo tampoco pude acabar la bota.

— Érase una vez un plátano y creció. Creció hasta hacerse grande, firme, amarillo y fragante. Entonces cayó al suelo y alguien lo encontró y se lo comió y después, esa persona se sintió mejor.

—Lo siento. Siento todo lo que he dicho y he hecho. Soy una persona despreciable —soltó de repente.

—¡No! No digas eso. Eres la persona más preciosa, más maravillosa del mundo. Ven, hermano, estemos juntos para darnos un festín de nuestra compañía.

—¡Sí!

El Pacífico no es buen lugar para los remeros, y menos aún si están débiles y se han quedado ciegos, si pretenden mover un bote salvavidas grande y pesado, y si el viento no quiere cooperar. Estaba cerca; estaba lejos. Estaba a la izquierda; estaba a la derecha. Lo tenía delante; lo tenía detrás. Pero finalmente lo conseguimos. Nuestros botes chocaron haciendo un ruido todavía más dulce que el que hace una tortuga. Me tiró una cuerda y amarré su bote al mío. Abrí los brazos para abrazarlo y él me abrazó a mí. Los ojos se me llenaron de lágrimas y estaba sonriendo. Lo tenía delante, una presencia que brillaba a través de mi ceguera.

—Mi dulce hermano —susurré.

—Estoy aquí.

Oí un rugido silencioso.

—Hermano, hay una cosa que he olvidado mencionar.

Se abalanzó sobre mí pesadamente. Caímos con la mitad del cuerpo encima de la lona, la otra mitad encima del banco. Sentí sus manos alrededor de mi cuello.

—Hermano —jadeé a través de su abrazo excesivamente apasionado—, mi corazón está contigo pero te sugiero que nos retiremos cuanto antes a otra parte de mi humilde barco.

—¡Claro que tu corazón está conmigo! —dijo—. ¡Y tu hígado y tu carne!

Noté que se estaba deslizando de la lona hacia el banco del medio, y entonces cometió un error de funestas consecuencias: apoyó el pie en el fondo del bote.

—¡No, no, hermano! ¡No hagas eso! No estamos...

Intenté sujetarlo. Por desgracia, era demasiado tarde. Antes de que pudiera pronunciar la palabra «solos», volví a encontrarme solo. Oí un pequeño «clic» en el fondo del bote, el mismo ruido que harían unas gafas al caerse al suelo, y entonces mi querido hermano me chilló en la cara como jamás había oído chillar a un hombre. Me soltó.

Fue el terrible precio de Richard Parker. Me regaló una vida, la mía, a costa de llevarse otra. Arrancó la carne del cuerpo del hombre y le rompió los huesos. El olor a sangre me inundó las narinas. En ese instante, algo murió en mí que jamás ha resucitado.

CAPÍTULO 91

Subí a bordo del bote de mi hermano. Lo exploré con las manos. Me había mentido. Aparte de un poco de carne de tortuga, encontré una cabeza de dorado e incluso unas migas de galletas, todo un capricho. Y además, tenía agua. Lo metí todo en la boca. Luego volví a mi bote y desamarré el suyo.

Las lágrimas que había llorado me habían ido bien. La ventana en el extremo superior del ojo izquierdo volvió a abrirse. Lavé los ojos con agua del mar. Con cada lavado, la ventana se abrió un poco más. En dos días, recuperé la vista.

Lo que vi me hizo desear no haberla recuperado. El cadáver de mi hermano estaba tendido en el fondo del bote, completamente desmembrado. Richard Parker había comido buena parte de su cuerpo y de su cara, de modo que nunca llegué a ver quién era. El torso eviscerado, con las costillas rotas curvadas hacia arriba, estaba tan ensangrentado y destrozado que parecía una miniatura del bote.

Tengo que confesar que cogí uno de los brazos con el pico cangrejo y usé su carne de cebo. También confieso que, empujado por la gravedad de mi escasez y la locura a la que me llevó, comí un poco de su carne. Sólo comí unos cuantos pedazos pequeños, tiras que iba a enganchar al anzuelo del pico. Tras secarlas al sol, tenían el mismo aspecto que la carne de un animal. Los metí en la boca casi sin darme cuenta. Tienes que comprender que mi sufrimiento no me daba tregua y él ya estaba muerto. Paré en cuanto cogí un pez.

Rezo por su alma cada día.

CAPÍTULO 92

Hice un descubrimiento botánico excepcional. Sin embargo, pocos van a creer el episodio que viene ahora. Aun así, quiero contarlo porque forma parte de la historia y porque ocurrió.

Estaba tendido de costado en la lona. Debía de ser la una o las dos de la tarde de un día tranquilo de sol y brisa suave. Había dormido un poco, un sueño diluido durante el que no había descansado ni soñado. Di la vuelta para apoyarme en el otro lado, gastando el mínimo de energía posible. Abrí los ojos.

A poca distancia vi árboles. No reaccioné. Estaba convencido de que era una ilusión y de que desaparecería con unos cuantos parpadeos.

Los árboles no desaparecieron. En realidad, crecieron hasta convertirse en bosque. Formaban parte de una isla baja. Me erguí un poco. Seguía sin dar crédito a mis ojos. Pero me emocionó ver un engaño de tan alta calidad visual. Los árboles eran bellísimos. Jamás había visto algo por el estilo. Tenían la corteza pálida y las ramas perfectamente distribuidas. Las hojas eran abundantes y de un color verde esmeralda tan brillante que en comparación, la vegetación durante los monzones hubiera parecido un color verde aceituna apagado.

Pestañeé con deliberación, creyendo que mis párpados actuarían como leñadores. Pero los árboles se negaron a caerse.

Miré hacia abajo. Lo que vi me satisfizo a la vez que me decepcionó. La isla no tenía tierra. Tampoco es que los árboles hubieran echado raíces en el agua, sino más bien se aguantaban sobre lo que parecía una masa densa de vegetación, del mismo color brillante que las hojas. ¿Dónde se ha visto una isla sin tierra? ¿Con árboles que crecen de la vegetación? Sentí satisfacción porque semejante geología confirmaba lo que yo había creído, es decir, que la isla era una quimera, un engaño de mi mente. Del mismo modo, me sentí decepcionado porque me hubiera encantado encontrar una isla, cualquier isla, por muy extraña que fuera.

Como los árboles seguían sin caerse, yo seguí mirando. El verde, después de tanto azul, me sonó a música celestial. El verde es un color precioso. Es el color del Islam. Es mi color favorito.

La corriente empujó el bote salvavidas hacia la ilusión. La orilla no era precisamente una playa, pues carecía de arena y guijarros e incluso de olas, dado que las que llegaban a la isla desparecían dentro de la porosidad. Desde una cresta a unos cien metros tierra adentro, la isla empezaba a descender hacia el mar y a unos doce metros de la orilla, mar adentro, acababa de repente y desaparecía dentro de las profundidades del océano Pacífico. Tenía que ser la plataforma continental más pequeña del mundo.

Empecé a acostumbrarme a mi delirio mental. Para asegurarme de que perdurara, procuré no someterlo a grandes tensiones y cada vez que el bote salvavidas empujaba suavemente la orilla, no me moví y me limité a seguir soñando. El material de la isla parecía una masa intricada y tupida de algas con forma de tubo de unos dos dedos de diámetro. Qué isla tan extravagante, pensé.

Tras algunos minutos, me acerqué al borde del bote. El manual de supervivencia aconsejaba que estuviera atento al color verde. Bueno, pues esto era verde. De hecho, había llegado al cielo de la clorofila. Un verde que superaba cualquier colorante o luz de neón. Un verde para embriagarse. «En última instancia, los pies son los que mejor evaluarán tierra firme», decía el manual. La isla estaba al alcance de mis pies. Evaluar, y decepcionarme, o no evaluar: ésa era la pregunta.

Decidí evaluarla. Miré a mi alrededor para comprobar que no hubiera tiburones en la costa. No había ninguno. Me di la vuelta para tumbarme boca abajo y bajé una pierna muy lentamente. Metí un pie en el agua. Era fresca y agradable. La isla estaba un poco más abajo, brillando bajo el agua. Extendí la pierna un poco más. Sabía que la burbuja de mi ilusión iba a reventarse en cualquier momento.

Pero no reventó. Hundí el pie en el agua hasta que dio con la resistencia gomosa de una superficie flexible, mas sólida. Apoyé más peso. La ilusión no desaparecía. Descansé todo mi peso en la isla. Seguía sin hundirme. Seguía sin creerlo.

Finalmente, mi nariz fue la que evaluó la isla. Llegó a mi sentido olfativo, abundante y fresco, abrumador: el olor a vegetación. Di un grito ahogado. Tras tantos meses de olores decolorados por el agua salada, el perfume a materia orgánica vegetal me emborrachó. Sólo entonces me lo creí, y lo único que se hundió fue mi mente. Mi proceso mental se desarticuló. Mis piernas empezaron a temblar.

—¡Dios mío! ¡Dios mío! —gimoteé.

Me caí al agua.

La combinación de tierra firme y agua fresca me impactó tanto que me dio fuerzas para arrastrarme hacia el interior de la isla. Farfullé unas palabras inconexas de gracias a Dios y me desplomé.

Pero ni así pude quedarme quieto. Estaba demasiado emocionado. Intenté ponerme de pie. La sangre me abandonó la cabeza. La tierra se sacudió con fuerza. De repente me dio un vahído cegador. Creí que iba a desmayarme. Recobré el equilibrio. Sólo me vi capaz de jadear. Logré sentarme.

—¡Richard Parker! —grité—. ¡Tierra! ¡Tierra! ¡Estamos salvados!

El olor de la vegetación era increíblemente fuerte. Y el verdor era tan fresco y lenitivo que se me antojó que las fuerzas y el consuelo me estaban inundando el organismo físicamente a través de los ojos.

¿Y estas algas tubulares tan raras y embrolladas? ¿Eran comestibles? Consistían en una especie de algas marinas, pero eran más rígidas que las algas normales. Por el tacto, me imaginé que aparte de ser húmedas, iban a ser crujientes. Tiré de un trozo. Arranqué varios pedazos sin demasiado esfuerzo. En sección, estaban compuestas de dos paredes concéntricas: una pared exterior húmeda, áspera y de color verde esmeralda, y la interior, que separaba la pared exterior del núcleo del alga. La división entre los dos tubos saltaba a la vista: el tubo central era de color blanco mientras que el tubo que lo envolvía era de un color verde que perdía intensidad a medida que se acercaba a la pared interior. La olí. Aparte de un aroma vegetal agradable, tenía un olor neutro. La lamí. El pulso se me aceleró. El exterior de las algas estaba cubierto de agua dulce.

Le hinqué el diente. Mi boca se llevó una sorpresa. El tubo interior era horriblemente salado pero el de fuera, además de ser comestible, era delicioso. Noté que la lengua me temblaba como un dedo que hojea un diccionario, intentando buscar una palabra olvidada desde hace tiempo. La encontré, y cerré los ojos del placer de volver a oírla: dulce. No me refiero a que estaba bueno, sino que tenía gusto a azúcar. Las tortugas y el pescado tendrán sabor a muchas cosas, pero nunca a azúcar. Las algas tenían un dulzor que superaba hasta el jarabe de nuestros arces aquí en Canadá. La consistencia es difícil de describir, y la única comparación que se me ocurre es a la de las castañas de agua.

Mi boca empezó a rezumar saliva, calando la capa pastosa que cubría su interior. Relamiéndome de placer, arranqué las algas que tenía a mi alrededor. Los tubos eran fáciles y limpios de separar. Me llené la boca de tubos exteriores con las dos manos, obligándola a comer y a trabajar con una rapidez y un empeño que apenas si recordaba. Cuando dejé de comer, vi que había creado un foso a mi alrededor.

A unos sesenta metros había un árbol. Era el único árbol que había en la cuesta que descendía de la cresta, que parecía estar a kilómetros de distancia. Cuando digo «cresta», que quede claro que la pendiente que subía desde la orilla no era muy empinada. Como ya he dicho, la isla era baja y la subida era más bien suave, llegando a una altura de quince o veinte metros. Pero teniendo en cuenta mi estado, se me antojó más imponente que una montaña. El árbol era infinitamente más atractivo. Además, daba sombra. Intenté ponerme de pie de nuevo. Conseguí ponerme de cuclillas, pero en cuanto fui a levantarme, me mareé y perdí el equilibrio. Aunque no me hubiese caído, no tenía fuerzas en las piernas para aguantarme. Sin embargo, mi fuerza de voluntad no flaqueó y estaba empeñado en avanzar. Gateé, me arrastré, y salté como pude hasta el árbol.

Sé que jamás volveré a experimentar el goce que sentí cuando me refugié en la sombra moteada y reluciente del árbol y oí el susurro seco y nítido del viento al pasar por sus hojas. El árbol no era tan grande ni tan alto como los que había tierra adentro. Al estar en el lado equivocado de la cresta, estaba más expuesto a las inclemencias del tiempo y había crecido sin la misma elegancia ni uniformidad que sus colegas. Pero después de todo, era un árbol, y el hecho de ver un árbol, sea el que sea, ya es una bendición cuando llevas tantos meses perdido en alta mar. Canté la gloria de ese árbol, su pureza sólida y apacible, su belleza pausada. Lo que hubiese dado por ser como ese árbol, arraigado a la tierra pero con todas las manos alzadas para alabar a Dios. Me eché a llorar.

Mientras el corazón estaba ensalzando a Alá, mi cabeza empezó a asimilar su obra. El árbol salía directamente de las algas, tal y como me había parecido desde el bote salvavidas. No había rastro de tierra. O bien la tierra estaba más abajo o esta especie de árbol era un ejemplo notable de comensal o parásito. El diámetro del tronco medía lo mismo que el pecho de un hombre. La corteza era de color verde grisáceo, fina, lisa y tan blanda que cuando la rasqué con la uña, quedó una marca. Las hojas eran grandes y anchas y tenían forma de corazón. La copa tenía la misma redondez abundante que los mangos, pero no era un mango. Olía un poco a azufaifo, pero tampoco lo era. Tampoco era un mangle. Se trataba de un árbol que jamás había visto en mi vida. Sólo sé que era precioso y verde, y que tenía unas hojas exuberantes.

Oí un gruñido. Me volví. Richard Parker me estaba observando desde el bote salvavidas. Él también estaba escrutando la isla. Según parecía, quería desembarcar pero tenía miedo. Finalmente, tras dar muchas vueltas por el bote gruñendo sin parar, saltó. Llevé el silbato de color naranja a los labios. No obstante, no tenía intención de atacarme. Su primer reto era mantener el equilibrio. Las piernas le temblaban más que las mías. Para avanzar, tenía que arrastrarse con el estómago casi tocando el suelo, tambaleándose como un cachorro recién nacido. En lugar de acercarse a mí, me evitó por completo, dirigiéndose hacia la cresta donde se perdió en el interior de la isla.

Pasé el día comiendo, descansando, intentando levantarme y, generalmente, disfrutando de la felicidad que sentía. Cada vez que me esforzaba demasiado, me mareaba. Incluso cuando estaba sentado, tenía la sensación de que la tierra bajo mis pies estaba moviéndose y que iba a caerme en cualquier momento.

Por la tarde empecé a preocuparme por Richard Parker. Ahora que las circunstancias, el territorio, había cambiado, no sabía cómo iba a reaccionar si se topaba conmigo en la isla.

Me arrastré de nuevo hasta el bote salvavidas a regañadientes, sólo por mi propia seguridad. Por mucho que Richard Parker tomara posesión de la isla, la proa y la lona seguían siendo mi territorio. Busqué algo al que pudiera amarrar el bote salvavidas. Aparentemente, la capa de algas era muy espesa puesto que no encontré nada más. Al final, clavé el palo de un remo entre las algas con toda mi fuerza y lo usé para amarrar el bote.

Me subí a la lona. Estaba rendido y notaba que mi cuerpo estaba agotado de tanto comer. Este cambio de suerte estaba provocando una tensión nerviosa en mí. Mientras bajaba el sol, recuerdo vagamente que oí un rugido de Richard Parker a la distancia, pero me venció el sueño.

Me desperté en medio de la noche con una sensación extraña e incómoda en el abdomen. Creí que se trataba de un calambre, que quizá me había envenenado comiendo tantas algas. Oí un ruido. Miré. Richard Parker estaba a bordo. Había vuelto mientras dormía. Estaba maullando y lamiendo las plantas de las patas. Me acuerdo que me desconcertó pero no le di importancia. El calambre se agudizó. Estaba doblado de dolor y tiritando cuando un proceso normal para muchos, pero ya olvidado por mi cuerpo, se puso en marcha: la defecación. Fue un verdadero martirio, pero cuando acabé, volví a caer en el sueño más profundo y reparador que había tenido desde la noche antes de que se hundiera el *Tsimtsum*.

Cuando me desperté por la mañana, me sentí mucho más fuerte. Gateé hasta el árbol con mucha más agilidad que el día anterior. Me regalé la vista con él y me di un festín de algas. Comí tanto que excavé un agujero profundo, por si acaso.

Richard Parker volvió a titubear durante horas antes de saltar del bote. Cuando finalmente se decidió a hacerlo, a media mañana, saltó a la orilla, pero en lugar de seguir adelante, dio un brinco hacia atrás y se cayó con la mitad del cuerpo dentro del agua. Parecía muy tenso. Bufó y arañó el aire con una garra. Sentí curiosidad. No entendía qué le pasaba. La preocupación se le pasó y con un paso visiblemente más firme que el día anterior, desapareció de nuevo detrás del otro lado de la cresta.

Ese día, apoyándome contra el árbol, conseguí ponerme de pie. Me mareé. La única forma de conseguir que no se moviera el suelo era cerrar los ojos y agarrarme al árbol. Con un empujoncito, intenté caminar. Me caí en el acto. El suelo vino hacia mí a toda velocidad antes de que pudiera dar un paso. No me hice daño. La isla, con esa capa de vegetación tan gomosa y tupida, era un lugar ideal para aprender a caminar de nuevo. Cayera donde cayese, era imposible hacerme daño.

El día siguiente, tras una noche descansada en el bote con Richard Parker, que había vuelto una vez más a pasar la noche, conseguí caminar. A pesar de caerme media docena de veces, llegué al árbol por mi propio pie. Con cada hora que pasaba, notaba que iba recuperando la fuerza. Cogí el pico cangrejo y tiré de una de las ramas. Arranqué algunas hojas. Eran suaves y sin brillo, pero tenían un gusto amargo. Me imaginé que Richard Parker se había encariñado con su guarida en el bote salvavidas. Al menos eso explicaría el hecho de que volviera por la noche.

Esa tarde, apareció cuando empezó a ponerse el sol. Había vuelto a amarrar el bote salvavidas al remo que había clavado entre las algas. Me encontraba en la proa, asegurándome de que la cuerda estuviera bien atada a la roda. Al principio no lo reconocí. El animal que vi corriendo a galope tendido hacia mí no podía ser el mismo tigre lánguido y desaliñado que se había convertido en mi compañero de infortunios. Pero lo era. Era Richard Parker y venía hacia mí a toda prisa, con una mirada de determinación en los ojos. Por encima de la cabeza bajada, le asomaba ese cuello poderoso. El pelaje y los músculos temblaban con cada paso. Oí la vibración del suelo bajo sus patas.

He leído que hay dos miedos que son imposibles de curar: la reacción de susto cuando oímos un ruido inesperado y el vértigo. Yo quisiera añadir otro más, a saber, el miedo al ver que un asesino notorio viene directa y rápidamente hacia ti.

Cogí el silbato, nervioso. Cuando estaba a apenas ocho metros del bote salvavidas, toqué el silbato con todas mis fuerzas. Un pitido desgarrador partió el aire.

Tuvo el efecto deseado. Richard Parker frenó. Pero era evidente que no quería pararse. Toqué el silbato por segunda vez. Richard Parker se volvió y empezó a dar saltitos muy extraños, como si fuera un ciervo, y a gruñir con ferocidad. Toqué el silbato por tercera vez. Se le pusieron todos los pelos de punta. Tenía las zarpas extendidas y estaba frenético. Temí que el muro defensivo de los silbidos estuviera a punto de derrumbarse y que iba a atacarme.

Sin embargo, Richard Parker hizo algo asombroso: se lanzó al agua. Me quedé boquiabierto. Justamente lo que jamás me hubiera imaginado que haría es precisamente lo que hizo, y con ímpetu y resolución, además. Nadó con tenacidad hasta la popa del bote salvavidas. Estuve a punto de volver a tocar el silbato, pero opté por abrir la tapa de la taquilla y sentarme replegándome al refugio particular de mi territorio.

Subió a la popa, chorreando litros de agua y levantando mi extremo del bote. Durante unos instantes, se mantuvo encima de la regala y el banco de la popa, escrutándome. Sentí desfallecer mis esperanzas. No me veía capaz ni de volver a tocar el silbato. Lo miré con indiferencia. Saltó al fondo del bote y desapareció debajo de la lona. Desde donde estaba sentado, veía parte de su cuerpo a través de los huecos que quedaban a cada lado de la tapa de la taquilla. Me eché encima de la lona, donde él no podía verme, pero donde estaba directamente encima de él. Lo único que deseaba era tener un par de alas para salir volando.

Me calmé. Me obligué a recordar que la situación era

exactamente la misma que antes, que llevaba meses viviendo justo encima de un tigre que estaba vivito y coleando.

Conseguí controlar la respiración y me dormí.

Esa noche me desperté y, habiendo vencido el miedo, me asomé por encima de la lona. Richard Parker estaba soñando: estaba temblando y gruñendo. Fuera cual fuera su disgusto, había conseguido despertarme con sus quejidos.

A la mañana siguiente, volvió a desaparecer al otro lado de la cresta.

Decidí que en cuanto estuviera recuperado del todo, iría a explorar la isla. Por lo que veía, era bastante grande. La costa se extendía hacia la derecha y la izquierda describiendo una curva suave, y deduje que la circunferencia de la isla debía de ser considerable. Pasé el día caminando, y cayéndome, entre la orilla y el árbol, tratando de recobrar las fuerzas en las piernas. Cada vez que me caí, me atiborré de algas.

Richard Parker volvió hacia el final del día, un poco más temprano que el día anterior. Lo estaba esperando. Me quedé sentado y no toqué el silbato. Se acercó a la orilla y con un enorme salto, llegó al costado del bote salvavidas. Se metió en su territorio sin entrar en el mío, haciendo que el bote se tambaleara un poco. Su capacidad de recuperación me resultó aterradora.

Por la mañana, dejándole un margen considerable a Richard Parker, salí a explorar la isla. Subí hasta lo alto de la cresta. Llegué sin dificultades, poniendo un pie delante del otro con orgullo, caminando con brío, y bien, con cierta torpeza. Si no me hubiera recuperado del todo, estoy convencido de que me hubieran vuelto a fallar las piernas cuando vi qué había al otro lado de la cresta.

Para empezar por los detalles, vi que la isla entera estaba cubierta de algas, no sólo la orilla. Vi una enorme meseta con un bosque verde en el centro. Alrededor de este bosque había varios centenares de estanques de igual tamaño con algunos árboles distribuidos de modo uniforme entre ellos. La disposición daba la impresión inequívoca de seguir alguna especie de diseño.

Pero lo que se me quedó grabado para siempre en la memoria fueron los suricatas. A primera vista, calculé que debía de haber cientos de miles de estos animalitos. El paisaje estaba atestado de suricatas. Y cuando aparecí yo, todos se volvieron para mirarme, atónitos, como pollos en una granja, y se levantaron sobre sus patas traseras.

Nosotros no habíamos tenido suricatas en el zoológico. Pero había leído acerca de ellos en libros y otras publicaciones. Los suricatas viven en Sudáfrica y son de la familia de las mangostas, es decir, viven en madrigueras y son carnívoros. De adultos, miden unos treinta centímetros y pesan un kilo. Son mamíferos delgados, de constitución parecida a las comadrejas, y tienen el hocico afilado. Tienen los ojos pequeños y plantados en el centro de la cara; las patas cortas, con cuatro garras no retráctiles en cada una, y una cola bastante poblada que mide unos veinte centímetros. Tienen el pelaje entre un color pardo claro y gris con manchas negras o marrones en la espalda. La punta de la cola, las orejas y los círculos característicos alrededor de sus ojos son de color negro. Son animales ágiles y agudos, diurnos y de costumbres sociales. En su hábitat natural (el desierto del Kalahari, en Sudáfrica) se alimentan, entre otras cosas, de escorpiones, siendo inmunes a su veneno. Cuando están en alerta, los suricatas adoptan una posición muy peculiar, levantando el cuerpo sobre las puntas de sus patas posteriores y manteniendo el equilibrio con la cola, como si fuera un trípode. A menudo los suricatas adoptan esta postura de forma colectiva, apiñándose y mirando en la misma dirección, como si fueran hombres de negocios esperando que llegue el autobús. Su expresión seria y la forma en que cuelgan las patas delanteras recuerda a un niño tímido posando para un fotógrafo o a un paciente que tras quitarse la ropa en el consultorio de un médico, trata de taparse los genitales con recato.

Eso es lo que vi: cientos de miles, un millón de suricatas que se volvieron hacia mí en posición de firmes como si dijeran «Señor, sí, señor». Tengo que decir que un suricata, aunque esté de pie, no mide más de cuarenta y cinco centímetros, de modo que lo más imponente de estas criaturas no era su tamaño, sino el número incalculable que había. Me quedé paralizado, sin apenas atreverme a respirar. Si mi presencia hacía que un millón de suricatas huían aterrorizados, el caos sería inmensurable. Sin embargo, tras unos instantes perdieron todo interés en mí. Volvieron a concentrarse en lo que habían estado haciendo antes de que yo entrara en escena: en comer algas y mirar fijamente al agua de los estanques. Cuando vi todas aquellas cabezas agachadas a la vez, me recordó la hora de las oraciones en una mezquita.

Los animalitos no parecían tener ningún miedo. Mientras bajaba por la cuesta, ninguno de ellos se apartó ni se inquietó por el hecho de verme allí. Si hubiera querido, hubiese podido acariciarles la cabeza e incluso coger a uno en brazos, pero no hice nada por el estilo. Me limité a caminar entre la que tenía que ser la colonia más grande de suricatas del mundo, una de las experiencias más extrañas y maravillosas de mi vida. El aire estaba lleno de un ruido incesante. Eran ellos, sus chillidos, gorjeos, parloteos y ladridos. Había tantos que según los caprichos de su entusiasmo, el ruido venía y desaparecía como una bandada de pájaros, dando vueltas a mi alrededor y desvaneciéndose poco a poco cuando los más cercanos callaban para dar paso a sus compañeros al otro lado de la meseta.

¿No sería que no me temían porque era yo quien debía temerlos a ellos? La pregunta me pasó por la cabeza. Pero la respuesta saltaba a la vista: eran inofensivos. Para acercarme a uno de los estanques, que no era fácil teniendo en cuenta la cantidad de suricatas que se habían congregado a su alrededor, tenía que darles toquecitos con los pies para no pisarlos. Pero a pesar de que me colara de esta manera tan descarada, no se ofendieron, sino todo lo contrario. Se lo tomaron muy bien y me hicieron sitio de la forma más educada. Mientras miraba dentro de uno de los estanques, noté cómo sus cuerpos peludos y calientes me rozaban los tobillos.

Todos los estanques eran redondos y casi del mismo tamaño: medían unos doce metros de diámetro. Me imaginé que serían poco profundos pero estaban repletos de agua cristalina y no distinguía el fondo. Por lo que veía, los costados consistían en las mismas algas que cubrían la isla. Evidentemente, la capa superior de la isla era formidable.

No vi nada que explicara la curiosidad de los suricatas, y supongo que hubiese desistido de resolver el misterio si no fuera por los chillidos y ladridos que procedieron de uno de los estanques cercanos. Los suricatas estaban conmocionados, dando saltos sin parar. De repente, vi cientos de suricatas zambullirse al agua. Todos se estaban empujando en el intento de llegar a la orilla del estanque. El frenesí fue colectivo; hasta las crías querían lanzarse al agua, y las madres y cuidadores tuvieron que sujetarlas con fuerza para contenerlas. No daba crédito a mis ojos. Estos animales no eran como los suricatas normales y corrientes que viven en el desierto del Kalahari. Los suricatas normales y corrientes que viven en el desierto del Kalahari no se comportan como ranas. Estos suricatas tenían que ser una subespecie que había evolucionado de forma fascinante y sorprendente.

Con mucha cautela para no pisarlos, me acerqué al estanque. Llegué justo a tiempo para verlos nadando, nadando de verdad, y volviendo cargados de docenas de peces, y no precisamente pequeños. Algunos de los peces eran dorados que hubieran supuesto un banquete sin igual en el bote salvavidas. A su lado, los suricatas parecían enanos. No comprendía cómo conseguían pescar peces de semejante tamaño.

Mientras estuve observando cómo sacaban los peces del agua, mostrando una habilidad extraordinaria de trabajo en equipo, me di cuenta de algo muy curioso: todos los peces, sin excepción, ya estaban muertos. Recién muertos. Los suricatas estaban volviendo con peces muertos que ellos no habían matado.

Me arrodillé al lado del estanque, y después de apartar varios suricatas emocionados y empapados, toqué el agua. Estaba más fría de lo que hubiera esperado. Había una corriente que empujaba agua fría desde abajo. Ahuequé las manos, las llené de agua y las llevé a la boca. Tomé un sorbo.

Era agua dulce. Esto explicaba cómo habían muerto los peces, pues si pones un pez de agua salada en agua dulce, se hincha y se muere al cabo de pocos minutos. Pero ¿qué hacían aquellos peces de agua salada en un estanque de agua dulce? ¿Cómo habían llegado hasta allí?

Me dirigí a otro estanque, abriendo paso entre los suricatas. También contenía agua dulce. Otro estanque; lo mismo. Y lo mismo ocurrió con el cuarto estanque.

Todos los estanques eran de agua dulce. ¿De dónde había salido semejante cantidad de agua fresca? La razón era obvia: de las algas. Las algas desalaban el agua de forma natural y constante, de ahí que tuviera el núcleo salado y el tubo exterior cubierto de agua dulce. Las algas empujaban el agua dulce a la superficie. No me pregunté ni por qué ni cómo las algas hacían algo así, ni dónde iba a parar la sal. La cabeza dejó de hacer semejantes preguntas. Me reí y me tiré al agua. Me costó mantenerme en la superficie; todavía estaba debilitado y apenas tenía grasa que me ayudara a flotar. Me agarré al borde del estanque. El efecto de bañarme en agua dulce, pura y limpia fue algo indescriptible. Tras tantos meses en alta mar, tenía la piel dura, los cabellos largos y enmarañados. Seguro que una tira de cazar moscas hubiera parecido más sedosa. Me sentía como si la sal me hubiera corroído hasta el alma. Así que bajo la mirada atenta de cientos de suricatas, me bañé, dejando que el agua dulce disolviera cada uno de los cristales de sal que me habían contaminado.

Los suricatas se volvieron. Lo hicieron como si fueran una sola persona, girándose todos a la vez para mirar en la misma dirección. Salí para ver qué ocurría. Era Richard Parker. Él confirmó lo que ya había deducido: que estos suricatas llevaban tantas generaciones sin predadores que cualquier noción de la distancia de huida, de miedo, había sido genéticamente eliminada. Lo vi avanzando entre medio de ellos, dejando una estela de muerte y destrucción a su paso, devorando un suricata detrás de otro, con la boca ensangrentada, y ellos, los suricatas, a pesar de estar al ladito de un tigre, estaban dando brincos como si estuvieran gritando: «¡Ahora yo! ¡Me toca a mí! ¡Me toca a mí!». Iba a presenciar la misma escena decenas de veces. Nada iba a distraer a los suricatas de su vida de mirar estanques y mordisquear algas. Poco importaba que Richard Parker se acercara sigilosamente por detrás y se abalanzara sobre ellos con una tormenta de rugidos o que pasara por su lado con indiferencia; les daba igual. No se contrariaban por nada. Reinaba la docilidad.

Richard Parker mató más allá de la necesidad. Mató suricatas que ni siquiera tenía intención de comer. Para los animales, las ansias de matar no tienen nada que ver con las ansias de comer. Supongo que tanto tiempo sin matar una presa y encontrarse con tantos suricatas a la vez le avivó el instinto cazador que llevaba tanto tiempo reprimido.

Estaba lejos. Yo no corría ningún peligro. Al menos, de momento.

A la mañana siguiente, cuando hubo partido, limpié el bote salvavidas. Y a buena hora. No describiré qué aspecto tiene una pila de huesos humanos y animales mezclados con los restos innumerables de peces y tortugas. Tiré toda la montaña fétida e inmunda por la borda. No me atreví a pisar el suelo dado que temía dejar un rastro tangible de mi presencia para Richard Parker, de modo que tuve que sacarlo todo con el pico cangrejo desde la lona o desde los bordes del bote, de pie en el agua. Lo que no conseguí limpiar con el pico, es decir, los olores y las manchas, enjuagué con cubos de agua.

Esa noche entró en su guarida nueva y limpia sin hacer ningún comentario. En la boca llevaba varios suricatas, que comió a lo largo de la noche.

Pasé los siguientes días comiendo, bebiendo, bañándome, observando los suricatas, caminando, corriendo, descansando y recuperándome. Aprendí a correr con naturalidad y soltura. Se me curaron las heridas. Los achaques se desvanecieron. En una palabra, resucité.

Exploré la isla, intenté recorrerla toda pero desistí. Calculé que medía unos diez u once kilómetros de diámetro, que suponía una circunferencia de más de treinta kilómetros. Todo lo que vi indicaba que las características de la orilla eran idénticas en toda la isla. Estaba cubierta del mismo verdor deslumbrante, la misma cresta, la misma cuesta desde la cresta hasta el agua, las mismas rupturas en la monotonía: algún árbol esmirriado dispersado por la orilla. Mientras exploraba la orilla, hice un descubrimiento asombroso: las algas, y por lo tanto la isla, variaba de altura y densidad según el tiempo. Durante los días calurosos, la trama de las algas se volvía más trabada y densa, y la isla crecía verticalmente, haciendo que la subida hasta la cuesta estuviera más empinada dado que la cuesta estaba a más altura. No se trataba de un proceso rápido. Sólo se daba tras unos días de calor. Sin embargo, el cambio era incuestionable. Creo que tenía algo que ver con la conservación del agua, con proteger la superficie de las algas de los rayos del sol.

El fenómeno contrario, cuando la isla se distendía, era un proceso más rápido, más dramático y las razones eran más evidentes. Entonces la cresta descendía y la plataforma continental, para decirlo de alguna manera, se extendía. Las algas se tornaban tan flojas que se me quedaban atrapados los pies. Esta dilatación se producía cuando el cielo estaba tapado y aún más, cuando el mar estaba agitado.

Sobreviví a una tormenta violenta mientras estuve en la isla y después de la experiencia, hubiera confiado en ella aunque me encontrara el peor de los huracanes. Fue un espectáculo imponente. Me subí a un árbol y observé las olas gigantes que cargaban contra la isla, que se preparaban para subir hasta lo alto de la cresta y desencadenar el caos y la destrucción, pero que desaparecían como si hubieran caído dentro de arenas movedizas. En este sentido, la isla tenía una filosofía gandhiana: se resistía sin oponer resistencia alguna. Cada una de las olas se esfumó dentro de la isla sin conflicto, dejando sólo un poco de espuma. La isla temblaba ligeramente y aparecía alguna que otra ondulación en la superficie de los estanques, pero eran las únicas indicaciones de que la estuviera atravesando una fuerza mayor. Y atravesarla es lo que hizo: en el sotavento de la isla, que había quedado visiblemente reducido, las olas salían y seguían su curso. Fue de lo más extraño, eso de ver cómo las olas se alejaban de la orilla. Los suricatas ni se inmutaron ante la tormenta, y sus consecuentes terremotos insignificantes. Siguieron ocupándose de sus cosas como si los elementos no existieran.

Lo que no conseguía entender era que la isla estuviera tan desolada. Jamás he visto una ecología tan despojada. En el aire no volaba ni una mosca, ni una mariposa, ni una abeja, ni un insecto de ninguna clase. Los árboles no albergaban ni un pájaro. Las llanuras no escondían ni un roedor, ni una larva, ni un gusano, ni una serpiente; en ellas no crecían otros árboles, ni arbustos, ni hierba ni flores. Los estanques no cobijaban peces de agua dulce. En la orilla no había ni una alga flotante, ni un cangrejo, ni una langosta; no había coral, ni guijarros, ni rocas. A excepción de los suricatas, no había ninguna materia extraña, fuera orgánica o inorgánica, en toda la isla. Sólo había algas verdes y relucientes y árboles verdes y relucientes.

Los árboles no eran parásitos. Lo descubrí un día que comí tantas algas al pie de un árbol que las raíces quedaron expuestas. Vi que las raíces no eran independientes de las algas sino que se unían a ellas, se transformaban en ellas. Eso quería decir que o bien los árboles tenían una relación simbiótica con las algas, un toma y daca que beneficiaría a ambos, o que se debía a un motivo más sencillo, que los árboles eran una parte integral de las algas. Supongo que esta última explicación es la correcta dado que los árboles no daban fruta ni flores. Dudo que un organismo independiente, por muy íntima que sea la simbiosis que comparta, renuncie a una parte tan fundamental de la vida como la de la reproducción. El afán de las hojas del sol, claramente demostrado en su abundancia, su amplitud y su verdor superclorofila, me hizo sospechar que la función principal de los árboles era recoger energía. En fin, no son más que conjeturas.

Hay una última observación que me gustaría hacer. Se basa en intuición más que en pruebas concluyentes. Veamos, la isla no era una isla en el sentido convencional de la palabra, o sea, no era una masa continental que estaba fija al suelo del océano, sino un organismo flotante, una bola de algas de dimensiones gigantescas. Y me figuré que los estanques se extendían hasta los costados de esta enorme masa boyante y daban al océano, cosa que esclarecería la presencia inexplicable de los dorados y demás peces marinos.

Haría falta un estudio exhaustivo, pero por desgracia, perdí las algas que me llevé de la isla.

A la vez que resucité yo, Richard Parker también. A fuerza de atiborrarse de suricatas, recuperó el peso que había perdido, su pelaje volvió a brillar y recobró el mismo aspecto saludable de antes. No perdió la costumbre de volver al bote salvavidas cada tarde al ponerse el sol. Siempre procuré llegar antes que él y marcar mi territorio copiosamente con orina para que no se olvidara de quién era quién ni de qué pertenecía a quién. Pero siempre se iba con los primeros rayos del sol. Recorrió gran parte de la isla, más que yo. Como la isla no variaba, apenas salí de la misma área. Durante el día lo veía poco. Pero me inquietaba. Vi cómo rastrillaba los árboles con las garras delanteras dejando enormes tajos en los troncos. Y empecé a oír sus rugidos roncos, ese *aaonh* suntuoso como el oro o la miel, espeluznante como el fondo de una mina peligrosa o mil abejas enojadas. Lo que me preocupaba no era que buscara una hembra, sino que se sintiera lo bastante cómodo en la isla para plantearse la posibilidad de reproducirse. Temí que en su nueva condición, quizás no tolerara la presencia de otro macho en su territorio, particularmente en su territorio nocturno, y aún menos si no obtenía respuesta a sus aullidos, que era el caso más probable.

Un día fui a dar un paseo por el bosque. Estaba caminando enérgicamente, ensimismado en mis pensamientos. Pasé por el lado de un árbol y casi me estrellé contra Richard Parker. Los dos nos sobresaltamos. Bufó y se levantó sobre las patas traseras en toda su inmensidad, con las garras en posición para pegarme un zarpazo. Me quedé petrificado, paralizado de miedo y del susto. Se dejó caer sobre las cuatro patas y dio media vuelta. Habiendo dado tres o cuatro pasos, se volvió, se irguió de nuevo sobre las patas traseras y esta vez gruñó. Yo me quedé inmóvil como una estatua. Dio unos pasos más y me amenazó por tercera vez. Cuando se hubo dado por satisfecho que yo no le suponía ningún peligro, se alejó sin ninguna prisa. En cuanto recuperé el aliento y dejé de temblar, llevé el silbato a la boca y salí corriendo detrás de él. Richard Parker ya había recorrido una distancia considerable, pero no lo había perdido de vista. Corrí a toda velocidad. Richard Parker se volvió, me vio, se agachó y acto seguido puso pies en polvorosa. Toqué el silbato con todas mis fuerzas, deseando que el sonido se propagara tanto o más que el grito de un tigre solitario.

Esa noche, mientras Richard Parker dormía a sesenta centímetros debajo de mí, llegué a la conclusión de que tenía que rehacerme con el control de la pista del circo.

El problema más grande que se presenta a la hora de adiestrar animales es que sólo aprenden por instinto o por memorización. El uso de la inteligencia para asociar ideas que no sean instintivas sólo está disponible en grado mínimo. Por lo tanto, para conseguir que un animal conciba la conexión artificial entre hacer algo, digamos ponerse boca arriba, y recibir un premio a cambio, hace falta repetir la acción hasta la saciedad. Se trata de un proceso muy lento que depende tanto de la suerte como del ahínco, y todavía más si el animal en cuestión es un adulto. Toqué el silbato tantas veces que me dolían los pulmones. Golpeé el pecho tantas veces que me quedé morado. Miles de veces grité «¡Jep! ¡Jep! ¡Jep!», mi orden en el lenguaje de tigres para decir «¡Hazlo!». Le tiré miles de bocados de suricata que yo mismo hubiera comido con mucho gusto. Adiestrar un tigre es toda una hazaña. Tienen un carácter bastante menos flexible que otros animales que suelen adiestrarse en los circos y en los zoológicos, como por ejemplo los leones marinos y los chimpancés. Bien, tampoco quiero otorgarme todo el mérito de lo que conseguí hacer con Richard Parker. Tuve la suerte, una suerte que me salvó la vida, de que no sólo era un animal joven, sino un animal joven y maleable, un animal omega. Lo que temía era que las condiciones en la isla actuaran en mi contra, que con tanta comida y agua, Richard Parker se volviera más relajado y seguro de sí mismo y menos abierto a mi influencia. Pero seguía siendo un animal nervioso. Lo conocía suficientemente para percibirlo. Por la noche en el bote salvavidas lo veía agitado y no paraba de quejarse. Atribuí su desasosiego al nuevo medio de la isla; cualquier cambio, aunque sea positivo, hará que un animal se sienta nervioso. Fuera por el motivo que fuera, la tensión a la que estaba sometido lo llevó a mostrarse dispuesto a complacer, y es más, a sentir la necesidad de complacer.

Lo adiestré a saltar por un aro que hice de unas ramas pequeñas. Consistía en una rutina sencilla de cuatro saltos. Cada uno le valía un pedazo de suricata. Primero, mientras él venía pesadamente hacia mí, levantaba el aro a un metro del suelo con la mano izquierda. Una vez la había saltado y mientras frenaba, cogía el aro con la mano derecha y, de espaldas a él, le ordenaba que volviera a saltar. Para el tercer salto, yo me arrodillaba en el suelo y aguantaba el aro encima de la cabeza. Cada vez que lo veía venir hacia mí, se me ponían los pelos de punta. Nunca perdí el temor de que en lugar de saltar, me atacaría. Gracias a Dios, nunca me falló. Entonces me levantaba y lanzaba el aro para que rodara por el suelo. Se suponía que Richard Parker tenía que seguirlo y pasar por él por última vez antes de que cayera. La verdad es que esta parte nunca le salió muy bien, a veces porque yo tiraba mal el aro y a veces porque Richard Parker chocaba contra él. Pero al menos salía tras él, y eso lo alejaba de mí. Siempre se quedaba pasmado cuando se caía el aro. Lo miraba de hito en hito, como si fuera algún compañero de sus mismas proporciones con el que había salido a correr y que se había desplomado sin previo aviso. Se quedaba allí, olfateándolo. Le tiraba el último pedazo de suricata y me iba.

Al final, abandoné el bote. Me pareció absurdo compartir un espacio tan apretujado con un animal que cada vez necesitaba más espacio, cuando tenía una isla entera a mi disposición. Decidí que lo más seguro sería dormir en un árbol. Nunca consideré que la costumbre de Richard Parker de pasar la noche en el bote salvavidas fuera definitiva. No tenía ningunas ganas de que me encontrara fuera de mi territorio, dormido e indefenso en el suelo, si alguna vez decidía ir a dar un paseo nocturno.

Así que un día me fui del bote armado con la red, una cuerda y algunas mantas. Encontré un árbol robusto en las afueras del bosque y tiré la cuerda por encima de la rama más baja. Ya estaba en forma y no me costó agarrarme a la cuerda y subirme al árbol. Me posicioné en dos ramas sólidas y próximas que estaban a la misma altura y até la red entre las dos. Volví al final del día.

Justo cuando había doblado las mantas y las había colocado en la red para que me sirvieran de colchón, detecté una conmoción entre los suricatas. Aparté algunas ramas para verlos mejor. Asomé la cabeza y miré en todas las direcciones hasta el horizonte. Fue inconfundible. Los suricatas estaban abandonando los estanques, o mejor dicho, la llanura, y estaban corriendo hacia los árboles. Una nación entera de suricatas se había puesto en marcha, las espaldas encorvadas y las patitas desdibujadas. Me estaba preguntando si me quedaban muchas sorpresas por descubrir de estos animalitos cuando me di cuenta, con gran consternación, de que los suricatas que habían estado en el estanque más cercano habían rodeado mi árbol y estaban subiendo por el tronco. El tronco había desaparecido bajo una ola de suricatas resueltos. Creí que venían a atacarme, y de repente comprendí el motivo por el que Richard Parker optaba por dormir en el bote salvavidas: de día los suricatas eran dóciles e inofensivos, pero de noche, bajo su peso colectivo, aplastaban a sus enemigos sin piedad. Sentí miedo e indignación. La idea de haber sobrevivido tanto tiempo en un bote salvavidas con un tigre de Bengala de más de doscientos kilos para morir en lo alto de un árbol en manos de unos suricatas que apenas pesaban un kilo se me antojó una tragedia demasiado injusta y ridícula para soportarla.

No pretendían hacerme ningún daño. Subieron hasta mi rama, se me subieron encima, se colocaron a mi alrededor y siguieron trepando. Se instalaron en todas las ramas del árbol. Estaba repleto de suricatas. Se hicieron con mi cama. Lo mismo estaba ocurriendo allá donde miraba. Estaban trepando a todos los árboles que veía y el bosque se estaba tornando marrón, un otoño que sólo tardó algunos minutos en llegar. En conjunto, a medida que correteaban en tropel para reclamar los árboles vacíos en el interior del bosque, hicieron más ruido que una manada de elefantes en estampida.

Mientras tanto, la llanura se estaba quedando vacía y despoblada.

De compartir una litera con un tigre, pasé a compartir un dormitorio abarrotado con suricatas. ¿Me creerán cuando digo que la vida puede dar unos giros sorprendentes? Aparté los suricatas para hacerme sitio en mi cama. Se arrimaron a mí. No quedó ni un centímetro de espacio desocupado.

Finalmente se tranquilizaron y dejaron de chillar y gorjear. Se hizo el silencio en el árbol. Nos dormimos.

Me desperté al alba cubierto de pies a cabeza de una manta viva de piel. Algunas de las crías habían descubierto las partes más calurosas de mi cuerpo. Alrededor del cuello tenía una bufanda sudada de suricatas (creo que la madre se había instalado cómodamente al lado de mi cabeza) y otros se habían apretujado en la zona de las ingles.

Abandonaron el árbol con el mismo brío y la misma brusquedad con el que lo habían invadido. A la vez, se vaciaron todos los árboles en la llanura, que se llenó de suricatas y de sus ruidos diurnos. El árbol parecía vacío. Y yo me sentí vacío, un poco. Me había gustado la experiencia de dormir con suricatas.

A partir de entonces pasé todas las noches en el árbol. Vacié el bote de todos los objetos útiles y me construí una habitación agradable entre las ramas. Me acostumbré a los rasguños involuntarios de los suricatas cuando se me encaramaban. La única queja que tuve era que de vez en cuando, los que se subían a las ramas superiores me evacuaban encima.

Una noche, los suricatas me despertaron. Estaban parloteando y tiritando. Me incorporé y miré hacia donde estaban mirando ellos. El cielo estaba despejado y había luna llena. El paisaje había perdido su color. Todo resplandecía de forma fantasmagórica en tonos negros, grises y blancos. Me fijé en el estanque. Se estaba llenando de formas plateadas que subían desde abajo y afloraban en la superficie negra del agua.

Peces. Peces muertos. Habían ascendido flotando desde las profundidades. El estanque, que te recuerdo medía doce metros de diámetro, se fue llenando de toda clase de peces hasta que la superficie pasó de ser negra a ser plateada. Y viendo cómo el agua se movía, era evidente que seguían subiendo más.

Cuando afloró un tiburón muerto, los suricatas se exaltaron sobremanera y se pusieron a chillar como aves tropicales. Los árboles vecinos se contagiaron de la histeria. El ruido era ensordecedor. Me pregunté si estaba a punto de ver a los suricatas arrastrar los peces hasta lo alto de los árboles.

No bajó ni un solo suricata al estanque. Ninguno siquiera hizo ademán de bajar. Se limitaron a expresar su frustración a gritos.

Aquel espectáculo me pareció siniestro. Me inquietó ver todos esos peces muertos.

Me tumbé e intenté conciliar el sueño a pesar del barullo de los suricatas. Al alba, me despertó el jaleo que armaron al bajarse del árbol. Entre bostezos y desperezos, miré hacia el estanque que había causado tanta conmoción y furia la noche anterior.

Estaba vacío. O casi. Pero no había sido obra de los suricatas. Ellos sencillamente se habían tirado al agua para coger los restos.

Los peces habían desaparecido. Estaba desconcertado. ¿Estaría mirando al estanque equivocado? No, estaba convencido de que era aquél. ¿Estaba seguro de que los suricatas no lo habían vaciado durante la noche? Segurísimo. Si el mero hecho de poder sacar el tiburón ya me parecía muy improbable, ¿cómo iban a llevarlo en la espalda y esconderlo? ¿Podría haber sido Richard Parker? Hombre, una parte de los peces sí, pero no iba a vaciar todo un estanque en una noche.

Me quedé perplejo. Por mucho que mirara el estanque y sus paredes verdes y profundas, no me explicaba qué había pasado con los peces. La noche siguiente estuve al tanto, pero no apareció ningún pez.

La aclaración del misterio llegó un tiempo después, desde la espesura del bosque.

En el centro del bosque, los árboles eran más grandes y más apiñados. El suelo estaba despejado, pues la isla carecía de maleza, pero en lo alto, el toldo era tan denso que ocultaba el sol, o para decirlo de otra manera, el cielo era sólido y verde. Los árboles estaban tan cerca los unos de los otros que las ramas invadían el espacio de las demás, y se tocaban y se entrelazaban de tal manera que era difícil distinguir dónde empezaba un árbol y dónde acababa el siguiente. Me di cuenta de que los troncos eran lisos y limpios, sin los infinitos rasguños minúsculos que dejaban los suricatas en la corteza. La razón era bastante obvia: los suricatas podían pasar de un árbol al siguiente sin necesidad de subir y bajar. Como prueba de esta teoría, encontré muchos árboles en el perímetro del corazón del bosque que tenían la corteza prácticamente destrozada. Estos árboles, sin lugar a dudas, eran las puertas que daban a la ciudad arbórea de los suricatas, más bulliciosa incluso que la ciudad de Calcuta.

Allí es donde me topé con el árbol. No era el más grande del bosque, ni estaba en el centro, ni tenía alguna característica que la resaltara. Lo único es que tenía las ramas muy bien alineadas. Hubiera sido el lugar idóneo para ver el cielo o para observar la actividad nocturna de los suricatas.

Puedo decirte el día exacto en que encontré ese árbol: fue el día antes de que abandonara la isla.

Me fijé en el árbol porque parecía dar fruta. Mientras que el resto del toldo forestal era de un color verde idéntico, la fruta destacaba por su color negro. La ramas de donde crecía estaban retorcidas de forma extraña. Las escruté. La isla entera estaba poblada de árboles estériles, menos uno. Y ni siquiera uno entero. La fruta sólo crecía de una parte pequeña del árbol. Pensé que tal vez había dado con la equivalente forestal de la abeja reina y me pregunté si algún día las algas dejarían de sorprenderme con su singularidad botánica.

Quería probar la fruta pero las ramas estaban demasiado altas. Así que fui a buscar una cuerda. Si las algas estaban deliciosas, ¿cómo iba a ser su fruta?

284

Colgué la cuerda del brazo más bajo del árbol y rama a rama, trepé al pequeño y precioso huerto.

De cerca la fruta era de color verde apagado. Tenía el mismo tamaño y forma que una naranja. Cada una de las frutas se encontraba en el centro de una serie de ramitas que se habían enrollado a su alrededor. Supongo que las protegían. Me acerqué más y vi que las ramitas también desempeñaban otra función: las sostenían. La fruta no tenía un solo pedúnculo, sino decenas. Estaban tachonadas de pedúnculos que los conectaban a las ramitas. La fruta tenía que ser pesada y jugosa, pensé. Me acerqué todavía más.

Extendí la mano y agarré una fruta. Me decepcioné al instante. No pesaba casi nada. Tiré de ella, separándola de todos los pedúnculos.

Me arrellané en una de las ramas, apoyándome en el tronco del árbol. Encima tenía un techo movedizo de color verde que dejaba pasar los rayos de luz. A mi alrededor, hasta donde me alcanzaba la vista, había carreteras que se retorcían y serpenteaban por la gran ciudad suspendida. Una brisa agradable corría por los árboles. Sentí enorme curiosidad. Examiné la fruta.

Ay, ¡ojalá no hubiera llegado nunca ese momento! Si no, tal vez hubieran pasado años, o la vida entera, en aquella isla. Por nada del mundo, creí, iba a volver al bote salvavidas, al sufrimiento y las privaciones que había pasado en él, ¡por nada del mundo! ¿Qué razón iba a moverme a abandonarla? ¿Acaso no reunía mis requerimientos físicos? ¿Acaso no había más agua de la que pudiera beber en toda mi vida? ¿Más algas de las que pudiera comer? Y cuando me apetecía variar un poco, ¿no había una superabundancia de suricatas y peces? Si la isla flotaba y se desplazaba, ¿no cabía la posibilidad de que me llevara en la dirección correcta? ¿No podría ser un buque vegetal el que me llevaría a tierra firme? Y entre tanto, ¿no estaba en compañía de unos suricatas encantadores? Y Richard Parker tenía que perfeccionar ese cuarto salto, ¿no? Ni siquiera se me había pasado por la cabeza dejar la isla desde que habíamos llegado, y de eso ya hacía semanas, no sé exactamente cuántas, pero de momento no íbamos a ningún sitio. Vamos, ¡ni hablar!

Cuán equivocado estaba.

Si esa fruta contenía una semilla, fue la semilla de mi partida.

La fruta no era una fruta, sino una acumulación densa de hojas pegadas que formaban una bola. Cada pedúnculo que arranqué estaba sujeto a una hoja.

Tras pelar unas cuantas capas, llegué a unas hojas que no tenían pedúnculo y que estaban adheridas a la bola. Metí las uñas por debajo de las hojas y las saqué. Desenfundé la fruta, hoja a hoja, como si quitara las capas de una cebolla. Podría haber partido la «fruta» (todavía la llamo así a falta de una palabra más apropiada) pero preferí satisfacer mi curiosidad de una manera comedida.

Pasó de ser del tamaño de una naranja al tamaño de una mandarina. Había hojas suaves y finas desparramadas por las ramas sobre las que estaba sentado y dentro de mi regazo.

Ahora era del tamaño de un rambután.

Cada vez que lo pienso, me da escalofríos.

Del tamaño de una cereza.

Entonces salió a la luz, una perla incalificable en el corazón de una ostra verde.

Un diente humano.

Una muela, para ser exactos. Tenía manchas verdes en la superficie y estaba llena de agujeritos.

Poco a poco, me inundó una sensación de horror. Tuve tiempo para examinar más frutas.

Cada una tenía un diente.

Una contenía un canino.

Otra, un premolar.

Un incisivo aquí.

Otra muela allí.

Treinta y dos dientes humanos. Un juego completo. No faltaba ni uno.

De repente lo entendí todo.

No grité. Creo que el horror sólo se vocifera en las películas. Me estremecí y bajé del árbol.

Pasé el día totalmente confundido, sopesando mis opciones. Ninguna era buena.

Aquella noche, me acosté en el árbol de siempre y comprobé mi hipótesis. Agarré uno de los suricatas y lo dejé caer al suelo.

Chilló mientras caía por el aire. Cuando llegó al suelo, se lanzó directamente al árbol.

Con la ingenuidad típica, se acurrucó de nuevo a mi lado. Empezó a lamerse las patas con ímpetu. Parecía tener molestias y estaba jadeando sin parar.

Podría haberlo dejado allí. Pero quería comprobarlo por mí mismo. Me bajé y me agarré a la cuerda. Le había hecho algunos nudos para poder subir y bajar con más facilidad. Cuando llegué a la base del árbol, sostuve los pies a un par de centímetros del suelo. Vacilé.

Me solté.

Primero no sentí nada. De repente un dolor punzante me atravesó los pies. Grité. Creí que iba a caerme. Conseguí coger la cuerda y me levanté del suelo. Me restregué las plantas de los pies contra la corteza del árbol. Los alivió, pero no lo suficiente. Los metí en un cubo de agua que tenía al lado de la cama. Los froté con hojas. Maté a dos suricatas con el cuchillo e intenté calmar el dolor con su sangre y sus tripas. Me seguían escociendo. No dejaron de escocer en toda la noche. No conseguí dormirme por el dolor y la ansiedad.

La isla era carnívora. De ahí que desaparecieran los peces en los estanques. La isla atraía peces marinos hacia sus túneles subterráneos. No sé cómo. Quizá los peces comieran las algas con la misma avidez que yo. El caso es que quedaban atrapados. O tal vez se perdían. Tal vez se cerraban las aperturas que daban al mar. Tal vez la salinidad del agua cambiaba de forma tan imperceptible que los peces sólo se daban cuenta cuando ya era demasiado tarde. Fuera por la razón que fuera, de repente se encontraban en agua dulce y se morían. Algunos flotaban hasta la superficie de los estanques, los restos que alimentaban a los suricatas. Por la noche, debido a algún proceso químico que desconocía pero que estaba claramente inhibido por la luz del sol, las algas depredadoras se tornaban ácidas y los estanques se convertían en tanques cáusticos que digerían los peces. De ahí que Richard Parker siempre volviera al bote salvavidas por las noches. De ahí que los suricatas durmieran en los árboles. De ahí que sólo hubiera visto algas en toda la isla.

Y esto explicaba los dientes. Alguien había llegado a estas

tierras antes que yo. ¿Cuánto tiempo habría pasado allí ese pobre hombre? ¿O fue una mujer? ¿Semanas? ¿Meses? ¿Años? ¿Cuántas horas desesperadas en la ciudad arbórea en la triste compañía de los suricatas? ¿Cuántos sueños de una vida feliz que se habían visto truncados? ¿Cuántas esperanzas que se habían visto defraudadas? ¿Cuánta conversación acumulada que murió sin articularse? ¿Cuánta soledad? ¿Cuánta desesperanza? ¿Y al fin y al cabo, para qué? ¿Qué quedaba de todo aquello?

Sólo un poco de esmalte, como el cambio suelto en un bolsillo. La persona debió de haber muerto en el árbol. ¿Estuvo enferma? ¿Herida? ¿Deprimida? ¿Cuánto tarda un espíritu roto en matar a un cuerpo que dispone de comida, agua y refugio? Los árboles también eran carnívoros, pero tenían un nivel de acidez mucho más bajo, de forma que uno podía pasar la noche en ellos mientras el resto de la isla bullía. Pero tras la muerte de esa persona, el árbol habría envuelto el cadáver con las ramas poco a poco y lo habría digerido, sorbiéndole los huesos de toda sustancia nutritiva hasta disolverlos por completo. Con el tiempo, no quedarían ni los dientes.

Miré hacia las algas. Sentía cómo me iba invadiendo el resentimiento. La promesa radiante que ofrecían de día fue suplantado en mi corazón por toda la traición que descargaban durante la noche.

—¡Sólo quedan dientes! —mascullé—. ¡DIENTES!

Antes de que amaneciera, la decisión nefasta ya estaba tomada. Prefería marchar y morir buscando a los de mi propia especie antes que llevar una vida solitaria e incompleta de comodidad física y muerte espiritual en aquella isla asesina. Llené mis depósitos de agua dulce y bebí como un camello. Me pasé el día comiendo algas hasta casi reventar. Maté y despellejé todos los suricatas que cabían en la taquilla y en el suelo del bote. Saqué peces muertos de los estanques. Con el hacha, corté un buen bloque de algas y lo até a una cuerda que amarré al bote salvavidas.

No podía abandonar a Richard Parker. Dejarlo equivaldría a matarlo. No sobreviviría a la primera noche. Solo en el bote salvavidas al anochecer, sabría que se estaría quemando vivo. O que se habría tirado al mar, donde se ahogaría. Esperé a que volviera. Sabía que no iba a llegar tarde.

Cuando se subió a bordo, desatraqué. Durante algunas horas, las corrientes nos mantuvieron cerca de la isla. Los ruidos del mar me molestaban y me había desacostumbrado al balanceo del bote. La noche se hizo eterna.

Por la mañana, la isla había desaparecido. Y la masa de algas también. En cuanto cayó la noche, las algas habían disuelto la cuerda con su ácido.

El mar estaba encrespado, el cielo gris.

CAPÍTULO 93

Me harté de mi situación. Tenía tan poco sentido como el tiempo. Pero la vida se negó a abandonarme. El resto de mi historia es un episodio largo de pena, dolor y resistencia.

Los altos reclaman los bajos y los bajos reclaman los altos. Te aseguro que si te encontraras en una situación tan desesperada como la mía, tú también elevarías tus pensamientos. Cuanto más bajo estés, más alto querrás volar. Era natural que, tan privado y desesperado como estaba, sometido a tanta congoja, recurriera a Dios.

CAPÍTULO 94

Cuando llegamos a tierra firme, a México, concretamente, estaba tan debilitado que apenas pude alegrarme. Nos costó mucho atracar. El bote salvavidas estuvo a punto de volcarse en el revolcón. Eché las anclas flotantes, o lo que quedaba de ellas, dejándolas completamente abiertas para que estuviéramos perpendiculares a las olas, y las zafé cada vez que nos subíamos a una cresta. De este modo, echando y zafando las anclas, llegamos hasta la orilla. Fue peligroso, pero nos subimos a una ola justo en el lugar correcto y nos acercó a la playa, evitando los enormes muros de agua que se derrumbaban a nuestro alrededor. Zafé las anclas por última vez, y las olas nos empujaron hasta la playa. El bote se detuvo en la arena con un siseo.

Bajé del bote agarrándome al costado. Temía que si lo soltaba, que ahora que estaba tan cerca de la liberación, me ahogaría en medio metro de agua. Miré hacia la playa para ver cuánta distancia me quedaba. Esa mirada me regaló uno de mis últimos recuerdos de Richard Parker, pues en ese preciso instante, dio un salto y me pasó por encima de la cabeza. Vi cómo su cuerpo tan sumamente vital se desplegaba en el aire encima de mí, un arco iris fugaz y peludo. Cayó al agua con las patas traseras despatarradas y la cola levantada, y con un par de brincos llegó a la playa. Se dirigió hacia la izquierda, las garras haciendo cráteres en la arena húmeda, pero cambió de parecer y dio media vuelta. Pasó directamente delante de mí y se fue hacia la derecha. No me miró. Corrió unos treinta metros por la playa antes de cambiar de rumbo, dirigiéndose hacia la selva. Corría con paso vacilante, sin coordinación. Se cayó varias veces. Cuando llegó a la entrada de la jungla, se detuvo. Estaba seguro de que se volvería. Que miraría hacia mí. Que aplastaría las orejas contra la cabeza. Que gruñiría. Que de algún modo, concluiría nuestra relación. Pero no. No quitó los ojos de la jungla. Entonces Richard Parker, mi compañero en la desgracia, esa bestia espantosa y feroz que me mantuvo vivo, avanzó y desapareció para siempre de mi vida.

Me arrastré hasta la orilla y me desplomé en la arena. Miré a mi alrededor. Estaba completamente solo, huérfano no sólo de mi familia, sino de Richard Parker también, y casi, creí, de Dios. Por supuesto que Dios no me había abandonado. La playa, tan suave e inmensa, era como la mejilla de Dios, y en algún lugar había dos ojos que brillaban de alegría y unos labios que sonreían por tenerme allí.

Unas horas después, un miembro de mi propia especie me encontró. Me dejó durante un rato y volvió con un grupo de gente. Había seis o siete personas. Vinieron hacia mí tapándose la boca y la nariz. Me pregunté qué demonios les pasaba. Me hablaron en un idioma que desconocía. Arrastraron el bote salvavidas hasta la arena y me llevaron de allí. Me quitaron el único pedazo de carne de tortuga que había traído del bote y lo tiraron al agua.

Me eché a llorar como un niño. No porque me abrumara

el hecho de haber sobrevivido a mi terrible experiencia, aunque así fuera. Tampoco fue por la presencia de mis hermanos y hermanas, aunque este hecho me conmoviera. Lloraba porque Richard Parker me había dejado de forma tan poco ceremoniosa. ¿Cómo pudo estropear nuestra despedida de aquella manera tan terrible? Soy muy partidario de la cortesía, de la armonía del orden. Si está a nuestro alcance, debemos dar una forma significativa a las cosas. Por ejemplo, ¿te ves capaz de narrar esta historia tan embrollada en cien capítulos, ni uno más, ni uno menos? Mira, es una de las cosas que no soporto de mi apodo, que sea un número que nunca acaba. En la vida, hay que concluir las cosas debidamente. Sólo entonces puedes soltarlas. Si no, te quedas con palabras que deberías haber dicho y que no dijiste, y el corazón se te llena de remordimiento. Ese adiós malogrado me sigue doliendo hasta el día de hoy. No sabes cuánto me arrepiento de no haberlo mirado por última vez en el bote salvavidas, de no haberlo provocado un poco para que me tuviera en mente. Ojalá se me hubiera ocurrido decirle... sí, lo sé, a un tigre, pero da igual. Ojalá le hubiera dicho: «Richard Parker, se ha acabado. Hemos sobrevivido. ¿Es increíble, verdad? Te debo más gratitud de la que pueda expresar. No lo hubiera conseguido sin ti. Así que me gustaría decírtelo formalmente: Richard Parker, gracias. Gracias por salvarme la vida. Ahora vete donde quieras. Durante casi toda tu vida sólo has conocida la libertad restringida de un zoológico. Ahora vas a conocer la restricción libre de la selva. Te deseo lo mejor. Cuidado con el Hombre. Nunca será tu amigo. Pero espero que a mí me recuerdes como amigo. Jamás te olvidaré, de eso puedes estar seguro. Siempre te llevaré en el corazón. ¿Ahora me bufas? Mira, nuestro bote acaba de llegar a la arena. Así que adiós, Richard Parker, adiós. Vete con Dios».

La gente que me encontró me llevó a su pueblo, donde unas mujeres me bañaron y me frotaron con tanta fuerza que me pregunté si no se habrían dado cuenta de que tenía la piel oscura por naturaleza y que no era un niño blanco sucio. Intenté explicárselo. Asintieron con la cabeza, me sonrieron y me siguieron frotando como si fuera la cubierta de un buque. Creí que iban a despellejarme vivo. Pero me ofrecieron comida. Comida deliciosa. Cuando empecé a comer, no pude parar. Estaba convencido de que nunca se me iba a pasar el hambre que tenía.

Al día siguiente, me vino a buscar un coche policía y me llevó a un hospital, y allí se acaba mi historia.

La verdad es que la generosidad que mostraron mis rescatadores conmigo me dejó abrumado. Gente pobre me brindó ropa y comida. Los médicos y las enfermeras me cuidaron como si fuera un bebé prematuro. Los funcionarios mexicanos y canadienses me abrieron todas las puertas de modo que desde la playa de México hasta la casa de mi madre adoptiva hasta las aulas de la Universidad de Toronto, sólo tuve que recorrer un pasillo largo, llano y recto. A todas esas personas quisiera darles mis más sentidas gracias.

TERCERA PARTE

HOSPITAL BENITO JUÁREZ, TOMATLÁN, MÉXICO

CAPÍTULO 95

El señor Tomohiro Okamoto del Departamento Marítimo del Ministerio de Transporte de Japón, ya jubilado, me dijo que se encontraba junto a un compañero, el señor Atsuro Chiba, en Long Beach, California (el puerto de contenedores más importante en la costa oeste de Estados Unidos, cerca de Los Ángeles), por otro asunto de negocios cuando se les comunicó que, según se informaba, el único superviviente del buque japonés Tsimtsum, *que unos meses atrás había desaparecido sin dejar rastro en aguas internacionales del Pacífico, había desembarcado cerca del pueblo de Tomatlán en la costa de México. Su departamento les dio instrucciones de ponerse en contacto con el superviviente para ver si podían arrojar luz sobre la suerte del buque. Compraron un mapa de México para ver dónde quedaba Tomatlán. Por desgracia, había un pliegue en el mapa que cruzaba Baja California justo encima de un pequeño pueblo costero llamado Tomatán, impreso en letras minúsculas. El señor Okamoto estaba seguro de haber leído Tomatlán. Como quedaba más o menos en medio de Baja California, decidió que la forma más rápida de llegar sería en coche.*

Partieron en un coche alquilado. Cuando llegaron a Tomatán, a ochocientos kilómetros al sur de Long Beach y se dieron cuenta de que no se trataba de Tomatlán, el señor Okamoto decidió que seguirían hasta Santa Rosalía, a doscientos kilómetros hacia el sur, donde cogerían el transbordador que los llevaría a Guaymas. El transbordador salió tarde y era muy lento. De Guaymas, todavía les quedaban mil trescientos kilómetros para llegar a Tomatlán. Las carreteras estaban en muy mal estado. Se les pinchó una rueda. Se les averió el coche y el mecánico que lo arregló desvalijó el motor de sus piezas a escondidas y las cambió por piezas usadas. En consecuencia, no sólo tuvieron que pagar las piezas nuevas a la compañía de alquiler de coches, sino que se les estropeó el coche por segunda vez a la vuelta. El segundo mecánico les cobró de más. El señor Okamoto admitió que estaban muy cansados cuando llegaron al Hospital de Benito Juárez en Tomatlán, que para nada se encuentra en Baja California, sino a cien kilómetros al sur de Puerto Vallarta, en el estado de Jalisco, que está casi a la misma altura que Ciudad de México. Llevaban cuarenta y una horas viajando sin parar. «Trabajamos mucho», escribió el señor Okamoto.

El señor Okamoto y el señor Chiba hablaron con Piscine Molitor Patel, en inglés, durante casi tres horas. Grabaron la conversación. He aquí unos pasajes de la transcripción textual. Le estoy muy agradecido al señor Okamoto por haberme facilitado una copia de la cinta y de su informe final. Para evitar confusiones, he indicado quién está hablando cuando no resulta evidente a primera vista. Las partes que aparecen en una fuente distinta corresponden a fragmentos hablados en japonés y que fueron traducidos posteriormente.

CAPÍTULO 96

—Hola, señor Patel. Me llamo Tomohiro Okamoto. Vengo de parte del Departamento Marítimo del Ministerio de Transporte de Japón. Le presento a mi ayudante, el señor Atsuro Chiba. Hemos venido a hablar con usted del hundimiento del buque *Tsimtsum*, en el que usted viajó. ¿Le parece bien que hablemos del tema ahora?

—Claro. Por supuesto.

—Gracias. Es usted muy amable. *A ver, Atsuro-kun. Tú no tienes experiencia en este tipo de trabajo así que quiero que prestes atención y que escuches.*

—*Sí, Okamoto-san.*

—*¿Has encendido la grabadora?*

—*Sí, señor.*

—*Bien. ¡Qué cansado estoy! Que conste en acta que hoy es el día diecinueve de febrero de 1978. Número de expediente 250663, concer-*

niente a la desaparición del carguero Tsimtsum. ¿Se encuentra usted cómodo, señor Patel?

—Sí, lo estoy. Gracias. ¿Y ustedes?

—Estamos muy cómodos.

—¿Han venido de Tokio sólo para verme?

—Bueno, estábamos en Long Beach, California. Hemos venido en coche.

—¿Ha ido bien el viaje?

—Ha sido un viaje maravilloso. Un paisaje bellísimo.

—El mío fue horroroso.

—Sí, hemos hablado con la policía antes de venir aquí y hemos visto el bote salvavidas.

—Tengo un poco de hambre.

—¿Le apetece una galleta?

—¡Sí, por favor!

—Aquí tiene.

—¡Gracias!

—No hay de qué. Sólo es una galleta. Vamos a ver, señor Patel, ¿le importaría contarnos lo que le pasó en el bote salvavidas, dándonos todos los detalles posibles?

—En absoluto. Lo haré encantado.

CAPÍTULO 97

La historia.

CAPÍTULO 98

SR. OKAMOTO: Muy interesante.

SR. CHIBA: ¡Vaya historia!

—*Nos toma por idiotas.* Señor Patel, vamos a hacer una pausa. En seguida volvemos, ¿de acuerdo?

—Ningún problema. Me apetece otra galleta.

—Sí, cómo no.

SR. CHIBA: *¡Ya le hemos dado muchas y ni siquiera se las ha comido! He visto cómo las escondía debajo de la sábana.*

—*Mira, dale otra. Tenemos que seguirle la corriente.* Ahora mismo volvemos.

CAPÍTULO 99

SR. OKAMOTO: Señor Patel. No creemos su historia.

—Disculpe. Es que estas galletas están muy buenas pero a la mínima se desmenuzan. Estoy asombrado. ¿Por qué no?

—No cuadra

—¿Qué quiere decir?

—Los plátanos no flotan.

—¿Cómo?

—Usted ha dicho que el orangután llegó flotando encima de una isla de plátanos.

—Es cierto.

—Pero los plátanos no flotan.

—Sí. Sí que flotan.

—Pesan demasiado para flotar.

—No, se equivoca. Tenga, compruébelo usted mismo. Da la casualidad de que tengo dos plátanos aquí mismo.

SR. CHIBA: *¿Pero de dónde ha salido eso? ¿Qué más tendrá debajo de las sábanas?*

SR. OKAMOTO: *¡Maldita sea!* No, no se preocupe.

—Mire, allá mismo tienen un lavabo.

—No hace falta, de verdad.

—Por favor. Insisto. Llenen el lavabo de agua y pongan los plátanos dentro. Entonces veremos quién tiene razón.

—Quisiera pasar al punto siguiente.

—Insisto, por favor.

[SILENCIO]

SR. CHIBA: *¿Y ahora qué?*

SR. OKAMOTO: *Presiento que hoy va a ser un día muy largo.*

[RUIDO DE UNA SILLA ARRASTRÁNDOSE POR EL SUELO. SE ENCIENDE UN GRIFO A LO LEJOS]

PI PATEL: ¿Qué está pasando? Desde aquí no veo nada.

SR. OKAMOTO [A LO LEJOS]: Estoy llenando el lavabo.

—¿Ya ha puesto los plátanos dentro del agua?

[A LO LEJOS] —No.

—¿Ya?

[A LO LEJOS] —Ya está.

—¿Y?

SR. CHIBA: *¿Flotan?*

[A LO LEJOS] —*Sí, flotan.*

—¿Y qué? ¿Flotan?

[A LO LEJOS] —Sí, flotan.

—Ya se lo he dicho.

SR. OKAMOTO: Sí, de acuerdo. Pero harían falta muchos plátanos para sostener un orangután.

—Desde luego. Había casi una tonelada. Me pongo enfermo cada vez que me acuerdo de todos aquellos plátanos desperdiciados que salieron flotando.

—Una lástima. ¿Y qué me dice de...?

—¿Podría devolverme los plátanos, por favor?

SR. CHIBA: *Ya voy yo.*

[RUIDO DE UNA SILLA ARRASTRÁNDOSE POR EL SUELO]

[A LO LEJOS] —*Vaya hombre. Es verdad que flotan.*

SR. OKAMOTO: ¿Y qué me dice de la isla de algas que dice que encontró?

SR. CHIBA: Tenga. Sus plátanos.

PI PATEL: Gracias. ¿Cómo dice?

—Mire, señor Patel, no quisiera ofenderle de ninguna manera, pero hablando en plata, no pretenderá que le creamos, ¿verdad? ¿Árboles carnívoros? ¿Un alga que come peces y produce agua dulce? ¿Roedores acuáticos que viven en árboles? Estas cosas no existen.

—Hombre, sólo porque ustedes no las han visto.

—Correcto. Hasta que no lo veamos, no lo creemos.

—Bueno, Colón tampoco. ¿Entonces qué hace cuando está en la oscuridad?

—Su isla es imposible, botánicamente hablando.

—Dijo la mosca justo antes de posarse en el atrapamoscas.

—¿Por qué no lo ha encontrado nadie más?

—Se trata de un océano enorme y sólo lo atraviesan buques grandes. Yo lo atravesé lentamente, observándolo todo.

—Ningún científico le creería.

—Los mismos que descartaron a Copérnico y Darwin, supongo. ¿Ya se han descubierto todas las plantas? ¿Y en la cuenca del Amazonas, por ejemplo?

—No han encontrado plantas que contradigan las leyes de la naturaleza.

—Las cuales usted se conoce al dedillo, ¿no?

—Hombre, lo suficiente para distinguir lo posible de lo imposible.

SR. CHIBA: Tengo un tío que sabe mucho de botánica. Vive en el campo cerca de Hita-Gun. Es experto en bonsáis.

PI PATEL: ¿Cómo?

—Es experto en bonsáis. Ya sabe, los bonsáis son árboles pequeñitos.

—Querrá decir arbustos.

—No. Quiero decir árboles. Los bonsáis son árboles pequeños. Miden menos de sesenta centímetros. Se pueden llevar en brazos. Viven mucho tiempo. Mi tío tiene uno de más de trescientos años.

—¿Me está diciendo que existen árboles de trescientos años que miden menos de sesenta centímetros y que se pueden llevar en brazos?

—Sí, sí. Son muy delicados. Requieren mucha atención.

—Pero ¿quién ha visto algo así? Son botánicamente imposibles.

—No, señor Patel, le aseguro que existen. Mi tío...

—Hasta que no lo vea, no lo creo.

SR. OKAMOTO: Un momento, por favor. *Atsuro, con todo el respeto que se merece tu tío que vive en el campo cerca de Hita-Gun, no hemos venido a hablar de botánica.*

—*Sólo quería ayudar, señor.*

—*¿Los bonsáis de tu tío comen carne?*

—*Que yo sepa, no.*

—*¿Y alguno de ellos te ha mordido en alguna ocasión?*

—*No*

—*Bien. En ese caso, los bonsáis de tu tío no nos están ayudando.* ¿Por dónde íbamos?

PI PATEL: Por los árboles altos y grandes que estaban firmemente arraigados en el suelo.

—Ah sí, pero de momento vamos a dejarlos de lado.

—Igual cuesta un poco. Nunca traté de desarraigarlos y levantarlos.

—Es usted muy gracioso, señor Patel. ¡Ja, ja, ja!

PI PATEL: ¡Ja, ja ja!

SR. CHIBA: ¡Ja, ja, ja! *Tampoco hace tanta gracia.*

SR. OKAMOTO: *Sigue riendo.* ¡Ja, ja ja!

SR. CHIBA: ¡Ja, ja, ja!

SR. OKAMOTO: Bueno, el tigre es otro elemento de su historia que nos resulta bastante increíble.

—¿Qué quiere decir?

—Pues que cuesta mucho creérselo.

—Es una historia asombrosa.

—Por eso mismo.

—No sé ni cómo sobreviví.

—Debió de ser todo un reto.

—Me apetece otra galleta.

—Ya no quedan.

—¿Y qué hay en esa bolsa?

—Nada.

—¿Me permite verla?

SR. CHIBA: *¡Adiós! Nos acabamos de quedar sin el almuerzo.*

SR. OKAMOTO: Volvamos al tema del tigre...

PI PATEL: Fue espantoso. ¡Qué buenos están estos bocadillos!

SR. OKAMOTO: Sí, parecen deliciosos.

SR. CHIBA: *Tengo hambre.*

—No se ha encontrado ni rastro del tigre. Cuesta un poco creérselo, ¿verdad? No hay tigres en el continente americano. Si anduviera un tigre suelto por allí, ¿no cree que la policía ya se habría enterado?

—Debería contarle lo que pasó con la pantera negra que se escapó del zoológico de Zurich en pleno invierno.

—Señor Patel, un tigre es un animal salvaje terriblemente peligroso. ¿Cómo pudo sobrevivir en un bote salvavidas con un tigre? Es...

—Lo que usted no sabe es que para los animales salvajes, nosotros somos una raza extraña y amedrentadora. Nos tienen pánico. Si pueden, nos evitan. Tardamos siglos en quitarles el miedo a algunos de los animales más flexibles, en domesticarlos, pero la mayoría de ellos no pueden superar el miedo que sienten, y dudo que jamás lo consigan. Si nos ataca un animal salvaje, lo hace por pura desesperación. Sólo pelean cuando sienten que no les queda más alternativa. Es el último recurso.

—¿Pero en un bote salvavidas? Por favor, señor Patel, ¡cuesta demasiado creérselo!

—¿Que le cuesta creerlo? ¿Qué saben ustedes de lo que cuesta creer? ¿Quieren algo que cueste creer? Yo les diré algo que sí cuesta creer. Entre los directores de los zoológicos, hay un secreto muy bien guardado. Y es que en 1971, Bara, una osa polar, se escapó del zoológico de Calcuta. Nunca más se supo de ella. No la encontró ni la policía, ni los cazadores, ni los cazadores furtivos, ni nadie. Creemos que vive suelta en las orillas del río Hugli. Tengan cuidado si alguna vez van a Calcuta, señores. Si el aliento les huele a sushi, ¡tal vez tengan que pagar un precio muy alto! Si cogieran la ciudad de Tokio, le dieran la vuelta y la sacudieran bien, se asombrarían de la cantidad de animales que se caerían: tejones, lobos, boas constrictor, dragones de Comodo, cocodrilos, avestruces, babuinos, carpinchos, jabalíes, leopardos, manatíes y toda clase de rumiantes. No tengo la menor duda de que desde hace generaciones, ha sobrevivido más de un hipopótamo asilvestrado y más de una jirafa asilvestrada en la ciudad de Tokio sin que nadie los viera. Miren la porquería que se les queda pegada a los zapatos cuando caminan por la calle y compárenla con la porquería que encontrarán en el fondo de las jaulas del zoológico de Tokio. ¡Entonces levanten la vista, señores! ¿Y ustedes pretenden encontrar un tigre en medio de una jungla en México? ¡Es de risa, vamos, de risa! ¡Ja, ja, ja!

—De acuerdo, quizás haya jirafas e hipopótamos asilvestrados en la ciudad de Tokio y un oso polar suelto por Calcuta. Lo que no creemos es que hubiera un tigre vivo en su bote salvavidas.

—¡Qué arrogantes que son los que viven en las grandes ciudades! ¡Ustedes conceden a sus metrópolis todos los animales del Edén, y a mi aldea no le permiten ni un miserable tigre de Bengala!

—Señor Patel, tranquilícese por favor.

—Señor Patel...

—¡A mí no me intimide con su cortesía! Cuesta creer que existe el amor, si no pregúnteselo a cualquier amante. Cuesta creer que existe la vida, si no pregúnteselo a cualquier científico. Cuesta creer que existe Dios, si no pregúnteselo a cualquier creyente. ¿Qué problema tienen con lo que cuesta creer?

—Lo único que pretendemos es ser razonables.

—¡Yo también! Tuve que razonar en cada instante. La razón va de maravilla cuando quieres conseguir comida, ropa y protección. La razón es el mejor juego de herramientas. No haya nada como el uso de la razón para evitar que se te acerque un tigre. Pero si son demasiado razonables, arriesgan a tirar el universo entero con las frutas pochas.

—No se ponga así, señor Patel. Tranquilícese.

SR. CHIBA: *¿Las frutas? ¿Ahora qué le ha dado con las frutas?*

—¿Cómo que no me ponga así? ¡Deberían haber visto a Richard Parker!

—Sí, por supuesto.

—¡Enorme! ¡Con los dientes así! ¡Las garras parecían cimitarras!

SR. CHIBA: *¿Qué son cimitarras?*

SR. OKAMOTO: *Chiba-san, en vez de hacer preguntas estúpidas sobre el vocabulario, ¿por qué no echas una mano? Este niño es un hueso duro de roer. Haz algo de una vez, ¿quieres?*

SR. CHIBA: ¡Mire! ¡Una barra de chocolate!

PI PATEL: ¡Estupendo!

[SILENCIO LARGO]

SR. OKAMOTO: *Como si no nos hubiera robado todo el almuerzo ya. Ahora nos exigirá tempura.*

[SILENCIO LARGO]

SR. OKAMOTO: Creo que nos estamos yendo por las ramas. Hemos venido a verle porque algunos meses atrás se hundió un carguero. Usted es el único superviviente. Y sólo era un pasajero. No es responsable de lo que ocurrió. Nosotros...

—¡Qué bueno que está el chocolate!

—Nosotros no pretendemos presentar cargos contra usted. Sabemos que es una víctima inocente de una tragedia en alta mar. Sólo queremos establecer por qué y cómo se hundió el *Tsimtsum*. Pensamos que quizá usted podría ayudarnos, señor Patel.

[SILENCIO]

—¿Señor Patel?

[SILENCIO]

PI PATEL: Los tigres existen, los botes salvavidas existen, los océanos existen. Como nunca han coincidido en su experiencia escasa y limitada, se niegan a creer que tal vez llegaran a hacerlo. Sin embargo, el hecho es que el *Tsimtsum* los reunió y luego se hundió.

[SILENCIO]

SR. OKAMOTO: ¿Y qué me dice del francés?

—¿Qué le pasa?

—Hombre, dos personas ciegas en dos botes salvavidas diferentes que se encuentran en medio del océano Pacífico... La casualidad es un poco rocambolesca ¿no le parece?

—¡Ya lo creo!

—A nosotros nos parece muy poco probable.

—Bueno, ganar la lotería también, y siempre hay un ganador.

—Nos cuesta muchísimo creerlo.

—A mí también me costó.

—*Sabía que tendríamos que habernos tomado el día libre.* ¿Hablaron de comida?

—Efectivamente.

—Él sabía mucho acerca de la comida.

—Si se le puede llamar así.

—El cocinero del *Tsimtsum* era francés.

—Hay franceses por todo el mundo.

—Quizá el francés que se encontró fuera el cocinero.

—Quizá. ¿Cómo quieren que lo sepa yo? No llegué a verlo. Me había quedado ciego. Entonces Richard Parker se lo comió vivo.

—Qué oportuno.

—Al contrario. Fue horroroso y apestaba. Por cierto, ¿cómo explican los huesos de suricata en el bote salvavidas?

—Bueno, los huesos de un animal pequeño...

—¡De más de uno!

—... de algunos animales pequeños aparecieron en el bote salvavidas. Me imagino que ya estaban en el buque.

—No teníamos suricatas en el zoológico.

—Tampoco tenemos pruebas que demuestren que se trata de huesos de suricata.

SR. CHIBA: ¡Quizá fueran huesos de plátano! ¡Ja, ja, ja, ja, ja!

—*Atsuro, ¡haz el favor de callar!*

—*Lo siento mucho, Okamoto-san. Debe de ser la fatiga.*

—*¡Estás desacreditando nuestro servicio!*

—*Discúlpeme, Okamoto-San.*

SR. OKAMOTO: Podrían ser huesos de otro animal pequeño.

—Son de suricata.

—Podrían ser de mangosta.

—No conseguimos vender las mangostas del zoológico. Permanecieron en la India.

—Tal vez plaguen los buques, como las ratas. Las mangostas son muy corrientes en la India.

—¿Que las mangostas plagan los buques?

—¿Por qué no?

—¿Que varias mangostas llegaron al bote salvavidas nadando en el Pacífico? Vamos, cuesta creerlo, ¿no dirían?

—No tanto como algunas de las cosas que hemos oído en las últimas dos horas. Tal vez las mangostas ya estuvieran dentro del bote salvavidas, igual que la rata que ha mencionado.

—Es asombroso la cantidad de animales que había en ese bote salvavidas.

—Muy asombroso.

—Toda una selva.

—Efectivamente.

—Son huesos de suricata. Haga que los examine un especialista.

—No quedaban muchos. Y no había ninguna cabeza.

—Las usé como cebo.

—Dudo que un experto sepa diferenciar los huesos de suricata de los de mangosta.

—Pues busque un zoólogo forense.

—De acuerdo, señor Patel. Usted gana. No sabemos explicar la presencia de huesos de suricata, si es que lo son, en el fondo del bote salvavidas. Pero eso no es lo que nos preocupa. Hemos venido porque un carguero japonés de la compañía naval Oika, con bandera panameña, se hundió en el Pacífico.

—Es algo que no olvido, ni por un instante. Perdí toda mi familia.

—Lo lamentamos mucho.

—No tanto como yo.

[SILENCIO LARGO]

SR. CHIBA: *¿Y ahora qué hacemos?*

SR. OKAMOTO: *No lo sé.*
[SILENCIO LARGO]
PI PATEL: ¿Les apetece una galleta?
SR. OKAMOTO: Sí, gracias. Me apetece mucho.
SR. CHIBA: Gracias.
[SILENCIO LARGO]
SR. OKAMOTO: Hace un día estupendo.
PI PATEL: Sí. Hace sol.
[SILENCIO LARGO]
PI PATEL: ¿Es su primera vez aquí en México?
SR. OKAMOTO: Sí, efectivamente.
PI PATEL: La mía también.
[SILENCIO LARGO]
PI PATEL: De modo que no les gustó mi historia.
SR. OKAMOTO: Sí, nos ha gustado mucho, ¿verdad, Atsuro?
La recordaremos durante mucho, mucho tiempo.
SR. CHIBA: Así es.
[SILENCIO]
SR. OKAMOTO: Pero a efectos de nuestra investigación,
quisiéramos saber qué ocurrió de verdad.
—¿Que qué ocurrió de verdad?
—Sí.
—Es decir, quieren que les cuente otra historia.
—Esto... no exactamente. Queremos saber qué ocurrió de
verdad.
—¿Y el hecho mismo de contar una historia no la convierte en un cuento?
—Esto... quizá en su idioma. Una historia narrada en
japonés tendría un elemento de invención. Nosotros no
queremos una invención. Queremos «datos concretos» como
dirían ustedes.
—Quiero decir que el hecho de contar una historia, de
emplear palabras, sean de mi idioma o del suyo, ¿no es en sí
una invención? ¿El mero hecho de observar el mundo no es
en sí una invención?
—Esto...
—A ver, el mundo no es sólo como lo vemos sino también
como lo entendemos, ¿no? Y al entender una cosa, le añadimos algo, ¿no? ¿Eso no convierte a la vida en un cuento?
—¡Ja, ja, ja! Es usted muy inteligente, señor Patel.

SR. CHIBA: *¿De qué está hablando?*

—*No tengo ni idea.*

PI PATEL: ¿O sea que quieren palabras que reflejen la realidad?

—Sí.

—¿Palabras que no contradigan la realidad?

—Eso es.

—Pero los tigres no contradicen la realidad.

—Por favor, más tigres no.

—De acuerdo. Ya sé lo que quieren. Quieren una historia que no les sorprenda. Que confirme lo que ustedes ya saben. Que no les haga mirar más alto, ni más lejos, ni de otro modo. Quieren una historia llana. Una historia inmóvil. Quieren facultad árida y ázima.

—Pues...

—Quieren una historia sin animales.

—¡Sí!

—Sin tigres ni orangutanes.

—Correcto.

—Sin hienas ni cebras.

—Sin ellas.

—Sin suricatas ni mangostas.

—No las queremos.

—Sin jirafas ni hipopótamos.

—¡Nos taparemos los oídos con los dedos!

—O sea que tenía razón. Lo que quieren ustedes es una historia sin animales.

—Queremos una historia sin animales que explique por qué se hundió el *Tsimtsum.*

—Vamos a ver. Voy a necesitar un momento.

—Por supuesto. *Creo que por fin estamos avanzando. Esperemos que se deje de tonterías.*

[SILENCIO LARGO]

—Bueno, les voy a contar otra historia.

—Perfecto.

—El buque se hundió. Hizo una especie de eructo gigantesco y metálico. Algunos objetos flotaron hasta la superficie y volvieron a desvanecerse. Me encontré nadando en medio del océano Pacífico. Nadé hacia el bote salvavidas. Fueron las brazadas más duras de mi vida. Tenía la sensación de que no estaba avanzando. Tragué mucha agua salada. Estaba congelado y me estaba quedando sin fuerzas. No hubiese llegado si no fuera porque el cocinero me tiró un salvavidas y me arrastró hacia el bote. Me subí como pude al bote y me desplomé.

»Sobrevivimos cuatro. Mi madre se agarró a unos plátanos y nadó hacia el bote. El cocinero ya estaba a bordo, y el marinero también.

»Se comió las moscas. El cocinero, me refiero. No llevábamos ni un día en el bote salvavidas; la comida y el agua que teníamos nos durarían semanas; no teníamos ninguna razón que nos hiciera sospechar que no nos rescatarían en breve. Pero allí estaba, dando manotazos para coger las moscas y comérselas con glotonería. Enseguida se convirtió en el mismísimo demonio de la gula. Nos insultó, diciéndonos que éramos idiotas e imbéciles por no disfrutar del festín. Nos sentimos ofendidos y asqueados, pero disimulamos. De hecho, fuimos muy educados. Era un desconocido y un extranjero. Mi madre sonrió, negó con la cabeza y levantó una mano para rechazar la oferta. Era un ser repugnante. Un vertedero tendría más criterio que la boca de ese hombre. También se comió la rata. La despedazó y la secó al sol. Yo... bueno, para ser sincero, yo también comí un trocito muy pequeño cuando mi madre no estaba mirando. Tenía tanta hambre. Era un animal, ese hombre, malhumorado e hipócrita.

»El marinero era joven. En realidad, era mayor que yo. Debía de tener veintitantos, pero se rompió la pierna cuando saltó al bote salvavidas y el dolor lo convirtió en niño. Era hermoso. No tenía vello facial y tenía el cutis fino y radiante. Y tenía unas facciones muy elegantes: la cara ancha, la nariz chata, los ojos achinados y plisados. Parecía un emperador chino. ¡Sufrió tanto! Fue espantoso. No hablaba ni una palabra que no fuera en chino. Ni siquiera sabía decir «sí», ni «no», ni «hola» ni «gracias». No entendimos nada de lo que nos estaba diciendo. Debió de sentirse muy solo. Cuando lloraba, mi madre le sostenía la cabeza en el regazo y yo le cogía la mano. Fue tan, tan triste. Estaba sufriendo y no pudimos hacer nada.

»Tenía la pierna completamente destrozada. Le salía el hueso de la piel. Estaba gritando de dolor. Se lo encajamos lo mejor que pudimos y nos aseguramos de que comiera y bebiera. Pero se le infectó la pierna y aunque cada día drenamos el pus, empeoró. El pie se le puso negro e hinchado.

»Fue idea del cocinero. Era un animal. Nos dominó. Nos susurró que la infección se extendería y sólo sobreviviría si le cortábamos la pierna. Como tenía el hueso roto a la altura del muslo, lo único que tendríamos que hacer era cortar la carne y ponerle un torniquete. Ese susurro malvado aún resuena en mis oídos. Nos dijo que se encargaría él de la misión de salvarle la vida al marinero, pero que nosotros tendríamos que sujetarlo. La única anestesia sería la sorpresa que se iba a llevar. Nos abalanzamos sobre él. Mi madre y yo le inmovilizamos los brazos mientras el cocinero se sentó encima de su pierna buena. El marinero se retorció y chilló. Respiraba agitadamente. El cocinero maniobró el cuchillo con rapidez. Se le cayó la pierna. Mi madre y yo lo soltamos en seguida y nos apartamos de él. Creíamos que una vez libre, dejaría de forcejear. Creíamos que se quedaría tendido tranquilamente donde estaba. Pero no fue así. Se incorporó al instante. El hecho de no entender los gritos hizo que nos calaran todavía más. Gritó y nosotros lo miramos, petrificados. Había sangre por todas partes. Peor aún fue el contraste entre la actividad frenética del marinero y el reposo sosegado de su pierna en el fondo del bote. Se la quedó mirando como suplicándole que volviera a su sitio. Por fin, se recostó. Entramos en acción. El cocinero cubrió el hueso con un pliegue de piel. Envolvemos el muñón en un trozo de tela y le atamos una cuerda para que dejara de sangrar. Lo tendimos lo más cómodamente posible sobre un colchón hecho de chalecos salvavidas y procuramos abrigarlo con las mantas. Pensé que no serviría de nada. No creía posible que un ser humano pudiera aguantar tanto dolor, tanta carnicería. Pasó toda la tarde y la noche quejándose, con la respiración áspera y entrecortada. Le dieron ataques de delirio agitado. No esperaba encontrarlo vivo a la mañana siguiente.

»Sin embargo, se aferró a la vida. Al alba seguía vivo. Perdió y recobró el conocimiento varias veces. Mi madre le dio agua. Vi la pierna amputada. Me dejó sin habla. Con toda la conmoción, había quedado apartada y olvidada en la oscuridad. Estaba secretando un líquido y parecía más delgada. Cogí un chaleco salvavidas y lo usé como guante. Cogí la pierna.

»—¿Qué haces? —me preguntó el cocinero.

»—Voy a tirarla al agua —repuse.

»—No seas idiota. Nos servirá de cebo. ¿Para qué crees que se la he cortado, si no?

»Pienso que se arrepintió de aquellas últimas palabras incluso cuando le estaban saliendo de la boca, pues fueron perdiendo intensidad. Se apartó.

»—¿Que para qué se la ha cortado, si no? —espetó mi madre—. ¿Qué quiere decir exactamente?

»Fingió estar ocupado.

»La voz de mi madre subió de tono:

»—¿Nos está diciendo que le hemos cortado la pierna a este chico no para salvarle la vida, sino para usarla de cebo?

»El animal se quedó callado.

»—¡Respóndame! —gritó mi madre.

»Levantó la vista como un animal acorralado y la fulminó con la mirada.

»—Se nos están agotando las provisiones —gruñó—. Si no conseguimos más comida, moriremos.

»Mi madre le devolvió la mirada.

»—¿Qué dice? ¡No se nos está agotando nada! Todavía nos queda mucha agua y muchos paquetes de galletas. Nos arreglaremos como sea hasta que vengan a rescatarnos.

»Agarró el recipiente donde guardábamos las galletas. No pesaba casi nada. Lo sacudió y oyó que sólo quedaban unas pocas migas en el fondo.

»¿Cómo? —exclamó, abriéndolo—. ¿Dónde están las galletas? ¡Si ayer por la noche el recipiente estaba lleno!

»El cocinero apartó la vista. Yo también.

»—¡Es un monstruo! —gritó mi madre—. Si nos estamos quedando sin comida es porque usted se ha atiborrado.

»—Bueno, él también —contestó el cocinero, señalándome con la cabeza.

»Los ojos de mi madre se volvieron hacia mí. Se me cayó el alma a los pies.

»—Piscine, ¿es cierto?

»—Fue por la noche, mamá. Estaba medio dormido y estaba hambriento. Me ofreció una galleta. Me la comí sin pensármelo...

»—Conque una, ¿eh? —dijo el cocinero con desdén.

310

»Esta vez, la que apartó la vista fue mi madre. La rabia la abandonó. Sin decir nada, fue a atender al marinero.

»Quería que se enfadara. Quería que me castigara. Pero ese silencio, no. Bajo el pretexto de colocar más chalecos salvavidas alrededor del marinero para que estuviera más cómodo, conseguí acercarme a ella. Le susurré:

»—Lo siento, mamá. Lo siento.

»Se me llenaron los ojos de lágrimas. Cuando miré hacia ella, vi que a ella también. Pero no me miró. Estaba mirando hacia algún recuerdo suspendido en el aire.

»—Estamos solos, Piscine. Completamente solos —dijo en un tono que aniquiló todas las esperanzas que me quedaban.

»En mi vida me había sentido tan solo como en aquel instante. Ya llevábamos dos semanas en el bote salvavidas y nos estaba afectando. Sabíamos que las posibilidades de que hubieran sobrevivido mi padre y Ravi eran cada vez más escasas.

»Cuando nos volvimos, vimos que el cocinero había cogido la pierna del marinero y que la estaba colgando por encima del agua para acabar de drenarla. Mi madre le tapó los ojos al marinero.

»Murió plácidamente. La vida se le fue escurriendo igual que el líquido de la pierna. El cocinero no tardó en masacrarlo. La pierna no sirvió de cebo. Estaba demasiado podrida y la carne no se quedaba enganchada en el anzuelo. Sencillamente se disolvió en el agua. Ese monstruo no desperdició nada. Lo cortó a pedacitos, incluso la piel y cada centímetro de sus intestinos. Preparó hasta los genitales. Cuando hubo acabado con el torso, pasó a los brazos, los hombros y las piernas. Mi madre y yo nos estremecimos de dolor y horror. Mi madre gritó:

»—¿Cómo puede hacerlo? ¿Dónde está su humanidad? ¡No tiene vergüenza! ¿Que le ha hecho a usted ese pobre muchacho? ¡Monstruo! ¡Es un monstruo!

»El cocinero se limitó a responder con una vulgaridad indescriptible.

»—¡Por el amor de Dios, al menos tápele la cara! —sollozó mi madre.

»Fue espeluznante ver aquel rostro tan bello, tan noble y

sereno, conectado a semejante carnicería. El cocinero se abalanzó sobre la cabeza del marinero y ante nuestros propios ojos, le arrancó la cabellera y la cara. Mi madre y yo vomitamos.

»Cuando hubo terminado, tiró el cadáver mutilado del marinero al agua. Poco después, el bote estaba cubierto de tiras de carne y órganos que el cocinero puso a secar al sol. Retrocedimos estremecidos. Procuramos no mirarlas. Pero el olor persistió.

»La próxima vez que se nos acercó el cocinero, mi madre le dio un guantazo en toda la cara, un guantazo que resonó y quedó suspendido en el aire. Jamás me lo hubiera esperado de mi madre. Pero fue heroico. Fue un acto de indignación y pena y dolor y coraje, propinado en memoria del pobre marinero. Lo hizo para salvar su dignidad.

»Me quedé atónito. El cocinero también. Se quedó allí sin moverse ni hablar. Mi madre se lo quedó mirando. Me acuerdo que él no fue capaz de mirarla a los ojos.

»Nos retiramos a nuestros espacios privados. Yo no me aparté del lado de mi madre. Sentía una mezcla de admiración encandilada y miedo atroz.

»Mi madre lo vigiló. Dos días después lo agarró in fraganti. Trató de ser discreto, pero lo vio llevar la mano a la boca.

»—¡Lo he visto! —gritó—. ¡Acaba de comerse un trozo! ¡Ha dicho que era para cebo! ¡Es un monstruo! ¡Un animal! ¡Cómo puede hacerlo! ¡Es carne humana! ¡Es de la misma especie que usted!

»Si esperaba que el cocinero sintiera vergüenza, que escupiera el pedazo, que se derrumbara y le pidiera disculpas, estaba muy equivocada. Siguió masticando. De hecho, echó la cabeza hacia atrás e introdujo el resto de la tira en la boca.

»¡Mmm! Tiene gusto a carne de cerdo —masculló.

»Mi madre expresó su asco e ira apartando la vista bruscamente. Comió otra tira.

»—Ya me siento con más fuerzas —dijo, volviéndose para concentrarse en la pesca.

»Cada uno teníamos nuestra punta en el bote salvavidas. Es increíble cómo la voluntad puede construir muros. Pasamos días enteros haciendo como si no estuviera allí.

»Pero no pudimos hacerle caso omiso del todo. Era un

animal, pero un animal práctico. Era un manitas y conocía bien el mar. Fue él quien tuvo la idea de construir una balsa para atraer más peces. Aunque sólo hubiéramos sobrevivido unos días, hubiese sido gracias a él. Yo lo ayudé con todo lo que pude. Tenía muy mal genio y no paraba de gritarme e insultarme.

»Mi madre y yo no comimos ningún trozo del cuerpo del marinero, ni un bocado, a pesar de que estábamos muy debilitados. Sin embargo, empezamos a comer lo que el cocinero sacaba del mar. Mi madre, una vegetariana de toda la vida, tuvo que obligarse a comer pescado crudo y carne de tortuga cruda. Le costó mucho. Nunca superó su aversión. Supongo que para mí fue más fácil. Descubrí que el hambre mejora el sabor de lo que sea.

»Cuando a tu vida se le ha concedido el indulto, es imposible no sentir algo de afecto por la persona a quien debes ese indulto. Nos emocionábamos cada vez que el cocinero sacaba una tortuga del agua o pescaba un dorado grande. Nos hacía sonreír y sentíamos una oleada de calor en el pecho que duraba horas. Mi madre y el cocinero llegaron a tratarse con cordialidad e incluso bromearon. Durante algunas de las puestas de sol más espectaculares, la vida casi parecía buena. En esos instantes lo miraba con... sí, con ternura. Con amor. Me imaginaba que éramos buenos amigos. Era un hombre tosco, hasta cuando estaba de buen humor, pero hicimos como si no nos diéramos cuenta, incluso entre nosotros. Dijo que encontraríamos una isla. Ésa era la esperanza que teníamos. Nos agotamos los ojos escudriñando el horizonte en busca de una isla que nunca llegó. Entonces empezó a robar agua y comida.

»El océano se elevó como un muro enorme a nuestro alrededor. Creí que nunca íbamos a superarlo.

»La mató. El cocinero mató a mi madre. Estábamos famélicos. Yo estaba muy debilitado y no pude sujetar una tortuga. Por mi culpa la perdimos. Él me pegó. Mi madre le plantó una bofetada y él se la devolvió. Ella me miró y me dijo: «¡vete!», empujándome hacia la balsa. Salté. Estaba convencido de que ella me seguía. Caí al agua y me subí como pude a la balsa. Estaban peleándose. Yo no hice nada, sólo miré. Mi madre estaba luchando contra un hombre adulto, un hombre

313

malvado y musculoso. La cogió de la muñeca y se la retorció. Mi madre chilló y se cayó. Él se tiró encima. Apareció el cuchillo. Lo alzó. Entonces lo bajó. Cuando volvió a levantarlo estaba ensangrentado. Lo alzó y bajó bastantes veces. No la veía. Estaba en el fondo del bote salvavidas. Sólo lo veía a él. Paró. Levantó la vista y me miró. Lanzó algo hacia mí. Un chorro de sangre me azotó la cara. No existe látigo capaz de proporcionarme un azote más doloroso. La cabeza de mi madre me cayó en las manos. La solté. Se hundió entre una nube roja, con la trenza a la zaga como una cola. Los peces se lanzaron sobre ella. Entonces vi una sombra larga y gris que se le cruzó en el camino y la cabeza desapareció. Levanté la vista. No lo veía. Se había escondido en el fondo del bote salvavidas. Apareció cuando tiró el cuerpo de mi madre al agua. Tenía la boca ensangrentada. El agua bullía de peces.

»Pasé el resto del día y la noche en la balsa, mirándolo. No nos dijimos ni una palabra. Podría haber cortado la cuerda de la balsa, pero no lo hizo. Me conservó a su lado, como una conciencia sucia.

»Por la mañana, delante de sus narices, tiré de la cuerda y me subí al bote salvavidas. No tenía fuerzas. Él no dijo nada. Yo también guardé silencio. Pescó una tortuga. Me dio la sangre. La cortó en pedazos y dejó las mejores partes encima del banco del medio. Comí.

»Entonces nos peleamos y lo maté. No tenía ninguna expresión en la cara, ni de desesperación ni de rabia, ni de miedo ni de dolor. Sencillamente, se resignó. Dejó que lo matara, aunque para mí fue una lucha. Sabía que había ido demasiado lejos, incluso según sus propios principios brutales. Había ido demasiado lejos y ya no quería seguir viviendo. Pero nunca dijo «lo siento». ¿Por qué nos aferramos a la malevolencia?

»El cuchillo estaba allí, encima del banco. Los dos lo habíamos visto. Él podría haberlo tenido en sus manos desde el principio. Fue él quien lo dejó allí. Lo cogí y lo apuñalé en el estómago. Hizo una mueca pero se quedó de pie. Saqué el cuchillo y se lo volví a clavar. La sangre empezó a manar de las heridas. Pero aún seguía de pie. Me miró a los ojos y levantó un poco la cabeza. ¿Quiso decir algo? Yo interpreté que sí. Lo apuñalé en la garganta, al lado de la nuez. Cayó como una piedra. Y murió. No dijo nada. No pronunció unas últimas palabras. Empezó a esputar sangre. Un cuchillo tiene un poder dinámico terrible; una vez se ha puesto en marcha, no hay forma de pararlo. Lo apuñalé repetidas veces. Su sangre me alivió las manos agrietadas. Me resultó difícil sacarle el corazón debido a todos los tubos que lo conectan. Estaba buenísimo, mucho mejor que la tortuga. Comí su hígado. Le corté la piel a tajos.

»Fue un hombre tan malvado. Y lo peor de todo es que conoció la maldad en mí: el egoísmo, la ira, la crueldad. Es algo que debo aceptar.

»Empezó la soledad. Miré hacia Dios. Sobreviví.

[SILENCIO LARGO]

—Bueno, ¿les ha gustado más? ¿Hay alguna parte que les cueste creer? ¿Algo que quisieran cambiar?

SR. CHIBA: *¡Es una historia horrible!*

[SILENCIO LARGO]

SR. OKAMOTO: *Tanto la cebra como el marinero taiwanés se rompieron una pierna, ¿te has dado cuenta?*

—*No.*

—*Y la hiena le arrancó la pierna a la cebra igual que el cocinero cortó la del marinero.*

—*Oohh, Okamoto-San, usted ve mucho.*

—*Y el hombre francés ciego que encontraron en el otro bote salvavidas, ¿no reconoció que había matado a un hombre y a una mujer?*

—*Sí, así es.*

—*El cocinero mató al marinero y a su madre.*

—*Estoy impresionado.*

—*Las historias concuerdan.*

—*De modo que si el marinero taiwanés es la cebra, su madre es el orangután y el cocinero es... la hiena, ¡eso quiere decir que él es el tigre!*

—*Exactamente. El tigre mató a la hiena y al francés ciego, igual que mató al cocinero.*

PI PATEL: ¿Tienen otra barra de chocolate?

SR. CHIBA: ¡Ahora mismo!

—Gracias.

SR. CHIBA: *Pero ¿qué quiere decir, Okamoto-san?*

—*No tengo ni idea.*

—*¿Y la isla? ¿Quiénes eran los suricatas?*

—*No lo sé.*

—*¿Y aquellos dientes? ¿De quién debían ser aquellos dientes que encontró en el árbol?*

—*No lo sé. No estoy dentro de la cabeza de este muchacho.*

[SILENCIO LARGO]

SR. OKAMOTO: Perdone que se lo pregunte, pero ¿el cocinero no mencionó por qué se hundió el *Tsimtsum*?

—¿En la otra historia?

—Sí.

—No, no dijo nada.

—¿Y no hizo alusión a los acontecimientos que precedieron a la madrugada del dos de julio que justificaran lo que ocurrió?

—No.

—¿Nada de naturaleza mecánica ni estructural?

—Nada.

—¿Nada de otros buques u objetos marinos?

—No.

—¿No dijo nada acerca del hundimiento del *Tsimtsum*?

—No.

—¿Y no le dijo por qué no habían enviado una señal de socorro?

—Y si la hubiera enviado, ¿qué? Por experiencia, sé que cuando se hunde un montón de chatarra roñosa de tercera, a no ser que tenga la suerte de transportar suficiente petróleo para matar a decenas de ecosistemas, a nadie le importa y nadie se entera. Te encuentras solo.

—Cuando Oika se dio cuenta de que algo no iba bien, ya era demasiado tarde. Ustedes estaban demasiado lejos para poder acudir en su auxilio. A los buques en la zona se les advirtió que estuvieran alertas. Dijeron que no habían visto nada.

—Bueno, ahora que estamos hablando del tema, el carguero no fue lo único que era de tercera. La tripulación era una pandilla de brutos antipáticos que siempre fingían trabajar duro delante de los oficiales pero que no pegaban golpe cuando los dejaban solos. No hablaban ni una palabra de inglés y no nos ayudaron en nada. Algunos ya apestaban a alcohol a media tarde. ¿Quién sabe hasta dónde fueron capaces de llegar esos idiotas? Los oficiales...

—¿A qué se refiere?

316

—¿Acerca de qué?

—Ha dicho que quién sabe hasta dónde fueron capaces de llegar esos idiotas.

—Quiero decir que en un arrebato de demencia borracha, algunos podrían haber soltado los animales.

SR. CHIBA: ¿Quién tenía las llaves de las jaulas?

—Mi padre.

SR. CHIBA: ¿Y cómo iban a abrir las puertas si no tenían las llaves?

—No lo sé. Me imagino que debieron de usar palancas.

SR. CHIBA: Pero ¿por qué iban a hacerlo? ¿A quién se le ocurriría soltar un animal salvaje de su jaula?

—No lo sé. ¿Conoce a alguien que sepa comprender la mente de un borracho? Lo único que puedo decirles es lo que ocurrió. Los animales no estaban dentro de sus jaulas.

SR. OKAMOTO: Disculpe, pero ¿duda de la aptitud de la tripulación?

—Tengo serias dudas.

—¿Usted vio a alguno de los oficiales bajo la influencia del alcohol?

—No.

—¿Pero vio algunos miembros de la tripulación bajo la influencia del alcohol?

—Sí.

—¿Y la conducta de los oficiales le pareció competente y profesional?

—Tuvieron muy poco trato con nosotros. Nunca se acercaron a los animales.

—Me refiero al funcionamiento del carguero.

—¿Yo qué sé? ¿Cree que tomamos el té con ellos cada día? Hablaban inglés pero vamos, no fueron mucho mejores que la tripulación. Nos hicieron sentir como intrusos cada vez que entrábamos en la sala común y apenas nos dirigieron la palabra cuando comíamos. Siguieron hablando en japonés, como si no estuviéramos. Para ellos, sólo éramos una humilde familia india con un cargamento fastidioso. Al final, fuimos a comer solos en la cabina de mis padres. «¡La aventura nos reclama!», dijo Ravi. Por eso lo aguantamos, por nuestro sentido de la aventura. Pasamos la mayor parte del tiempo sacando excrementos y lavando las jaulas y dando de comer a los animales mientras mi padre hacía de veterinario. Si los animales estaban bien, nosotros también. No sé si los oficiales eran competentes o no.

—Ha dicho que el carguero estaba escorando a babor, ¿verdad?

—Sí.

—¿Y que había una pendiente que iba de la proa a la popa?

—Sí.

—¿De modo que el buque empezó a hundirse por la popa?

—Sí.

—¿No por la proa?

—No.

—¿Está seguro? ¿Había una inclinación que empezaba en la parte delantera del buque y acababa en la parte trasera?

—Sí.

—¿Sabe si el carguero chocó contra otro buque?

—No vi ningún buque.

—¿Pudo haber chocado contra algún otro objeto?

—Que ya sepa, no.

—¿Pudo haber embarrancado?

—No. Se hundió sin dejar rastro.

—¿No percibió posibles problemas mecánicos después de salir de Manila?

—No.

—¿Y le pareció que el buque estaba bien cargado?

—Era la primera vez que subía a un buque. No sabría distinguir si un buque está bien cargado o no.

—¿Cree que oyó una explosión?

—Sí.

—¿Oyó algún ruido más?

—Hombre, miles.

—Me refiero a un ruido que explicara el hundimiento.

—No.

—Ha dicho que el carguero se hundió rápidamente.

—Sí.

—¿Sabría decirme cuánto tardó aproximadamente?

—Es difícil calcularlo. Todo ocurrió muy deprisa. Me imagino que menos de veinte minutos.

—¿Y hubo muchos restos?

—Muchísimos.

—¿Cree que le pudo haber dado una ola gigante?

—No lo creo.

—¿Pero había tormenta?

—Bueno, a mí me pareció que el mar estaba bastante agitado. Hacía viento y llovía.

—¿Y las olas hasta dónde llegaban?

—Eran grandes, entre ocho y diez metros.

—Bueno, en realidad tampoco es que sea tanto.

—Hombre, no cuando estás en un bote salvavidas.

—Claro. Quiero decir que para un carguero no es nada.

—No sé. Tal vez fueran más altas. Lo único que sé es que me moría de miedo.

—También ha dicho que el tiempo mejoró, que el buque se hundió y luego hizo un día precioso, ¿no es correcto?

—Sí.

—Debió de ser una turbonada pasajera.

—Que hundió el buque.

—Eso es lo que me pregunto.

—Murió toda mi familia.

—Lo lamentamos mucho.

—No tanto como yo.

—Entonces, ¿qué paso, señor Patel? No conseguimos entenderlo. Todo iba bien y luego...

—Luego el bien se hundió.

—Pero ¿por qué?

—No lo sé. Son ustedes los que me lo deberían estar explicando a mí. Ustedes son los expertos. Apliquen sus conocimientos científicos.

—No tiene sentido.

[SILENCIO LARGO]

SR. CHIBA: *¿Y ahora qué?*

SR. OKAMOTO: *No hay nada que hacer. La explicación del hundimiento del Tsimtsum yace en el fondo del océano Pacífico.*

[SILENCIO LARGO]

SR. OKAMOTO: *Sí, ya está. Vámonos.* Bien, señor Patel, creo que ya tenemos todo lo que necesitamos. Le agradecemos mucho su cooperación. Ha sido muy, muy amable.

—No hay de qué. Pero antes de que se vayan, hay algo que quisiera preguntarles.

—Adelante.

—El *Tsimtsum* se hundió el dos de julio de 1977.

—Sí.

—Y yo llegué a la costa de México el catorce de febrero de mil novecientos setenta y ocho.

—Correcto.

—Les he contado dos historias que dan cuenta de los doscientos veintisiete días transcurridos.

—Efectivamente.

—Ninguna de ellas explican por qué se hundió el *Tsimtsum*.

—Así es.

—Ninguna de las historias cuentan hechos que afecten a su informe.

—Correcto.

—No pueden demostrar cuál de las dos es la verdadera. Tendrán que confiar en mi palabra.

—Supongo que sí.

—En ambas historias, el buque se hunde, mi familia entera muere y yo sufro.

—Sí, es cierto.

—Así que díganme, ya que los hechos no van a afectar a su informe y, de cualquier forma, no pueden demostrar cuál de ellas es verdad, ¿cuál de las dos historias les ha gustado más? ¿Cuál les parece la historia preferible, la historia con animales o la historia sin animales?

SR. OKAMOTO: Es una pregunta interesante...

SR. CHIBA: La historia con animales.

SR. OKAMOTO: *Sí*. La historia con animales es la historia preferible.

PI PATEL: Gracias. Y así va con Dios.

[SILENCIO]

SR. CHIBA: *¿Qué ha dicho?*

SR. OKAMOTO: *No lo sé.*

SR. CHIBA: *Ay, pobre. Se ha puesto a llorar.*

[SILENCIO LARGO]

SR. OKAMOTO: Ahora tendremos que conducir con cuidado. No quisiéramos toparnos con Richard Parker.

PI PATEL: No se preocupen. Se habrá escondido. Nunca van a encontrarlo.

SR. OKAMOTO: Gracias por concedernos su tiempo, señor Patel. Le estamos muy agradecidos. Y lamentamos mucho todo lo que le pasó.

PI PATEL: Gracias.

—¿Ahora qué piensa hacer?

—Supongo que iré a Canadá.

—¿No quiere volver a la India?

—No. Ya no me queda nada allí. Sólo recuerdos tristes.

—Entiendo. Sabe que le espera una compensación.

—¿Ah sí?

—Sí. Oika se pondrá en contacto con usted.

[SILENCIO]

SR. OKAMOTO: Tenemos que marchar. Le deseamos buena suerte, señor Patel.

SR. CHIBA: Sí, buena suerte.

—Gracias.

SR. OKAMOTO: Adiós.

SR. CHIBA: Adiós.

PI PATEL: ¿Quieren unas galletas para comer por el camino?

SR. OKAMOTO: Muy amable. Muchas gracias.

—Tengan. Tres para cada uno.

—Gracias.

SR. CHIBA: Gracias.

—No hay de qué. Vayan con Dios, hermanos.

—Gracias, y usted también, señor Patel.

SR. CHIBA: Adiós.

SR. OKAMOTO: *Estoy hambriento. Vamos a comer. Ya puedes apagar la máquina.*

CAPÍTULO 100

En la carta que me escribió el señor Okamoto, dijo que recordaba el interrogatorio como un «asunto difícil y complicado». Recordaba a Piscine Molitor Patel como un «muchacho muy delgado, muy fuerte y muy inteligente».

La parte más importante del informe decía lo siguiente:

Único superviviente no pudo aclarar las razones por las que se hundió el Tsimtsum. Parece ser que el carguero se hundió muy rápidamente, cosa que podría indicar una importante brecha en el casco. La gran cantidad de restos respaldaría esta teoría. Pero no es posible determinar cómo se abrió la vía de agua. El cuadrante no describe grandes perturbaciones meteorológicas ese día. La evaluación del tiempo del superviviente se nos antojó impresionista y poco fiable. Como mucho, el tiempo habría sido un factor secundario. La causa podría haber sido un problema interno. El sobreviviente cree haber oído una explosión, que apunta a un importante fallo mecánico, tal vez la explosión de una caldera, pero son simples conjeturas. El carguero tenía veintinueve años (Astillero Erlandson & Skank, Malmö, 1948) y había sido reparado en 1970. Hay la posibilidad de que se debiera a las presiones del tiempo combinado con fatiga estructural, pero es otra suposición. No se informó de ninguna embarcación en la zona, así que es muy poco probable que chocara. Es posible que chocara con restos, pero no podemos verificarlo. Otra posibilidad es que chocara con una mina flotante, pero nos parece una explicación extravagante, y muy poco probable teniendo en cuenta que el carguero se empezó a hundir por la popa, y eso querría decir que la brecha en el casco seguramente estaría en la popa también. El superviviente puso en duda la capacidad de la tripulación pero no dijo nada con respecto a los oficiales. La compañía naval Oika afirma que el cargamento era complemente lícito y que no tenía noticia de que hubiera problemas con la tripulación ni con los oficiales.

Es imposible determinar las causas del hundimiento del Tsimtsum a partir de las pruebas existentes. Hay que llevar a cabo una reclamación al seguro estándar de Oika. No se tomará ninguna otra medida. Se recomienda que se cierre este caso.

Como aparte, la historia del único supervivien-

te, señor Piscine Molitor Patel, es una odisea de valentía y resistencia bajo unas circunstancias extraordinariamente difíciles y trágicas. En la experiencia de este investigador, se trata de una historia sin precedentes en la historia de los naufragios. Muy pocos náufragos pueden afirmar haber pasado tantos días en alta mar como el señor Patel, y ninguno en compañía de un tigre de Bengala adulto.

GLOSARIO

Alahu akbar. Del árabe: «Dios es (el más) Grande».

Arati. Veneración de la Deidad acompañado por ondas de luz de una vela, que se agita delante del Señor.

Arjuna. Arjuna era un príncipe indio. Un día en el campo de batalla, mientras esperaba la primera lucha de una terrible guerra civil, lo venció el desaliento. Krishna, que le hacía de auriga, vino a darle consejos sobre cómo llevar una vida de forma virtuosa.

Asana. Postura. En *hatha yoga*, cualquiera de las numerosas poses que se prescriben para balancear y afinar las energías sutiles de la mente y el cuerpo para meditación y para promover salud y longevidad.

Ashram. Santuario. Residencia y centro de enseñanza de un santo, *swami*, asceta o gurú; a menudo incluye alojamiento para los estudiantes.

Atman. El *atman* es el alma de todas las criaturas, que es divina; el aliento; el principio de vida y sensación. Se trata del alma en su totalidad —como cuerpo del alma y su esencia—. En las escrituras hindúes, *atman* a veces se refiere al ego-personalidad.

Atsuro-kun. «- *kun*» es un sufijo que una persona que habla empleará para dirigirse a hombres más jóvenes o de la misma edad que él. Un hombre también puede dirigirse a mujeres en una posición inferior con «-*kun*». Puede ir detrás del nombre o el apellido de la persona en cuestión. Las mujeres no usan este sufijo para hablar entre ellas ni cuando se dirigen a superiores.

Aurobindo Ashram. Fundado en 1926 en el sector este de Pondicherry, el Sri Aurobin-do Ashram ha pasado de tener dos docenas de discípulos a tener casi mil doscientos miembros. Entre las disciplinas religiosas o espirituales del Ashram no hay ninguna práctica obligatoria, ninguna ritual, ningunas instrucciones sistemáticas de Yoga. El Ashram proporciona a sus discípulos todo lo que necesitan para vivir de forma sana y honrada. Hay varios departamentos encargados de facilitar las necesidades básicas de alimentos, ropa, alojamiento y asistencia médica.

Bajji. Los *bajjis* son una especie de buñuelos de verduras hechos con harina de garbanzos, harina de arroz y verduras variadas.

Bali. (Ver **Vamana**)

Bapu. Gandhi *Bapu* quiere decir «padre». Gandhi nunca aceptó el título de *Mahatma*, porque no se consideraba digno de él, pero le gustaba que lo llamaran *Bapu*, una expresión a la vez cariñosa y respetuosa.

Bartolomé - Natanael. Uno de los doce apóstoles de Jesucristo. Muchos estudiosos bíblicos le identifican con Natanael, un natural de Galilea que aparece en el Evangelio según san Juan. Según algunas leyendas, fue misionero en muchos países, predicando en India, e incluso en Arabia, donde dejó una copia en hebreo del Evangelio según san Mateo.

Behemoth. El nombre «Behemoth» es plural; según los filólogos, se trata del plural intensivo de la voz hebrea *b'hemah*, que significa «bestia». Cuatro siglos antes de la era cristiana, Behemoth era una magnificación del elefante o del hipopótamo, o una versión de esos dos animales. Aparece descrito en Job 40 (15-24).

Betania. Betania se encuentra en la falda oriental del Monte de los Olivos, cerca de Jerusalén. Fue el pueblo de Lázaro y sus dos hermanas, María y Marta, y el lugar en que Jesús resucitó a Lázaro de entre los muertos. Según cuenta san Marcos (capítulo 11), cuando Jesús sale de Betania junto a sus discípulos, siente hambre. A lo lejos, ve una higuera que a pesar de tener hojas, no tiene fruta, dado que no es tiempo de higos. Jesús maldice la higuera («Nunca más coma nadie fruta de ti para siempre). Al volver a Betania al día siguiente, todos comprueban que el árbol ha marchitado. Cuando san Pedro hace un comentario acerca del árbol, Jesús se limita a decir: «Tened fe en Dios», supuestamente para recordar el castigo que merece quien no da frutos de buenas obras.

Bhajan. Un *bhajan* es una canción sencilla de alabanza a Dios. La mayoría de los *bhajans* fueron escritos entre los siglos XIV a XVII. Es difícil describir un *bhajan* en términos musicales, pues lo que lo define no son características musicales, sino un sentido de devoción.

Brahman. De «*brh*», «hacer, formar, crecer». El absoluto inmutable, infinito, eterno impersonal, abarcando tanto al Ser como al No-Ser. La suprema realidad espiritual, por encima del Dios creador.

Brahman nirguna. Dios sin atributos ni cualidades. Principio impersonal y universal, el supremo Brahman, hecho de Ser, de Consciencia, y de Beatitud.

Brahman saguna. Dios con cualidades. El Señor Personal. Su primera determinación es Ishvara (el equivalente a Dios en el cristianismo), que se presenta bajo la forma de una trinidad (Trimurti): Brahma, creador y productor; Vishnu, animador y conservador y Siva, destructor y transformador.

Brahmin. Casta sacerdotal hindú. También se describe como alma madura o evolucionada. La clase de almas piadosas de conocimiento excepcional. Un hombre no se convierte en *brahmin* sólo por nacer como *brahmin*, sino por el conocimiento del principio de *Brahman*.

Burfi de coco. El *burfi* se parece un poco a la leche frita, pero el ingrediente principal puede variar: hay *burfi* de coco, de leche y de zanahorias. Se sirve frío y cortado en rectángulos.

Capitán Bligh / Bounty. En 1787, el lugarteniente William Bligh, que acababa de navegar por los Mares del Sur con el capitán James Cook, recibió el encargo de recorrer el Pacífico para obtener ejemplares del árbol del pan y plantarlos en el Caribe como alimento para los esclavos de las colonias británicas. El 28 de abril de 1789, tras una larga estancia en Tahití, Bligh y sus hombres zarparon rumbo al Caribe. Durante la travesía, a causa de los malos tratos recibidos, nueve miembros de la tripulación se amotinaron y abandonaron al capitán Bligh. En un extraordinario periplo, Bligh logró alcanzar las costas de Inglaterra para iniciar, sin éxito, la persecución de los amotinados. Por su parte, el resto de la tripulación llegó a Tubai y poco después, haciéndose acompañar de 19 polinesios, se refugiaron en la pequeña isla de Pitcairn. En 1856, los descendientes del Bounty fueron trasladados a Norfolk, aunque algunas familias regresaron a Pitcairn, constituyendo la base de la actual población.

Chapatti. Una especie de pan ácimo plano y circular, hecho de harina, agua y sal y cocido encima de una plancha.

Chutney. Un *chutney* indio es una pasta picante hecha de ingredientes frescos y crudos: jengibre, menta, hojas de cilantro, frutas amargas, mango y coco, entre otros. Cada región utiliza los ingredientes locales más sabrosos, estimulantes o refrescantes. Los *chutneys* suelen prepararse encima de una piedra especial y se comen en pequeñas cantidades para acompañar platos principales y realzar su sabor.

Cúrcuma. (*Curcuma longa*) Rizoma aromático de la familia del jengibre, del cual se puede hacer un polvo amarillo empleado para cocinar, teñir y para fines curativos.

Curry (pl. curries). «*Curry*» es una palabra que procede del inglés. Se cree que originalmente, esta palabra derivó de la palabra india «*Kaikaari*», o de la versión abreviada «*Kaari*», que significaba «verduras cocidas con especias y coco». En India la palabra «curry» significa «salsa». Los *curries* básicamente se refieren a platos indios, que se elaboran con una gran variedad de especias: pimienta negra, clavos, canela, cardamomo, comino, cilantro, jengibre, cúrcuma, nuez moscada, semillas de mostaza, semillas de hinojo, hojas de curry, entre otros. Los indios no cuentan con unos polvos ya preparados, dado que cada curry requiere sus propias especias.

Darshan. Visión del Divino. Contemplación con visión interna o externa de una imagen del templo, una Deidad, una persona o un lugar santo con el deseo de contactarlos interiormente y recibir las gracias y las bendiciones del ser o los seres venerados.

Dhal. *Curry* sencillo de lentejas.

Dhikr. Del árabe, «recitación». Es el recuerdo, la memoria, la invocación de los nombres de Dios y consiste en la repetición de alguna palabra laudatoria en exaltación de Dios acompañada o no de movimientos rítmicos, música y danza.

Diwali. *Diwali* significa «adorno de lámparas». Es el festival de las luces, el más importante de los festivales de la India. *Diwali* se celebra a mediados de noviembre y dura aproximadamente una semana, aunque el día más importante es el de la luna nueva. Durante las celebraciones se encienden lámparas velas y se hacen estallar fuegos artificiales. Los amigos y vecinos intercambian dulces especiales. Según algunas leyendas, *Diwali* se celebra en honor a Rama, que tras regresar a su reino tras catorce años de exilio, encontró que la gente del pueblo había iluminado sus casas para recibirlo. Otras leyendas dicen que se encienden las lámparas para recibir a la diosa Lakshmi.

Durga. La Diosa Durga es la diosa de la guerra, va montada en un tigre y sus numerosas manos blanden armas para luchar contra sus enemigos. Se cuenta que cuando el demonio búfalo Mahisha secuestró a los dioses, la cólera de Vishnu y Siva fue tan intensa que su energía combinada se materializó en la forma de la diosa Durga, que vence al búfalo.

Durión (*Durio zibethinus*). Fruta grande y comestible de la familia bombacácea, que crece en el sudeste de Asia. Tiene la piel dura y espinosa, la pulpa sabrosa, y desprende un olor bastante desagradable.

Equus burchelli boehmi. Nombre científico: Cebra de Grant

Fana. La cuarta letra, f, simboliza *fana*, la aniquilación de uno mismo, el estado de vacuidad (estar vacío de todo lo que no sea la Esencia de Alá). La falsa identidad de uno mismo se derrite y evapora cuando los atributos divinos entran en el ser íntimo, y cuando desaparece la multiplicidad de los atributos mundanos, su lugar es reemplazado por el único atributo de la Unidad.

Ganesha. Ganesha es también conocido como Vinayaka o Ganapathi, el Dios con cabeza de elefante, hijo de Siva y Parvati. A Ganesha se le invoca comúnmente para recibir prosperidad y abundancia, y eliminar los obstáculos en nuestro camino. La cabeza de elefante en un cuerpo humano representa suprema sabiduría y siendo el Señor del intelecto y la autorrealización, representa el triunfo de la sabiduría sobre la ignorancia y de la carencia de ego sobre los deseos. Tiene cuatro brazos. Uno de ellos sostiene un hacha, que destruye todos los deseos y apegos inferiores. Otro sostiene un cuenco con dulces: la recompensa de la búsqueda espiritual. En otra mano sujeta unos lotos, que representan el objetivo del nacimiento humano, la Iluminación.

Gedeones. Movimiento evangélico interconfesional fundado en 1899 en Estados Unidos por John Nicholson y Samuel Hill. Al año siguiente se les unió W. J. Knight y adoptaron el nombre de «Gedeones», por el personaje del Antiguo Testamento. Comenzaron como una agrupación de viajeros cristianos, e iniciaron la distribución masiva de la Biblia a partir de 1908. Su propósito es que la gente crea en Jesucristo mediante la distribución gratuita de las Escrituras. Sus Biblias se encuentran en infinidad de hoteles y en manos de enfermeras, soldados, estudiantes y prisioneros, entre otros.

Gethsemaní. Gethsemaní quiere decir «molino de aceite». Se encuentra en el este de Jerusalén, al pie del Monte de los Olivos en el lado occidental, cerca del torrente de Cedrón. Fue la escena de la agonía y traición de Jesús (Mateo 26:36).

Gulab jamun. Un postre lácteo que consiste en unas bolitas fritas hechas de leche y harina. Estas bolitas se sirven con un jarabe de azúcar, cardamomo, azafrán y esencia de rosas.

Hadj. Peregrinación a la Meca que, para las personas musulmanas, es uno de los cinco preceptos fundamentales del Islam. Todo fiel, adulto y sano, con posibilidad económica, tiene obligación de practicarlo por lo menos una vez en la vida, realizando un ceremonial determinado. Es conveniente señalar la trascendencia del *hadj*: los peregrinos se anulan ante Alá, dejan de ser átomos separados y por unos instantes viven la reconstrucción cosmogónica del Universo a partir de un encendido punto de

Luz. Peregrinar es, para un musulmán, morir en el espacio y en el tiempo.

Hafiz. Título de respeto para un musulmán que sabe el Corán de memoria. La memoria era una cualidad tan ponderada en esta enseñanza que su ideal, el título de *hafiz*, se concedía a los verdaderos conocedores.

Hanuman. Hanuman, el hombre mono, hijo del Dios Vayu (el aire), es el más fiel devoto y servidor de Rama. Hanuman es quien rescata a Sita, consorte de Rama, de manos de Ravana.

Henna. (*Lawsonia inermisa*) Una arbusto grande de flores blancas pequeñas y aromáticas que crece en climas cálidos. Las hojas se secan y se trituran hasta convertirlas en un tinte rojizo en polvo que se utiliza para teñir el pelo y para hacer tatuajes naturales.

Idli. Tortas de arroz cocidas al vapor y acompañadas de *curry* de lentejas. Este plato procede del sur de la India.

Judas - Tadeo. Uno de los doce apóstoles en el Nuevo Testamento. También se le conoce como san Judas Tadeo, en este caso para distinguirlo de Judas Iscariote (el discípulo que traicionó a Jesús). En la antigüedad se le atribuía la Epístola de san Judas. En la actualidad, san Judas Tadeo ha alcanzado un lugar destacado entre los católicos como santo invocado en circunstancias muy difíciles.

Kaaba. La Kaaba («la Casa de Alá») es el principal santuario del Islam. Se trata de un pequeño edificio gris que se encuentra en el centro de la mezquita de la Meca. Se dice que fue construido hace casi 4.000 años por Abraham y su hijo Ismael por orden de Alá. Actualmente la Kaaba se encuentra cubierta por el *kesua* o manto de la Kaaba, que se renueva todos los años. En realidad, la Kaaba no es más que una figura cúbica vacía. La piedra negra de la Kaaba, situada sobre una hornacina de plata en la esquina oriental externa, indica el punto de partida para la vuelta ritual alrededor de la Kaaba. Si lo desea, el peregrino pone su mano sobre esta piedra para prestar juramento de fidelidad y obediencia a Alá.

Kapil Dev. Kapildev Ramlal Nikhanj nació el 6 de enero de 1959 en Chandigarh. Es considerado uno de los jugadores más completos y emblemáticos en la historia del críquet. Entre los años 1978 y 1994, llevó al equipo indio a la victoria en numerosas ocasiones.

Kathakali. El Kathakali es una actuación donde los actores representan las épicas Ramayana y Mahabharata y de las Puranas (escrituras antiguas) y dan vida a personajes arquetipo que representan los seres mitológicos de los tres mundos: dioses, humanos y demonios. Los bailarines (hasta hace relativamente poco, todos hombres) se adornan con una enorme falda y cintillos, usando un estilo de maquillaje exuberante que crea el efecto de máscara. Los recitales de Kathakali son generalmente largos y combinan el baile con el diálogo. Los bailarines utilizan sus vestuarios y maquillajes con el acompañamiento de tambores y vocalistas para crear varios estados de ánimo y emociones.

Képi. (Del francés *képi*.) Gorra militar con visera.

Kerala. Estado en la costa oeste de India. Debido a su situación geográfica favorable, Kerala se convirtió en uno de los grandes centros de comercio, estableciendo contactos con Egipto, Asiria, los griegos, los romanos y los chinos. Tras la llegada de los portugueses a la zona en 1498, Kerala se dividió en tres reinos: Malabar, Kochi y Travancore. Estos tres territorios no se integraron hasta 1949, y en 1956 se formó el estado de Kerala, que pasó a formar parte de la Unión India. Desde 1957, el partido comunista que ha sido el partido dominante en Kerala, que tiene uno de los mejores sistemas educativos de primaria y secundaria en toda la India y el porcentaje más alto de alfabetismo. La población de Kerala es aproximadamente del 20% cristianos, 20% musulmanes y 60% hindúes.

Kootus. *Curry* hecho de guisantes majados, coco y especias.

Korma. «*Korma*» se refiere al hecho de que este curry se cuece a fuego lento. La cantidad de picante dependerá de cada uno. Es un *curry* hecho de carne, pescado o marisco, almendras, clavos y nata.

Krishna. Nace en Matura, al norte de Agra. Su madre es Devaki y su padre Vasudeva. Tiene la tez oscura. Su nombre significa «el negro». Sri Krishna fue la octava encarnación de Vishnu en la tierra. Es la Suprema Personalidad de Dios, la Verdad Absoluta, la fuente de todo y la causa de todas las causas. Krishna es la forma más elevada y original de Dios. Ésta dotado de seis opulencias, todas en grado infinito:

328

belleza, fuerza, sabiduría, riqueza, fama y renuncia. Sabe todo lo que ocurrió, todo lo que está ocurriendo y todo lo que va a ocurrir, y es infinitamente misericordioso.

Kumkum. Polvo rojo hecho de cúrcuma y lima usado por los hindúes para marcar en la frente el sitio del tercer ojo. Tradicionalmente, el *kumkum* muestra el estado civil de las mujeres. Cuando se quedan viudas, dejan de llevar el *kumkum*.

Lakshmi. La diosa Lakshmi es la consorte del dios Vishnu, considerada la diosa de prosperidad, pureza, castidad y generosidad. Suele aparecer retratada con cuatro manos que representan cuatro valores espirituales. Con dos de sus manos sostiene lotos, con los que nos recuerda la meta última de la espiritualidad. Con las otras dos manos, Lakshmi concede bendiciones. Si aparece acompañada de Vishnu, sólo muestra dos manos.

Lassi Bebida refrescante de yogur. Puede ser dulce o salada.

Luria, Isaac. Véase **Safed.** Isaac Luria (Yitshac Luria, 1534-1572), alias «Ha»Ari» (el león), nació en Jerusalén. A la edad de ocho años, tras la muerte de su padre, se trasladó con su madre a Egipto, donde vivió su tío materno. Con quince años, se casó con la hija de su tío. Más adelante se trasladó a la ciudad de Safed y allí comenzó Su Gran Misión con un pequeño grupo de discípulos. De sus doctrinas, una de las más importantes es la del «Tsimtsum» o contracción, que afirma que la existencia del universo fue posible como consecuencia del repliegue de Dios. Éste, al ser «originariamente todo», se contrajo sobre sí mismo con el fin de crear un espacio «vacío de su presencia», propiciando así la creación del universo material, inferior a la Luz primaria, el bien del Génesis. En consecuencia, el universo sufrió una explosión y sus partículas se mezclaron trágicamente con las cáscaras de materia gruesa, inferior, mala. Desde entonces, estas chispas dispersas y cautivas dentro de la materia inferior anhelan acercarse las unas a las otras para reconstruir la unidad primaria, lo que significaría la última salvación. Dentro de esta línea de pensamiento, el Dios creador es el Dios que se retira y vuelve a sí. Su presencia es la creación y su otro yo, la humanidad.

Mahabarata Una de las bases principales de la mitología hindú. En sánscrito *Maha* significa «grande», «completo». *Bharata* quiere decir «hindú», o más genéricamente «hombre». El Mahabharata es un relato épico hindú de más de 200.000 versos. Tiene una antigüedad de casi 3.500 años, aunque los hechos que se refieren se remontan a épocas que la ciencia oficial tacha de fantasiosas. Al igual que el Ramayana, el Mahabharata nos introduce en el mundo de los dioses, sus amores y sus guerras.

Mahatma. En sánscrito, significa «Alma Grande»: *maha* quiere decir «grande», «completo» y *atman* quiere decir «alma». Una persona muy estimada por su sabiduría y su santidad.

Mahisha. (Ver **Durga**)

Mantra. La palabra mantra quiere decir «aquello que protege la mente». Los mantras son sílabas, palabras o frases de determinadas vibraciones que, cuando son pronunciadas repetidamente en voz alta o de forma interna, llevan al individuo a un estado de consciencia superior al proporcionarle un punto tangible sobre el cual concentrar la mente, teniendo como consecuencia la verdadera meditación, el estado de unidad. Esta técnica se emplea tanto en el budismo tibetano como el sufismo, el hinduismo y el cristianismo.

Markandeya. Entre las historias que cuenta el Mahabarata, está la de Markandeya, según la cual hace mucho tiempo todas las criaturas vivas desaparecen y el mundo se queda reducido a un mar gris y helado. El único hombre salvado de la devastación es Markandeya. Un día se encuentra con un niño (en realidad, el dios Vishnu) que ofrece acogerlo dentro de su propio cuerpo. De repente, Markandeya siente un profundo desprecio por cualquier vida larga. El niño abre la boca y Markandeya cae hasta su barriga, donde ve la Tierra entera y el cielo sin límite. Tras más de cien años de recorrer el cuerpo de Vishnu, un día Markandeya se cae de su boca mientras duerme, pero el mundo exterior le resulta demasiado enorme y complejo y Markandeya no alcanza a comprenderlo. Vishnu se compadece de él y vuelve a introducirlo en la boca.

Masala de patatas. *Curry* seco de patatas, tomate, cúrcuma y harina de garbanzos.

Masala dosai. Crêpes de arroz rellenos de patata y cebolla.

Mateo - Leví. Uno de los doce apóstoles de Jesucristo. De acuerdo con la tradición eclesiástica fue el autor del Evangelio primigenio, y por tanto uno de los cuatro evangelistas. Los tres primeros Evangelios relatan que era un recaudador de impuestos en el antiguo puerto lacustre de Cafarnaum lo que le sitúa en la clase que fue denostada ante el pueblo como de los «pecadores». Se piensa que en su origen se llamaba Leví y que Jesús le adjudicó el nombre de Mateo después de hacerlo apóstol. El nombre viene del antiguo hebreo o arameo y significa «don de Yahvé» (Dios).

Matsya. La primera encarnación del dios Vishnu fue Matsya, un pez que salvó a la humanidad del diluvio.

Memento mori. Un *memento mori* (del latín: «un recuerdo de la muerte») es un objeto o símbolo pictórico relacionado con la muerte. Estos símbolos pueden ser calaveras, huesos, ataúdes, urnas, tumbas, cuervos, cipreses, entre otros. En el siglo VII y VIII, la idea de que todo y todos los que estamos en este mundo vamos camino de la muerte producía y reflejaba tanto la autocomplacencia ante la muerte como la angustia mortal, el temor al Juicio Universal y a los horrores del infierno que esperan al pecador en el más allá.

Murti. Un murti es una imagen que nos ayuda a concentrar nuestra mente en Dios o en un aspecto concreto de Dios. En India, se define murti como «manifestación de lo inmanifestado».

Nadaswaram. Instrumento de música indio parecido al oboe. Se considera un instrumento muy auspicioso, y se toca mucho en templos y bodas.

Namaskar. Saludo indio con las manos cruzadas y una inclinación de cabeza, símbolo de reverencia y hospitalidad.

Nan. *Nan* es un pan plano que suele cocerse en un horno tradicional *tandoori* (de ladrillos). Tiene una consistencia blanda y maleable.

Nataraja. Nataraja es el Rey de los Bailarines. En la mano derecha superior sostiene un pequeño tambor. La inferior muestra el gesto de negación del temor. La mano superior izquierda de Nataraja está en pose de media luna que sostiene una llama, el fuego que finalmente destruye al mundo y es entonces extinguido en las aguas cósmicas. De ahí que la mano que sostiene el tambor y la que sostiene el fuego equiparan las fuerzas de la creación y la destrucción. El segundo brazo izquierdo está sostenido sobre el pecho con la mano señalando el pie alzado, lo que denota favor o gracia por los devotos. Un pie reposa sobre la forma corporal de la crueldad humana y la ignorancia. Rodeando la figura de Nataraja hay una inmensa aureola de llamas que representa los procesos vitales de la naturaleza.

Okamoto-san. «- *san*» es un tratamiento respetuoso que se añade a un nombre. Se emplea tanto para hombres como para mujeres, con nombres y apellidos, nombres de ocupación y títulos. Es mucho más formal que «- *kun*».

Oothappam. Torta gruesa de arroz y lentejas, cubierta de cebollas y tomates acompañada de *chutney* de coco y una salsa vegetal picante con tamarindo.

Owen Chase / Essex. En agosto de 1819 el buque ballenero *Essex* zarpó del puerto de Nantucket para llevar a cabo una travesía que iba a durar más de dos años y que estaba destinada a llenar sus bodegas de aceite de cachalote. En noviembre de 1820, el *Essex* se hundió en el Pacífico, aproximadamente a medio camino entre las Galápagos y las Marquesas, después de ser embestido por un cachalote. Los tripulantes se vieron obligados a navegar cuatro mil quinientas millas en botes salvavidas, un viaje que duró casi tres meses y durante los cuales muchos perdieron la vida a manos del hambre, la sed, la locura o a manos de sus propios compañeros, que en algún caso recurrieron al canibalismo para mantenerse con vida.

Pablo - Saulo. Primer teólogo, considerado el misionero más grande de la cristiandad. Nació en Tarso (hoy Turquía) y sus padres lo llamaron Saulo, como el antiguo rey hebreo. Se educó con el máximo rigor de acuerdo con la interpretación farisaica de la Ley y como judío joven de la Diáspora. Escogió el nombre latino de Pablo, por su similitud fonética con el suyo.

Pandit. Sabio, erudito hindú.

Parathas. Una clase de pan que se cuece encima de una plancha. A menudo se rellena de carne picada o puré de patatas picante.

Parvati. La Madre del Universo, esposa de Siva. Siva y Parvati representaban la unión ideal: él era la meditación, ella la creación; la calma y el caos.

Payasam. de cardamomo Postre indio elaborado con arroz *basmati*, mantequilla, anacardos, pasas, leche, azafrán y cardamomo.

Pedro - Simón. Pedro fue el primer apóstol en recibir la revelación de Jesucristo resucitado. Por las referencias que aparecen en los Evangelios se sabe que su nombre de nacimiento fue Simón. La palabra griega «petros» (piedra) no se usaba como nombre de persona, sino que «Pedro» es una designación metafórica o simbólica que con el tiempo se convirtió en nombre propio. La acepción aramea de su nombre simbólico «cephas» pudo surgir en relación con el hecho de que Jesucristo resucitado se apareció en primer lugar a Simón como piedra fundacional de la Iglesia.

Petit Séminaire La historia del Petit Séminaire se remonta a enero de 1844, cuando el obispo Monseñor Bonwand convocó el primer Sínodo de misionarios. Los sacerdotes estudiaron el funcionamiento del seminario. Se descubrió que sólo había diecisiete estudiantes y que la enseñanza era muy mediocre, excepto en las materias de latín y teología. El Sínodo propugnó una serie de medidas para promover la educación en la Misión. En marzo de 1844, el Petit Séminaire abrió sus puertas a ochenta y nueve estudiantes, de los cuales veinticinco eran internos. Sólo veinte de los estudiantes eran estudiantes eclesiásticos que aspiraban hacerse sacerdotes.

Pondicherry. Antigua capital de la India francesa, a 160 kilómetros de Madrás. Pondicherry era un importante centro del comercio marítimo del siglo II entre Roma y el Lejano Oriente. En el siglo XVI llegaron los portugueses, seguidos de los daneses y los británicos. En 1673, con la llegada de los franceses, Pondicherry pasó de ser un pueblo de tejedores y pescadores a expandirse por la costa. El apogeo de Pondicherry, sin embargo, se dio después de la llegada de Dupleix, que aceptó el gobierno en 1742 y se dispuso, con rapidez, a reconstruir una ciudad diezmada por sus anteriores ocupantes británicos. A finales del siglo XVIII hasta principios del XIX, Pondicherry volvió a caer en manos del Imperio británico, y toda la actividad de construcción quedó paralizada. Casi todos los edificios de la ciudad se construyeron en el siglo XIX, junto con el suministro de agua y la conexión ferroviaria con la India británica. Con la llegada del siglo XX, la ciudad ya se había expandido completo, englobando muchos pueblos de los alrededores. En el año 1954, los franceses renunciaron a ella y la ciudad se convirtió en la sede de la Union Territory of Pondicherry, que administraba los tres antiguos enclaves coloniales repartidos por el sur de la India. Hoy, la Union Territory of Pondicherry abarca otros tres enclaves franceses: Karaikal (en Tamil Nadu), Mahe (en Kerala) y Yanam (en Andhra Pradesh).

Popadom. Los *popadoms* parecen enormes patatas fritas, excepto que se elaboran con harina de lentejas y agua, aunque también pueden llevar especias. Tienen una forma plana y redonda, están fritas y se sirven con salsa al principio de la comida para picar, o para acompañar la comida principal.

Poriyals. Plato aromático y suave. Puede hacerse de toda clase de verduras, que se fríen y se mezclan con especias, coco y semillas de mostaza.

Prasad. La palabra *prasad* quiere decir «que proporciona paz». Se trata de la ofrenda sagrada de comida al Señor. Durante algunos rituales, entre ellos *puja* y *arati*, el devoto ofrece arroz dulce, fruta, coco, plátanos y otros artículos parecidos al Señor. Luego, estos artículos se comparten entre los miembros de la casa o entre los devotos en un templo.

Puja. Rito tradicional de culto llevado a cabo en el hogar, en el templo o en el santuario para un objeto consagrado o una persona. El propósito es el de purificar el ambiente alrededor del objeto de veneración, establecer una conexión con los mundos interiores e invocar la presencia de Dios, los Dioses o el gurú.

Puris. Una especie de pan integral frito. Tiene forma de disco, pero al freírlo, se llena de aire y parece un globo.

Quibla. En las mezquitas, el muro de la quibla indica la dirección hacia la que los musulmanes deben dirigir su oración, la ciudad santa de La Meca. Para diferenciarla del resto de las paredes del templo, se abre en ella un pequeño ábside o nicho llamado *mihrab*, similar al altar cristiano pero sin su contenido simbólico.

R. K. Narayan. Rasipuram Krishnaswami Ayyar Naranayanaswami nació en Madrás en 1906. Inició su carrera como maestro antes de dedicarse al periodismo en la década de 1930 y convertirse en escritor de tiempo completo unos años después. Narayan se dio a conocer con su primera novela, *Swami y sus Amigos*, publicada en 1935. Al comienzo pasó desapercibida, pero la novela y su autor surgieron a la escena internacional cuando el escritor inglés Graham Greene la dio a conocer en Gran Bretaña. Greene le ayudó a hallar un editor para *Swami y sus Amigos* y las tres novelas que le siguieron. R. K. Narayan era miembro de la Real Sociedad de Literatura y miembro honorario de la Academia Estadounidense de Letras y Artes. En 1958 ganó el premio literario indio Sahitya Academy por *The Guide*, que después fue llevado a la pantalla. Narayan murió el 14 de mayo de 2001.

Raj. En India, gobierno, reinado, dominio

Rama. Sri Rama fue el séptimo avatar de Vishnu, una encarnación parcial de su poder. Rama significa «aquel que complace, aquel que atrae a los demás, aquel que deleita el corazón». Rama es la representación del hombre ideal.

Ramayana. Historia de Rama. Obra maestra del sánscrito que, junto al Mahabharata, es la base principal de la mitología hindú. Estas obras se desarrollaron entre los años 400 a.C. y 400 d.C. El libro Ramayana transmite entereza, equilibrio, imparcialidad, fortaleza y paz interna. Además, inculca el desapego sabio, válido y valioso y la necesidad de volverse consciente de la divinidad en cada ser. Su lectura transmite el mensaje de cómo ser el mejor hijo, el mejor hermano, el mejor esposo, el mejor gobernante, el mejor amigo y también el mejor enemigo.

Rambután. (*Nephelium lappaceum*) También llamado Nefelio, el rambután se cultiva en algunas de las zonas de la India, Tailandia, Indonesia, Costa Rica, Ecuador y Australia. Tiene el tamaño de una ciruela, es de color rojo-anaranjado y se asemeja a un erizo debido a su piel llena de pelos ondulados y erguidos. En su interior se esconde una pulpa de color blanco lechoso, trasparente y gelatinosa. Es muy jugoso y tiene un sabor dulce, parecido al lichi.

Rasam. Una sopa ligera tradicional del sur de la India. Aunque no haya unos ingredientes fijos, suele llevar arroz y lentejas. Se come de entrante o al final de una comida.

Ravana. En el Ramayana, el demonio lujurioso que rapta a Sita, la consorte de Sri Rama, para llevarla a su isla Lanka (Sri Lanka).

Safed. Pequeña ciudad de 27.000 habitantes en el norte de Israel, a 900 metros sobre el nivel del mar en las montañas de Galilea. Safed es una de las cuatro ciudades sagradas de Israel (las otras tres son Jerusalén, Hebrón y Tiberíades). Los judíos empezaron a llegar en 1492 tras su expulsión de España. La ciudad está estrechamente vinculada con la Cábala, la doctrina y prácticas místicas de los judíos relacionados con la astrología y la quiromancia, cuyo defensor más destacado fue el rabino Isaac Luria.

Sagu. Un *curry* de verduras variadas mezcladas con coco, cúrcuma y semillas de amapola.

Salam alaikum. Del árabe: «La paz sea con vosotros».

Sambars. *Curry* de verduras variadas, lentejas, coco y tamarindo.

Samskara. *Sam(s)* significa «bien» y *kara* significa «hacer» de forma que *samskara* quiere decir hacer que algo sea bueno, refinándolo o purificándolo. Se trata de un sacramento o rito llevado a cabo para indicar una transición importante de la vida, como el dar el nombre a una persona, la primera comida, el comienzo del aprendizaje, llegar a una edad y el matrimonio. A lo largo de su vida, un hombre tiene que realizar cuarenta *samskaras*.

Shakti «Energía». Shakti es la Madre Cósmica actuando en los tres mundos: Cielo, Espacio intermedio y Tierra. Shakti también designa, según el contexto, la potencia creadora y espiritual de lo Divino, la sustancia formada de los cinco elementos materiales y sutiles, el mundo de las apariencias, la ilusión o el «arte del juego divino», del cual nos desidentificaremos gracias al trabajo espiritual.

Simeón - Níger. «Níger» es un nombre arameo que significa negro, indicando que Simeón podía proceder del norte de África e identificándolo como étnicamente negro. Se cree que debía de formar parte del grupo de los primeros predicadores de la iglesia de Antioquía, en la costa de Turquía.

Sita. Sita significa «surgida de la tierra». Según cuenta el Ramayana, Rama tuvo que hacer muchas peripecias para conseguir la mano de Sita, con la que al final contrae matrimonio. Rama consigue derrotar a Ravana tras una ardua lucha y rescatar a Sita. Después recupera su trono y gobierna con sabiduría. En un posible apéndice posterior, Sita es acusada de haber cometido adulterio durante su cautiverio. Exiliada, a pesar de su inocencia, da a luz dos hijos gemelos de Rama. Al cabo de muchos años Rama y Sita se reúnen de nuevo.

Siva. Siva significa literalmente «el Auspicioso» y es el creador y la creación, trascendente y omnipresente. Es un Ser único, mejor comprendido en sus tres perfecciones: *Paramesvara* (Alma Primordial), *Parasakti* (Conciencia Pura) y *Parasiva* (Realidad Absoluta). Es el único Dios al que no se le antepone el epíteto Sri. Siva es el dios de la destrucción, del bosque, de la caza y de la pesca. Tiene la piel azul, cuatro brazos y cuatro caras con tres ojos cada una; el tercer ojo de cada cara está situado en la frente y tenía el poder de crear y destruir. Los rayos dorados que salen del tercer ojo simbolizaban la destrucción, no la destrucción completa, sino más bien una decadencia, la muerte.

Siva yoni linga. Una clase de piedra compuesta por basalto, ágata y cuarzo que se encuentra exclusivamente en el río Narada en India. La forma de las piedras representa a Siva, el dios más ascético y erótico de los dioses hindúes, cuyo símbolo universal es el «linga», o pene (la palabra linga significa «signo,» «símbolo,» o «marca»). «Yoni» (genitales femeninos) forma la base de la linga y tiene forma de una pera cortada por la mitad y representa a Shakti.

Sri Ramakrishna. *Sri* significa «Su Reverencia Auspiciosa». Gadadhar Chatterjee (Sri Ramakrishna) nació en 1836 en una pequeña aldea al oeste de Calcuta. Se convirtió en sacerdote del templo de la diosa Kali en Dakshineswar, donde llegó a realizar a Dios a través de diferentes caminos, tanto del hinduismo como del cristianismo y del Islam. Centenares de personas se acercaron a Dakshineswar en busca de la sabiduría y el refugio del Maestro y a finales de los setenta, Ramakrishna ya era conocido en toda Calcuta. A partir de entonces la atracción por el santo creció incesantemente. Personas de todas las clases sociales y niveles de cultura se acercaron a él atraídos por su espiritualidad viva. El mensaje de Sri Ramakrishna se basa en el respeto por las creencias ajenas, proclamando que todas las religiones podían formar devotos sinceros y que en lugar de discutir cuál de ellas era la verdadera, las personas debían dedicarse a realizar la Verdad dentro del marco de su propia religión. Sri Ramakrishna murió en 1886.

Steak tartare. El *steak tartare* se hace con carne picada, preferentemente solomillo de vaca, salpimentado y condimentado con salsa worcestershire o de tabasco, a la que se añade la yema cruda de un huevo. Se sirve con cebolla picada, alcaparras y perejil. Algunos creen que el *steak tartare* procede de los tiempos de Gengis Khan, cuando los jinetes mongoles ponían carne cruda entre la silla y el espinazo del caballo para ablandarla.

Suricatas (*Suricata suricatta*). En swahili, suricata significa «Gato de Roca». Los suricatas viven en África del sudoeste y Sudáfrica, miden unos veinticinco centímetros y son de constitución pequeña. Tienen las orejas pequeñas, el hocico afilado y unas grandes manchas negras alrededor de los ojos. Viven en madrigueras y son animales diurnos. Suelen permanecer en grupos encima de los termiteros o a la entrada de las madrigueras, tomando el sol. Son animales muy curiosos y adoptan posiciones muy características, levantando el cuerpo sobre sus patas posteriores para observar lo que pasa a su alrededor. Se alimentan de insectos y de animales pequeños, tales como roedores, reptiles y aves, e incluso vegetales.

Sushi. Se cree que la palabra *sushi* deriva de *su*, que significa «vinagre». Su origen se remonta a hace muchos siglos, cuando era necesario preservar el pescado crudo entre capas de sal y arroz presionado por piedras muy pesadas durante un tiempo, hasta que el pescado fermentado se consideraba listo para consumir. Hay muchos tipos de *sushi*. Puede hacerse con vegetales, langostinos o pulpo cocidos, o con pescado crudo (atún, mero, platija, rodaballo, lenguado...). Se hace una bola del arroz hervido frío o templado. La forma del arroz debe parecerse a una croqueta, de unos 4 cm. de longitud y unos 2 cm. de diámetro. Sobre éste se pone un poco de *washabi* (salsa de rábano picante verde). Luego se pone la loncha de pescado.

Swami. «Aquel que se conoce o que se domina a sí mismo.» Tratamiento respetuoso para un monje hindú, un iniciado, un renunciado que viste túnica naranja y que se dedica por entero a la vida religiosa.

Tempura No se sabe de dónde procede la palabra *tempura*, aunque hay quienes afirma que deriva de la palabra portuguesa «tempuro» que quiere decir «condimento». Consiste en freír algunos alimentos previamente introducidos en una masa líquida y espesa, cuyos ingredientes básicos son la harina y el agua. Una vez fritos, son servidos inmediatamente sobre papel absorbente o enrejado de bambú junto con una salsa en la que se moja cada pieza antes de comerse.

Thalis. Un *thali* es una forma típica de comer en India. El nombre viene del tipo de plato en el que se sirve y consiste en poner sobre él una cantidad pequeña de cada uno de varios platos, un poco de arroz o algunos *chapattis*, y unos *chutneys*.

Tilaks. Se denomina *tilak* (la marca de Dios) al punto generalmente rojo que suelen llevar los hindúes en la frente. Sin embargo, no tiene que ser un punto, ni necesariamente rojo. Los hombres suelen pintárselo para indicar que pertenecen a una filiación religiosa o en ocasiones importantes, como *puja*, *arati* o en casamientos. Para las mujeres, se trata más de un accesorio.

Toffee. de cacahuetes Dulce hecho de azúcar caramelizado, cacahuetes y cardamomo. **Tsimtsum.** (Ver **Luria, Isaac**)

Ua alaikum as-salam. Una expresión que un musulmán dirá en respuesta a un saludo inicial (*Salam alaikum*). Un saludo de paz requiere una respuesta de paz. Quiere decir: «Y con vosotros sea la paz».

Vadai. Tortas fritas de lentejas blancas y col.

Vamana. La quinta encarnación de Vishnu fue Vamana, un enano. Su tarea consistió en volver a hacerse con el control de los tres mundos entonces gobernados por el rey demonio Bali.

Vishnu. El prefijo «Vis-» de Vishnu significa «expansión». Vishnu es el conservador, el restaurador y el dios del sol. Probablemente sea la figura más importante de la mitología hindú. Vishnu y Brahma están íntimamente relacionados, puesto que forman parte del Trimurti. Vishnu suele aparecer representado con la piel azul, sujetando con sus cuatro manos una concha, un garrote, un disco y un loto. Vishnu tuvo diez encarnaciones, avatares aparecían en el mundo para resolver problemas y salvar a la humanidad del desastre.

Wallah Una persona que trabaja o se encarga de una actividad.

Yogui Asceta hindú que persigue llegar a la sabiduría y pureza mediante la meditación, éxtasis y mortificación física. A través de prácticas yogas, el meditador yogui pretende experimentar un estado natural de la mente de conciencia pura, forma pura, susstrato de existencia.

ÍNDICE